IRIS MUELLER
Todesklänge

Buch

Der Sommer hält Einzug an der Amalfiküste, und auch die malerische Hafenstadt Salerno erwacht zu neuem Leben. Die Lidos haben geöffnet, Urlaubsstimmung liegt in der Luft. Wie jedes Jahr im Juni wird das nahegelegene Ravello zum pittoresken Schauplatz eines internationalen Musikfestivals. Doch dann fällt ein jäher Schatten über das frohe Treiben, als nach einem Konzert im Castello di Arechi eine bekannte Musikkritikerin erstochen aufgefunden wird. Die Stiche, mit unglaublicher Wucht ausgeführt, bilden ein tödliches Muster. Ein Muster, das sich schon bald wiederholt und die sympathische Kommissarin Patrizia Vespa vor ein blutiges Rätsel stellt ...

Autorin

Iris Claere Mueller, geboren 1971 in Mannheim, wuchs in Bad Wimpfen bei Heilbronn auf. Nach ihrem Studium der Germanistik, Philosophie und Politikwissenschaft an der Universität Heidelberg zog sie in die USA, wo sie an der renommierten Yale University im Fachbereich Medieval Studies promovierte. Seit 2005 lebt sie mit ihrem Lebensgefährten und den beiden Schäferhündinnen Leah und Nüsschen im süditalienischen Salerno. Im nahegelegenen Neapel arbeitet sie an der Internationalen Schule und lehrt mittelalterliche Geschichte an der University of Maryland Europe.

Iris Mueller im Goldmann Verlag:

Lichtertod. Ein Fall für Patrizia Vespa
(auch als E-Book erhältlich)

Todesklänge. Patrizia Vespa ermittelt an der Amalfiküste
(auch als E-Book erhältlich)

Iris Mueller
Todesklänge

Patrizia Vespa
ermittelt an der
Amalfiküste

GOLDMANN

Sollte diese Publikation Links auf Webseiten Dritter enthalten, so übernehmen wir für deren Inhalte keine Haftung, da wir uns diese nicht zu eigen machen, sondern lediglich auf deren Stand zum Zeitpunkt der Erstveröffentlichung verweisen.

Dieses Buch ist auch als E-Book erhältlich.

Verlagsgruppe Random House FSC® N001967

1. Auflage
Originalausgabe März 2018
Copyright © 2018 by Iris Mueller
Copyright © dieser Ausgabe 2018
by Wilhelm Goldmann Verlag, München,
in der Verlagsgruppe Random House GmbH,
Neumarkter Str. 28, 81673 München
Umschlaggestaltung: UNO Werbeagentur, München
Umschlagmotiv: gettyimages / Brzozowska
Redaktion: Ele Zigldrum
An · Herstellung: kw
Satz: omnisatz GmbH, Berlin
Druck und Bindung: GGP Media GmbH, Pößneck
Printed in Germany
ISBN: 978-3-442-48698-4
www.goldmann-verlag.de

Besuchen Sie den Goldmann Verlag im Netz

Für meinen Vater

Kapitel 1

MONTAG, 25. JUNI 2012

Die Dunkelheit wurde immer dichter. Vielleicht hätte sie sich doch zu ihrem Auto fahren lassen sollen. *Nein. Nicht nach diesen Vorwürfen. Ich lasse mir nicht vorschreiben, wie ich zu arbeiten habe!*

Ihr Fuß stieß an etwas Hartes, und sie sah zu Boden. Eine Reihe größerer Steine quer über der Straße. Etwa fünf oder sechs, wenn auch nicht alle auf einer geraden Linie.

Zufall?

Seltsam, dass ihr das vorhin auf dem Weg zum Lokal nicht aufgefallen war.

Die Straße führte jetzt steil bergan, und sie atmete schwer. Der Wein und das gute Essen machten sich bemerkbar. Vor zwei Stunden, am Ende des Konzerts auf der Burg, war es noch hell gewesen. Paolo war mit seinem Wagen zum Restaurant etwas weiter unterhalb gefahren, aber sie hatte ihr Auto stehenlassen und den kurzen Spaziergang zum Lokal genossen. Jetzt bereute sie ihre Entscheidung. Nicht einmal Straßenlaternen gab es auf diesem Abschnitt. In einiger Höhe über ihr leuchtete die Burg im Licht ihrer Scheinwerfer, doch die darunter liegende Straße war in tiefe Nacht getaucht.

Sie blieb stehen und kramte in ihrer Tasche nach dem Smartphone. Kurz darauf fiel der weiße Kegel der Lampe vor ihr auf den Weg. Doch es war kaltes Licht, und dort, wo es endete, lauerte das Nichts, schwarz und undurchdringlich. Keine Konturen. So, als ob es hinter dem schmalen Korridor aus Licht keine Welt mehr gäbe. Energisch lief sie weiter. Es konnten jetzt nicht mehr als 200 Meter bis zu ihrem Wagen sein. Sie hatte ihn am Straßenrand direkt unterhalb des Castello di Arechi geparkt.

Die Straße machte eine Biegung, und diesmal sah sie sie sofort. Ihr helles Grau leuchtete im starken Licht der Taschenlampe. Eine holprige Reihe aus Steinen.

Die zweite!

Sie blieb stehen und zählte. Es waren fünf. Groß wie Boccia-Kugeln. Wie beim ersten Mal lagen sie auf einer unregelmäßigen Linie quer über der Straße. Sie sah sich um, doch da war niemand. Kein Geräusch drang aus der tief unter ihr liegenden Stadt nach oben. Jetzt war sie sicher. Diese Steine waren vor wenigen Stunden noch nicht da gewesen. Jemand hatte sie seitdem auf die Straße gelegt. Warum?

Sie ging weiter, langsamer als zuvor, bedächtiger. Mit einem Schauer wurde ihr bewusst, dass die Taschenlampe sie für ihre Umgebung sichtbar machte, während sie selbst für die Welt außerhalb des Lichtkegels völlig blind war. Einen Augenblick lang erwog sie, die Lampe auszuschalten, aber die Angst vor der Dunkelheit war stärker.

Dann fiel ihr Blick auf die dritte Linie aus Steinen, doch diesmal blieb sie nicht stehen. Sie wusste nicht, warum ihr diese Steine solche Angst machten. Instinktiv wurde sie schneller, joggte beinahe, die Tasche an die Hüfte gepresst. Ihre Schritte hallten auf der Straße. Das Licht der Lampe hüpfte hektisch im Takt ihrer Bewegungen.

Als die vierte Linie vor ihr auftauchte, begann sie zu rennen. *Wo zum Teufel bleibt das Auto?* Ihr Atem kam stoßweise, und ihre Seite schmerzte. Sie zwang sich vorwärts – und kam abrupt zum Stehen.

Ihr Körper hatte reagiert, noch bevor die Wahrnehmung ins Bewusstsein vordringen konnte. Am Ende des Korridors aus Licht, an der Grenze zwischen hellem Raum und völligem Schwarz, stand ein Mensch. Er musste wohl schon vorher da gewesen sein, aber erst in dem Moment, als ihre Lampe ihn erfasste, war er wie aus dem Nichts aufgetaucht. Keine drei Meter von ihr entfernt. Es dauerte einige Sekunden, bis sie einordnen konnte, was sie sah. Ein Schrei entfuhr ihrer Kehle, und sie wollte rennen, doch die Beine versagten den Dienst. Wie gebannt starrte sie auf die regungslose Gestalt im schwarzen, enganliegenden Taucheranzug, der nur das fahle Gesicht im gleißenden Licht der Lampe freigab. Farblos, ausdruckslos. Jetzt öffneten sich die Lippen. Der Taucher begann leise zu singen. Zart, kaum hörbar. Dann lauter, deutlicher. Eine Melodie. Jetzt erst bemerkte sie die Linie zu seinen Füßen, und während sie dem stetig lauter werdenden Gesang lauschte, begann sie die Steinzeichen zu lesen. Eines nach dem anderen, bis es nicht mehr Steine waren, die sie vor sich sah, sondern die Melodie. Sie hatte sie erst gestern zum letzten Mal gehört, und wie von selbst formten sich die Worte in ihrem Kopf. Schöne, alte Worte, die von Schmerz und Tod sangen.

Ihrem Schmerz.

Ihrem Tod.

*

Normalerweise schlief Massimo Maiori gut, wenn er am Abend getrunken hatte, aber heute hatte ihn etwas geweckt. Wahrscheinlich die Paarungsschreie der verdammten Katzen. Jedenfalls lag er seitdem wach. Ein Blick auf die Uhr. Nicht einmal Mitternacht.

Er stand auf, ging in die Küche und füllte sich ein Wasserglas mit Rotwein aus der grünen 5-Liter-Flasche. Dann lehnte er sich an die Anrichte, nahm einen kräftigen Schluck und betrachtete missmutig das schmutzige Geschirr in der Spüle. Von außen sah das Haus schon seit Jahren heruntergekommen aus. Seit seine Frau nicht mehr lebte, hatte sich die Verwahrlosung auch im Inneren breitgemacht. Er gab sich einen Ruck und verließ die Küche. Einen Augenblick lang erwog er, den Wein mit ins Schlafzimmer zu nehmen und im Bett weiterzutrinken, doch dann entschied er sich anders.

Die Holztür war nicht abgeschlossen. Er war der Einzige, der noch hier oben am Hang unterhalb des Castellos lebte. Nur ein ungepflegter Schotterweg führte von der asphaltierten Straße zu seinem Haus. Diebe würden sich nicht zu ihm verirren. Abgesehen davon, dass es nichts zu holen gab. Vor vielen Jahren hatte seine Frau ihn eine Zeit lang bedrängt zu verkaufen, und vielleicht wäre es damals auch noch möglich gewesen. Heute war das Haus zu baufällig. Keine Infrastruktur. Weitab von allem. Massimo Maiori wusste, dass der Zug abgefahren war.

Er ließ sich am Holztisch auf dem Hof nieder, streckte die Beine unter dem Tisch aus und sah an sich herunter. Er war barfuß und im Schlafanzug nach draußen gekommen, doch die Nächte waren so warm, dass es keinen Unterschied machte. Er trank einen Schluck Wein. Unter ihm lagen die funkelnden Lichter der Stadt und der erleuchtete Hafen. Dahinter breitete sich der Golf aus. Der Mond warf einen breiten Streifen weißen Lichts auf die leicht gekräuselte Wasseroberfläche, und der Himmel war wolkenlos, ein durchsichtiges Dunkelblau. Einige Minuten saß Massimo regungslos. Dann fühlte er eine Brise im Haar und auf der Haut. Sie wehte vom Berg her Richtung Meer, und mit ihr drangen Töne an sein Ohr.

Klavierspiel.

Oben auf der Burg zog sich das Konzert offenbar in die Länge. Er selbst war nie auf einer Veranstaltung im Castello gewesen. Wozu auch? Er hörte sie von hier unten, leise und verschwommen. Aber selbst das war mehr, als er brauchte. Die Töne verklangen, kamen wieder, und er lauschte. Das Spiel klang vage, seltsam unbestimmt, als müsste sich der Pianist erst noch an das Stück herantasten. Aber traurig war es. Eine Klage.

Minuten vergingen. Die Klänge wurden lauter, heftiger, verloren sich aufs Neue. Massimo Maiori wurde sich bewusst, dass er selten so aufmerksam einer Melodie gelauscht hatte. Falls man das, was da herüberwehte, als Melodie bezeichnen konnte. Es wirkte bruchstückhaft, zerbrechlich. Und war doch auf flüchtige Art und Weise schön.

Dann war es zu Ende.

Er trank den letzten Schluck Wein und erhob sich. Als er sich der Tür zuwandte, glitt sein Blick den Berghang hinauf. Das von Scheinwerfern angestrahlte Castello di Arechi war der einzige helle Punkt vor dem in tiefer Dunkelheit liegenden Berg. Er sah den Sternenhimmel, und einen Augenblick lang meinte er, die Klänge noch einmal zu hören, aber der Wind hatte sich gelegt, und er war sich nicht sicher. Erst als er nach der Tür griff, fuhr ihm ganz unerwartet eine neue Brise ins Gesicht. Stärker diesmal. Und plötzlich war sie zurück. Die Melodie. Fließender jetzt, beinahe drängend. Doch sie hatte nichts Trauriges mehr.

Sie war grausam.

*

Bedrohlich. Gewalttätig. Oder waren es die Schmerzen, die die Töne verzerrten? Jeder Klang, jeder Anschlag vibrierte im Inneren ihres Schädels, pulsierte wie ihre Wunden, aus denen das Blut strömte. *Wie lange, bis man verblutet?*

Sie war auf der Straße unterhalb des Castellos gewesen, um ihr Auto zu holen. Dann er …

Der Taucher!

Hatte er sie in die Burg zurückgebracht? Sie erinnerte sich nicht. Auch nicht daran, wie oft er zugestochen hatte. Jetzt lag sie auf der Bühne. Am Rand ihres Blickfelds standen die Stühle der Musiker und ein Flügel.

War er es, der da spielte?

Der Druck hinter ihren Lidern nahm zu. Warmes Blut rann an ihrem Körper herab. Trotzdem fühlte sich ihre durchnässte Bluse kalt an. So wie der Schweiß, der ihr in den Augen brannte. Sie versuchte, den Kopf abzuwenden, um das gleißende Licht des Scheinwerfers auszublenden, aber es gelang ihr nicht. Nur die Lider gehorchten noch. Sie presste sie fest zu und empfand eine vage Erleichterung. Dann war plötzlich etwas anders.

Stille.

Oder doch nicht? Sie konzentrierte sich.

Tick.

Tack.

Tick.

Tack.

Leise und regelmäßig. Doch es hatte nichts Beruhigendes. Ganz im Gegenteil. Je länger sie dem Ticken lauschte, desto lauter schien es zu werden. Panisch riss sie die Augen auf, starrte bewusst in das weiße Scheinwerferlicht, bis es sie ganz ausfüllte. *Nur nicht mehr hören müssen!* Ihr flacher Atem kam stoßweise. Dann veränderte sich der Rhythmus, geriet aus dem Takt. Nein, das war es nicht. Er vermischte sich mit etwas anderem.

Schritte.

Sie kamen näher. Eine schwarze Gestalt schob sich vor das gleißende Licht. Der Taucher. Er beugte sich zu ihr hinunter. Seine Züge lagen im Schatten, und sie konnte sie nur undeutlich erkennen. Dennoch spürte sie den Blick auf sich und suchte nach seinen Augen, aber die waren auf einen Punkt weiter unten gerichtet. Ihre Bluse wurde angehoben, und sie erschauerte, als sich der Stoff von den Wunden löste.

Dann plötzlich eine Bewegung. Schmerz, unerwartet und heftig, als er ihren reglosen Körper mit einem Ruck auf die Seite wendete. Der Laut aus ihrer Kehle klang fremd und wild, das Blut floss jetzt schneller. *Wie viel Zeit bleibt mir noch?*

Tick.

Tack.

Tick.

Tack.

Das Geräusch wurde leiser, schien sich zu entfernen. Eine Schwere überkam sie. Wie in Trance nahm sie wahr, dass er noch immer neben ihr kauerte, doch sein Interesse galt nicht mehr ihrem Körper. Auch die Laute aus ihrem Mund klangen jetzt anders, wurden höher, schneller, gingen ineinander über. Als die Gestalt an den Flügel zurückkehrte, hörte sie nur noch das leise Ticken, vor ihren Augen tiefes Schwarz, das von nichts durchdrungen wurde. Und als er erneut die Tasten anschlug, erreichten die Klänge sie wie aus weiter Ferne. Sie lauschte. Versuchte, sich an den Tönen festzuhalten, als könnten die allein sie vor dem Weggleiten bewahren. Minuten vergingen. Eine chromatische Reihe löste die andere ab. Stark und schön. Immer wieder, immer leiser. Das Letzte, was sie hörte, war ein musikalisches Aufstöhnen. *Ein Tetrachord in Moll.* Unendlich weit weg.

Dann wurde es still.

*

Zu still.

Er blickte auf seine Hände hinunter. Sie zitterten, wie so oft in letzter Zeit. Doch nicht vor Angst. Es war das Adrenalin, der Rausch, die Kraft, die Großes schuf. Er konnte das Blut in seinen Adern fühlen, die Leichtigkeit im Kopf.

Er kniete sich neben sie und sah in die leeren Augen, die aufgehört hatten zu sehen, noch bevor sie gestorben war.

Bedauerlich, dass sie nicht lange genug gelebt hatte, um den Triumph ihres eigenen Todes zu hören.

Das Warum.

Das Wofür.

Die meisten Menschen starben ohne jeden Sinn. Nicht sie! Nur schade, dass sie gestorben war, ohne zu hören. Ohne zu wissen, dass sich ihr Opfer gelohnt hatte. Aber vielleicht war das Teil ihrer Strafe?

Er sah auf die Uhr. Es war schwer sich zu trennen in einem solchen Augenblick. Aber es musste sein. Er musste sich beruhigen und tun, was zu tun war.

Er reckte die Hand nach dem kleinen braunen Gerät auf dem Flügel, berührte den Zeiger und setzte es noch einmal in Gang. Diesmal tickte das Metronom nur für ihn, so wie er es am liebsten hatte. Er fühlte, wie sein Atem langsamer wurde, sein Kopf sich leerte. Die Nacht wurde wieder zu dem, was sie sein sollte. Ein Ruhepunkt. Schweigendes Versprechen. Er nahm das Gerät in die Hand. Zärtlich strich er mit dem Zeigefinger über seine hölzerne Haut.

Ruhe. Das ist es, was du gibst. Ruhe nach dem Chaos, dem Aufruhr. Und heute Nacht sollen alle daran teilhaben.

Bedächtig stieg er die Treppe zum Wehrgang des Castellos hoch und stellte das Metronom auf die Burgmauer. Unter ihm lag die sanft leuchtende Stadt.

»Tick, tack«, flüsterte er. »Pass gut auf sie auf.«

Kapitel 2

DIENSTAG, 26. JUNI 2012

Patrizia Vespa nahm die Füße vom Tisch, als es an ihre Bürotür klopfte, und setzte sich gerade hin. Das musste ihr Chef sein.

»Pronto!«

Die Tür ging auf, und eine dampfende Tasse erschien, gefolgt von der braunen Mähne ihrer Co-Kommissarin Cristina D'Avossa.

»Du? Seit wann klopfst du an? Machst du das extra, um mich in die Irre zu führen? Ich dachte wirklich, es wäre Di Leva!«

Cristina schmunzelte. »Ich wollte nur meine Theorie testen.«

»Theorie?«

»Na ja, du ärgerst dich doch immer, dass außer unserem Chef nie jemand anklopft. Aber ich hatte den Verdacht, dass es dir andersrum auch nicht recht sein würde. Und das hast du eben unter Beweis gestellt ... O Dio, jetzt schau mich nicht so vorwurfsvoll an. Hier, ich hab dir aus der Bar den einzigen Kaffee mitgebracht, den du trinkst.«

Patrizia nahm die Tasse und lächelte. »Einen Cappuccino. Danke, den kann ich gut gebrauchen. Leider hat mich mein Tee heute Morgen nicht wach bekommen. Bevor du reinkamst, wären mir fast nochmal die Augen zugefallen.« Sie nahm einen Schluck und lehnte sich in ihrem schwarzen Bürostuhl zurück. Dann sah sie ihre Kollegin prüfend an.

»Irgendwie siehst du heute anders aus ...«

Cristina lachte. »Sonnenbräune. Ich war gestern nach der Arbeit noch eine Runde im Meer schwimmen.«

»Du warst nach der Arbeit noch schwimmen?«

»Klar, warum nicht? Von meiner Haustür zum Strand sind es keine zwei Minuten. Komm doch einfach mal mit.«

»Hm, mal sehen.«

»Mal sehen? Sei bloß nicht zu enthusiastisch.«

Patrizia schnitt eine Grimasse. Dann sah sie auf die Uhr. »Unsere Frühbesprechung geht gleich los.« Sie fuhr sich mit den Händen durch die kurzen schwarzen Haare, trank den letzten Schluck Cappuccino und erhob sich. Cristina folgte ihrem Beispiel.

Auf dem Flur vor dem Sitzungszimmer trafen sie Pietro Di Leva. Gemeinsam mit dem Polizeichef betraten sie den Raum. Patrizia war erstaunt, die Mannschaft schon vollständig versammelt zu sehen. Neben ihrem Kollegen Davide Favetta waren auch die Kriminalassistentinnen Antonia und Lydia anwesend. Dazu Bob Kingfisher, ihr amerikanischer Kriminaltechniker, der bereits seit Jahrzehnten in Salerno lebte und arbeitete. Zwar hörte man ihn in regelmäßigen Abständen fluchen, dass er jetzt endgültig genug habe von den italienischen Unsitten, doch der Ärger währte nie lange genug, als dass er sich tatsächlich ein Ticket zurück nach Oklahoma gekauft hätte. Neben Bob saß Gabriella Molinari, die Rechtsmedizinerin, die häufig an ihren Sitzungen teilnahm. Doch heute hatte Patrizia nicht mit ihr gerechnet.

»Ciao, Gabriella. Hattest du nicht gesagt, du müsstest heute deinen neuen Kollegen einarbeiten?«

Gabriella lächelte. »Ja, so war's geplant. Aber jetzt fängt er doch erst morgen an. Er ist mit seinem Umzug noch nicht fertig. Na ja, was soll's. Nachdem wir jetzt Monate warten mussten, bis unser Antrag auf die Stelle endlich durch war und er hier anfangen konnte, kommt es auf den einen Tag auch nicht mehr an.«

Patrizia nickte und sah in die Runde.

»Gut, dann wollen wir mal. Unsere Kollegen vom Raubdezernat haben unsere Hilfe angefordert, da wir im Augenblick ausnahmsweise mal Kapazitäten frei haben. Es geht um die beiden Überfälle mit Körperverletzung. Habt ihr alle den vorläufigen Bericht erhalten?« Allgemeines Nicken. »Gut, dann fasse ich die Fakten nochmal kurz zusammen. Ein Überfall letzte Woche, der andere vor vier Wochen. In beiden Fällen wurden die Opfer niedergestochen und ihrer Wertsachen beraubt. Beide Männer leben. Laut Gutachten der jeweils behandelnden Ärzte war die Tatwaffe ein Messer, und zwar höchstwahrscheinlich in beiden Fällen dasselbe. Wir können also davon ausgehen, dass es sich um denselben Täter handelt, und zwar nicht nur hier in Salerno. Gestern Abend bekam ich einen Anruf von Roberto aus dem Raubdezernat. Sie stehen in Kontakt mit den Kollegen in Neapel, und dort ist offenbar vor sechs Wochen ein ganz ähnlicher Überfall passiert. Ein Vergleich der medizinischen Gutachten legt nahe, dass auch dort mit demselben Messer zugestochen wurde.«

»Hast du diese Gutachten?«, fragte Gabriella Molinari.

»Nein, aber ich habe die Kollegen gebeten, sie dir zu faxen.«

Gabriella wollte etwas antworten, doch Pietro Di Leva kam ihr zuvor.

»Was wissen wir über den Ablauf bei diesem Überfall in Neapel?«, fragte er gereizt. Patrizia unterdrückte ein Grinsen. Sie wusste, dass seine Missstimmung weniger dem dritten Opfer galt als vielmehr der Aussicht auf eine Zusammenarbeit mit den neapolitanischen Kollegen. Doch sie ließ sich nichts anmerken.

»Tatzeit ähnlich wie in Salerno. Allerdings gab es in

Neapel einen Zeugen. Das Opfer, Luca Pavone, hatte seinen zehnjährigen Sohn dabei, der alles gesehen hat. Außerdem war noch ein Mann in der Nähe, der aber nicht eingriff. Der Junge konnte nur sagen, dass er noch da stand, als der Täter schon abgehauen war. Dann war er plötzlich auch weg. Unsere Kollegen können nichts zur Identität dieses Mannes sagen. Es ist nicht auszuschließen, dass er mit dem anderen unter einer Decke steckt. Vielleicht sollte er Schmiere stehen. Der Täter trug übrigens eine Strumpfmaske, der Komplize höchstwahrscheinlich nicht. Wie er aussah, konnten Vater und Sohn in der Dunkelheit und bei der Entfernung nicht erkennen. Der Junge behauptet außerdem, der Täter hätte das Messer bei der Flucht weggeworfen, aber ob das stimmt, ist zweifelhaft, denn es wurde nicht gefunden. Na ja, der Kleine stand unter Schock. Immerhin lag sein Vater verletzt am Boden. Überall war Blut.«

»Was ist mit den Wertsachen?«, fragte Davide.

»Die wurden gestohlen. Das Opfer weigerte sich anfangs, Geld und Handy rauszurücken. Daraufhin stach der Täter zu, bediente sich und verschwand.«

»Also ähnlich wie bei uns«, meinte Cristina. Sie sah auf ihre Kopie des Berichtes und fasste zusammen: »Unser erstes Opfer heißt Nicola Ruggiero, 29 Jahre. Er wurde auf dem Weg vom Kino nach Hause überfallen, und zwar kurz nach Mitternacht. Er gibt an, dass der Täter seine Wertsachen forderte und auch erhielt. Trotzdem wurde er anschließend niedergestochen. Ein einziger Messerstich, aber heftig. Ruggiero ging zu Boden und blutete stark. Dasselbe gilt für Michele Landi, 34. Der war am letzten Mittwoch auf dem Weg nach Hause von einem Besuch bei Freunden. Auch bei ihm ein einzelner Messerstich. Hm, ich nehme mal an, der Täter stach seine Opfer nieder, um ungehindert flüchten zu können.«

Davide nickte. »Wahrscheinlich. Allerdings steht im Bericht auch, dass der Angreifer nach der Tat noch kurz bei seinen Opfern verharrte. Erst nach ein, zwei Minuten entfernte er sich.« Er schüttelte den Kopf. »Seltsam, oder nicht?«

»Vielleicht der Schock über die eigene Tat«, schlug Patrizia vor. »Dafür spricht auch, dass er es bei Michele Landi danach umso eiliger hatte. Er lief los, ohne die Wertsachen an sich zu nehmen. Nach ein paar Metern fiel es ihm auf, er kam nochmal zurück und schnappte sich den Geldbeutel.«

»Alles schön und gut, aber haben wir oder die Kollegen in Neapel irgendwelche konkreten Spuren?«, brummte Di Leva.

»Leider nein.« Patrizia zuckte mit den Schultern. »Hier in Salerno trug der Täter wohl so eine Art schwarze Motorradhaube und Handschuhe. Ein schlanker Mann. Der Stimme nach zwischen 30 und 50. Italiener, kein Dialekt. Das ist alles, was uns die Opfer sagen konnten. Der Junge in Neapel wusste auch nicht mehr. Weitere Zeugen, eine Tatwaffe oder Fingerabdrücke haben wir keine. Kein Wunder, dass unsere Kollegen in der Sache nicht vorankommen.«

Einen Augenblick herrschte Stille im Raum. Keiner wusste, wie es weitergehen sollte. Schließlich meinte der Polizeichef: »Wunderbar! Genau das, was wir brauchen. Einen Idioten, der wahllos Leute niedersticht und ihnen das Geld abnimmt. Erst in Neapel und jetzt offenbar hier bei uns. Und das ausgerechnet in der Touristensaison. Am vergangenen Wochenende hat in Ravello das Internationale Musikfestival begonnen. Ich war selber dort und …«

»Ich auch«, unterbrach ihn Gabriella Molinari enthusiastisch. »Am Sonntag hat Eleonora Salazar mit ihrer Gruppe Kontrapunkt ausgewählte Madrigale von Carlo Gesualdo, Monteverdi und anderen gesungen. Wunderschön! Überhaupt ist das Programm großartig. Klassik, Jazz, ganz große

Namen …« Weiter kam sie nicht, da der überrumpelte Pietro Di Leva ihr das Wort abschnitt.

»Ja, ja … Ich wollte damit eigentlich nur sagen, dass haufenweise Besucher in der Stadt sind. Vor allem aus dem Ausland und Norditalien. Wenn es einen von denen trifft, wissen wir ja, was die Zeitungen wieder schreiben werden über die Zustände hier im Süden.«

»Stimmt«, meinte Patrizia, und der ironische Unterton in ihrer Stimme war nicht zu überhören. »Wir sollten auf jeden Fall sicherstellen, dass das nächste Opfer wieder ein Süditaliener wird, am besten aus Salerno. Halt! Am besten aus irgendeiner unbedeutenden Kleinstadt um Salerno herum.«

Di Leva wirkte beleidigt. »Als ob ich es so gemeint hätte …«

»Na ja«, warf Cristina ein. »Vielleicht haben wir ja auch Glück und es kommt zu keinen weiteren Zwischenfällen.«

»Unwahrscheinlich«, warf Davide ein. »Bisher ist es doch für den Täter optimal gelaufen. Er hat bekommen, was er wollte, und wir haben keinerlei Anhaltspunkte.«

Einen Augenblick sagte niemand etwas, und Patrizia überlegte gerade, in welche Richtung sie die Sitzung lenken sollte, als es an der Tür klopfte. Ein Uniformierter trat ein und sah von Patrizia zu Cristina und dann zu Pietro Di Leva. Offenbar war er unschlüssig, an wen in dieser Hierarchie er sich wenden sollte. Schließlich fiel seine Wahl auf den Polizeichef.

»Questore, bitte entschuldigen Sie die Störung, aber wir haben soeben einen Anruf erhalten.« Er warf einen schnellen Blick zu den Kommissarinnen hinüber. »Ein Angelo Nardi meldet eine Leiche im Castello di Arechi. Er ist dort Hausmeister und hat sie eben gefunden. Es handelt sich um eine Frau. Sie wurde erstochen.«

★

Eine halbe Stunde später stand Patrizia im Innenhof des Castello di Arechi. Dort, wo er im Schatten lag, sprachen Davide und Cristina mit einem jungen Mann. Es war der Hausmeister Angelo Nardi. Bobs Team von Kriminaltechnikern arbeitete an verschiedenen Stellen der Burg.

Auf einer hölzernen Bühne in unmittelbarer Nähe eines Flügels kniete Gabriella Molinari neben der Leiche. Patrizia steuerte auf sie zu. Doch vor den Stufen, die auf die Bühne führten, blieb sie noch einmal stehen. Von hier aus war die Tote gut zu sehen. Sie lag seitlich mit weit aufgerissenen Augen in ihrem Blut.

Wie schon oft in solchen Momenten berührte Patrizia der Kontrast zwischen der Einsamkeit des Opfers in den letzten Minuten seines Lebens und der Vielzahl an Spezialisten, die sich in den Stunden danach um die Leiche scharten.

Wir sind die Nachhut des Todes. Patrizia beobachtete die geübten Handgriffe der Rechtsmedizinerin. *Wir sind die, die den Ort des Aufruhrs und des Auslöschens mit professioneller Routine für die Lebenden zurückerobern.*

Patrizia stieg die wenigen Stufen hinauf und stellte sich neben Gabriella Molinari.

»Ungefährer Todeszeitpunkt zwischen 22 und 1 Uhr gestern Nacht«, sagte diese unaufgefordert. »Insgesamt fünf Stichwunden, alle im Bauchraum, und zwar mit einer recht schmalen Klinge, sonst wären die Abstände zwischen den Einstichen geringer. Allerdings hat der Täter nicht sauber zugestochen. Hier, schau mal …« Sie zeigte auf die blutverkrusteten Wunden. »Die menschliche Haut ist sehr elastisch, und normalerweise ziehen sich die Wundränder nach dem Herausziehen des Messers wieder zusammen. Hier aber sind die Wundöffnungen unscharf begrenzt, fast schon ausgefranst. Das könnte bedeuten, dass der Täter das Messer beim Herausziehen gedreht hat. Eine echte Schweinerei … zumal es gut möglich ist, dass die Frau nicht sofort tot war. Verdammt üble Art zu sterben.« Die Rechtsmedizinerin fuhr sich mit dem Ärmel über die Stirn und schüttelte den Kopf. Ihr Gesicht war gerötet, und Patrizia konnte sehen, dass sie aufgebracht war. Zu fluchen war sonst nicht Gabriellas Art. Patrizia ging neben ihr in die Hocke und betrachtete die Leiche.

»Seitenlage …« Sie runzelte die Stirn. »Kann sie tatsächlich so gefallen sein?«

Gabriella schüttelte den Kopf. »Nein. Kein Mensch fällt auf die Seite und bleibt dann so liegen. Außerdem haben wir diese hier …« Sie zeigte auf den blutigen Holzboden hinter der Leiche, auf dem feine Kerben zu erkennen waren. Patrizia beugte sich nach vorn.

»Können die wirklich von dem Messer herrühren?«

»Ich wette darauf. So wie ich das sehe, lag sie auf dem Rücken, als der Täter zustach.«

»Seltsam. Wenn sie ursprünglich auf dem Rücken lag, heißt das, dass der Mörder sie auf die Seite gedreht hat. Aber warum? Was zum Teufel wollte er damit bezwecken?« Sie sah Gabriella an, doch die hatte ihre Frage nicht gehört.

»Patrizia!« Cristina war unbemerkt neben sie getreten. »Erste Neuigkeiten?«

»Ich frage mich nur gerade, warum der Mörder sein Opfer in Seitenlage gebracht hat. Es erscheint mir so sinnlos.«

»Ist die Bühne der eigentliche Tatort?«

Es dauerte einige Sekunden, bis die Frage bei Gabriella ankam, dann antwortete sie: »Wenn ich mir die Menge an Blut und die Kerben im Holz so anschaue, gehe ich mal davon aus. Außerdem habe ich bislang nirgendwo anders Blutspuren gesehen, aber da wird die KTU uns sicher weiterhelfen.« Sie wandte sich erneut ihrer Arbeit zu. In der Stille, die folgte, wurde Patrizia auf ein Geräusch aufmerksam, das schon vorher da gewesen war, dem sie aber bislang keine Beachtung geschenkt hatte. Ein Ticken. Regelmäßig. Eintönig.

»Cristina, leise. Hörst du das auch?«

Cristina lauschte. »Ah, dieses seltsame Ticken. Das ist mir vorhin schon aufgefallen. Ich dachte, es käme von einem der Geräte unserer Techniker. Aber wenn nicht, was ist es dann? Eine Uhr?«

»Keine Ahnung.«

Patrizia stand auf und ließ ihren Blick über den Hof schweifen, konnte aber nichts Verdächtiges entdecken. Zusammen mit Cristina ging sie zur Burgmauer. Das Ticken wurde langsam lauter.

Patrizia ging auf die Stufen zu, die zum Wehrgang hinaufführten.

»Komm, lass uns da oben nachsehen.«

Wortlos stiegen sie die schmale Treppe hinauf und liefen einige Meter an den Zinnen entlang. Die Lautstärke des Tickens nahm stetig zu. Plötzlich standen sie vor einem kleinen Gerät.

»Ein Metronom. Che diavolo …!«

Patrizia sah Cristina an, doch die schüttelte nur den Kopf. Das Metronom stand auf der Burgmauer. Sein filigraner Zeiger schwang gleichmäßig hin und her.

Tick.

Tack.

Tick.

Tack.

Mehrere Sekunden standen sie regungslos und betrachteten das Gerät, das unbeirrt forttickte. Ein kleines lebendiges Wesen, seine Vorderseite dem Golf zugewandt, der nervöse Fühler energisch ausschlagend wie ein stetiges, unermüdliches Lebenszeichen.

Schließlich zog Patrizia ihr Telefon aus der Tasche.

»Ich rufe Bob an.«

Aus dem Innenhof drang Bobs Klingelton zu ihnen. Kurz darauf stand er selbst auf dem Wehrgang, machte Fotos und ein Video. Als er fertig war, sah er noch einen Augenblick auf das Gerät herunter, dann streckte er die Hand aus. Der Zeiger schlug gegen seinen Finger … und blieb stehen.

Stille.

Patrizia empfand eine unbestimmte Erleichterung.

»Ich wollte mich mal im Vorhof umsehen«, meinte Cristina. »Kommst du mit?«

Patrizia nickte. Sie stiegen die schmale Treppe hinab, überquerten den Innenhof und tauchten in den langen Gang ein, der zum Vorplatz führte. Er war düster und trotz der Juniwärme kühl. Als sie aus der Dunkelheit heraustraten, atmete Patrizia unwillkürlich auf.

Der vordere Teil des Castellos lag in der Sonne, seine sandfarbenen Mauern leuchteten weiß im Morgenlicht. Nur die Wachtürme zu beiden Seiten der Mauer, hinter der der Berg schroff zur Stadt hin abfiel, warfen scharfe, schlanke Schatten auf den Vorplatz. Patrizia und Cristina gingen den Hof ab, untersuchten die tiefen, porticoartigen Rundbogen auf der Hinterseite ebenso wie die Türme, fanden jedoch nichts Interessantes. Da hörten sie eine Stimme von unten, und der Aufzug setzte sich in Bewegung. Als sich seine Türen öffneten, trat einer der Kriminaltechniker heraus, der im unteren Eingangsbereich der Burg gearbeitet hatte. Er überreichte ihnen eine Handtasche aus grauem Leder.

Behutsam setzte Cristina sie auf der Mauer ab, die den Hof einfasste. Dann förderte sie nacheinander ihren Inhalt zutage und legte ihn in die Plastiktüten, die Patrizia ihr aufhielt. Einen Kamm, Taschentücher, einen Kugelschreiber, ein Notizbuch. Patrizia nahm das Büchlein und schlug es auf, las, blätterte, las wieder.

»Na? Und?« Cristina sah sie ungeduldig an.

»Alles Notizen zu irgendwelchen Aufführungen. Konzerte, wie es scheint. Mit dem jeweiligen Datum, Ort und Musikernamen. Kritik, aber auch Positives. Hm. Nicht sehr hilfreich. Gibt es in der Tasche keinen Geldbeutel?« Sie ließ das Buch in einem Plastikbeutel verschwinden, während Cristina den Reißverschluss einer Seitentasche öffnete.

»Bingo! Zweimal Schlüssel und das Portemonnaie.«

Patrizia griff sich die Geldbörse und zog eine EC-Karte heraus. »Alessandra Amedeo.« Sie durchsuchte das Fach mit den Geldscheinen und wurde fündig.

»Hier! Der Personalausweis. Alessandra Amedeo, 54, geboren in Siena, wohnhaft in der Via Matteo della Porta in Salerno.«

»Das ist in der Altstadt oberhalb des Doms.« Cristina tippte auf ihr Smartphone ein. »Ich hab's! Die Frau ist freischaffende Kulturjournalistin. Spezialisiert auf klassische Musik.«

»Das erklärt das Notizbuch.« Patrizia steckte den Ausweis zurück und tütete den Geldbeutel ein. »Wir sollten zu ihrer Wohnung fahren und uns umsehen.« Cristina durchsuchte noch einmal die Tasche. »Komisch, kein Handy. Und Gabriella hat bei der Leiche auch keins gefunden.«

Patrizia nickte. »Ja, das ist seltsam. Vielleicht hat sie es verloren, als sie auf ihren Mörder traf. Wenn wir nur wüssten, wo das war.«

»Oder der Täter hat es mitgenommen.« Cristina schloss die Tasche.

Einen Augenblick standen beide der spiegelnden Fläche des Meeres zugewandt. Im Hafen lag ein Kreuzfahrtschiff. Die Autos auf dem Lungomare wirkten aus dieser Höhe klein wie

Spielzeug. Um das Castello herum leuchteten die Hänge in sommerlichem Grün, und zu ihrer Rechten lag die gezackte Bergkette der Amalfiküste in leichtem Dunst.

»Schau mal!«, rief Cristina plötzlich. Sie deutete auf ein baufälliges Haus, das sich etwas unterhalb an den Hang schmiegte. Patrizia beugte sich über die Mauer.

»Na so was! Es sah verlassen aus. Ich dachte, da wohnt keiner mehr.« Sie beobachteten die beiden Ziegen, die aus einer Art Stall auf den Hof vor dem Haus getreten waren und dort an einem Busch zupften.

»Wir sagen Davide Bescheid«, meinte Patrizia. »Er soll herausfinden, ob hier noch mehr solcher Einsiedler wohnen. Außerdem muss er mit den Leuten aus dem Restaurant weiter unten an der Straße sprechen. Wir selbst statten dem Besitzer dieser beiden Ziegen einen Besuch ab.«

*

Als Patrizia und Cristina am frühen Nachmittag in der Via Matteo della Porta ankamen, stand bereits ein Wagen der Spurensicherung vor Alessandra Amedeos Haus. Im Innern des Gebäudes war es düster und angenehm kühl. Typisch für die Häuser der Altstadt mit ihrem dicken Mauerwerk. Patrizia nahm ihre Sonnenbrille ab und sah sich im Treppenhaus um. Alessandra Amedeos Wohnung lag im Dachgeschoss. Einen Aufzug gab es nicht.

Oben angekommen zogen sie sich ihre Einmalanzüge an und traten ein. Die Wohnungstür führte direkt in ein großes Wohnzimmer, an das sich linker Hand eine moderne, vom Wohnraum nur durch eine Kochinsel abgetrennte Küche anschloss. Sie sah neu aus. Die Wohnung war aufgeräumt. Patrizia nickte den Technikern zu und ging in den Küchenbereich, während Cristina sich im Wohnraum umsah. Sie versuchte, die Atmosphäre auf sich wirken zu lassen. Schräge Decken, hell gekachelte Fußböden, keine Teppiche. Die Küche war blau gestrichen, der Wohnraum grün. Ohne zu wissen warum, öffnete Patrizia den Kühlschrank. Eine Menge Joghurts, Ziegenmilch, Peccorino, eingelegte Sardinen und Räucherlachs, dazu Auberginen und Broccoli. Offenbar war Alessandra Amedeo eine Liebhaberin der leichten Küche gewesen. Der Kühlschrank war peinlich sauber. Patrizia schüttelte unwillkürlich den Kopf. Wie man so was hinbekam, war ihr schleierhaft.

Noch ein kurzer Blick zur Anrichte, auf der Tontöpfe mit Zitronen und Knoblauch standen, dann ging sie zu Cristina hinüber. Auch der Wohnbereich war modern eingerichtet. Der Raum wurde von einem dunkelgrauen Ecksofa dominiert. Der Flachbildfernseher hatte gut und gern 60 Zoll, und die ebenfalls graue Leseliege vor der Fensterfront sah bequem aus. An der Rückseite des Raumes stand ein Glastisch mit hohen Stühlen, dahinter ein helles Bücherregal. Patrizia winkte Cristina, und zusammen gingen sie ins Schlafzimmer. Rote Wände, ein schwarzes Bett, rote Bettwäsche. Alessandra Amedeo hatte offenbar auch bei Nacht Wert auf ein stilvolles Ambiente gelegt. Patrizia gefiel es, aber Cristina schüttelte den Kopf.

»Zu modern«, erklärte sie. »Nicht mal Teppiche, und ein rotes Schlafzimmer? Damit könntest du mich jagen. Bei unserem Beruf sehe ich auch so schon oft genug Rot, da muss ich nicht abends noch mit der Farbe ins Bett gehen. He, sieh mal ...« Sie hatte die Tür von Alessandra Amedeos Nachtschränkchen geöffnet.

Patrizia beugte sich nach vorn. »Ein Fläschchen Cognac, zwei Gläser und eine Packung Kondome? Alle Achtung. Da war jemand perfekt auf den Ernstfall vorbereitet.«

Cristina grinste. »Vorbereitet schon, allerdings scheint der Ernstfall noch nicht eingetreten zu sein. Die Flasche ist schon offen, nicht aber die Packung. Also, halten wir fest. Verheiratet war sie nicht, aber zumindest potenziell kein Kind von Traurigkeit.«

Patrizia nickte, stand auf und betrachtete das einzige Foto im Zimmer. Ganz offenbar Alessandra Amedeos Eltern bei der Hochzeit. Es war großformatig und schwarz-weiß.

Dann ließ sie Cristina im Schlafraum zurück und ging ins Arbeitszimmer. Hier gab es eine Menge Aufnahmen an den Wänden. Auf fast allen sah man Alessandra Amedeo mit verschiedenen Künstlern, meist auf irgendeiner Bühne, feine Abendgarderobe, im Hintergrund Flügel oder Notenständer. Patrizia betrachtete eines nach dem anderen. Die Kulturjournalistin war eine schöne Frau gewesen. Groß und schlank, lange gewellte Haare, ein strahlendes, wenn auch unnahbares Lächeln. Patrizia kannte keinen der Künstler und beschloss, sich den Schreibtisch vorzunehmen. Im Gegensatz zum Rest der Wohnung war er unaufgeräumt. Sie flippte durch Zeitungen, Magazine, Programmankündigungen und einzelne ausgeschnittene Zeitungsartikel, die sich an den Rändern stapelten. In der Mitte stand ein Laptop. Sie schaltete ihn ein, obwohl sie sich keine Hoffnungen machte. Sicher war er passwortgeschützt. Während der Computer hochfuhr, überflog sie verschiedene Artikel. Eines hatten sie alle gemeinsam: Sie drehten sich um Musik, Konzerte und Künstler. Patrizia las die Überschriften. Offenbar hatte es erst vor einer Woche Standing Ovations für eine Pianistin im Teatro Verdi in Salerno gegeben. Der Bericht war nicht von Alessandra Amedeo. Dafür aber ein anderer, der die Kraftlosigkeit eines Streichquartetts bei einer Aufführung in Neapel beklagte.

Patrizias Blick fiel auf die zuoberst liegende Zeitung. Es war der »Corriere della Sera« und trug das Datum vom Vortag. Sie schlug sie auf und blätterte sich zum Kulturteil durch. Gleich auf der ersten Seite prangte ein Bild. Drei Sänger und zwei Sängerinnen in feiner Garderobe. Sie standen im Halbkreis vor Notenständern. Dahinter die Kulisse der Costiera Amalfitana. Der Artikel trug die Überschrift: »Das traurige Comeback der Eleonora Salazar beim Internationalen Musikfestival in Ravello.«

Patrizia suchte den Namen und fand ihn. Der Artikel war von Alessandra Amedeo. Im selben Augenblick trat Cristina neben sie.

»Kein Glück mit dem Computer, was?« Sie zeigte auf das blinkende Passwortfeld. Patrizia zuckte mit den Schultern. »Den bringen wir zu Tommaso. Soll der sich die Zähne daran ausbeißen. Was hast du da? Wo waren die?«

»Im Wohnzimmer auf dem Regal.« Cristina reichte ihr zwei gerahmte Fotos. Auf einem sah man eine wesentlich jüngere Alessandra Amedeo, die offenbar ihr Universitätsdiplom entgegennahm. Auf dem anderen lachten die Journalistin, eine weitere Frau und ein Mann in die Kamera. Sie hielten volle Prosecco-Gläser in der Hand. Das Foto war auf einer Jacht aufgenommen.

»Vielleicht ist der Mann ihr Liebhaber«, schlug Cristina vor. »Wir müssen herausfinden, wer die beiden sind.«

Patrizia nickte. »Allerdings sah sie da noch jünger aus. Der Ausflug muss schon ein paar Jahre her sein. Übrigens, warst du schon auf der Dachterrasse?«

Cristina schüttelte den Kopf. Gemeinsam verließen sie das Arbeitszimmer und durchschritten den großen Wohnraum. Patrizia öffnete die Glastür, die Teil einer breiten Fensterfront war, und sie traten ins Freie.

»Wow! Was ist das denn?«, entfuhr es Cristina.

Von der Straße aus war das Gebäude hauptsächlich durch seine großen geschwungenen Portico-Bogen aufgefallen. Dass das mehrstöckige Wohnhaus sich direkt an die Mauer einer

Kirche anschmiegte, hatte man nicht erkennen können. Jetzt standen sie auf Alessandra Amedeos langgestreckter Dachterrasse und blickten auf eine Reihe von Kirchenfenstern. Der obere Teil des Längsschiffes bildete die Rückwand der Terrasse. Etwas weiter oberhalb begann das rotgeziegelte Kirchendach. Patrizia und Cristina schritten die Terrasse ab und blickten zurück. Von hier aus sah man die runde Kuppel über dem Chor, die grünlich in der Sonne glänzte.

Cristina zeigte auf eine von Zitronenbäumchen umgebene Rattan-Sitzgruppe im Zentrum. »Ich nehme alles zurück. So schlecht war ihr Geschmack nun auch wieder nicht.« Dann fiel ihr Blick auf Patrizia. »Sag mal, was hältst du da eigentlich die ganze Zeit in der Hand?«

»Ach ja! Das ist der ›Corriere della Sera‹ von gestern. Lies mal.«

Sie reichte Cristina die Zeitung mit Alessandra Amedeos vernichtender Kritik. Cristina überflog die Zeilen und zog die Augenbrauen hoch.

»Hm. Zuerst fängt es ja noch ganz gut an, aber hör mal hier: ›Dass die Gruppe ausgerechnet bei jenem Komponisten versagt, den sich die international bekannte Sängerin Eleonora Salazar seit Jahren auf die Fahnen geschrieben hat, ist unverständlich. Die Gruppe setzte die vier schönsten Madrigale Carlo Gesualdos mit solcher Kraftlosigkeit um, dass sich ihr Komponist im Grab herumgedreht haben dürfte.‹ Autsch, das tut weh. Und dann auch noch in einer überregionalen Tageszeitung. Apropos, den Namen Eleonora Salazar kennen wir doch. Erinnerst du dich? Gabriella Molinari hat heute Morgen von ihr erzählt. Ich glaube, sie war genau auf diesem Konzert.«

»Stimmt. Allerdings fand sie es toll. Schon komisch, dass die Ansichten so auseinandergehen.«

»Hm. Zumal unsere Gabriella ja keine unerfahrene Kunstbanausin ist. Ich kriege immer Schuldgefühle, wenn sie mir erzählt, wo sie schon wieder war.«

Sie blätterte eine Seite weiter und las erneut. »He, schau mal …«

Patrizia stellte sich neben sie. »Das ist das Programm von dem Konzert gestern Abend im Castello di Arechi.«

Sie überflogen die Abfolge der dargebotenen Musikstücke. Bach, Händel, Brahms.

»Streichkonzerte, so wie der Hausmeister sagte«, meinte Cristina.

Patrizia nickte. »Ja, aber zwei Dinge sind doch komisch, siehst du es auch?« Cristina dachte nach, dann meinte sie: »Es ist wirklich alles nur für Streicher, kein einziges Klavierstück dabei!«

»Genau! Unser Ziegenbesitzer, dieser Massimo Maiori, sprach aber davon, Klavierspiel gehört zu haben.«

»Na ja, vielleicht war das Klavier ja auch nur eine ungeplante Zugabe von einem der Musiker. Etwas, was nicht im Programm stand.«

»Möglich. Trotzdem ist noch etwas anderes seltsam. Achte doch mal auf die Zeit. Das Konzert fing um 19 Uhr an, dieser Maiori hat das Klavierspiel aber erst kurz vor Mitternacht gehört. Glaubst du wirklich, dass die da oben geschlagene fünf Stunden gespielt haben? Das wäre doch eher ungewöhnlich, oder nicht?«

»Schon«, gab Cristina zu. »Auch wenn es in Ausnahmefällen sicher mal vorkommt. Auf jeden Fall lässt es sich leicht nachprüfen.« Sie holte ihr Handy aus der Tasche und tippte.

In dem Augenblick klingelte Patrizias Telefon. Es war Davide. Er sprach schnell und aufgeregt. Offenbar hatte er eine wichtige Neuigkeit. Cristina legte wieder auf und versuchte mitzuhören, doch sie verstand nichts.

»Na sag schon!«, drängte sie, als das Gespräch beendet war.

»Den Anruf bei Angelo Nardi kannst du dir fürs Erste sparen«, antwortete Patrizia. »Weitere Anwohner auf dem Berg gibt es zwar nicht, aber Davide hat mit den Besitzern des Restaurants gesprochen, das ein Stück unterhalb der Burg an der Straße liegt. Das ›Il Castellano‹. Die haben bestätigt, dass Alessandra Amedeo gestern Abend nach dem Konzert bei ihnen gegessen hat. Sie kannten sie persönlich, weil sie nach jeder Veranstaltung auf der Burg dort einkehrte. Sie war übrigens in Begleitung. Den Mann kannten sie nur vom Sehen, nicht namentlich. Allerdings haben sie ausgesagt, dass die beiden sich gestritten haben, und zwar fast die ganze Zeit ...«

»Nämlich ...?«

»Von circa halb zehn bis etwa elf Uhr.«

*

Einige Stunden später saß Patrizia am Gartentisch ihres Hauses in Ogliara, einem hoch über der Stadt am Berg gelegenen Vorort von Salerno. Noch war es hell, doch unter der mit Blauregen überwachsenen Veranda hielt schon die Abendstimmung Einzug. Einen Blick auf den Golf hatte Patrizia von ihrer Terrasse aus nicht. Eine Häuserreihe weiter unten versperrte ihr die Aussicht. Aus einer der Wohnungen erklangen Stimmen. Offenbar eine zum Abendessen versammelte Familie.

Patrizia wiegte das Rotweinglas in der Hand, und ihr Blick fiel auf die Mauer des Nachbarhauses, die ihren Garten zur Linken begrenzte. Die Wohnung im Erdgeschoss war dunkel. Das war ungewohnt. Patrizia wurde sich bewusst, wie sehr ihr die erleuchteten Fenster ihres Nachbarn Gianni Petta fehlten. Auch wenn sie sich nicht ständig sahen, war es beruhigend, ihn in unmittelbarer Nähe zu wissen. Aber im Augenblick war er auf einer veterinärmedizinischen Konferenz in Meran, und bis zu seiner Rückkehr würden noch mehrere Tage vergehen.

Patrizia verdrängte den Gedanken und griff sich die Zeitung auf dem Tisch. Es war die gestrige Ausgabe der lokalen Tageszeitung »La Città«. Sie studierte den Kulturteil. Doch eine Rezension über das umstrittene Konzert Eleonora Salazars war nicht dabei. Offenbar hatte Alessandra Amedeo ihre Kritik nur an die überregionale Zeitung verkauft.

Patrizia dachte nach. Sie mussten unbedingt herausfinden, mit wem das Opfer am Vorabend im Restaurant gestritten hatte. Es war offenbar ein Bekannter, denn sie hatten miteinander gegessen. Leider war in der Wohnung der Toten kein Terminkalender aufgetaucht. Konnte es sein, dass Alessandra Amedeo keinen besaß? Eigentlich ausgeschlossen.

Wahrscheinlich hatte sie die Kalenderfunktion ihres bislang verschwundenen Handys benutzt. Cristina war an der Sache dran, hatte sich aber noch nicht gemeldet. In einem Anflug von Ungeduld griff Patrizia zum Telefon und wählte die Nummer ihrer Kollegin. Als abgenommen wurde, ging sie sofort zum Angriff über.

»Ciao, Cristina, immer noch keine Neuigkeiten zum Handy?«

Einen Augenblick blieb es still in der Leitung, dann erklang eine fröhliche Stimme: »Ciao, Patrizia, bist du das? Hier ist Chicca! Mama hat gerade die Milch überkochen lassen, und Chiara schreit, weil sie nicht ins Bett will.«

Chicca? Natürlich! Manchmal vergaß Patrizia glatt, dass ihre Kollegin eine Familie mit zwei kleinen Töchtern hatte. In dem Augenblick wurde Chicca der Hörer aus der Hand genommen. Cristinas Stimme klang atemlos, als hätte sie gerade einen Workout hinter sich. Sie kam sofort zur Sache.

»Pronto, Patrizia, ich hätte dich auch gleich angerufen. Mit guten und schlechten Neuigkeiten. Welche willst du zuerst hören?«

»Die gute.«

»Die gute ist, dass es natürlich kein Problem war, Alessandra Amedeos Handynummer rauszufinden, und offenbar ist das Ding auch eingeschaltet. Wir haben es also orten lassen.«

»Na super! Was kann es da noch für schlechte Neuigkeiten geben?«

»Na ja, das Problem ist, dass keine exakte GPS-Ortung möglich ist. Wahrscheinlich hat die Amedeo diese Funktion ausgeschaltet. Mach ich ja auch, wenn ich sie nicht brauche, um den Akku zu schonen.«

»Hm, und die Ortung via Sendemasten?«, fragte Patrizia.

»Haben wir gemacht, aber da ist das Ergebnis eben nicht ganz so präzise. Das Handy ist tatsächlich bei dem Sendemast eingeloggt, der den Bereich um das Castello abdeckt, aber wo genau sie es verloren hat, können wir nicht feststellen. Bisher hat die Spurensicherung es jedenfalls noch nicht gefunden.«

»Verdammt!«, entfuhr es Patrizia. »Vielleicht wurde es ihr auch abgenommen und weggeworfen, dann kann es überall dort oben in der Pampa liegen. Und wenn demnächst der Akku leer ist, suchen wir die Nadel im Heuhaufen.«

Cristina am anderen Ende der Leitung seufzte. »Da hast du leider recht. Ich habe ihre Nummer übrigens in regelmäßigen Abständen angerufen und gehofft, dass jemand von der Spurensicherung es hört und rangeht, aber Fehlanzeige.«

»Wer weiß, ob es überhaupt klingelt«, warf Patrizia ein. »Alessandra Amedeo kam gerade aus einem Konzert. Kann gut sein, dass der Klingelton noch ausgeschaltet war. Aber gib mir mal die Nummer, ich rufe weiter an. Du hast heute Abend offenbar andere Probleme.« Cristina diktierte ihr die Nummer, da ertönte im Hintergrund ein langgezogenes

Heulen, gefolgt von der entnervten Stimme Maurizios, Cristinas Mann.

»Chiara will nicht ins Bett?«, fragte Patrizia vorsichtig.

»Der ganz normale Abendwahnsinn«, meinte Cristina trocken. »Manchmal wünsche ich mir fast, ich wäre schon wieder in meinem ruhigen Büro auf der Suche nach einem Mörder.«

Patrizia lachte.

Nachdem sie das Gespräch beendet hatten, saß sie einige Minuten regungslos da. Die Stimmen aus der Wohnung unterhalb ihres Gartens waren verstummt. Es war sehr still. Kein Lüftchen wehte, und dem in voller Blüte stehenden Blauregen entströmte ein betörender Duft.

Das ist der Grund, warum ich hier oben auf dem Berg wohne. Sie trank einen Schluck Rotwein. *Es ist der einzige Ort, an dem ich diesem Sog da unten entrückt bin und mich wenigstens etwas entspannen kann. Ein Ort, an dem ich Zitronenbäume und Blauregen sehe und die Bilder der Toten in den Hintergrund treten.*

Die Bilder von Alessandra Amedeo ...

Sie seufzte. Noch gelang es ihr, nicht ständig an den geschundenen Körper der Journalistin zu denken. Aber sie wusste auch, dass diese Fähigkeit im Laufe der Ermittlung abnehmen würde. Dann, wenn der Druck und die Erschöpfung überhandnahmen und man dünnhäutig wurde. Wie lange würde sie ihre Terrasse bei Sonnenuntergang noch genießen können, bevor auch die jüngsten Bilder sie bis hierher verfolgen und ihr den Schlaf rauben würden? Sie versuchte, den Gedanken abzuschütteln, und griff zum Telefon.

*

Bob Kingfisher erreichte den Parkplatz unterhalb der Burg und stieg in sein Auto. Trotz der langen Junitage konnte man die Dämmerung vorausahnen, und hier oben im Schatten der

Burg war es schon fast düster. Wie viele Stunden er im Castello verbracht hatte, wollte er gar nicht wissen. Jetzt war er einfach nur hundemüde. Morgen würde es weitergehen. Bei einem so großflächigen Gebäude konnte die Arbeit dauern. Dazu kam, dass er Leute von der Burg hatte abziehen müssen, um Spuren zwischen dem Restaurant und dem Castello zu sichern. Seine Kollegen hatten am Nachmittag in der Nähe des Lokals begonnen, doch soviel er wusste, waren sie noch nicht weit gekommen. Und auch Alessandra Amedeos Alfa Romeo, den sie unterhalb des Parkplatzes sichergestellt und abgeschleppt hatten, wartete noch auf seine Untersuchung.

Bob Kingfisher startete den Wagen und bog auf die kurvige Straße, die in die Stadt hinunterführte. Mit einer Hand legte er eine CD ein, und Emmylou Harris sang »Goodbye«. Bob lehnte sich in seinem Sitz zurück. Die traurig-intensive Stimme der Sängerin passte zur Abendstimmung, und er begann sich zu entspannen.

Doch mit einem Mal krachte es, und er spürte einen Schlag gegen die Unterseite des Autos. Fluchend hielt er an. *Hoffentlich ist nichts kaputt.* Er stieg aus, umrundete den Wagen und fluchte noch einmal. *Diese verdammten Steine!* Er erinnerte sich vage daran, dass er schon am Morgen um sie herumgefahren war, aber da hatte man sie wenigstens besser sehen können.

Bob bückte sich und untersuchte den Wagen, doch es war alles in Ordnung.

Langsam fuhr er weiter und spähte dabei vor sich in die Dämmerung.

Da! Noch mehr Steine! Wieder fünf oder sechs in einer Reihe quer über den Fahrweg! Ob da einer versuchte, den Autofahrern einen üblen Streich zu spielen? Aber wieso auf dieser Nebenstraße, die ohnehin nur von Konzertbesuchern benutzt wurde? Bob schüttelte missbilligend den Kopf.

Keine Minute später sah er die dritte Reihe. Diesmal parkte er den Wagen am Straßenrand und stieg aus. Die Sache fing an, ihn zu interessieren. Am Morgen hatte er es bei seiner Ankunft so eilig gehabt, dass er dem schlechten Zustand der Straße keine Beachtung geschenkt hatte. Man war schließlich nicht in der Schweiz! Er war um die Brocken herumgefahren und hatte sie auf der Stelle wieder vergessen.

Aber etwas stimmte hier nicht. Das sagte ihm sein Gefühl. Er kniete sich hin und betrachtete die Steine genauer. Sie waren ganz offenbar aus der Gegend, denn sie sahen aus wie alle anderen auf dem Berg. Grau und unscheinbar. Seltsam war nur, dass sie alle die gleiche Größe hatten. Etwa die einer Boccia-Kugel. Wie die ersten beiden Reihen formten sie eine holprige Linie von einer Straßenseite zur anderen. Nur zwei der Steine lagen etwas weiter unterhalb. Möglicherweise waren sie von einem Auto aus der Reihe gestoßen worden, vielleicht sogar von einem Polizeifahrzeug, denn seit ihrer Ankunft am Morgen war die Straße für die Öffentlichkeit gesperrt.

Bob Kingfisher stand auf und ging zu Fuß bergab. Dabei zählte er seine Schritte. Nach etwa sechzig, siebzig Metern traf er auf eine neue Reihe. Er untersuchte sie und machte Fotos. Dann ging er weiter. Sechzig Meter, achtzig, hundert.

Nichts.

Er suchte den Straßenverlauf mit den Augen ab. Etwa fünfhundert Meter unterhalb konnte er das Restaurant ausmachen, in dem das Opfer nach dem Konzert gegessen hatte. Er seufzte und setzte sich erneut in Bewegung, fand jedoch keine weiteren Steine.

Am Lokal angekommen wechselte er ein paar Worte mit den Uniformierten, die die Absperrung bewachten. Dann drehte er um und ging zurück. Die Straße war steil. Er schwitzte und kam sich lächerlich vor. *Was zum Teufel mache ich hier? Steine fotografieren?* Er schüttelte den Kopf und stapfte weiter. Endlich erreichte er aufs Neue die erste Reihe, dann die zweite, dritte und vierte. Zwischen jeder von ihnen lagen circa sechzig bis siebzig Meter. Alle sahen sie ähnlich, aber nicht gleich aus.

Bei der vierten und letzten Reihe blieb er stehen und trommelte sich mit den Fingern auf die Glatze, wie immer, wenn er scharf nachdachte. War er ein Idiot, weil er immer noch hier oben stand, statt mit Emmylou Harris »Goodbye« zu sagen und sich in seiner Wohnung etwas zu essen zu machen? Nein, irgendetwas war faul an der Sache. Die regelmäßigen Abstände, die gleichmäßige Größe der Brocken.

Wie schon bei den ersten drei Reihen sah Bob Kingfisher sich auch bei der letzten am Straßenrand um und suchte vorsichtig das Buschwerk ab. Tief unter ihm lag der Golf. Die untergehende Sonne tauchte den Horizont und das Meer in intensives Orange, und zu seiner Rechten bildeten die in tiefem Schatten liegenden Berge der Amalfiküste eine einzige schwarze Masse. Nur die Bergzacken hoben sich scharf gegen den helleren Himmel ab. Einen Augenblick lang genoss Bob die Abendstimmung und atmete die würzige Luft ein. Wilder Rosmarin und Thymian. Es tat gut. Dann riss er den Blick von der Aussicht los und konzentrierte sich wieder auf den Boden zwischen den Sträuchern. In seinem Augenwinkel blitzte etwas auf. Eine Glasscherbe? Er trat näher und wollte schon die Hand ausstrecken, da erkannte er den Gegenstand und hielt abrupt inne. Es war ein Smartphone!

Er zog die Einweghandschuhe über, nahm das Handy vorsichtig in die Hand und strich über den Bildschirm. Der Akku war schwach, aber noch nicht leer. Ohne nachzudenken, öffnete er den Kalender und rief den Vortag auf.

19 Uhr Konzert mit Paolo.

Wenn das nicht Alessandra Amedeos Handy war! Er tippte auf die Kontaktliste.

Bbrrrrrr.

Die Vibration kam so unerwartet, dass Bob das Telefon beinahe fallen gelassen hätte. Erst als der Schreckmoment vorüber war, wurde ihm klar, dass ein Anruf einging. Das Handy kannte die Nummer nicht, er dafür umso besser.

Er tippte auf Grün.

»Buonasera, Signora Commissaria! So spät noch bei der Arbeit? Kein Privatleben? Nichts Besseres zu tun?«

»Zieh bloß keine voreiligen Schlüsse von dir auf andere! Santo cielo, Bob, heißt das, du hast das Handy der Amedeo gefunden? Wo zum Teufel war es?«

»In den Büschen neben einer sehr interessanten Reihe aus Steinen auf der Straße unterhalb des Castellos. Von diesen Steinreihen gibt es übrigens mehrere. Vier, um genau zu sein.«

»Interessante Steinreihen? Was redest du da? Meinst du die nervigen Brocken, die da überall auf der Straße rumlagen?«

»Nervige Brocken?«, rief Bob aus, und Patrizia wusste, dass sein glattrasierter Kopf sich bei dieser Tonlage rot verfärbte. »Beleidige bloß unsere Indizien nicht, sonst beschließen sie am Ende noch, ihr Geheimnis für sich zu behalten.«

»Du sprichst in Rätseln. Geht's auch etwas klarer?«

»Was die Steine angeht, leider noch nicht. Aber ich habe etwas anderes für dich. Ich habe mir den Handykalender unserer Journalistin angesehen, und es gibt einen Eintrag für den gestrigen Abend.« Er brach ab.

Patrizia stöhnte, sagte aber nichts. Bob war dafür bekannt, seine Neuigkeiten häppchenweise zu präsentieren, bis man vor Ungeduld fast platzte.

Dann war die Kunstpause zu Ende. »19 Uhr Konzert mit Paolo. Sagt dir der Name was?«

»Paolo? Kein Nachname, keine Telefonnummer? Hast du schon in die Kontaktliste geschaut?«

»Good Lord! Du kriegst den Hals auch nie voll. Zur Kontaktliste bin ich noch nicht gekommen, weil du ja …«

Das Gespräch war weg. Entnervt wählte Patrizia die Nummer erneut, doch diesmal erhielt sie eine automatische Mitteilung. Das Gerät war ausgeschaltet. Der Akku war leer.

Patrizia lehnte sich zurück und atmete tief durch.

Paolo also. Alessandra Amedeo war mit einem Paolo im Konzert gewesen, und höchstwahrscheinlich war er es auch, mit dem sie anschließend im Restaurant »Il Castellano« gegessen hatte.

Gegessen … und gestritten.

Sobald Bob das Handy wieder aufgeladen hatte, würden sie sicher schnell herausfinden, wer dieser Mann war.

Patrizia trank den letzten Schluck Wein und stand auf. Auf der Veranda war es düster geworden. Doch als sie die Zeitung zuschlagen wollte, fiel ihr Blick auf das Impressum des Kulturteils und blieb an einer Zeile hängen:

Redattore Editoriale stand da. Und ein Name. Sie beugte sich vor, um ihn im schwindenden Licht besser lesen zu können.

Redattore Editoriale: Paolo Pacifico.

Kapitel 3

MITTWOCH, 27. JUNI 2012

Sie hatten früher gehen können. Stromausfall. Genau zur richtigen Zeit. Ein Hoch auf das Elektrizitätswerk. Gerade heute passte ihm das besonders gut, denn Eleonora hatte Geburtstag. Auf dem Weg nach Hause hatte er noch einen Abstecher zu dem Musikgeschäft gemacht, in dem er schon vor Wochen das gesehen hatte, was er ihr schenken wollte. Er fühlte das Päckchen in der Hand. Von außen konnte man nicht erkennen, was es war.

Ein Metronom.

Und nicht irgendeins. Es war ein Wittner 811M, Mahagonigehäuse. Er hatte es nicht einpacken lassen. Zu Hause würde er es aus der Schachtel nehmen, anstoßen und über Eleonoras Gesicht lachen, wenn sie das sanfte, regelmäßige Ticken hörte, noch bevor sie es sehen konnte.

Kurz darauf öffnete er die Wohnungstür. Vorsichtig. Er wollte sie überraschen. Lautlos drehte sich der Schlüssel im Schloss, und er trat ein, lauschte. Nichts. Konnte es sein, dass sie nicht da war? Leise ging er zu ihrem Arbeitszimmer. Die Tür stand offen. Es war leer. Ebenso wie das Wohnzimmer und die Küche. Enttäuschung stieg in ihm auf. Er setzte sich an den Esstisch, stellte das Päckchen ab und überlegte. Wahrscheinlich machte sie noch kurz eine Besorgung. Immerhin war er zwei Stunden zu früh dran.

Er nahm das Päckchen und entfernte das Papier. Dann stellte er das Metronom behutsam vor sich hin. Im schräg einfallenden Licht konnte man die Fingerabdrücke der Verkäuferin auf dem Mahagonigehäuse sehen. Er ging in die Küche, holte ein Tuch und begann, das warm leuchtende Holz zu polieren, bis es glänzte. Dann streckte er langsam die Hand aus und berührte den Zeiger. Es bedurfte nicht viel. Nur ein zartes Antippen mit der Fingerspitze, und das dünne Metallstäbchen setzte sich in Bewegung.

Tick.

Tack.

Langsam und gemächlich.

Er war sicher, dass Eleonora sich freuen würde. Seit Wochen beklagte sie sich, kein Metronom mehr zu haben, seit das alte heruntergefallen war. Kein großer Verlust. Das Ding war nicht mehr viel wert gewesen. Nur dass Eleonora sich natürlich selber nie die Zeit nahm, ein neues zu kaufen.

Er sah auf. Ein Geräusch? Tatsächlich. Es kam aus dem Schlafzimmer. Eleonora musste sich hingelegt haben und war wieder aufgewacht. Behutsam nahm er das Metronom und setzte es auf die linke Handfläche. Er wollte keine neuen Fingerabdrücke hinterlassen. Der Zeiger schwang unbeirrt fort.

Tick.

Tack.

Als er am Schlafzimmer ankam, war es wieder still. Vorsichtig drückte er die Klinke herunter. Nur für den Fall, dass Eleonora wieder eingeschlafen war. Die Tür schwang auf, und er blickte zum Bett. Der Rücken eines Mannes. Sein Körper bewegte sich kraftvoll auf und ab.

Und dann sah er sie.

Eleonora.

Fast hätte er sie nicht erkannt. Ihre Züge waren verzerrt, und aus ihrem Mund kamen seltsame Laute. Ihre linke Hand umschlang den Hals des Mannes. Endlose Sekunden vergingen, ohne dass er begriff, was vor ihm geschah. Sein Gehirn weigerte sich, die Informationen zu verarbeiten.

Tick.

Tack.

Das Metronom tickte die Sekunden herunter. Eleonoras Mund bewegte sich, als ob er Laute ausstieße, doch er hörte nichts mehr. Nichts außer dem Ticken, das immer lauter wurde, ihm in den Ohren dröhnte.

Jetzt hatte es auch Eleonora gehört. Sie wandte den Kopf, ihre Augen waren auf ihn gerichtet. Dann bäumte ihr Oberkörper sich auf. Und während der Orgasmus in Wellen über sie hinwegging, schrie sie auf. Schrie ihre Lust, ihre Wut heraus. Schrie ihn an. Ja, der Schrei galt ihm, doch er hörte ihn nicht. Er nahm die Bewegung wahr wie in einem Stummfilm. Nur das Ticken füllte seinen Kopf. Langsam und gleichmäßig. Einem Rhythmus folgend, der nicht zu dem passte, was er vor sich sah.

Jetzt wandte ihm auch der Mann das Gesicht zu. Unwillkürlich trat er einen Schritt zurück.

Der andere wirkte überrascht, erst betroffen, dann belustigt. Und während er sich von Eleonora löste, hob und senkte sich sein Brustkorb, seine Augen wurden schmal. Er lachte, lachte ihn an. Nein – er lachte ihn aus.

Das Ticken in seinen Ohren schwoll zu einem ohrenbetäubenden Lärm an. Er wollte, dass es aufhörte. Wollte das Metronom nach dem Kerl werfen, ihn am Kopf treffen oder es wenigstens fallen lassen. Doch seine Hand krampfte sich um das Gerät, unfähig es loszulassen.

Er wandte sich ab und ging auf den Flur, als wäre sein Körper eine Marionette, die von einem unsichtbaren Puppenspieler bewegt wurde. Die Wohnungstür öffnete sich wie von selbst, und er trat hinaus auf den Treppenabsatz. Als er sich noch einmal umdrehte, sah er den Mann im Flur stehen. Ohne nachzudenken, packte er die Tür und knallte sie zu. Und diesen Knall hörte er. Sein Echo hallte im Treppenhaus, bevor es nach und nach in einen lauten Alarmton überging.

Biep, biep, biep.

Er riss die Augen auf. Einen Augenblick lang war er desorientiert, wusste nicht, wo er war. Dann kehrte er in die Realität zurück. Im Zimmer war es hell. Sonne schien durch die Vorhänge. Doch die Stimmung hatte nichts Friedliches. Der Alarm schrillte in seinen Ohren, und er richtete sich stöhnend auf. 7 Uhr. Er versetzte dem Wecker einen Schlag. Endlich Stille. Schwer ließ er sich aufs Kissen zurücksinken und dachte an den Traum.

Es war unfassbar, dass er ihn immer noch hatte. Diesen ... und den anderen. Immer noch und immer wieder. Dazu jedes Mal mit der gleichen Intensität. Einen Moment lang blieb er regungslos liegen, schloss die Augen und versuchte, ruhig zu atmen, den Raum um sich zu spüren, den Traum abzuschütteln. Dann gab er sich einen Ruck und setzte sich auf. Heute konnte er unmöglich zu spät kommen.

*

Patrizia trommelte mit dem Bleistift auf ihr Notizbuch, und auch Pietro Di Leva schaute verdrossen drein, wenngleich er bisher nichts gesagt hatte. Noch nicht.

Endlich hörte man Stimmen. Die Tür ging auf, und die beiden Kriminalassistentinnen Antonia und Lydia kamen herein, gefolgt von ihren uniformierten Kollegen Marco und Leo, die Di Leva für die neu gegründete SOKO angefordert hatte. Alle vier hatten Tassen mit Cappuccino in der Hand. Als sie die verärgerten Mienen sahen, blieben sie betreten stehen.

»Die Schlange in der Bar war so lang«, sagte Leo schwach.

»Ragazzi, so geht das nicht!«, fuhr Patrizia sie an. »Es ist fast halb acht, und wir haben einen Mordfall aufzuklären. Ihr habt doch alle eine Kaffeemaschine zu Hause, oder nicht?« Betroffenes Nicken.

»Dann benutzt sie«, fauchte Di Leva. »Und wenn wir jetzt bitte anfangen könnten?«

Patrizia atmete auf. Standpauken lagen ihr nicht. Sie war froh, zur Tagesordnung übergehen zu können. »Cristina, willst du kurz zusammenfassen?«

Cristina nickte. »Gut, wie wir alle wissen, haben wir eine Tote, Alessandra Amedeo, 54, freie Kulturjournalistin. In ihrer Branche offenbar sehr erfolgreich. Sie besuchte vorgestern Abend in Begleitung eines Mannes namens Paolo das Konzert auf dem Castello di Arechi. Kurz vor halb zehn betrat sie das Restaurant ›Il Castellano‹, weiter unten an der Straße, wahrscheinlich in Begleitung dieses Paolos. Sie stritten sich. Gegen elf verließen sie das Lokal. Von Gabriella Molinari wissen wir, dass der ungefähre Todeszeitpunkt zwischen Mitternacht und ein Uhr liegt. Dieser Paolo ist also möglicherweise der Letzte, der sie lebend gesehen hat.«

»Richtig«, fuhr Patrizia fort. »Und deshalb werden wir uns mit ihm zuerst befassen. Ich bin nämlich gestern Abend in der Tageszeitung ›La Città‹ über den Namen Paolo Pacifico gestolpert. Er ist Redakteur des Kulturteils. Nun ist Paolo natürlich ein sehr häufiger Name, trotzdem …« Sie sah Bob an. »Ist es dir gelungen, Alessandra Amedeos Handy wieder aufzuladen? Was sagt die Kontaktliste?«

Bob lächelte zufrieden. »Die sagt, dass du richtigliegst. Insgesamt sind drei Paolos in den Kontakten gespeichert, aber nur Paolo Pacifico hat vorgestern Nachmittag noch einmal per SMS die Verabredung für das Konzert bestätigt.«

»Super!«, rief Cristina. »Das war ja ein Kinderspiel. Dann

sollten wir uns so schnell wie möglich mit diesem Pacifico unterhalten. Also, lasst es uns kurz machen. Bob, was hat die Spurensicherung sonst noch zu bieten?«

Bob zuckte müde mit den Schultern. »Fingerabdrücke und Haare von Hunderten Personen haben wir zu bieten«, meinte er missmutig. »Und es werden noch mehr werden. Wir sind noch lange nicht durch. Was den Tatort angeht … den können wir bestätigen. Die Frau wurde tatsächlich auf der Bühne im Castello getötet. Es gibt nirgendwo sonst Kampf- oder Blutspuren, und laut Gabriella spricht auch die Blutmenge am Fundort dafür.«

»Was ist mit dem Klavier?«, fragte Davide. »Immerhin hat ein Zeuge dort oben gegen Mitternacht noch Klavierspiel gehört, obwohl das Konzert längst aus war.«

»Nun, … das ist tatsächlich interessant«, erwiderte Bob. »Die Tasten sind nämlich völlig sauber. Keinerlei Spuren, wie frisch gewienert. Also, wenn der Anwohner sich nicht irrt und das mit dem Klavierspiel stimmt, dann hat jemand in der Nacht von Montag auf Dienstag die Tasten sehr sorgfältig abgewischt. Und nicht nur die Tasten, sondern auch …«

Weiter kam er nicht, da Pietro Di Leva ihn unterbrach. »Dann hat wahrscheinlich entweder die Tote gespielt oder der Täter. Aber ein geplanter Mord, bei dem vorher noch musiziert wird?« Er schüttelte den Kopf. »Für mich klingt das eher nach einem romantischen Stelldichein. Vielleicht ist da nur ein plötzlicher Streit unter Liebenden aus dem Ruder gelaufen. Das wäre Mord im Affekt.«

»Ein romantisches Stelldichein mit Metronom?«, fragte Davide lächelnd. »Benutzt man so was nicht eher, wenn man eine Fuge von Bach übt und der Klavierlehrer mit strengem Blick danebensteht?«

Ein paar Kollegen grinsten, doch Cristina kam Pietro Di Leva zu Hilfe. »Einerseits hat Davide recht. Andererseits haben wir das Metronom nicht auf dem Flügel gefunden, sondern auf der Burgmauer. Vielleicht waren die Amedeo und ihr Mörder oben auf dem Wehrgang und haben die Aussicht bewundert. Sie könnten das Metronom aus Jux mitgenommen haben, und als dann der Streit losging, ist es da oben …«

Sie unterbrach sich, als sie Bobs Gesicht sah, der gespielt mitleidig den Kopf schüttelte. »Ich bin ja hier nur der Kriminaltechniker, aber so manche Diskussionen könnte man sich sparen, wenn man mich ausreden ließe.« Er warf Pietro Di Leva einen kurzen Seitenblick zu. »Ich wollte eigentlich sagen, dass das Metronom ebenfalls völlig sauber ist. Keinerlei Fingerabdrücke. Ich fasse also zusammen. Wenn unser Opfer dort oben ein romantisches Stelldichein hatte, dann mit einem Mann, der zufällig ein langes Messer zu dem Treffen mitgebracht hat und außerdem nach der Tat geistesgegenwärtig genug war, sowohl die Tastatur als auch das Metronom abzuputzen. Danach hat er dann das tickende Ding auf der Burgmauer stehenlassen. Und jetzt frage ich euch: Wonach hört sich das an?«

»Nicht nach Affekt«, seufzte Patrizia. Die anderen nickten.

»Schön und gut«, meinte Davide. »Also nicht im Affekt. Aber was ist mit dem Tatort? Warum hat der Täter das Castello ausgewählt, und wie kamen er und das Opfer da überhaupt rein? Immerhin wissen wir ja, dass Alessandra Amedeo nach dem Konzert noch im Restaurant essen war.« Er wandte sich an den Kriminaltechniker. »Gibt es Einbruchspuren an den Zugängen?«

»Wenn es offensichtliche Einbruchspuren gäbe, hätte ich das wohl zuerst gesagt«, brauste Bob auf. Seine Glatze färbte sich rot. »An dem Tag, an dem ich das nicht mehr tue, könnt ihr mich in Pension schicken.« Er machte eine Pause und lehnte sich auf dem Stuhl zurück. Dann sagte er in versöhnlicherem Ton: »Sorry, es ist gestern spät geworden, und wahrscheinlich hätte ich mir das Beste nicht bis zum Schluss aufheben sollen.«

Die anderen sahen ihn erstaunt an, und Bob fuhr fort: »Ich habe letzte Nacht noch den Schlüssel des Hausmeisters untersucht. Er wurde ebenfalls gereinigt, aber möglicherweise nicht, um Fingerabdrücke abzuwischen, sondern etwas anderes. Genauer gesagt, eine Schnellabformmasse zum Nachmachen von Schlüsseln. In die drückt man das Original und macht mithilfe des Abdrucks ein Duplikat. Die Rückstände auf dem Schlüssel des Hausmeisters beweisen, dass er in eine solche Knete gedrückt wurde. Ziemlich billiges Zeug, wie es bei Nachmach-Sets dabei ist. Die kriegt man bei Online-Händlern. Geht schnell und braucht nicht mal Vorkenntnisse.«

Im Raum herrschte Schweigen. Dann sagte Patrizia: »Ein nachgemachter Schlüssel … Das ist ja ein Ding! Aber wann ist das passiert? Schon eine ganze Weile vorher oder erst kurz vor dem Mord? Und wie kam der Täter an den Schlüssel ran? Wir müssen dringend nochmal mit Angelo Nardi sprechen. Davide, machst du das?«

Davide nickte, und sie wandte sich an Bob. »Sag mal, kann man anhand der Rückstände feststellen, wann der Abdruck gemacht wurde?«

Bob zuckte mit den Schultern. »Eher nein. Sie sind vollständig ausgehärtet, aber das ist kein Wunder. Das Zeug ist darauf ausgelegt, sofort zu trocknen, und die Reste waren so gering, dass ich keine zusätzlichen Anhaltspunkte wie Brüchigkeit und Ähnliches habe. Wenn ich noch irgendwas finde, sage ich es euch. Ach, apropos finden. Es gibt tatsächlich noch etwas, was ich gefunden habe, und zwar die hier …« Er reichte einen Stapel Fotos herum.

»Steine auf der Straße?« Pietro Di Leva zog ungläubig die

Augenbrauen hoch. »Ist das nicht etwas, womit sich die Stadt-verwaltung beschäftigen sollte?«

Bobs Kopf färbte sich erneut dunkel, dennoch sagte er scheinbar ruhig: »Deswegen bin ja auch ich hier der Kriminal-techniker und nicht Sie. Aber vielleicht sehen meine werten Kollegen erstmal richtig hin. Es ist gar nicht so schwer.«

Patrizia sah besorgt zu Pietro Di Leva hinüber, aber der war zu perplex, um beleidigt zu reagieren. Angestrengt betrachte-ten sie die Fotos.

»Die Steine liegen alle mehr oder weniger auf einer Linie«, meinte Antonia schließlich.

»Ja«, stimmte Lydia zu. »Immer von der einen bis zur anderen Straßenseite. Keine geraden Linien, aber trotzdem haben sie sich wahrscheinlich nicht von selbst dahin gelegt.«

»Außerdem sind die Brocken alle etwa gleich groß«, ergänzte Marco. »Die Mädels haben recht. Die wurden da hingetragen.«

»Vielleicht von Jugendlichen?« Der Polizeichef machte ei-nen letzten trotzigen Anlauf.

Bob räusperte sich und sagte, ohne Di Leva dabei anzuse-hen: »Der Abstand zwischen den Reihen beträgt jeweils etwa siebzig Meter.«

»Da hat jemand seine Schritte abgezählt«, folgerte Leo. Bob klatschte leise Beifall.

»Ja«, meinte Patrizia. »Interessant klingt das schon, um nicht zu sagen seltsam. Aber können wir den, der das gemacht hat, mit dem Mord in Verbindung bringen?« Sie sah Bob an und wusste, dass man konnte. Auch die anderen hatten das unter-drückte Schmunzeln bemerkt.

»Ich habe mehrere Steine mitgenommen. Sie weisen ganz feine Abreibungen von Latex auf. Es ist anzunehmen, dass sie alle von derselben Person transportiert wurden. Einer Person, die Latexhandschuhe trug.«

Patrizia und Cristina sahen sich an. Auch die anderen flüsterten miteinander.

»Sehr gut, Bob«, meinte Patrizia schließlich. Sie nahm die Fotos mit den Steinen und pinnte sie an das Board neben die der Toten. Dann setzte sie sich wieder. »Hat sonst noch irgendwer Neuigkeiten?« Die anderen schüttelten den Kopf, und Patrizia warf einen Blick in ihr Notizbuch, in dem sie sich die nächsten Schritte notiert hatte. Zügig verteilte sie die Aufgaben, dann beendete sie die Sitzung, und das Team verließ den Raum. Auch Cristina war bereits auf dem Weg zur Tür, als sie bemerkte, dass ihre Kollegin noch einmal vor den Fotos stehengeblieben war. Sie gesellte sich zu ihr. Gemeinsam betrachteten sie die Bilder.

»Was denkst du?«, fragte Cristina schließlich.

»Ich weiß nicht. Wir haben schon recht viele Puzzleteilchen, die aber zusammen kein Bild ergeben. Der Einbruch ins Castello, das Klavierspiel …«

»Die Seitenlage des Opfers.«

Patrizia nickte. »Genau. Und dann die hier …« Sie zeigte auf die Fotos des Metronoms und der Steinreihen. »Erinnerst du dich an das Ticken in der Stille? Das Ding muss die ganze Nacht gelaufen sein. Möglicherweise sogar während des Mordes. Irgendwie ist mir das unheimlich.«

»Geht mir genauso. Und dann diese Steine …«

»Sie sind wie eine Botschaft, ein Zeichen. Nur wofür?«

»Wofür, und für wen? Für Alessandra Amedeo? Für uns? Wurden sie vor der Tat dort hingelegt oder danach?«

»Hm …« Patrizia beugte sich vor, kniff die Augen zusammen und betrachtete die Steine konzentriert. Dann meinte sie: »Sie sind so unspezifisch und gleichzeitig so konkret. Aber für was stehen sie? Ist ihre Zahl relevant oder ihre genaue Stellung? Und warum vier Reihen? Warum nicht drei oder fünf?« Sie lehnte sich wieder zurück und seufzte.

Cristina nickte bedächtig. »Weißt du was, wir sollten Simona in die Ermittlungen miteinbeziehen. Ich habe das dumpfe Gefühl, dass wir das Auge und die Herangehensweise einer Psychologin ganz gut gebrauchen könnten.«

»Du hast recht. Und jetzt, wo du es sagst ... Erinnerst du dich, wie sie die Vorgehensweise des Täters in unserer Mordserie im letzten Winter nannte?«

»Du meinst die Art, wie der Mörder seine Tat und seinen Tatort in Szene setzte? Ich glaube, sie sprach von einer Inszenierung, die für den Täter eine Bedeutung hat und etwas mitteilen soll. Aber denkst du wirklich, dass wir es hier mit etwas Ähnlichem zu tun haben?«

Patrizia zuckte mit den Schultern. »Keine Ahnung. Aber ich halte es zumindest für möglich, dass sich auch hinter diesen für uns sinnlosen Details eine Botschaft verbirgt. Die Frage ist nur welche ... und an wen.«

*

Das starke Vormittagslicht fiel schräg in den Corso Vittorio Emanuele ein, sodass seine eine Seite in der Sonne, die andere in tiefem Schatten lag. Auf der Suche nach einem regulären Parkplatz war Patrizia schon zweimal erfolglos um den Block gefahren. Schließlich gab sie entnervt auf und parkte ihren Fiat Cinquecento, die rote Klara, in zweiter Reihe. War es ihre Schuld, dass es zu dieser Tageszeit im Zentrum kaum freie Plätze gab? Sie legte eine Polizeiplakette auf ihr Armaturenbrett und ging auf das klassizistische Gebäude zu, in dem sich die Redaktion der Zeitung »La Città« befand.

Nach einer kurzen Absprache hatten Cristina und sie beschlossen, sich zu trennen. Patrizia wollte Paolo Pacifico, den Redakteur des lokalen Kulturteils, befragen, während Cristina zu seiner Frau gefahren war.

Die Redaktion befand sich im dritten Stock. Es herrschte hektische Betriebsamkeit.

Am Ende eines langen Ganges betrat Patrizia das Büro von Pacificos Sekretärin, doch die warf ihr nur einen desinteressierten Seitenblick zu und machte keine Anstalten, sich nach ihrem Anliegen zu erkundigen. Wortlos zog Patrizia ihre Polizeimarke aus der Tasche und hielt sie vor sich, aber die Dame hatte die Bewegung gar nicht wahrgenommen und tippte weiter auf ihren Computer ein. Patrizia räusperte sich gereizt.

Der verärgerte Gesichtsausdruck der Sekretärin änderte sich schlagartig, als sie aufsah und ihr Blick auf die Marke fiel. Verlegen, aber noch immer grußlos stand sie auf und betrat einen Nebenraum. Patrizia wertete dies als Zeichen, dass die Dame längst ahnte, worum es ging. Tatsächlich dauerte es keine halbe Minute, bevor sie ins Büro des Redakteurs geführt wurde.

Paolo Pacifico saß blass auf seinem Sessel hinter dem breiten Schreibtisch. Er mochte Mitte fünfzig sein, groß, sportlich, mit vollem grauem Haar und Dreitagebart. Als Zeitungsmann war er sicher unter den Ersten gewesen, die am Vortag von Alessandra Amedeos Tod erfahren hatten, und seinem Aussehen nach zu urteilen, war er in der letzten Nacht kaum zur Ruhe gekommen. Er machte einen verstörten Eindruck, und sein Blick zuckte nervös im Raum umher.

»Signor Pacifico, Sie können sich denken, warum ich hier bin ...« Pacifico nickte, und Patrizia beschloss, die Vorrede zu überspringen und sofort zu den Fakten überzugehen.

»Bene. Uns liegen Hinweise vor, dass Sie am Montagabend mit der Journalistin Alessandra Amedeo im Konzert auf dem Castello di Arechi und anschließend zum Abendessen im ›Il Castellano‹ waren.« Paolo Pacifico nickte erneut.

»Gut. Laut Augenzeugen verließen Sie das Lokal gemeinsam gegen elf Uhr. Was haben Sie danach gemacht?«

»Sie verdächtigen mich ...« Der Kulturredakteur sah Patrizia ausdruckslos an.

Die zuckte mit den Schultern. »Sie sind bislang der Letzte, mit dem Alessandra Amedeo gesehen wurde ... Und Sie haben sich im Lokal gestritten.«

»Ja, das haben wir, auch wenn ich jetzt wünschte, es wäre nicht so gewesen.«

»Worum ging es bei dem Streit, und was haben Sie getan, nachdem Sie das Lokal verlassen hatten?«

»Es ging um das Konzert am letzten Sonntag. Das Madrigalkonzert in Ravello. Eleonora ... Eleonora Salazar und ihre Gruppe Kontrapunkt.«

Patrizia hob die Augenbrauen. Wie oft hatte sie diesen Namen in den letzten Tagen schon gehört? Doch sie sagte nichts, und Paolo Pacifico fuhr fort: »Alessandra hatte den Auftrag, eine Rezension zu schreiben. Für den ›Corriere della Sera‹, aber auch für unsere Zeitung ...«

Patrizia war überrascht. »Ich habe die Rezension im ›Corriere della Sera‹ gelesen. In Ihrer Zeitung bin ich aber ehrlich gesagt nicht fündig geworden.«

»Genau das ist es ja!« Pacificos Stimme klang jetzt forscher. »Ich habe sie nicht drucken lassen. Sie war ...« Er suchte nach den passenden Worten. »Sie war falsch. Unter der Gürtellinie, wenn Sie verstehen, was ich meine. Meinen Kollegen vom ›Corriere‹ ist das vielleicht nicht aufgefallen, aber ich war bei dem Konzert dabei, und ich mache so was nicht. Alessandras Artikel war nicht objektiv, er war zynisch und gehässig. Ich fand das unethisch. Und es ist auch nicht das erste Mal, dass so etwas passiert ist. Vor ein paar Monaten schrieb sie eine vernichtende Kritik über ein Solokonzert der Salazar. Schon damals hatten wir eine Auseinandersetzung deswegen. Die Rezension sollte in ›La Città‹ erscheinen, aber ich sagte ihr, dass sie ihre Objektivität verloren hätte und damit sowohl ihren als auch unseren guten Ruf aufs Spiel setzt. Ich druckte den Artikel nicht und dachte, sie hätte daraus gelernt, aber da lag ich offenbar falsch.«

»Können Sie sich diese offensichtliche Antipathie gegen Eleonora Salazar erklären?«

Pacifico zögerte einen Augenblick, und Patrizia hatte das Gefühl, dass er etwas sagen wollte, doch dann schüttelte er den Kopf.

»Sie mochten sich wohl einfach nicht, nehme ich an, obwohl das ja bei einer Rezension eigentlich keine Rolle spielen dürfte. Und was Ihre zweite Frage angeht: Als wir das Lokal verließen, bin ich sofort heimgefahren. Ich war verärgert. Gegen zwanzig nach elf war ich zu Hause. Meine Frau und mein Sohn waren noch wach.«

»Alessandra Amedeos Wagen war am Straßenrand unterhalb des Castellos geparkt. Sind Sie noch gemeinsam zu Ihren Autos gelaufen?«

»Nein, ich war nach dem Konzert mit dem Wagen zum Restaurant gefahren, sie war zu Fuß gegangen. Als wir aus dem Lokal kamen, habe ich ihr angeboten, sie zu ihrem Auto zu bringen. Dort oben ist es ziemlich dunkel, nicht mal Straßenlaternen. Aber sie hat mich zum Teufel gewünscht und einfach stehenlassen, und mir war es recht. Ich war auch wütend.«

Unvermittelt stützte Pacifico den Kopf in die Hände und vergrub die Finger in den Haaren. »Wie konnte ich nur! Ich bin schuld!«

Patrizia sah ihn prüfend an. Die Sache ging dem Redakteur ganz offenbar nahe. Doch gerade jetzt wollte sie ihm keine Pause gönnen.

»Wir haben in Alessandra Amedeos Wohnung ein Foto gefunden. Es zeigt Sie beide auf einer Jacht. Offenbar kannten Sie sich schon sehr lange.«

Paolo Pacifico hob den Kopf und sah Patrizia an. Seine Augen waren gerötet.

»Ja, lange. Alessandra arbeitete früher fest für diese Zeitung, wollte sich aber ganz der Musikkritik widmen, und das war bei uns nicht möglich. Deshalb hat sie sich selbstständig gemacht und ist … und war sehr erfolgreich damit.«

»Waren Sie eng mit Signora Amedeo befreundet?«

»Eng? Wie meinen Sie? Wir haben ab und zu etwas miteinander unternommen, zum Beispiel am Montag.«

»Und der Tag auf dem Boot?«

Paolo Pacifico nickte. Einen Augenblick schienen seine Gedanken zurück zu jenem Tag auf dem Wasser zu wandern.

»Die Jacht, ja. Sie gehört meinem Bruder. Ich weiß auch, welches Bild Sie meinen. Es entstand vor sechs, sieben Jahren vor Sorrento. Meine Frau und ich, Alessandra, mein Bruder Giovanni. Ein schöner Tag.« Patrizia wartete auf eine Fortsetzung, doch die blieb aus.

»Gibt es andere enge Bekannte oder Freunde? Wissen Sie, ob Alessandra Amedeo einen festen Partner oder sonstige Männerbekanntschaften hatte?«

Über diese Frage musste Pacifico offenbar nicht nachdenken. Er schüttelte entschieden den Kopf. Patrizia seufzte innerlich. Dann sagte sie: »Hatte sie so etwas wie ein Spezialgebiet?«

Pacifico nickte. »Sie hat sich mit allen Epochen gut ausgekannt, aber am besten wohl mit der älteren Musik. Renaissance und Barock.«

»Ach … Dann fiel Eleonora Salazars Madrigalkonzert ja ganz in ihren Bereich.«

»Ja, deshalb war der Artikel ja so rufschädigend. Ein Konzert kann noch so gelungen sein, aber wenn ein Verriss erscheint, und dann auch noch von einer bekannten Kritikerin … Ich sage Ihnen, sowas hat Konsequenzen für die Karriere.«

»Hat sich Alessandra Amedeo auch bei anderen Künstlern mit ihren Rezensionen unbeliebt gemacht? Wurde sie je bedroht?«

Paolo Pacifico zuckte mit den Schultern. »Sie hatte sicher nicht nur Freunde. Ich kenne eine ganze Reihe Musiker, die sich von ihr brüskiert fühlten, obwohl – sicher keiner so sehr wie Eleonora Salazar.« Er unterbrach sich, als müsse er abwägen, was er noch sagen wollte. Dann fuhr er fort: »Sehr erbost war am Montag auch Eleonora Salazars Ex-Mann. Also ... Noch-Mann sollte ich wohl sagen. Obwohl sie bereits getrennt leben.«

»Woher wissen Sie das?«

»Hören Sie, ich will damit keine Andeutungen machen. Saverio Salazar hatte alles Recht der Welt, über Alessandras Rezension im ›Corriere‹ ungehalten zu sein. Er kam hierher. In mein Büro. Montagnachmittag. Er wollte wissen, ob wir vorhätten, eine ähnliche Rezension von Alessandra über das Konzert zu drucken. Ich verneinte das. Er sagte außerdem, dass er Alessandra wegen des Artikels zur Rede stellen würde. Natürlich riet ich ihm dringend davon ab. Ich wusste nicht, was das bringen sollte. Aber von Alessandra weiß ich, dass er am Spätnachmittag tatsächlich noch bei ihr war. Er muss sich aufgeführt haben wie ein Irrer, hat rumgeschrien und ihr mit rechtlichen Schritten gedroht.«

»Gut. Wir bräuchten eine Liste mit Namen der Künstler, die sich Alessandra Amedeo zu Feinden gemacht haben könnte. Stellen Sie uns eine zusammen? Und Ihr eigenes Alibi werden wir natürlich überprüfen.« Paolo Pacifico nickte.

Gleich darauf stand Patrizia auf dem Flur der Redaktion, doch als Pacifico seine Bürotür schließen wollte, fiel ihr noch etwas ein. Schnell drehte sie sich um.

»Ach ja, eines noch ... Spielen Sie eigentlich Klavier?«

Ihr Gegenüber sah sie verblüfft an. »Nein, warum fragen Sie?«

56

»Und Alessandra Amedeo?«

Wieder fixierte Paolo Pacifico sie einen Augenblick. Dann sagte er: »Alessandra? Klavier? Ganz sicher nicht!«

*

Gabriella Molinari stützte sich am Rand des Obduktionstisches auf und verharrte einen Augenblick regungslos. Dann zog sie sich die Handschuhe aus, rieb sich über Stirn und Augen und atmete tief aus. Die Untersuchung der Leiche war abgeschlossen. Es war nicht die komplizierteste Obduktion gewesen, die sie in ihrem Leben hatte vornehmen müssen. Alessandra Amedeo war erstochen worden. Was die Todesursache anging, gab es keinen Zweifel. Und auch die Vorgehensweise des Täters warf keine Fragen auf. Dennoch hatte Gabriella eine leichte Gänsehaut.

Sie betrachtete den Rücken der Leiche. Ihr Blick glitt von den Austrittswunden zu den Fotos vom Tatort, die neben dem Obduktionstisch auf einem Rollwagen lagen. Das Stichmuster auf dem blutigen Holzboden der Bühne entsprach exakt jenem auf Alessandra Amedeos Körper. Das Messer hatte nicht nur den Unterleib der Frau vollständig durchbohrt, sondern war darüber hinaus noch in das harte Holz getrieben worden. Gabriella schüttelte den Kopf. Wer stach mit solcher Wucht zu? Ein verletzter Liebhaber? Jemand, der Grund hatte, Alessandra Amedeo zu hassen?

Nur eines war sicher. Der Mörder hatte mit großer Leidenschaft gehandelt, und genau das konnte ihnen helfen, sein Motiv zu finden. Denn wo aus Hass oder Liebe getötet wurde, handelte es sich meist um persönlich involvierte Täter, die zu dem Opfer in einer wie auch immer gearteten Beziehung standen. Dazu passte, dass die Leiche keine Abwehrverletzungen aufwies. Sie sah Alessandra Amedeo ins Gesicht.

Hast du deinen Mörder gekannt? Kam der Angriff einfach zu un-
erwartet? Warum hast du dich nicht gewehrt?

Dennoch war da noch etwas anderes, was nicht zu dieser
Theorie passte. Zu ihrem großen Erstaunen war es Gabriella
nicht gelungen, Täter-DNA auf der Leiche zu sichern. Und welcher Mörder aus Leidenschaft ging so planvoll vor, dass er kein
Haar, nicht mal eine Hautschuppe auf dem Opfer zurückließ?

In diesem Augenblick hörte Gabriella Schritte im Gang und
drehte sich um. Sekunden später betraten Patrizia und Cristina
den Obduktionssaal.

»Hallo! Ihr müsst einen siebten Sinn haben. Mein neuer Kollege und ich sind gerade vor einer halben Stunde fertig geworden. Enrico ist schnell einen Kaffee trinken gegangen. Wenn
er wiederkommt, stelle ich euch vor.«

»So, so, sein erster Tag, und schon seid ihr zum Du überge-
gangen. Wenn das kein gutes Zeichen ist.« Cristina blinzelte
ihr zu, und Gabriella lachte.

»Er arbeitet hochkonzentriert und ist darüber hinaus ein
so angenehmer Mensch. Kein Pausenclown. O Dio, ich hatte
wirklich Bedenken. Man weiß ja nie, wen man sich mit einem
neuen Kollegen ins Haus holt. Sowas kann dem Seelenfrieden
ganz schnell ein Ende bereiten.«

»O ja, davon kann ich allerdings ein Lied singen …« Cristina
lachte und sah Patrizia schelmisch von der Seite an.

»Meinst du etwa mich?«

»Santa Madonna, Patrizia! Hast du deinen Sinn für Humor
an der Tür abgegeben?«

Patrizia lächelte schwach. »Immer musst du mich aufzie-
hen. Warte nur, irgendwann zahle ich dir das heim. Apropos
heimzahlen. Gabriella, was hast du für uns?«

Gabriella seufzte. »Soweit es sich nachvollziehen lässt, hat
sich die Sache folgendermaßen abgespielt: Das Opfer wurde

anfänglich mit Diethylether betäubt. Ich nehme an, dass die Frau nur ein paar Minuten bewusstlos war. Möglicherweise hat der Täter sie in dieser Zeit in die Burg gebracht, und da der Körper keine Schleifspuren aufweist, muss er sie getragen haben. Auf der Bühne im Innenhof hat er dann zugestochen. Zu diesem Zeitpunkt war das Opfer wahrscheinlich schon wieder bei Bewusstsein.«

»Diethylether?«, meinte Cristina. »Wo kriegt man so was?«

»Über das Internet bekommst du es ohne Probleme. Außerdem wird es in der Industrie und in Laboren verwendet.«

»Hm. Und die Stichwunden selbst?«

»Das Messer wurde von oben geführt. Etwa so …« Gabriella nahm ein Instrument vom Rollwagen und demonstrierte, was sie meinte. Patrizia und Cristina sahen wortlos zu.

»Zuerst hat es die weichen und elastischen Bereiche des Abdomens perforiert, anschließend die härteren Muskelpartien auf dem Rücken. Das Opfer war in guter körperlicher Verfassung. Kein übermäßiger, aber ein anständiger Muskeltonus. Wenn das Messer unter diesen Umständen auf dem Rücken wieder austreten und, wie in unserem Fall, sogar Spuren im Holzboden hinterlassen soll, muss der Täter sehr heftig zustechen. Klingenlänge auf jeden Fall mehr als zwanzig Zentimeter. Außerdem haben wir Rostspuren in den Wunden gefunden, die von der Tatwaffe stammen müssen.«

»Ein rostiges Messer also? Kannst du uns sonst noch etwas über seine Beschaffenheit sagen?«

»Tja, die Untersuchung von Stichwunden ist ja eher kompliziert. Sie hängt von vielen Variablen ab. Grundsätzlich kann man sagen, dass sich die Eintrittswunden leicht unterscheiden, je nachdem, ob sie von einschneidigen oder zweischneidigen Messern stammen. Zwar sind sie immer oval, aber bei einschneidigen weisen sie eine leicht trianguläre Form auf. In unserem Fall tippe ich auf Ersteres. Wahrscheinlich eine Drop-Point-Klinge, aber relativ schmal. Wenn ihr mich fragt, handelt es sich um ein Filier- oder auch Schinkenmesser. Hundertprozentige Sicherheit kann ich euch allerdings nicht bieten. Wenn ein Einstich sehr präzise erfolgt, also ganz vertikal und ohne Drehung, lassen sich am ehesten Rückschlüsse auf die Klinge ziehen. Aber in unserem Fall hat der Täter das Messer in den Wunden gedreht. Dadurch wurden sowohl die inneren Verletzungen als auch die Einstichwunden verzerrt.«

»War das Opfer sofort tot?«

»Ich fürchte nein. Wie durch ein Wunder wurde keine der großen Arterien getroffen. Die Frau hat, nachdem sie niedergestochen wurde, sicher noch gelebt. Wie lange, ist schwer zu sagen.«

Wieder waren Schritte zu hören. Patrizia und Cristina sahen zum Eingang. Ein Mann kam auf sie zu. Er war groß und schlank, fast schon mager. Seine helle Haut kontrastierte mit den dunklen Haaren, die am Hinterkopf zu einem kleinen Dutt zusammengebunden waren. Er hatte eine kantige Nase und lief leicht vornübergebeugt. Patrizia schätzte ihn auf Mitte dreißig.

»Darf ich euch bekannt machen? Das ist unser lang erwarteter Spezialist für forensische Toxikologie, Enrico Ramires. Enrico kommt aus dem rechtsmedizinischen Institut Neapel zu uns. Darf ich vorstellen, das sind unsere Kommissarinnen Patrizia Vespa und Cristina D'Avossa.«

»Freut uns!« Cristina reichte ihm zuerst die Hand.

»Ramires?«, fragte Patrizia. »Ein ungewöhnlicher Name. Hört sich spanisch an.«

Enrico Ramires lächelte erfreut. »Ja, das ist er auch. Mein Großvater schrieb sich sogar noch mit z. Ich komme aus Messina, und spanische Namen sind auf Sizilien nichts Ungewöhnliches. Nach einem Aufstand, der sogenannten Sizilianischen

Vesper im Jahr 1282, war die Insel beinahe 600 Jahre lang in spanischer Hand. Es begann mit Peter von Aragón und …« Er hielt erschrocken inne, als Cristina und Patrizia auflachten und dabei Blicke tauschten.

Gabriella sah sie verärgert an. »Also hört mal! Was ist los mit euch?«

»Nichts für ungut«, sagte Patrizia entschuldigend. »Uns wurde nur gerade klar, warum Gabriella sich auf Anhieb so gut mit dir versteht. Ihr passt einfach perfekt zusammen.«

»Ja«, bestätigte Cristina. »Zwei Bildungsbürger. Wie gesucht und gefunden.«

Enrico lachte erleichtert, und auch Gabriella schien versöhnt. Sie sah ihren Kollegen an und hob entschuldigend die Hände.

»So sind sie nun mal. Übrigens, du siehst müde aus, und wir sind hier fertig. Warum nimmst du dir nicht den Nachmittag frei und packst deine Umzugskartons aus? Ich komme mit dem Berichteschreiben alleine zurecht.« Enrico nickte erfreut, und auch Patrizia und Cristina verabschiedeten sich.

Als sie wieder allein war, brachte Gabriella die Leiche in den Kühlraum und begann aufzuräumen. Zum Schluss nahm sie die Bilder vom Tatort und ging zu ihrem Schreibtisch. Berichte schreiben. Nicht gerade ihre Lieblingsbeschäftigung. Sie seufzte. Doch als sie ihren Computer einschalten wollte, hielt sie plötzlich in der Bewegung inne. Konnte das sein, oder täuschte sie sich? Sie suchte ein ganz bestimmtes Bild heraus und betrachtete es konzentriert. Immer wieder drehte und wendete sie das Foto, doch seine Zweidimensionalität ließ sie zu keinem endgültigen Schluss kommen. Hier musste jemand anderes ran. Jemand, der sich vor Ort befand. Sie griff zum Telefonhörer und wählte eine Nummer.

*

»Hallo?«

Davide klopfte noch einmal. Hinter dem Türspion hatte er eine Bewegung wahrgenommen. Angelo Nardi war zu Hause.

»Ispettore Superiore Davide Favetta. Machen Sie mir bitte auf? Es ist dringend.«

Nichts.

Dann ein Schlüssel, der sich im Schloss drehte. Sekunden später stand ein Mann um die dreißig vor ihm. Sein schulterlanges schwarzes Haar war nass, und er trug einen Bademantel. Mit einer Geste bat er Davide einzutreten.

Hinter der Tür befand sich ein dunkler Flur. Dahinter lag ein großes, aber spärlich eingerichtetes Wohnzimmer.

»Ich gehe mir kurz was anziehen«, sagte Nardi und verschwand in einem angrenzenden Zimmer.

Davide sah sich im Wohnraum um. Ein Stuhl, ein Sofa, ein Regal, ein Fernsehtisch. Auf einer Kommode stand ein kleines rotes Akkordeon. Er trat näher, um es zu betrachten. Es war schon älter, aber sehr gepflegt.

»Sie spielen?«, fragte Davide, als er hinter sich Schritte hörte.

Angelo Nardi nickte. »Wie mein Vater. Er war kein großer Musiker, aber er spielte in der Stadtkapelle seines Ortes in der Nähe von Taormina.«

»Sie auch?«

»Nein.« Angelo Nardi setzte sich auf einen Stuhl, während Davide auf dem Sofa Platz nahm. »Bevor ich alt genug dazu war, kamen wir hierher, und dann habe ich lange gar nicht gespielt. Erst vor ein paar Jahren habe ich wieder angefangen.«

»Spielen Sie auch andere Instrumente? Klavier zum Beispiel?«

Angelo Nardi sah ihn erstaunt an. »Klavier? Nein … Aber warum wollten Sie mich sprechen? Haben Sie noch Fragen?«

»Allerdings. Lassen Sie uns nochmal durchgehen, wie der

Montagabend auf der Burg konkret ablief. Das Konzert begann um 19 Uhr. Wann kamen Sie?«

»Ich war so gegen halb sechs da, um die Stuhlreihen aufzubauen. Um sechs kamen die Musiker und haben sich eingespielt. Um halb sieben habe ich die Kasse geöffnet.«

»Und wann haben Sie wieder abgeschlossen?«

»Das muss um Viertel vor zehn gewesen sein.«

»Verstehe ich das richtig, Sie waren an diesem Abend der Einzige, der die Veranstaltung begleitet hat? Gab es keine Techniker oder Beleuchter?«

»Ich bin immer der Einzige. Und warum auch nicht? Die Beleuchtung ist fest montiert. Man kann sie flexibel ausrichten, aber das hatten wir am Vortag schon getan, als die Musiker am frühen Abend zu einer kurzen Generalprobe da waren. Verstärker oder Mikrofone werden keine gebraucht, der Innenhof ist schließlich nicht groß und hat eine gute Akustik.«

»Sie erwähnten gestern, dass Sie noch eine andere Arbeit haben.«

»Ja, ich fahre für Bartolini.«

»Den Kurierdienst?«

»Ja, genau.« Angelo Nardi lächelte verlegen. »Eigentlich habe ich ja mal studiert. Jura, in Neapel. Aber schon während des Studiums habe ich nebenher für Bartolini gejobbt. Als ich dann vor knapp vier Jahren abbrach, bekam ich in Salerno eine Festanstellung. Und das war's dann wohl für mich.« Er grinste schief. »Aber wenigstens ist man in Bewegung und kommt ein bisschen rum, lernt Leute kennen. Unter anderem auch Commissaria Vespa.«

»Commissaria Vespa? Sie kennen sie?«

»Mein Gebiet schließt ihren Vorort mit ein. Ogliara. Und kennen ist natürlich zu viel gesagt. Aber ich weiß, wer sie ist, so wie bei fast allen Leuten in meinem Gebiet. Aber sie würde mich sicher nicht erkennen. Für die meisten bin ich nur zwei Hände, die ein Paket halten und einen Kugelschreiber reichen. Das Gesicht ist austauschbar.«

Davide räusperte sich. »Hm. Lassen sich Ihre beiden Jobs denn miteinander vereinbaren?«

»Klar. Sehr gut sogar. Abgesehen von den Abenden, an denen Veranstaltungen stattfinden, gibt es auf der Burg nicht viel zu tun. Wenn Reparaturarbeiten anfallen, an der Elektrik zum Beispiel, schickt die Stadt Handwerker, und für die Reinigung sorgt eine Firma. Pronto Pulizie aus Eboli. Die Leute kommen immer am Morgen nach einer Veranstaltung.«

»Haben die einen eigenen Schlüssel?«

»Nein. Während der Reinigung bin ich anwesend. Das ist zwar immer morgens, aber bei Bartolini fahren wir in mehreren Schichten. Die Veranstaltungstermine sind immer schon lange vorher bekannt. Da kann ich problemlos planen.«

»Trotzdem ist es eine Mehrbelastung. Warum haben Sie diesen zweiten Job überhaupt angenommen?«

Angelo Nardi zuckte mit den Schultern. »Es ist doch nur eine Veranstaltung pro Woche … höchstens, manchmal auch weniger. Und ich bin Single. Was habe ich abends schon zu tun? Außerdem ist die Stimmung da oben wirklich schön. Die Musik, die Burg, die fantastische Aussicht. Von meinem Gehalt bei Bartolini könnte ich mir die Konzertbesuche nicht leisten. So bin ich gratis mit dabei. Und ich mag alte Musik. Klassik, meine ich.«

»Gehen wir noch einmal zum Montagabend. Wurde da unter anderem auch Klavier gespielt? Vielleicht auch nur als Zugabe?«

»Es war ein Streichkonzert …«

»Also nein?«

»Nein.«

»Gut. Nun zum wichtigsten Punkt.« Davide beugte sich nach vorn und stützte die Ellbogen auf die Knie. »Wir haben Hinweise darauf, dass jemand Ihren Schlüssel zur Burg nachgemacht hat. Waren Sie das? Vielleicht, um ein zusätzliches Exemplar zu haben?«

»Ich?« Angelo Nardi machte eine plötzliche Bewegung, als wollte er von seinem Stuhl aufstehen, doch er tat es nicht. Stattdessen sagte er: »Warum sollte ich das tun? Dafür habe ich doch gar keinen Bedarf.«

»Und dennoch wurde dieser Schlüssel nachgemacht. Wo bewahren Sie ihn hier zu Hause auf?«

»Am Schlüsselbrett neben der Tür.«

»Also frei zugänglich. Erinnern Sie sich, ob Sie den Schlüssel in letzter Zeit mal verlegt oder gesucht haben, ob er mal weg war zwischen einer Veranstaltung und der nächsten?«

»Nein, nie. Das wüsste ich.«

»Gut. Dann bräuchte ich eine Namensliste der Menschen, die Sie in den letzten vier Wochen besucht haben.«

Angelo Nardi wirkte betroffen. »Besucht? Ich hatte gar keinen Besuch. Wenn ich mich mal mit Kollegen treffe, dann in einer Bar.« Er verzog das Gesicht. »Meine Bude ist nicht gerade besuchstauglich. Schauen Sie sich doch um.«

»Sind Sie sich da ganz sicher? Kein Nachbar hier im Haus, wirklich niemand?«

»Nein, wenn ich es Ihnen doch sage.«

»Also gut. Dann zu den Veranstaltungsabenden. Wo bewahren Sie den Schlüssel während der Konzerte auf?«

»Na, im Büro, gleich neben dem Eingang. Da gibt es auch ein Schlüsselbrett. Aber wieso …?«

»Signor Nardi, Sie meinten, dass Ihnen die Konzerte gefallen. Wo halten Sie sich während der Veranstaltungen auf? In Ihrem Büro oder …?«

Der Hausmeister sah Davide einen Augenblick an, dann sagte er: »Ich setze mich irgendwo an die Seite in den Zuschauerraum.«

Davide nickte. »Und die Bürotür? Schließen Sie die ab?«

Nardi schüttelte den Kopf.

»Das heißt, jeder x-beliebige Besucher kann während der Veranstaltung aufstehen, ins Büro gehen und sich mit entsprechender Ausrüstung einen Abdruck des Schlüssels anfertigen. Und dabei muss es nicht einmal ein Konzertbesucher sein, denn die Burg ist ja während der Veranstaltung frei zugänglich.« Angelo Nardi zuckte resigniert mit den Schultern.

»Gut, dann denken Sie jetzt scharf nach. Ist Ihnen bei den letzten Veranstaltungen und insbesondere während des Konzerts am Montag irgendjemand aufgefallen? Zum Beispiel ein Besucher, der während der Veranstaltung nach draußen ging und auffällig lange wegblieb?«

Der Hausmeister schwieg mehrere Sekunden.

»Nein, niemand.«

»Und Alessandra Amedeo? Haben Sie die am Montagabend gesehen?«

»Ja, das habe ich. Ich kenne sie zwar nicht persönlich, aber Signora Amedeo ist eine attraktive Frau. Eine, an die man sich erinnert. Vor allem, wenn man sie öfter sieht. Und sie war regelmäßig bei den Konzerten.«

»Haben Sie auch ihren Begleiter gesehen?«

»Hm, flüchtig. Aber ich kenne ihn nicht. Ich weiß nur, dass sie schon ein paar Mal mit ihm da war.«

»Was glauben Sie, in welcher Beziehung standen die beiden?«

Nardi sah Davide amüsiert an. »In welcher Beziehung? Als ob ich das wüsste ... Wahrscheinlich waren sie befreundet. Wie gut, kann ich wirklich nicht sagen.«

»Hat dieser Begleiter während des Konzerts den Innenhof verlassen?«

Angelo Nardi stöhnte. »Was Sie alles wissen wollen! Ich weiß nicht, das heißt, ich glaube nein.«

»Und Sie? Was haben Sie nach dem Konzert gemacht?« Davide hatte die Frage sehr schnell ausgesprochen, und Nardi sah ihn einen Augenblick fragend an, als müsse er nachvollziehen, was gemeint war. Dann wurde sein Gesicht ernst.

»Ich habe jedenfalls keinen Schlüssel nachgemacht. Warum hätte ich das tun sollen? Ich habe ja schon einen. Nach meiner letzten Runde bin ich zu meinem Auto auf dem Parkplatz unterhalb der Burg gegangen und nach Hause gefahren. Und nein, ich glaube nicht, dass das jemand bezeugen kann. Hier auf der Straße oder im Haus bin ich niemandem begegnet.«

Davide stand auf. »Okay, das war's fürs Erste.«

Er folgte Nardi durch den düsteren Flur und trat auf den Treppenabsatz. »Ach ja. Eines noch. Sie sagten, dass die Reinigungsfirma immer am Tag nach einer Veranstaltung kommt. Am Dienstagmorgen wurde ihr natürlich abgesagt. Trotzdem eine Frage. Säubert diese Firma auch den Flügel?«

»Klar, ich denke schon.«

»Inklusive der Tasten?«

Der junge Mann kniff die Augen zusammen. »Das kann ich Ihnen nicht sagen. Waren sie schmierig?«

»Sie waren sauber.«

Angelo Nardi sah ihn prüfend an. Dann lachte er. »Sauber … also ist ja alles gut!«

*

Saverio Salazar stand am weit geöffneten Fenster seiner Küche. Von unten drangen die Rufe der Jungen herauf, die in der Gasse Fußball spielten. Nur wenige Meter von ihm entfernt, auf der anderen Straßenseite, sah er durch ein ebenfalls geöffnetes Fenster in ein altmodisch gekacheltes Bad. Von dort spannten sich zwei Wäscheleinen bis zu seiner Hauswand. Sie konnten hin- und hergezogen werden, und die gegenüberliegende Partei hatte ihm angeboten, sie mitzubenutzen. Doch der Gedanke, seine Kleider für alle sichtbar über der Straße zu flaggen, war ihm unangenehm, und bisher kam er mit dem Wäscheständer im Bad ganz gut zurecht.

In diesem Augenblick hing ein Satz Bettwäsche an den Leinen. Gelbe Zitronen auf dunkelblauem Grund.

Saverio Salazars Blick blieb an der gegenüberliegenden Fassade hängen. Der Putz des ursprünglich ockerfarbenen Gebäudes bröckelte wie der seines eigenen. Dabei waren sie gar nicht weit von der schicken Via Mercanti entfernt. Trotzdem war dieser Teil des Zentrums noch unsaniert, und man fühlte sich in das alte, etwas verruchte Salerno der 1960er- und 70er-Jahre zurückversetzt. Die Klientel des Viertels war dementsprechend. Einfache Leute, Arbeiter. Etwas lauter vielleicht, aber sehr nett und hilfsbereit. Nicht wie die Neureichen, die die restaurierten Teile der Altstadt bewohnten.

Trotzdem hatte Saverio Salazar anfänglich gezögert, die zwei Zimmer mit Bad und Küche zu mieten. Er hatte sein Leben lang in schönen Wohnungen gelebt. In den guten Gegenden. Da, wo man wohnte, wenn man ordentlich verdiente.

Aber es war gut so. Er hatte Eleonora ihre gemeinsame Wohnung an der Piazzetta San Pietro a Corte überlassen, damit sie ihre Entscheidung in aller Ruhe überdenken konnte. Manchmal reichte schon ein wenig Abstand, um einen Fehler zu erkennen. Und genau das war die Trennung. Ein furchtbarer Fehler. Er wusste, dass er nicht schon wieder darüber nachdenken durfte, aber er konnte nicht anders. Er verstand sie einfach nicht. Dass sie regelmäßig kleine Affären gehabt hatte, war ihm nicht entgangen, aber er hatte ihr nie Vorwürfe gemacht. Wie auch? Bei ihrer gemeinsamen Vergangenheit! Es wäre lächerlich gewesen. Und schließlich war ihre Ehe solide. Er war ihr Ruhepol. So hatte sie ihn genannt, und er hatte sich auch als solchen verstanden. Ihrem Sohn Domenico, den sie in die Ehe mitgebracht hatte, war er ein guter Vater gewesen. Genauso wie ihrem gemeinsamen Sohn.

Sandro …

Er atmete schwer aus.

Sandro, musisch begabt wie seine Mutter. Aber auch naturwissenschaftlich, so wie er.

Sandro, den es nicht mehr gab.

Er fuhr sich mit den Händen durchs Haar. Ein anderer Mann hätte Eleonora damals Vorwürfe gemacht, weil sie Sandros Wunsch, sich nach dem Musikkonservatorium den Naturwissenschaften zuzuwenden, nicht nachgeben wollte. Und dann war er verschwunden. In der Nacht kurz nach ihrem schrecklichen Streit. Nur sein kaputtes Fahrrad hatte man gefunden. Die Polizei ging noch immer von einem Unfall mit Fahrerflucht aus. Der Täter musste Sandros Leiche mitgenommen haben.

Er schüttelte den Kopf. Wie viel sie miteinander durchgemacht hatten! So etwas konnte man nicht einfach wegwerfen. Gerade jetzt, wo es bergauf ging, sie den Alkohol hinter sich gelassen hatte und wieder sang. Gab es doch einen neuen Liebhaber? Etwas Ernstes diesmal? Eleonora stritt das ab, aber er wurde den Gedanken nicht los. Im Kopf ging er zum x-ten Mal die Namen ihrer Kollegen und Bekannten durch, kam aber, wie immer, zu keinem Ergebnis. Stattdessen fiel ihm der Artikel im »Corriere« ein. Diese miese Journalistin. Selbst besaß sie keinen Funken musisches Talent, meinte aber, es anderen absprechen zu dürfen!

Nein, es tat ihm nicht leid um sie. Gerade jetzt, wo Eleonora wieder bereit gewesen war, sich ab und zu mit ihm zu treffen. Aber nach diesem Verriss stand auch das auf der Kippe. Wie immer, wenn es ihr schlecht ging, stieß sie ihn weg. Sie wollte seinen Trost nicht und auch keine Hilfe. Dass er trotzdem mit dem Kulturredakteur der lokalen Tageszeitung geredet hatte, würde sie hoffentlich nicht erfahren. Aber es war richtig gewesen. Er hatte nicht vor, seine schützende Hand von ihr abzuziehen. Er wusste besser als sie, wie sehr sie einander brauchten.

Saverio Salazars Gedanken wurden davon unterbrochen, dass er zwei Frauen die Gasse entlangkommen sah. Die eine war groß, schlank und kurzhaarig, die andere weiblicher mit langen braunen Haaren. Beide trugen Jeans, leichte Blusen und Sonnenbrillen.

Er erschrak. Ein Fußball schoss den beiden entgegen, begleitet vom Geschrei der Jungen. Die größere Frau fing ihn auf, jonglierte ihn ein paar Mal auf ihrem Fuß und schoss ihn dann zurück. Die Kinder grölten Beifall, und die Frau deutete eine Verbeugung an. Saverio Salazar lächelte. Aus dem Viertel waren die nicht.

Jetzt hatten sie sein Haus erreicht. Erstaunt stellte er fest, dass sie vor dem Eingang stehenblieben und die Namensschilder studierten. Während er sich noch fragte, zu welchem seiner Nachbarn sie wollten, klingelte es in seiner Wohnung.

*

Eleonora Salazar lief auf der Via dei Canali in Richtung Via Torquato Tasso. Zwei Tage lang war sie am Konservatorium in Rom als auswärtige Prüferin an den Examen der Abschlussklasse beteiligt gewesen. Jetzt war sie wieder in Salerno und hatte sich auf einen entspannten Abend in ihrer Wohnung gefreut. Noch einmal die Partitur für die Probe am nächsten Tag durchgehen und dann früh ins Bett. Aber die Noten waren nicht in ihrem Arbeitszimmer gewesen, dabei hätte sie schwören können, sie aus ihrem Büro mit nach Hause genommen zu haben.

Verärgert hatte sie sich noch einmal auf den Weg gemacht. Von ihrer Wohnung bis zum Conservatorio di Musica waren es fünfzehn Minuten zu Fuß. Wenn sie sich beeilte, schaffte sie es vielleicht sogar in zehn.

Sie beschleunigte ihren Schritt. Erst als sie eine Bar passierte, blieb sie stehen. Sollte sie? Dann trat sie ein. Die Zeit für einen Espresso musste sein.

Sie bestellte den Kaffee und betrachtete sich in der großen Spiegelwand hinter der Theke. Nach einem Tag des Herumhetzens war ihr Make-up alles andere als makellos, aber wenigstens saß die Frisur. Nur die einzelne weißgraue Strähne, die sie bewusst nicht dunkel färben ließ, fiel ihr mehr als üblich in die Stirn. Mit einer leichten Handbewegung strich sie sie zurück und prüfte das Ergebnis. Erst in diesem Augenblick fiel ihr auf, dass ihr Gesicht im Spiegel von unzähligen Flaschen umrahmt wurde, die auf Regalen vor der Spiegelwand standen. Hastig senkte sie den Blick. Ihre rechte Hand zitterte leicht, und sie bedeckte sie mit der linken, bis sie wieder still war. Noch immer diese heftige Reaktion, wenn sie Alkohol sah. Absolut Vodka, Booker's True Barrel Bourbon. Ihre Marken. Doch sie wusste jetzt, dass es bei dieser Reaktion bleiben würde. Sie hatte gelernt, nein zu sagen.

Ich bin ganz entspannt …

Sie löste ihre Schultern und ließ die Arme schwer werden. Wie dämlich ihr dieser Satz aus dem autogenen Training anfänglich vorgekommen war. Aber er half. Worte waren mächtig, nicht nur in der Musik. Oft reichte es schon, sie auszusprechen. Wenn dann noch eine starke Melodie hinzukam, wurden sie zur Beschwörung. Pure Magie. Sie richtete den Oberkörper auf, hob das Kinn und lächelte sich selbst im Spiegel zu, bis sie sich wiedererkannte: die große Eleonora Salazar.

»Zucchero, Signora?«

Der Barista stellte eine Tasse auf die Theke und schob ihr den Zucker hin. Für eine Sekunde trafen sich ihre Blicke. Nein, dieser junge Mann kannte sie nicht. Trotzdem lächelte er ihr zu. Einen Augenblick betrachtete sie ihn näher. Auch er hatte ein müdes Gesicht. Doch das war etwas anderes. Er hatte nur einen Beruf. Erschöpfend bisweilen, das sicherlich, aber dafür klar umrissene Aufgaben, die alle nur ein Ziel hatten: ein guter Barista zu sein. Ihr dagegen war es nicht vergönnt gewesen, nur Musikerin zu sein. Ihre Madrigalgruppe, die sie und ein paar Freunde vor vielen Jahren ins Leben gerufen hatten, war erfolgreich gewesen. Sie hatten verschiedene CDs eingespielt und waren in der ganzen Welt aufgetreten. Und doch hatte sie immer auch als Professorin an Salernos Konservatorium gearbeitet. Unterrichtsvorbereitungen, Sprechstunden und Prüfungen hatten mit den Übungsstunden, Auftritten und Reisen der Gruppe konkurriert. Und das war ermüdend. Trotzdem hatte sie es nach der langen Zwangspause, die auf das Verschwinden ihres Sohnes gefolgt war, noch einmal wissen wollen. Vorwärtsschauen, zu ihren Wurzeln zurückkehren und wieder Künstlerin sein. Und es war ihr gelungen ... bis zum letzten Sonntag. Bitter dachte sie an den Verriss ihres Konzerts in Ravello. In den letzten zwei Tagen hatte sie es geschafft, nicht mehr Gedanken als nötig daran zu verschwenden. Doch jetzt kehrte der Zorn zurück. Dass Alessandra Amedeo in der Zwischenzeit von wem auch immer ermordet worden war, machte den entstandenen Schaden auch nicht wieder gut.

In Gedanken ging sie den Wortlaut des Artikels noch einmal durch. Eines musste man der Frau lassen: Sie hatte sich den perfekten Moment für ihre Lügen ausgesucht. Nicht das erste Konzert nach der jahrelangen Pause, sondern das wichtigste. Der Traum aller Musiker: das Belvedere der Villa Rufoli. Vor ihr internationales Publikum, in ihrem Rücken die grüne Steilküste Amalfis, die mittelalterliche Kirche der Annunziata und sehr tief unten das dunkelblaue Meer. Wer hier einmal auftreten durfte, vergaß diesen Tag nie mehr.

Für sie war es nicht das erste Mal gewesen, und dennoch hatte das Konzert Symbolkraft gehabt. Dieser Ort stand nicht für irgendein Comeback. Er stand für ein Comeback auf die ganz große Bühne. Und es war ein gutes Konzert gewesen. Aber was erwartete sie eigentlich? Sie wusste schließlich, dass Alessandra Amedeo sie hasste. Und auch warum.

Eleonora Salazar wurde aus ihren Gedanken gerissen, als sie den Blick des Barista auf sich spürte, und erst jetzt wurde ihr bewusst, dass sie noch immer schnell und mechanisch in ihrer Espressotasse rührte. Ohne den jungen Mann noch einmal anzusehen, trank sie aus und verließ die Bar.

Draußen dämmerte es. Von der Bar führte der Weg durch enge Straßen und tunnelartige Durchgänge steil bergauf. Die Luft im Gassengewirr der oberen Altstadt roch schattig und feucht. Ab und zu gesellte sich der Duft von Knoblauch, Rosmarin und Fleisch dazu. Ein leiser Luftzug bewegte die duftende Wäsche vor den Balkonen. Aus dem Innern der geöffneten Fenster drangen Stimmen. Eine davon gehörte einem Nachrichtensprecher. Eleonora Salazar blieb stehen. Der Mann sprach über Alessandra Amedeo. Sie schnaubte verächtlich und blickte auf die Uhr. Natürlich! Die Abendnachrichten. Bis hierher verfolgte diese Hexe sie also. Mit energischen Schritten ging sie weiter.

Kurz darauf öffnete sie die Tür zum Hauptgebäude des Konservatoriums. Als sie eintrat, schaltete der Bewegungsmelder das Licht in der Vorhalle an. Eleonora Salazar nahm den

Gang, der zum Bürotrakt führte. Im Gebäude herrschte völlige Stille, und ihre Schritte hallten laut auf dem Steinboden. Doch plötzlich stutzte sie. Was für ein seltsamer Nachklang! War es ein Echo? Sie blieb stehen. Nein, es waren Schritte. Es musste noch jemand im Haus sein. Sie sah sich um, doch die Schritte verhallten in einem anderen Gang. Sie schüttelte über sich selbst den Kopf. Warum sollte sie auch die Einzige sein, die sich abends noch hier herumtrieb?

Im Korridor, von dem die Büros der Professoren abgingen, war alles dunkel, nur unter einer Tür sah sie noch Licht. Sie musste nicht auf das Namensschild sehen, um zu wissen, wessen Zimmer es war. Einen Augenblick hielt sie inne und überlegte, ob sie anklopfen sollte, doch dann entschied sie sich dagegen. Wenn er es war, dessen Schritte sie gehört hatte, saß er ohnehin nicht in seinem Büro. Die Geräusche waren aus einer anderen Richtung gekommen. Eleonora Salazar setzte ihren Weg fort. Ihr Büro war nicht abgeschlossen. Das machten sie hier im Institut nie. Automatisch tastete ihre Hand nach dem Lichtschalter und fand ihn. Das kalte Deckenlicht flackerte auf. Ohne zu zögern, ging sie auf den Notenständer zu, der rechter Hand vor dem Bücherregal stand. Sie hatte die Partitur also tatsächlich hier vergessen. Wie man sich nur so täuschen konnte!

Sie nahm die Blätter und war bereits wieder auf dem Weg zur Tür, als sie aus dem Augenwinkel etwas wahrnahm, was nicht hierher gehörte. Überrascht wandte sie den Kopf. Auf ihrem Schreibtisch stand ein Blumenstrauß und, an die Vase gelehnt, eine große kartonierte Mappe, davor ein Kärtchen.

Eleonora nahm es und las: »Herzlichen Glückwunsch zum Geburtstag.« Sie drehte die Karte um, doch sie war leer. Kein handschriftlicher Gruß, kein Name. Sie schüttelte den Kopf. Ja, sie hatte vor zwei Tagen Geburtstag gehabt. Da war sie in Rom gewesen. Die kleine Aufmerksamkeit musste von einem Kollegen sein. Vielleicht auch von einem Studenten. Sie warf einen Blick auf die Blumen. Ein einfacher Strauß weißer Rosen, eingefasst von Zweigen mit großen grünen Blättern. Wer immer ihr diese Freude machen wollte, kannte ihren Blumengeschmack genau. Und das, obwohl sie sich nicht erinnerte, wann sie das letzte Mal über ihn gesprochen hatte.

Erst jetzt wurde Eleonora Salazar wieder auf die Mappe aufmerksam. Sie öffnete sie und zog mehrere Blätter heraus, von denen zwei auf den Boden fielen. Sie bückte sich, da streifte ihr Blick die Seiten in ihrer Hand. Mitten in der Bewegung hielt sie inne und starrte auf das erste Blatt. Altes, raues Papier, eng beschrieben mit schwarzer Tinte. Notenzeilen. Trotzdem dauerte es einen Augenblick, bis sie begriff, was sie vor sich hatte: Es war eine Partitur.

Allerdings keine herkömmliche. Schrift und Notenzeichen waren von der alten Art, wie sie im 16.und 17. Jahrhundert üblich gewesen waren. Beinahe hätte sie die Zeichen mit den Fingerspitzen berührt, doch im letzten Moment zuckte sie zurück.

O Dio! Kann das wirklich ein Original sein?

Rasch überflog sie die erste Zeile und spürte, wie ihr heiß wurde. Ein Rauschen füllte ihre Ohren. Ein Rauschen, das in Klänge überging, als sich die filigran mit Tinte geschriebenen Zeichen zu einer Melodie zusammensetzten und zu Stimmen wurden.

Bereits am Ende der ersten Seite zitterten ihr die Hände, doch sie konnte sich nicht von den Noten lösen. Die Stimmen in ihrem Inneren folgten dem Auf und Ab der chromatischen Reihen und unerwarteten Dissonanzen, und ihre Lippen formten die Worte wie von selbst. Sie sprachen von dem Tag, an dem sich die Dunkelheit über drei Menschen gelegt hatte. Eine Dunkelheit, die nicht schützend war, sondern vernichtend.

Wieder und wieder sangen die Stimmen in ihrem Kopf das

Madrigal. Klänge, die ausdrückten, was Worte allein nicht sagen konnten. Die Blätter trugen weder den Namen des Komponisten noch ein Datum. Und doch wusste Eleonora, welchen Augenblick sie einfingen.

Es war die Nacht des 16. Oktober 1590. Eine Nacht, in der aus Wahrheit Dunkelheit, aus Verzweiflung Gewalt geworden war. Und die Stimme, die von all dem so eindringlich Zeugnis ablegte, konnte keinem anderen gehören als dem Mann, dem sie ihr halbes Leben gewidmet hatte:

Carlo Gesualdo, Príncipe di Venosa.

Kapitel 4

DONNERSTAG, 28. JUNI 2012

»Warum um Himmels willen müssen wir uns schon vor der Frühbesprechung treffen? In einer halben Stunde geht's doch ohnehin los.« Cristina ließ sich neben Patrizia auf die Bank der Strandpromenade fallen. Es war ihre Bank, keine zwei Minuten von der Questura entfernt. Trotz der frühen Stunde war der weiße, raue Beton bereits warm. Es würde ein heißer Tag werden.

Patrizia lächelte schief und reichte ihr einen Becher Cappuccino.

»Nimm erstmal. Du klangst vorhin nicht so, als hättest du noch Zeit, dich mit Koffein einzudecken.«

»Wie auch, wenn du so kurzfristig anrufst. Maurizio war nicht gerade begeistert, dass er die Mädchen zum Kindergarten und in die Schule bringen musste. Er war selber spät dran.«

»Scusa. Ich dachte nur, es würde guttun, vor der Sitzung nochmal unser Gespräch mit Saverio Salazar Revue passieren zu lassen. Irgendwie bin ich aus dem Mann nicht schlau geworden.«

»Kein Wunder. Er spricht ja auch nur über andere, allen voran seine Frau.«

»Du hast recht. Mir ist diese grenzenlose Loyalität ja eher unheimlich. Vor allem, wenn man bedenkt, was mit seinem Sohn Sandro geschehen ist. Ich habe mir übrigens gestern noch die Akte zu Sandros Fall durchgelesen.«

»Fleißiges Mädchen. Und, was steht drin?«

Patrizia zog einen roten Pappordner aus dem Rucksack und öffnete ihn.

»Also. Sandro wurde 1987 in Salerno geboren. Mit achtzehn hat er seine Maturità am Liceo Torquato Tasso gemacht und danach am Conservatorio in Salerno zu studieren begonnen.«

»Nicht ganz freiwillig, wie sein Vater sagte …«

»Ja, weil er zwar musisch begabt war, aber eigentlich doch lieber Physik studiert hätte.«

»Bei der Mutter natürlich unmöglich. Salazar meinte, sie hätte ihn schon als Kind gedrillt, und je besser er wurde, desto ehrgeiziger wurde sie.«

»Hm. Seiner Mutter zuliebe hat er dann aber doch Musik studiert …«

»… mit ihr als Professorin. Muss ein Albtraum gewesen sein.« Cristina bemerkte Patrizias gerunzelte Stirn.

»Was ist?«

»Wenn ich dann vielleicht auch mal einen Satz zu Ende bringen dürfte?«

»Scusa!«

»Also. 2008 schließt Sandro sein Studium ab. Da ist er einundzwanzig.«

»Und findet, jetzt wäre es mal gut mit dem Muttersöhnchen-Dasein. Noch auf der Feier zu Ehren seiner Abschlussprüfung erklärt er seinen Eltern, dass er die Musik nicht weiterverfolgen, sondern das aufgeschobene Physikstudium nachholen möchte.«

Patrizia schüttelte in gespielter Fassungslosigkeit den Kopf. »Dafür, dass du dich so hierher quälen musstest, bist du schwer zu stoppen heute Morgen.«

Cristina grinste. »Siehst du. Erst hast du den Geist gerufen, und jetzt wirst du ihn nicht mehr los. Aber was Falsches habe ich doch nicht gesagt, oder?«

»Nein, genauso war es. Sandro lässt die Bombe hochgehen, und seine Mutter springt ihm auf der Party vor allen Gästen ins Gesicht.«

»Milde ausgedrückt. Saverio Salazar sprach von Flüchen, einem Weinkrampf und einem vorgetäuschten Schwächeanfall.«

»Gut, jedenfalls will Sandro sich diesmal von der starken Persönlichkeit seiner Mutter nicht unterkriegen lassen. Er stürmt aus dem Lokal, schwingt sich aufs Fahrrad und fährt ... wohin wissen wir nicht.«

»Sein Vater meint nach Hause.«

»Und genau das glaube ich nicht. Das zerbeulte Fahrrad wurde nicht auf dem direkten Weg zur elterlichen Wohnung gefunden.«

»Vielleicht wollte er zu einem Freund. Was sagen die Akten? Hat er nach seiner Flucht aus dem Restaurant jemanden angerufen?«

»Nein, niemanden.«

»Dann wollte er vielleicht nur noch ein bisschen rumfahren, um runterzukommen.«

»Kann sein. Und da wurde er dann von einem Auto erwischt. Ein roter Wagen, was Lackabschürfungen an seinem Fahrrad belegen. Allerdings wurde weder das Unfallauto noch Sandro Salazar je gefunden.«

Cristina seufzte. »Was die Vermutung nahelegt, dass Sandro den Unfall nicht überlebt und der Unfallfahrer seinen Körper beiseitegeschafft hat. Gab es Blutspuren auf der Straße?«

»Ja, aber keine Hinweise auf einen großen Blutverlust. Außerdem Haare und ein Fetzen von Sandros Jeans. Ein Unfall ist dadurch hinreichend belegt. Zeugen gibt es allerdings keine.«

Zum ersten Mal an diesem Morgen schwieg Cristina. Sie stützte den Kopf in die Hände und dachte nach. Dann sagte sie: »Hätte Sandros Mutter ihm im Lokal keine derartige Szene gemacht, wäre er nicht Hals über Kopf geflüchtet. Und wäre er nicht geflüchtet, dann wäre er auch nicht bei einem sinnlosen Unfall umgekommen. Kein Wunder, dass Eleonora Salazar danach jahrelang dem Alkohol verfallen war. Eine gewisse Schuld kann man ihr nicht absprechen.«

»Nur eine gewisse?«

»Na ja, den Rest hat wie immer Väterchen Zufall erledigt. Falsche Zeit, falscher Ort.«

Patrizia schüttelte den Kopf. »Zufall hin oder her. Eleonora Salazars Mitschuld ist eindeutig. Deshalb verstehe ich ihren Mann nicht. Ich an seiner Stelle hätte meine Frau dafür gehasst. Wie konnte er weiterhin mit ihr zusammenleben, nach allem, was passiert war? Sandro war schließlich sein einziges Kind. Stattdessen verteidigt er sie auch noch. Er hilft ihr, über den Alkohol hinwegzukommen und tut alles, um sie nicht zu verlieren.«

»Womit wir beim nächsten Thema wären. Warum will sich Eleonora Salazar ausgerechnet jetzt von ihm trennen? Der Unfall ihres Sohnes liegt vier Jahre zurück, und ihr Mann macht ihr keine Vorwürfe.«

»Vielleicht ist es ja gerade das. Sie will wieder nach vorne sehen, aber solange sie mit Saverio Salazar zusammen ist, gibt es immer jemanden, der sie an Sandro und ihre Schuld erinnert. Unbeabsichtigt natürlich, aber trotzdem. Zumal Sandro seinem Vater ziemlich ähnlich sah.«

»Da könntest du recht haben. Und ein Liebhaber ist ja angeblich nicht im Spiel.«

»Nein, angeblich nicht.« Patrizia schloss den roten Pappordner. »Aber so ganz würde ich das nicht für bare Münze nehmen. Auf mich wirkte Saverio Salazar eher so, als hätte er vor dieser Hypothese selber am meisten Angst.«

Cristina nickte bedächtig. »Angst. Ein gutes Stichwort.

Wenn du mich fragst, strahlt der ganze Mann Angst und Unsicherheit aus, zumindest was seine Frau angeht. Aber über die scheint er sich ja zu definieren. Und apropos Seitensprung. Ich habe gestern Abend nochmal über mein Gespräch mit Giorgia Pacifico nachgedacht, du weißt schon, die Frau des Kulturredakteurs ...«

»Und?«

»Als ich ihr sagte, dass ihr Mann am Montagabend mit Alessandra Amedeo im Konzert war, tat sie so, als wäre sie im Bilde, aber irgendwie glaube ich ihr nicht. Da war so ein Überraschungsmoment in ihrem Blick. Natürlich hat sie den Konzertbesuch sofort damit erklärt, dass sie und ihr Mann schon seit Jahren mit der Amedeo befreundet sind.«

»Und das stimmt ja auch. Denk an das Foto auf der Jacht mit ihr, ihrem Mann und der Amedeo. Es war eines der wenigen persönlichen Bilder in der Wohnung des Opfers. Meinst du nicht, dass eine so langjährige Freundschaft tatsächlich gegen eine Affäre spricht?«

»Vielleicht, vielleicht auch nicht. Das Leben ist kompliziert ...« Cristina sah auf die Uhr. »Santo cielo, ich glaube, es wird langsam Zeit.«

Patrizia nickte, stand aber nicht auf. »Nur noch eine Minute. Wer weiß, wann wir heute das nächste Mal zum Durchatmen kommen.«

Einen Augenblick saßen sie schweigend nebeneinander. Die Morgensonne hatte das Wasser vor ihnen in ein Glitzermeer verwandelt, und in einiger Entfernung lagen vereinzelte Dunstschwaden über der Oberfläche. Zu dieser frühen Stunde waren kaum Spaziergänger auf dem Lungomare unterwegs. Es war still. Nur vom Hafen dröhnte der langgezogene Ton eines Schiffshorns herüber. Dahinter ragte die grüne Amalfiküste, die Costiera, steil aus dem Meer.

Patrizia schloss die Augen, doch das Glitzern hörte nicht auf. Es war, als hätte sich die spiegelnde Wasseroberfläche auf dem Inneren ihrer Lider eingebrannt. Sie nahm sich vor, dieses Bild festzuhalten. Die weite, spiegelnde Fläche. Unbeteiligt. Beruhigend. Und an ihrem Ende eine andere Welt.

Als sie die Augen wieder öffnete, war Cristina schon zum Aufbruch bereit.

*

Er stand in der Via Municipio Vecchio und wartete. Müde, aber völlig ruhig. Es gab keinen Grund, auf die Uhr zu sehen. Er wusste, dass sie das Haus früher verlassen würde, heute, am Tag danach. Er hatte sie am Abend zuvor beim Öffnen des Umschlags beobachtet und war ihr anschließend bis zu ihrer Haustür gefolgt. Er wusste, wie sie lief, wenn sie aufgebracht war. Fahrige Bewegungen, den Blick nach unten gerichtet. Einmal war sie sogar falsch abgebogen und hatte es erst Minuten später bemerkt. Ein Anflug von Schwindel überkam ihn. Ja, es war tatsächlich der Tag danach. Das Spiel hatte begonnen.

Plötzlich ging in dem hellgelben Haus die Tür auf, und Eleonora trat heraus. Instinktiv drückte er sich enger an die Mauer, obwohl er wusste, dass sie ihn von der Piazzetta San Pietro a Corte nicht sehen konnte. Sie war früh dran, ganz wie er es vorhergesehen hatte. Entgegen ihrer Gewohnheit trug sie keine Tasche. Er hatte nichts anderes erwartet. Heute würde sie nicht ins Konservatorium gehen, denn es war kein gewöhnlicher Tag. Es war der erste Tag ihres neuen Lebens. Sie würde einen frischgepressten Orangensaft trinken und ein Cornetto essen, wie sie es seit vielen Jahren tat, aber damit würde die Routine für heute enden.

Er folgte ihr mit dem Blick, bis sie den Rand der Piazzetta erreicht hatte. Als sie links in eine Gasse abbog, löste er sich von der Mauer und bog in eine Parallelstraße ein. Es war nicht weit zu der Bar, in der sie jeden Morgen frühstückte. Er ging schnell. Um diese Uhrzeit war die Altstadt noch leer.

Als er an dem Punkt ankam, von dem aus er die Bar einsehen konnte, saß Eleonora bereits an einem der beiden Außentische, keine zehn Meter von ihm entfernt.

Hier sind wir also. Beide übernächtigt. Beide müde und blass.

Es tat ihm leid, dass sie seinetwegen wenig geschlafen hatte. Aber wenigstens war es diesmal nicht aus Trauer. Nicht, weil sich wieder eine Tür geschlossen hatte, sondern weil eine neue aufgegangen war. Er hatte sie geöffnet. Endlich hatte er einen Weg gefunden, das zu werden, was er immer hatte sein wollen. Für Eleonora, aber auch für sich selbst. Nicht mehr lange, dann würde er sich nicht mehr verstecken müssen. Vor ihr nicht, und auch nicht vor sich selbst.

Vor niemandem.

Er sah, wie Eleonora die Zeitung nahm. Sie überflog die Schlagzeilen … und legte sie wieder weg. Natürlich. Sie konnte sich nicht auf das konzentrieren, was anderen geschehen war, denn in ihrem eigenen Leben geschah zu viel. Er lächelte. War das Milchschaum auf ihrer Oberlippe? Sie bemerkte es nicht. Sah nicht die Krümel auf ihrer Hose. Sie blickte vor sich ins Leere und dachte an …

Woran denkst du? Denkst du an die Noten in alter Schrift? Stellst du dir vor, wie du über sie sprechen wirst? Was wirst du sagen? Übst du schon die Worte? Hörst du noch die Musik?

Vom Duomo drangen Glockenschläge herüber. Er zählte sie mit, obwohl er wusste, wie spät es war.

Sieben Uhr. Er seufzte innerlich. Wie gerne hätte er sie zurück nach Hause begleitet und darauf gewartet, dass sie erneut das Haus verließ. Mit einer Mappe, deren Inhalt er kannte.

Er wusste, wohin sie fahren würde, und er hätte ihren Triumph gerne miterlebt. Doch es war nur ein erster, kleiner. Die großen und wichtigen würde er nicht verpassen. Denn ihr neues Leben war auch seines, ihr Triumph sein eigener. Er schüttelte den Kopf. Nein, das stimmte nicht. Es war der Triumph der Musik, die endlich nichts Persönliches mehr hatte. Sie beide waren nur noch ihre Instrumente.

*

»Wir müssen unbedingt das Motiv eingrenzen!«

Patrizias Kollegen sahen erstaunt zu ihr hin. Seit einer Stunde saßen sie im Konferenzraum der Questura zusammen und tauschten sich zum neuesten Stand der Dinge aus. In den letzten Minuten war Patrizia still geworden und hatte mit gesenktem Kopf in ihr schwarzes Notizbuch geblickt. Jetzt unterbrach sie energisch das laufende Gespräch.

»Konzentrieren wir uns auf mögliche Motive! Alles andere ist Nebensache.«

Davide, der gerade darüber gesprochen hatte, wer Zugang zu den Schlüsseln zum Castello di Arechi gehabt hatte, zog die Augenbrauen hoch. »Willst du damit sagen, dass es unwichtig ist, dass der Schlüssel zur Burg bei jeder Veranstaltung frei zugänglich im unbesetzten Büro hing, wo ihn sich jeder hätte nehmen können?«

»Ganz und gar nicht. Im Gegenteil. Gerade weil der Schlüssel frei zugänglich war und es im Castello keine Videoüberwachung gibt, müssen wir versuchen, den Täterkreis über mögliche Motive einzugrenzen. Nehmen wir zum Beispiel den Hausmeister. Natürlich könnte er sich ein Exemplar nachgemacht haben, um von sich selbst abzulenken. Aber welches Motiv sollte er haben, die Amedeo umzubringen? Er lebt zurückgezogen, was alle Hausbewohner uns bestätigt haben, und er hat das Opfer nicht gekannt.« Sie wandte sich an Antonia. »Wie sieht's aus, gibt es irgendwelche gegenteiligen Hinweise?«

»Nein. Eine erste Sichtung der Telefonkontakte hat jedenfalls nichts ergeben. Auch im PC weist nichts auf eine Bekanntschaft hin.«

»Aber er spielt Akkordeon, mag klassische Musik und hat zugegeben, dass ihm Alessandra Amedeo bei den Konzerten aufgefallen ist«, warf Davide ein. »Ach ja. Er ist übrigens der Bartolini-Kurier für dein Gebiet. Er kennt dich.«

»Tatsächlich? Keine Ahnung. Na ja, manchmal bestelle ich schon etwas.«

»Ist ja auch egal. Jedenfalls hat er kein Alibi.«

»Mag sein«, meinte Patrizia. »Allerdings ist Akkordeon nicht dasselbe wie Klavier. Und was Alessandra Amedeo angeht: Es gab sicher eine Menge Leute, die sie attraktiv fanden, was weder ein Wunder ist noch strafbar. Aber denkt doch mal nach. Was ist mit Leuten, die sie nicht mochten, zum Beispiel denen, die sie in ihren Rezensionen verrissen hat?« Sie hielt eine Liste hoch. »Das sind die Namen der Künstler, denen die Amedeo laut Paolo Pacifico besonders übel mitgespielt hat. Darunter auch Eleonora Salazar, die übrigens als Einzige davon hier in Salerno wohnt.«

»In diesem Fall wäre das Motiv Rache für die Schädigung der Karriere oder eine persönliche Kränkung«, folgerte Cristina. »Und dass die Verrisse nicht nur den Künstlern selbst wehtun, sondern auch ihrer Familie oder ihren Bewunderern, wissen wir ja schon von Saverio Salazar. Für den war der Verriss des letzten Konzerts seiner Frau eine regelrechte Kriegserklärung. Allerdings behauptet er, am Montagabend zur Tatzeit mit seiner Frau zusammen gewesen zu sein. Er hatte sie zu sich zum Abendessen eingeladen.«

»Was wir aber nicht bestätigen können«, sagte Leo. »Die Befragung der Nachbarn ist zwar abgeschlossen, aber die haben nur Licht in seiner Wohnung gesehen. Ihn oder seine Frau dagegen nicht.«

Patrizia nickte. »Leider konnten wir Eleonora Salazar bislang noch nicht treffen. Sie hatte beruflich in Rom zu tun und ist erst seit gestern Abend wieder in Salerno. Cristina und ich wollen nach der Sitzung gleich zu ihr fahren. Außerdem müssen wir mehr über die anderen Künstler auf der Liste wissen. Auch das ist kein Kinderspiel. Nur einer von ihnen wohnt in Kampanien. Wir werden die Hilfe der örtlichen Kollegen brauchen, um sie zu befragen. Leo, Marco, was habt ihr bisher über diese Leute herausgefunden?«

»Zwei Pianisten, ein Violinist und drei Sänger. Die negativen Rezensionen über ihre Konzerte erschienen alle im ›Corriere della Sera‹. Eine im Januar dieses Jahres, die anderen über das letzte Jahr verteilt.«

»Im Januar und über das letzte Jahr verteilt?«, fragte Davide erstaunt. »Also, wenn einer mein Konzert verreißen würde, ich würde nicht so lange warten. Für mich spricht das gegen diese Musiker. Die haben doch mittlerweile bestimmt genügend neue Erfolge gefeiert und die Negativ-Schlagzeile längst zu den Akten gelegt.«

»Da ist was dran«, stimmte Cristina ihm zu. »Zu Eleonora Salazar und ihrem Umfeld würde ein Racheakt vom Timing her am besten passen. Der Artikel erschien am Montag in der Zeitung. Und in der Nacht von Montag auf Dienstag stirbt die Journalistin. Dazu kommt, dass die Salazar gerade am Beginn eines Comebacks stand, das durch den Artikel gelitten haben dürfte.«

»Gut«, sagte Patrizia. »Dann nehmen wir das mal als erste Arbeitshypothese. Mord aus Rache für eine erlittene Demütigung … wäre ja nicht das erste Mal. Und ihr habt recht. Wir sollten uns auf Eleonora Salazar konzentrieren. Aber natürlich müssen wir trotz allem auch die anderen Musiker näher unter die Lupe nehmen.«

»Einverstanden«, meinte Cristina. »Allerdings gibt es noch ein weiteres Motiv, das wir nicht ganz außer Acht lassen sollten, nämlich Eifersucht. Der Kulturredakteur der Zeitung behauptet, es hätte keinen Mann in Alessandra Amedeos Leben gegeben, und seine Frau tut so, als ob sie von dem gemeinsamen Konzertbesuch der beiden gewusst hätte. Alles ganz freundschaftlich. Dennoch würde ich da gerne nochmal nachhaken. Antonia und Lydia, was sagen das Handy und der PC?«

Lydia sah auf eine Liste. »Wir haben eine Aufstellung aller Anrufe und Gesprächsteilnehmer vom letzten Monat, dasselbe für die SMS. Es sind sehr viele. Die Amedeo hat offenbar selten etwas gelöscht. Aus dieser Liste geht hervor, dass Paolo Pacifico und Alessandra Amedeo oft miteinander telefoniert und gesimst haben. Allerdings auch, dass die Anrufe und Nachrichten überwiegend von ihr ausgingen. Mit eindeutig romantischem Inhalt kann ich nicht dienen. Es geht fast immer darum, dass Alessandra Amedeo ein Treffen vorschlägt. Ein Mittagessen, ein Konzert oder irgendetwas Ähnliches. Manchmal sagt er zu, andere Male nicht.«

»Na ja«, warf Antonia ein. »Mein Eindruck war schon, dass der Wortlaut auf ein besonderes Interesse hindeutet. Jedenfalls wollte sie ihn ziemlich oft sehen. Gut und gern ein paar Mal die Woche. Er dagegen schien die Häufigkeit der Treffen eher reduzieren zu wollen.« Sie unterbrach sich, als sie Stimmen vor der Tür hörte. Sekunden später kamen Bob Kingfisher, Gabriella Molinari und Enrico Ramires herein. Sie mussten sich zufällig im Flur getroffen haben.

»Entschuldigt die Verspätung«, sagte Gabriella. »Wir hatten noch Arbeit.«

»Hoffentlich mit nützlichen Resultaten«, kommentierte Pietro Di Leva anstelle einer Begrüßung.

»Was nützlich ist und was nicht, ist immer subjektiv«, meinte Bob süffisant. Di Leva sah ihn mit hochgezogenen Augenbrauen an. Offenbar dachte er an ihre Kontroverse über die Steinreihen und überlegte, ob er etwas antworten sollte, doch Bob Kingfisher kam ihm zuvor.

»Also, dann mache ich mal den Anfang, denn was ich zu sagen habe, ist schnell gesagt. Nummer eins: die Wohnung von Alessandra Amedeo. Wir sind mit ihr durch, und ich fürchte, sie sagt uns nicht viel. Nichts weist auf eine bewusste Beseitigung von Spuren hin. Außerdem hatte unsere Journalistin wohl nur wenig Besuch. Neben ihren eigenen Fingerabdrücken gibt es nur noch drei weitere. Im Wohnraum konnten wir außerdem Haare sicherstellen, die nicht dem Opfer gehören, im Schlafzimmer wiederum nicht.«

»Also doch kein Liebhaber«, seufzte Cristina. »Dann stimmt es wohl, was dieser Paolo Pacifico uns gesagt hat. Zum Abgleich mit den Fingerabdrücken müssen wir aber auf jeden Fall nochmal zu ihm. Danke, Bob! Aber du sagtest Nummer eins. Was ist mit Nummer zwei?«

»Nun ... es gibt Neuigkeiten, was das Klavier und das Metronom angeht. Zuerst das Klavier. Ich konnte herausfinden, wie die Tasten gereinigt wurden. Es handelt sich um Ventisept Liquid AF, ein hochwirksames Mittel zur Schnelldesinfektion, das häufig im medizinischen Bereich eingesetzt wird, aber überall frei erhältlich ist.«

»Ein Desinfektionsmittel?«, fragte Cristina erstaunt. »Ist das bei Klavieren üblich? Hast du schon mit der Reinigungsfirma gesprochen?«

»Habe ich. Und nein, sie benutzen dieses Mittel nicht. Im Gegenteil. Sie sagten mir, dass man für die Tastatur allerhöchstens Spülmittel verwenden darf. Aggressive Reinigungsmittel schaden dem Klavier. Im Übrigen haben sie den Flügel das letzte Mal eine Woche vor dem Mord gesäubert.«

»Hmm«, meinte Patrizia. »Ich halte fest. In der Tatnacht wurde noch auf dem Instrument gespielt, und danach hat man es mit einem viel zu aggressiven Desinfektionsmittel gereinigt. Das legt wohl nahe, dass der Täter selbst auf dem Klavier gespielt und es hinterher sorgfältig abgewischt hat. Das passt auch zu der Tatsache, dass Alessandra Amedeo ja offenbar nicht spielen konnte. Ist dieses Desinfektionsmittel unter den Putzmitteln im Castello vorhanden?« Bob schüttelte den Kopf.

»Dann hat der Täter es also mitgebracht, was unsere These vom vorsätzlichen Mord bestätigt. Und das Metronom? Wurde das mit demselben Mittel gereinigt?«

»Davon ging ich zuerst aus, aber nein, es wurde nur sehr sorgfältig mit einem Mikrofasertuch poliert.«

»Mit einem Mikrofasertuch?«, fragte Antonia. »Das ist ja eher das Gegenteil von aggressiv! Komisch, oder? Denn wir müssen ja davon ausgehen, dass der Täter das Ding ebenfalls in der Hand hatte.«

»Vielleicht war beim Metronom keine sorgfältige Reinigung nötig«, schlug Lydia vor. »Beim Klavierspielen trug er wahrscheinlich keine Handschuhe, beim Metronom vielleicht schon.«

»Aber dann hätte er es doch überhaupt nicht polieren müssen«, gab Antonia zurück.

Einen Augenblick herrschte Stille. Die vielen zum Teil gegensätzlichen Indizien waren nur schwer miteinander zu vereinbaren. Sie ergaben einfach kein kohärentes Bild.

Schließlich unterbrach Gabriella Molinari das Schweigen.

»Na ja, ich will die Situation nicht komplizierter machen, als sie ohnehin schon ist, aber wenn wir gerade bei mysteriösen

Fakten sind wie zum Beispiel bei Klavier spielenden Mördern und tickenden Metronomen auf Burgmauern, dann möchte ich nicht außen vor bleiben. Also, mir ist neulich bei der Obduktion etwas aufgefallen, und Bob hat mir geholfen, meinen Eindruck zu bestätigen. Enrico, möchtest du das kurz erklären?«

Enrico Ramires sah seine neue Chefin alarmiert an. Patrizia lächelte ihm aufmunternd zu. Gabriella würde es sicher gelingen, ihm seine anfängliche Scheu bald zu nehmen.

»Also, Gabriella fiel auf, dass die Kerben im Holzboden der Bühne, die von den Messerstichen herrühren, auffällig gut zu sehen waren. Vor allem, wenn man bedenkt, wie viel Blut das Opfer verloren hat. Die Blutlache war fast einen halben Zentimeter dick.« Enrico Ramires sprach jetzt mit fester Stimme, in der echte Begeisterung für seine Arbeit mitschwang. »Theoretisch hätte man die Kerben daher gar nicht sehen dürfen. Sie hätten vom Blut verdeckt sein müssen. Bob Kingfisher war so freundlich, der Sache vor Ort nachzugehen, und hat dabei etwas Interessantes herausgefunden. Die Schicht des geronnenen Blutes ist im Bereich der Kerben nämlich wesentlich dünner als in den Außenbereichen der Blutlache.« Er sah kurz in die Runde. »Wisst ihr, was ich meine? Das Blut wurde offenbar aus dem Bereich der Kerben weggestrichen. Möglicherweise sogar mehrmals.«

»Weggestrichen? Etwa um die Kerben freizulegen?«, fragte Davide erstaunt. »Wozu sollte das gut sein?« Eine kurze Pause entstand.

Doch plötzlich schlug Patrizia mit der flachen Hand auf den Tisch. »Natürlich! Denkt doch mal an die Seitenlage des Opfers. Der Mörder hat Alessandra Amedeo auf die Seite gedreht, und wir haben uns schon die ganze Zeit gefragt, wozu. Jetzt wissen wir es. Er wollte die Kerben im Holzboden sehen! Da die aber vom Blut verdeckt waren, strich er es weg und …«

»Ja, und was?«, fragte Cristina. »Schon möglich, dass wir jetzt den Grund für die Seitenlage des Opfers kennen. Trotzdem wirft das Ganze nur eine neue Frage auf, und die lautet: Warum zum Teufel interessieren ihn die Kerben im Holz?« Sie sah die anderen an, doch die meisten zuckten nur mit den Schultern, und auch Patrizia wusste keinen Rat.

Schließlich versuchte es Antonia. »Vielleicht will er sich der Wucht seiner Stiche vergewissern?«

»Genau«, meinte Lydia. »Vielleicht geht es um Stolz. Sieh mal an, wie fest ich zugestochen habe. Die Kerben im Holz zu sehen könnte sein Gefühl von Macht intensivieren.«

Patrizia nickte bedächtig. »Gut, dann lasst uns diese beiden Stichwörter festhalten. Möglicherweise Rache am Opfer, Macht über das Opfer. Und offenbar eine große persönliche Involviertheit. Denn wer so heftig zusticht und, wie wir von Gabriella wissen, sogar noch das Messer in den Wunden dreht, will das Leiden seines Opfers unmittelbar miterleben, bevor er es auslöscht. Das spricht für starke Gefühle. Und deshalb«, sie wandte sich an Pietro Di Leva, »wäre ich gerne bei Eleonora Salazars nächstem Konzert dabei. Es ist am kommenden Sonntag, wieder in Ravello. Ich weiß, die Verbindung zu ihr ist im Augenblick nichts als eine Spur von mehreren. Trotzdem kann es nicht schaden, sich einmal unauffällig unter das Publikum zu mischen. Kommst du mit?« Sie sah Cristina an.

»Mit Vergnügen!«

Pietro Di Leva nickte. »Ich werde mich darum kümmern.«

»Bene.« Patrizia sah auf die Uhr. »Dann lasst uns jetzt alle an die Arbeit gehen. Davide, du unterhältst dich mit Alessandra Amedeos Freunden und Bekannten. Lydia, Antonia, ihr macht mit der Auswertung von Amedeos PC weiter. Leo und Marco, ihr setzt euch mit den anderen Musikern in Verbindung, die der Amedeo einen Verriss verdanken. Versucht, so viel wie möglich über sie herauszufinden. Cristina und ich nehmen derweil Eleonora Salazar und ihr Umfeld unter die Lupe.« Sie atmete tief durch, und einen Augenblick sah es so aus, als wollte sie die Sitzung auflösen, doch dann sah sie ihre Kollegen noch einmal eindringlich an.

»Nur ein Gedanke zum Abschluss. Wir haben es hier mit einem intelligenten Täter zu tun. Das dürfte uns allen mittlerweile klar sein. Er hat uns eine Menge hinterlassen. Ein tickendes Metronom, mehrere Reihen aus Steinen. Mit all diesen Zeichen oder auch Botschaften, wie immer wir es nennen wollen, können wir bislang nichts anfangen. Was er uns dagegen nicht hinterlassen hat, sind Fingerabdrücke oder Täter-DNA auf der Leiche. Wir haben es also mit jemandem zu tun, der planvoll und präzise vorgeht, was immer sein Motiv letztendlich sein mag. Und das bedeutet, dass wir ebenso umsichtig arbeiten müssen. Wie immer gilt: Jedes noch so winzige Detail ist von Bedeutung. Jeder Mörder macht Fehler, und seien sie noch so klein.«

Alle nickten, doch keiner sagte ein Wort, und Patrizia wusste, dass sie ihre Befürchtung teilten. Konnte es sein, dass dieser Fall komplizierter war, als er auf den ersten Blick aussah?

*

Er lehnte sich ein wenig nach vorn und wartete, sah auf die Uhr, dann wieder auf den Eingang der Questura. Da … Jetzt traten sie auf den Parkplatz. Patrizia Vespa und Cristina D'Avossa. Das Team. Seit dem Fall des unheimlichen Serienmörders im letzten Winter eilte ihr Ruf ihnen voraus.

Würden sie zu Fuß gehen? Nein, sie hielten auf einen roten Fiat zu. Patrizia ging zur Fahrerseite, Cristina stand vor der Beifahrertür, aber sie stiegen nicht ein. Stattdessen redeten sie über das Autodach hinweg. Er sah, wie Cristina ihr Handy aus der Tasche zog. Sie tippte eine Nummer, und er lächelte. Es war nicht schwer zu erraten, wen sie zu erreichen versuchten, aber sie würden keinen Erfolg haben. Eleonora ging nicht ans Telefon, wenn sie die Nummer nicht kannte, und heute würde sie es erst recht nicht tun. Es gab nur wenige Menschen, mit denen sie jetzt sprechen musste. Aber Cristina ließ nicht locker.

Er konnte das Freizeichen in seinem Kopf hören.

Fünfmal.

Sechsmal.

Jetzt sprach sie, aber er wusste, dass sie nur eine Nachricht hinterließ. Da … sie war fertig, zuckte mit den Schultern. Patrizia legte den Kopf in den Nacken.

Seid ihr frustriert?

Sie redeten wieder. Von seinem Standort aus konnte er ihre Worte nicht verstehen, doch er wusste, worüber sie sprachen. Sie überlegten, wohin sie zuerst fahren sollten. Zu Eleonoras Wohnung oder gleich ins Konservatorium. Jetzt stiegen sie ein. Doch an der Ausfahrt des Parkplatzes hielten sie an. Es war viel Verkehr auf der Via Roma, und niemand ließ sie einfädeln.

Er sah Patrizia genervt hinter der Scheibe gestikulieren.

Ja, du hast Grund, gereizt zu sein. Denn ihr habt keine Chance. Diesmal nicht. Lasst es mich euch so erklären: Es ist wie in der Musik. Das Konzert hat bereits begonnen. Wir alle folgen unserer Partitur. Auch ihr seid nur eine Stimme von vielen, so gern ihr den Dirigentenstab halten würdet. Aber selbst wenn ihr ihn hättet, welchen Unterschied würde es machen? Ein Dirigent setzt Akzente, das Stück schreibt er nicht. Und am Ende ist er selbst nur eine Marionette, ein Instrument der Musik, komponiert von einem Mann, der im Hintergrund bleibt und dem Konzert nur vom Rand aus folgt. Er sitzt ganz hinten im Zuschauerraum und genießt, wie das Stück sich vor ihm entfaltet … genau so, wie er es vorgesehen hat.

Dieses Stück ist mein Stück. Ich bin sein Komponist, und es wird erst enden, wenn die letzte Note gespielt ist.

*

Das Conservatorio di Musica lag in der Via Salvatore Renzi im obersten Teil der Stadt. Patrizia parkte direkt vor dem Gebäude und sah sich nach dem Eingang um. Cristina dagegen lief zu der niedrigen Mauer auf der anderen Straßenseite.

»Wow, nicht schlecht!«

Sie winkte ihre Kollegin zu sich heran. Direkt unter ihnen lagen die engen Gassen der Altstadt und der weit ins Meer hinausragende Arm der Hafenmauer, zur Linken breiteten sich die neueren Vororte der Stadt Richtung Cilento aus. Von hier oben war das Meer ein silberner Spiegel.

»Schwimmen gehen müsste man«, meinte Cristina sehnsüchtig. Patrizia sagte nichts, doch auch sie hatte den Drang, in die leuchtende Fläche einzutauchen. Ähnlich wie schon am Morgen schien ihr das Meer ein Gegenpol zu allem, was falsch und hässlich war.

Dann wandten sie sich dem Conservatorio zu. Im Inneren des alten Gebäudes war es vergleichsweise düster. Sie erkundigten sich nach Eleonora Salazar und wurden von einem Mann in Empfang genommen, der sich als Student der Sängerin vorstellte. Er hieß Lorenzo Tucci und versicherte ihnen, dass seine Professorin in der nächsten halben Stunde erwartet wurde.

Keine fünf Minuten später saßen sie im Büro der Sängerin und tranken den Espresso, von dem ihnen Lorenzo Tucci versicherte, er wäre der beste der ganzen Stadt. Patrizia konnte dazu keine Stellung nehmen. Entgegen italienischen Gepflogenheiten mochte sie keinen Espresso und hatte ihre Tasse mit einem Zug heruntergestürzt. Jetzt sah sie sich im Zimmer um.

Das Büro war vollgestopft mit Bücherregalen, und auf dem

Schreibtisch stapelten sich Papiere, Ordner und Musikpartituren. An dem einzigen freien Stück Wand neben dem Fenster hing der Druck eines barocken Gemäldes. Patrizia stand auf und studierte das Bild, konnte aber nur Jesus und Maria identifizieren, die im oberen Bereich der Szene auf einer Art Wolke saßen. Daneben gab es noch verschiedene andere Figuren. Patrizia tippte auf Heilige. Im unteren Bereich des Gemäldes tobte ein Höllenfeuer, und daneben knieten zwei betende Menschen, ein Mann und eine Frau. Der Mann trug einen weiten Mantel, das schmale Gesicht war blass, Haare und Spitzbart schwarz, seine dunklen melancholischen Augen hatte er auf die Heiligen über ihm gerichtet. Eine von ihnen, eine Frau, streckte beinahe sehnsüchtig die Arme nach ihm aus. Andere zeigten mit dem Finger auf ihn. Die Einzige, die den Betrachter mit passivem, fast leerem Blick direkt ansah, war die betende Frau auf der anderen Seite.

»Ich sehe, das Bild gefällt Ihnen«, bemerkte Lorenzo Tucci.

»Na ja, irgendwie schon, obwohl es ja eher düster wirkt.«

»Wie auch nicht. Für den Auftraggeber dieses Altarbildes stand nichts weniger als seine Erlösung auf dem Spiel. Daher der treffende Name ›Il Perdono‹, die Vergebung. Sie war das letzte große Anliegen von Príncipe Carlo Gesualdo.« Er zeigte auf den schwarzgekleideten Mann mit Spitzbart. »Das ist er. Die Dame auf der anderen Seite ist seine zweite Frau.«

»Gesualdo?«, fragte Cristina. Sie hatte den Namen unlängst gehört, konnte sich aber nicht mehr erinnern, in welchem Zusammenhang.

»Sie kennen Gesualdo nicht? … Oh …« Lorenzo Tucci, den Cristina auf keine dreißig schätzte, sah sie einen Augenblick an, als wäre sie ein seltener, aber nicht besonders attraktiver Fisch in einem Aquarium. Dann meinte er: »Carlo Gesualdo, Prinz von Venosa. Er wurde 1566 geboren. Das Castello seiner

Familie steht in Gesualdo, gerade mal eine Stunde von hier. Einen Teil seiner Kindheit verbrachte er in Taurasi.«

»Da, wo der gute Wein herkommt ...«

»Genau. Na ja, jedenfalls war Gesualdo ein Komponist der späten Renaissance. Er ist noch heute berühmt für seine Vokalkompositionen, insbesondere seine Madrigale, die in ihren chromatischen Progressionen ...«

»Interessant«, meinte Patrizia, der der schulmeisterliche Ton des jungen Mannes auf die Nerven ging. »Ganz sicher ein faszinierendes Gebiet, aber nicht unbedingt eins, das in den Fachbereich der Polizei fällt.«

Lorenzo Tucci lächelte. »Oh, ich glaube schon, denn leider ist Carlo Gesualdo auch für die dunkle Seite seines Genies berühmt, insbesondere für den grausamen Doppelmord an seiner ersten Frau, Maria d'Avalos, und ihrem Liebhaber Fabrizio Carafa, dem Duco d'Andria. Die Familie d'Avalos lebt übrigens noch heute in dem Palazzo, in dem Maria d'Avalos damals ein so grausames Ende fand. Es ist der Palazzo San Severo in Neapel.«

Cristina nickte. »Ist dieser Komponist Eleonora Salazars Spezialgebiet?«

»Das kann man wohl sagen. Sie leitet das Gesualdo-Forschungsprojekt hier am Conservatorio.«

»Und wer ist sonst noch an dem Projekt beteiligt?«, fragte Patrizia.

»Nur Professore Umberto La Rocca. Wir sind vorhin an seinem Büro vorbeigegangen. Ich selbst mache mich natürlich auch ein bisschen nützlich, sichte Materialien und so weiter. Ich schreibe meine Abschlussarbeit über Carlo Gesualdo. Für heute ist übrigens ein Treffen anberaumt. Professore La Rocca ist schon im Haus, und Eleonora ... Salazar müsste ebenfalls jeden Augenblick hier sein.« Er sah auf die Uhr.

In diesem Moment klopfte es an die Tür.

»Pronto!«

Ein Mann trat ein. Er war etwa in Lorenzo Tuccis Alter, allerdings blasser und weniger smart gekleidet. Patrizia nahm an, dass es sich um einen weiteren Studenten handelte. Es war gut zu wissen, dass es die auch noch gab. Ganz normale junge Leute in Jeans und T-Shirt. Nicht so rausgeputzt wie dieser Tucci mit seinen Bügelfalten und Wildlederschuhen.

»Was ist?«, fragte Lorenzo Tucci kurz angebunden.

»Professoressa Salazar hat eben angerufen. An der Pforte. Sie bittet um Entschuldigung, aber sie muss das Treffen für heute Morgen leider absagen. Es ist ihr etwas Wichtiges dazwischengekommen. Und, ach ja … Sie bittet dich, sämtliche weiteren Termine für den Rest der Woche abzusagen. Nicht zu verlegen, einfach abzusagen. Sie wird dir später alles erklären.«

»Che diavolo! Was ist … Ich meine, warum spricht sie nicht direkt mit mir?« Er zog sein Handy aus der Tasche und prüfte, ob es verpasste Anrufe gab. Offensichtlich nicht, denn er pfefferte das Telefon verärgert auf den Schreibtisch. Dann wandte er sich wieder an den Überbringer der Botschaft.

»War das alles?«

Als Antwort zuckte der nur mit den Schultern und schloss wortlos die Tür.

»Wer war das?«, fragte Patrizia.

»Was? Ach so. Das war Francesco. Francesco Gasparotti. Wollte unbedingt hier studieren und hat die Aufnahmeprüfung auch bestanden, aber eigentlich konnte er es sich nicht leisten. Ich glaube, der Vater lebt nicht mehr. Ausgerechnet durch Professoressa Salazars Fürsprache hat man ihm die Gelegenheit gegeben, sich mit Arbeiten hier im Institut über Wasser zu halten. Das war vor Jahren. Eigentlich müsste er längst fertig sein.«

»Ach ja?« Patrizia konnte sich die Bemerkung nicht verkneifen. »Ich hätte geglaubt, Sie wären beide im selben Alter?«

Lorenzo Tucci warf ihr einen giftigen Blick zu. »Im Gegensatz zu Francesco habe ich vorher schon etwas anderes studiert. So, und jetzt muss ich Sie leider bitten zu gehen. Ich habe zu tun.«

»Nur eine Frage noch«, warf Cristina ein. »Kommt es öfter vor, dass Eleonora Salazar ihre Termine absagt, und wissen Sie vielleicht, wo wir sie finden können? Es ist wirklich dringend.«

Die Frage schien den jungen Mann noch mehr zu reizen.

»Nein, kommt es nicht und … Keine Ahnung, wo Sie sie erreichen können, es sei denn per Telefon. Aber ich muss jetzt wirklich …« Er stopfte hastig einige Ordner in einen Rucksack. Mit einem Mal hatte er es sehr eilig. Trotz des erneuten Rückschlags, was ihr Treffen mit Eleonora Salazar anging, betrachtete Patrizia die Aufbruchsvorbereitungen Lorenzo Tuccis mit einer gewissen Befriedigung.

Du bist deswegen so fuchsteufelswild, weil du es tatsächlich nicht weißt. Offenbar hat Eleonora Salazar noch Wichtigeres zu tun als euer Forschungsprojekt, und du wüsstest zu gerne, was es ist.

»Was machen wir jetzt?«, fragte Cristina, als sie wieder vor Patrizias Auto standen.

»Lass uns bei ihr zu Hause vorbeifahren.«

»Soll ich nochmal anrufen?«

»Ach was, die geht ja eh nicht ran. Komm schon, bringen wir's hinter uns.«

Keine zwanzig Minuten später standen Patrizia und Cristina auf der Piazza San Pietro a Corte vor dem Haus der Musikerin. Patrizia wollte klingeln, da ging die Tür auf. Eleonora Salazar trat heraus. Sie hielt einen silbernen Aktenkoffer in der Hand und würdigte die beiden Kommissarinnen keines Blickes.

»Signora Salazar?«

Die Sängerin sah sie überrascht an. »Wer sind Sie? Was wollen Sie?«

»Hauptkommissarin Vespa und Hauptkommissarin D'Avossa.« Patrizia und Cristina zogen ihre Ausweise aus der Tasche.

»Polizei? Ich habe wirklich keine Zeit.«

»Professoressa Salazar. Können wir einen Augenblick reingehen? Wir müssen Sie dringend sprechen.«

»Das passt mir jetzt gar nicht. Ich …«

»Dann müssen wir Sie bitten, im Laufe des Tages auf die Questura zu kommen.«

Die Sängerin zögerte einen Augenblick.

»Wenn es unbedingt sein muss. Aber wirklich nur ein paar Minuten. Ich habe einen dringenden Termin.« Sie trat ins Haus und stieg mit eiligen Schritten die Treppe zum ersten Stock hinauf. Patrizia und Cristina folgten ihr. In der Wohnung angekommen schloss Eleonora hinter den Kommissarinnen die Tür, blieb aber im Flur stehen.

»So, was gibt es denn so Wichtiges?«

»Es geht um Alessandra Amedeo, die Kulturjournalistin, die am Dienstagmorgen tot aufgefunden wurde.«

»Und da kommen Sie zu mir?«

»Wir setzen uns mit allen in Verbindung, denen Alessandra Amedeo in letzter Zeit beruflich geschadet hat. Und die Rezension über Ihr Konzert im ›Corriere della Sera‹ erschien am Tag ihres Todes.«

»Die Rezension über mein Konzert? Ich wusste gar nicht, dass die Polizei den Kulturteil der Zeitung liest.«

Patrizia und Cristina tauschten einen kurzen Blick, dann entgegnete Cristina schroff: »Seien Sie unbesorgt, wenn es um Mord geht, lesen wir auch die Bedienungsanleitung eines Toasters.«

Die Musikerin lächelte. »Ein gelungener Vergleich. Denn mehr als eine solche Bedienungsanleitung war diese alberne Kritik auch nicht wert. Reine Verleumdung. Völlig an den Haaren herbeigezogen. Jeder, der am letzten Sonntag in Ravello war, weiß das. Für mich und meine Kollegen ist das allenfalls ärgerlich. Unserer Karriere wird der Artikel jedenfalls nicht schaden, da machen Sie sich mal keine Sorgen.«

»Offenbar sehen das aber nicht alle so. Ihr Mann zum Beispiel war über die Rezension so aufgebracht, dass er Signora Amedeo am Montagnachmittag aufgesucht und bedroht hat. Er selbst hat uns das bestätigt.«

»Saverio?« Eleonora Salazar lachte laut auf. »Mein Mann, ja ... von dem ich übrigens getrennt lebe, aber das wissen Sie ja sicher schon. Und zweitens ist das Wort ›bedrohen‹ für Saverio völlig fehl am Platze. Einen harmloseren Menschen als ihn hat Gott nie erschaffen.«

»Ist es richtig, dass Sie am Montagabend zwischen neun und ein Uhr abends bei ihm waren?«, fragte Patrizia.

»Hat er Ihnen das gesagt?«

»Antworten Sie bitte.«

»Also ja.«

Eleonora Salazar sah die beiden Kommissarinnen einen Augenblick schweigend an. Es war schwer zu sagen, was sie dachte. Dann fuhr sie fort: »Ja, Saverio hatte mich tatsächlich zum Abendessen eingeladen. Aber ich habe abgesagt. Aus Gründen, die Sie sich denken können, war mir nicht danach.« Sie lachte wieder. »O Saverio, mein guter Schutzengel! Oder zumindest ist es das, was er gerne wäre. Aber ich komme auch ohne seine Hilfe aus. Also, fürs Protokoll: Ich war am Montagabend nicht bei ihm, sondern zu Hause. Allein.«

Patrizia nickte nur. »Sind Sie wieder neu liiert?«

Eleonora Salazar warf ihr einen überraschten Blick zu. Offenbar hatte sie nicht mit dieser Frage gerechnet. Zum ersten Mal wirkte sie verunsichert, doch der Augenblick war schnell vorüber.

»Nein, bin ich nicht, auch wenn ich wirklich nicht weiß, was Sie das angeht!«

»Und Ihr Verhältnis zu Alessandra Amedeo? Wann haben Sie sie zum letzten Mal gesehen oder gesprochen?«

»Das ist schnell gesagt. Ich stand zu Alessandra Amedeo in keinem wie auch immer gearteten Verhältnis. Wir kannten uns, aber unser letzter persönlicher Kontakt ist so lange her, dass ich mich beim besten Willen nicht mehr daran erinnern kann.«

»Haben Sie sie bei Ihrem letzten Konzert am Sonntag gesehen?«

»Unter Hunderten von Menschen? Ich bitte Sie, als ob ich da auf Einzelne geachtet hätte. So, und jetzt werden Sie mich entschuldigen müssen.« Sie öffnete die Wohnungstür und trat auf den Treppenabsatz. »Unser gemeinsames Zeitfenster schließt sich hier. Ihnen noch einen guten Tag.« Patrizia und Cristina folgten ihr. Gemeinsam gingen sie die Treppe hinunter.

»Ihnen ebenfalls einen schönen Tag«, sagte Patrizia zuckersüß, als sie auf die Piazzetta hinaustraten und die Musikerin sich zum Gehen anschickte. »Und was unser gemeinsames Zeitfenster angeht, habe ich das Gefühl, dass es sich schon bald wieder öffnen wird.«

Eleonora Salazar zog einen Augenblick die Augenbrauen hoch. Dann drehte sie sich um und entfernte sich schnellen Schrittes.

»Gut gebrüllt, Löwe.« Cristina grinste.

»Sie wollte es ja nicht anders. Was für eine Primadonna! Und dann die Sache mit dem Alibi. Ihr Schutzengel wird sich wegen Falschaussage verantworten müssen.« Sie schüttelte den Kopf. »Die hat ihren Mann eiskalt ins offene Messer laufen lassen. Jedenfalls müssen wir das mit ihm klären.«

Cristina seufzte. »Klar. Aber jetzt brauche ich erstmal was Kaltes zu trinken. Komm, hier in der Nähe ist eine Bar. Und ab morgen nehmen wir meinen neuen Skooter. Das viele Hin und Her in deinem Gefährt ohne Klimaanlage halte ich keinen Tag länger aus.«

*

Eleonora Salazar war verärgert. Statt sich auf ihren Termin zu konzentrieren, hatte sie während der Fahrt nach Ravello an die beiden Kommissarinnen und Alessandra Amedeo denken müssen. Sie wurde diese Frau einfach nicht los. Selbst im Tod verfolgte sie sie noch.

Außerdem hatte das Gespräch wertvolle Zeit gekostet. Zum Glück war an einem Donnerstagmorgen auf der Küstenstraße nicht viel Verkehr. Als sie ihren Wagen auf dem kleinen Besucherparkplatz von Ravello parkte, war es Mittag. Ein Jammer, dass Riccardo nicht früher Zeit gehabt hatte. Es gab so schrecklich viel zu tun. Sie schloss ihr Auto ab und ging mit zügigen Schritten auf die Piazza Duomo zu. Der Kirche gegenüber lag der Park der Villa Rufoli, in dem sie erst vor wenigen Tagen zum Auftakt des Festivals gesungen hatte. Sie ließ ihn zu ihrer Rechten und bog in die Via San Giovanni del Toro ein. In der Straße war es schattig. Erst jetzt fiel ihr auf, wie erhitzt sie war. Sie blieb stehen und setzte den Aktenkoffer ab. Sie musste sich sammeln und auf das konzentrieren, was vor ihr lag.

Als sie sich wieder ruhiger fühlte, ging sie weiter. Das Hotel Caruso kam in Sicht. Ein Luxus, den sie sich nur zu speziellen Anlässen gönnte. Dabei war die Fassade eher unscheinbar, passend zu seinen Ursprüngen, denn das Hotel befand sich in einem im 11. Jahrhundert erbauten Kloster. Das Portal wurde von antiken Säulen flankiert.

Eleonora Salazar trat ein und ging durch die gotische Bogenhalle zur Rezeption. Ihre Schritte hallten auf dem alten Steinfußboden. Ein junger Mann teilte ihr mit, dass sie bereits erwartet wurde. Durch die weiträumige Piano Bar gelangte sie in den Garten, der auf einem Kliff aufsaß. Sie ließ den Infinity-Pool zu ihrer Linken und steuerte auf die Außenterrasse zu. Hinter dem Geländer ging es Hunderte Meter in die Tiefe, und der Besucher sah dort, wo sie aufhörte, nur das Meer und, etwas weiter weg, die grünen Berge der Costiera.

Der Garten lag im weißen Licht der Mittagssonne. Eleonora blieb stehen und ließ ihren Blick über die Terrasse schweifen. Unter den hellen Sonnensegeln saßen nur wenige Menschen bei Snacks und Weißwein. Sie musste nicht lange suchen. Riccardo Ragusa, der musikalische Direktor des Internationalen Musikfestivals von Ravello, saß an einem Tisch direkt am Geländer. Sein volles weißes Haar kontrastierte mit der Sommerbräune, und über der Stuhllehne hing ein hellblauer Blazer. Sie steuerte auf ihn zu. Als er sie sah, stand er auf und küsste sie auf beide Wangen.

»Eleonora.«

»Riccardo.«

Sie setzten sich, und Ragusa nippte an seinem Mineralwasser. Mit einem Mal wirkte er nervös.

»Eleonora. Ich kann mir denken, warum du mich treffen wolltest. Aber ich gebe zu, dass ich etwas erstaunt bin über die Wahl des Ambientes. Ist das nicht etwas zu großartig für diesen Anlass? Denn es geht ja wohl um diese, hm, um diese unselige Kritik im ›Corriere‹?«

»Ja, das auch, aber nicht nur. Der eigentliche Grund …« Weiter kam sie nicht, da Riccardo Ragusa sie unterbrach.

»Ja, weißt du, ich bin durchaus froh über unser Treffen, denn ich habe mir natürlich so meine Gedanken gemacht. Bitte, versteh mich nicht falsch. Natürlich war diese Rezension ganz und gar unberechtigt. Und dann noch der Tod der Journalistin …« Er faltete die Hände. »Aber du weißt ja, in unserer Branche geht es selten darum, was ich oder andere Zuhörer am vergangenen Sonntag von dem Konzert hielten. Für den Verkauf der Tickets ist vor allem relevant, was potenzielle Besucher erwarten, und da ist so eine Rezension …«, er wand sich bei der Suche nach einer passenden Formulierung, »… wenig hilfreich, wenn du verstehst, was ich meine.«

Eleonora Salazars Gesicht wurde hart. »Nein, ich verstehe nicht wirklich, Riccardo, und wir kennen uns jetzt schon so lange, dass ich es zu schätzen wüsste, wenn du nicht um den heißen Brei herumreden würdest.«

»Santo cielo, Eleonora, reg dich doch bitte nicht gleich auf! Ich meine ja nur, dass wir das Repertoire eurer Gruppe ein wenig, wie soll ich sagen, ergänzen könnten. Oder besser gesagt, wir wählen ein paar Stücke aus, die wir durch andere ersetzen. Vielleicht durch echte Klassiker. Das kommt immer an. Gerne auch mit Instrumentalbegleitung …«

»Mit Instrumentalbegleitung? Sind unsere Stücke und Stimmen dir etwa nicht mehr gut genug? Weißt du eigentlich, was du da sagst?«

»Eleonora, ti prego!!« Riccardo Ragusa faltete erneut die Hände und sah sie flehend an.

Doch als die Sängerin wieder sprach, klang ihre Stimme überraschend versöhnlich.

»Lass gut sein, Riccardo. Ich gebe zu, an jedem anderen Tag wäre ich jetzt aufgestanden und gegangen. Aber heute ist kein normaler Tag.« Sie öffnete ihren Koffer, zog eine Mappe heraus und legte mehrere Notenblätter vor Riccardo Ragusa auf den Tisch. Er nahm eine Seite, hielt sie ein Stück von sich weg, legte das Blatt wieder auf den Tisch und zog seine Lesebrille aus der Jackettasche. Ein halbe Minute verging, dann eine ganze. Er sah sich das zweite Blatt an, das dritte, studierte den Text unter den Notenzeilen. Dann fragte er: »Wo hast du die her?«

Eleonora Salazar zog ein weiteres Blatt aus der Mappe und reichte es ihm. Riccardo Ragusa nahm es und las laut: »Empfangen Sie diese erste Gabe von einem Sammler und Bewunderer. Weitere werden folgen. Möge das letzte Blatt ein Zeichen sein.« Er sah die Musikerin an. »Das letzte Blatt?« Wieder reichte sie ihm zur Antwort eine Seite.

Riccardo Ragusa las erneut: »Il Perdono. Ex una voce quattuor. Canone a quattro voci. Prima Voce.« Er zog die Augenbrauen hoch. »Die Vergebung … Ein Kanon zu vier Stimmen? Und dieses Blatt ist der Part der ersten Stimme? Was soll das heißen? Dass noch drei weitere dieser mysteriösen Geschenke folgen werden? Die restlichen drei Stimmen? Che diavolo! Was soll das? Wer ist dieser Verrückte? Ein Sammler und Bewunderer? Und wenn er noch mehr von diesen … diesen Seiten hat, die er dir schenken möchte, warum tut er es dann nicht sofort? Aber was ist das überhaupt, was wir hier in den Händen halten? Altes Papier, eine alte Handschrift, ja, das sehe ich auch. Aber ich bin kein Spezialist für Renaissancemusik.«

»Aber auch du kennst den Mann, den ein amerikanischer Journalist erst vor Kurzem im Magazin New Yorker als ›Prince of Darkness‹ bezeichnet hat, oder nicht?«

»Carlo Gesualdo?« Riccardo Ragusa griff erneut zu den Notenblättern. Wieder vergingen Minuten. Dann sagte er: »O Dio. Die Stunden vor dem Mord. Die Dunkelheit, die sich herabsenkt. Die Nacht im Oktober 1590. Aber wer hat dieses Madrigal komponiert? Du glaubst doch nicht wirklich, dass wir hier ein bislang unbekanntes musikalisches Geständnis Gesualdos in den Händen halten? Ich meine, das ist doch höchst unwahrscheinlich, oder etwa nicht?«

»Das weiß ich selbst«, konterte Eleonora Salazar irritiert. »Aber können wir es ausschließen? Wir wissen, dass Gesualdo im Leben auf zwei Dinge fixiert war. Die Musik und, in späteren Jahren, die Frage der Vergebung für seine Sünden. Was spricht also gegen die Annahme, dass er sich auch musikalisch mit seiner Schuld und dem Wunsch nach Erlösung auseinandergesetzt hat?«

Einen Augenblick lang schwieg Riccardo Ragusa. Dann sagte er: »Gar nichts. Aber dir ist ja wohl klar, dass wir diese Blätter von Fachleuten auf ihr Alter überprüfen lassen müssen, bevor wir damit an die Öffentlichkeit gehen. Und ein bisschen wird das schon dauern.«

»Dazu sage ich: Ja … und nein.«

»Wunderbar. Dann lassen wir das Alter der Partitur bestimmen, und in ein paar Wochen, wenn wir mehr wissen, überlegen wir uns, ob und wie wir damit an die Öffentlichkeit gehen.«

Eleonora Salazar schüttelte leicht den Kopf.

»Ich fürchte, du hast mich missverstanden. Ja, wir lassen die Blätter prüfen, aber nein, ich finde, wir sollten nicht abwarten.«

»Nicht abwarten? Santa Madonna, Eleonora, du willst doch nicht etwa dieses Madrigal hier auf dem Festival vorstellen, noch bevor wir wissen, woher es kommt und ob es wirklich …« Er unterbrach sich, als er das Gesicht der Sängerin sah.

»Riccardo, siehst du denn nicht? Dieses Stück ist ein Geschenk des Himmels. Von wegen Klassiker oder Instrumentalbegleitung. Die halbe Welt kennt schon jetzt das Ravello-Festival. Nach dieser Aufführung«, sie hielt das Notenblatt hoch, »wird es die andere Hälfte auch noch tun. Aber keine Sorge. Ich sage ja gar nicht, dass wir so tun sollen, als hätten wir bereits

Gewissheit. Wir sind ganz ehrlich, halten nichts zurück. Und wenn die Prüfung negativ ausfällt, hat das Festival trotz allem nur gewonnen. Denn wer immer diese Notenzeilen geschrieben hat«, sie schüttelte langsam den Kopf. »Ich weiß, das sind große Worte, aber Musik wie diese habe ich noch nie gehört ...«

*

»Signor Salazar? Cristina D'Avossa und Patrizia Vespa. Wir müssen noch einmal mit Ihnen sprechen.« Ein Summton ertönte, und die Tür sprang auf.

Das graue Treppenhaus roch muffig. Patrizia und Cristina stiegen zum dritten Stock hinauf. Saverio Salazar stand bereits am Treppenabsatz. Er bat sie herein und führte sie ins Wohnzimmer. Ein schlanker, hochgewachsener Mann erhob sich aus einem Sessel. Obwohl Patrizia ihn höchstens auf Anfang dreißig schätzte, hatte er bereits eine Glatze, was wohl der Grund dafür war, dass er sich den Kopf komplett rasiert hatte. Seine Augen waren von einem schönen Graugrün, und seine Züge kamen ihr bekannt vor.

»Das ist Domenico De Falco, Eleonoras Sohn aus erster Ehe«, sagte Saverio Salazar. De Falco begrüßte die Kommissarinnen und machte Anstalten, die Wohnung zu verlassen.

»Bleiben Sie doch«, bat Patrizia. »Es wäre schön, wenn wir uns bei dieser Gelegenheit auch gleich mit Ihnen unterhalten könnten.«

Saverio Salazar schnaubte leicht. »Was wollen Sie eigentlich von uns? Von mir, Eleonora und jetzt auch noch von meinem Stiefsohn? Eine Journalistin wurde ermordet. Was haben wir damit zu tun? Meine Frau war schließlich nicht die Einzige, die diese Kritikerin verleumdet hat.«

»Signor Salazar. Wir sind hier, weil Sie sich und Ihrer Frau ein falsches Alibi gegeben haben.« Patrizia setzte sich unaufgefordert aufs Sofa, und Cristina tat es ihr gleich. Einen Augenblick sah Saverio Salazar die beiden Kommissarinnen perplex an. Dann setzte auch er sich. Nur Domenico De Falco stand etwas abseits ans Fensterbrett gelehnt. Das helle Quadrat aus Licht in seinem Rücken ließ seine Gestalt dunkel erscheinen.

»Sie selbst hat es Ihnen gesagt, nicht wahr?« Saverio Salazar schüttelte ungläubig den Kopf.

»Ja, wir haben heute Vormittag mit Ihrer Frau gesprochen.« Patrizia lehnte sich ein wenig nach vorn. »Signor Salazar, Sie werden sich für diese Falschaussage verantworten müssen. Außerdem wüssten wir gerne, warum Sie uns angelogen haben.«

Salazar sah kurz zu seinem Stiefsohn hinüber. Dann zuckte er mit den Schultern.

»Was weiß ich! Ich dachte ... Also, Eleonora ist in einer sehr schwierigen Phase ihrer Karriere. Ich wollte nicht, dass Sie sie unnötig belästigen. Sie braucht jetzt ihre Ruhe.«

»Ihre Ruhe?«, fragte Patrizia. »Santa Madonna, ein Mensch ist gestorben, und Sie denken nur an die Karriere Ihrer Frau!«

Cristina legte ihr beschwichtigend die Hand auf den Arm und übernahm. »Wenn Sie am Montagabend nicht mit Ihrer Frau gegessen haben, was haben Sie dann gemacht?«

»Was soll ich gemacht haben? Allein gegessen. Ferngesehen. Was man eben so macht, wenn man getrennt lebt.«

»Wir haben bereits Ihre Nachbarn befragt. Sie haben den ganzen Abend über Licht gesehen, nicht aber Sie selbst«, sagte Patrizia. Wieder zuckte Saverio Salazar mit den Schultern.

»Und Sie?« Cristina wandte sich an Salazars Stiefsohn. »Können Sie uns sagen, was Sie am Montagabend gemacht haben?«

Im Gegenlicht des Fensters war gerade noch zu erkennen, dass Domenico De Falco lächelte. »Wir sind ganz offenbar eine langweilige Familie, denn auch ich war den ganzen Abend allein zu Hause.«

»Was machen Sie beruflich?«, wollte Patrizia wissen.

»Ich bin Chemiker und arbeite in der Lebensmittelindustrie, genauer gesagt für Manfusi.«

»Manfusi? Die geschälten Tomaten?«

»Ja, genau die …« Jetzt war De Falcos Lächeln deutlicher zu sehen. Er löste sich vom Fenster und setzte sich auf die Sessellehne seines Stiefvaters.

»Wie würden Sie Ihr Verhältnis zu Ihrer Mutter beschreiben?«, fragte Patrizia.

»Zu meiner Mutter? Normal. Gut. Wieso?«

»Wir wissen, dass Ihr jüngerer Bruder Sandro vor Jahren Probleme hatte, sich gegen seine Mutter durchzusetzen. Er wollte auch Naturwissenschaften studieren. Sie dagegen haben das geschafft.«

»Das war kein Kunststück. Ich bin musikalisch nur mäßig begabt. Dadurch ist mir das Tauziehen mit meiner Mutter erspart geblieben. Allerdings wohl auch ihre wirkliche Wertschätzung. Sandro war ihr Mustersohn.«

»Sag das nicht.« Saverio Salazar legte seinem Stiefsohn die Hand aufs Bein. »Eleonora liebt euch beide.« Domenico De Falco wandte den Kopf ab, aber er antwortete nicht.

»Und Ihr Verhältnis zueinander?« Patrizia sah von einem zum anderen.

»Wir stehen uns sehr nahe«, antwortete Saverio Salazar. »Domenico war noch ein Kind, als seine Mutter sich von seinem Vater trennte und wir zusammenkamen. Für mich war er von Anfang an wie ein eigener Sohn.«

»Was ist mit Ihrem leiblichen Vater?«, fragte Cristina an Domenico De Falco gewandt.

Der zuckte mit den Schultern. »Meine Mutter brach den Kontakt zu meinem Vater damals komplett ab, und ich war zu jung, um ihn eigenständig aufrechtzuerhalten.«

»Und Ihr Vater hat das zugelassen?«

»So wie die Dinge damals standen, war es das Beste.«

»Und Sie haben auch später den Kontakt nie wieder aufgenommen?«

Er schüttelte den Kopf. »Der Zug war durch. Manche Sachen lässt man besser ruhen. Und mittlerweile lebt er auch nicht mehr. Er ist vor zwei Jahren …« An dieser Stelle wurde er von Saverio Salazar unterbrochen.

»So, das reicht jetzt. Sie fragen uns hier nach unserem Verhältnis zueinander, versuchen, Dreck aufzuwühlen. Aber den gibt es nicht. Wir sind eine Familie. Und mit dem Mord an dieser Amedeo haben wir nichts zu tun!«

Eine knappe Viertelstunde später stand Domenico De Falco erneut am Fenster und sah den Kommissarinnen nach, die sich durch die Gasse in Richtung Via Mercanti entfernten.

»Hör auf, uns immer alle beschützen zu wollen, Saverio«, sagte er, ohne sich umzudrehen. »Du weißt, Mamma kann das nicht leiden.«

»Fängst du jetzt auch noch damit an? Was ist schlimm daran, wenn ich um sie kämpfen will?«

»Per l'amor di Dio …« Domenico De Falco drehte sich ruckartig zu ihm um. Seine Stimme klang heftig. »Saverio, siehst du denn nicht? Dieser Kampf ist doch längst entschieden. So hart es ist, aber Eleonora braucht dich nicht mehr. Verstehst du das? Jetzt sind andere dran. Lass sie einfach gehen.«

*

Paolo Pacifico beobachtete seine Frau. Giorgia hatte während des gesamten Abendessens kein Wort gesagt. Jetzt stand sie brüsk auf und räumte die Teller ab. Aus jeder ihrer Bewegungen sprach Wut. Das Geschirr klapperte gefährlich laut. Er stand auf, um ihr zu helfen, doch sie fuhr herum.

»Setz dich vor den Fernseher! Mach, was du willst, aber geh mir aus den Augen. Hörst du? Ich will dich nicht sehen.«

»Giorgia, beruhige dich …« Er trat auf sie zu und wollte ihr die Hände auf die Schultern legen, aber sie stieß ihn weg.

»Viel zu lange habe ich alles mitgemacht, und das ist das Ergebnis. Die Polizei kommt ins Haus und bittet dich um freiwillige Fingerabdrücke …« Sie lachte bitter.

»Die ich ihr nur zu gern gegeben habe. Giorgia, ich hatte nichts mehr mit Alessandra, das musst du mir glauben!«

»So wie das letzte Mal, als du das behauptet hast?«

»Um Himmels willen, wie lange willst du mir das noch vorhalten? Ja, mein Gott, wir hatten eine Affäre, und ich habe sie vor über einem Jahr beendet. Schluss, aus.«

»Aber wie sich nun herausstellt, habt ihr euch munter weiter getroffen. Und zwar ohne, dass ich davon wusste.«

»Ja, verdammt! Oder hättest du mir geglaubt, dass wir einfach nur ab und zu etwas getrunken haben oder in einem Konzert waren? Wir sind seit Ewigkeiten befreundet, dann hatten wir eine Affäre, und danach waren wir wieder Freunde. Alessandra konnte das. Nur du kommst nicht darüber hinweg. Mio Dio! Ich habe Schluss gemacht, habe mich entschuldigt, bin zu Kreuze gekrochen. Was willst du denn noch?«

Er zuckte zusammen, als Giorgia die Teller, die sie in der Hand hielt, in die Spüle fallen ließ, wo sie mit hässlichem Klirren zersprangen.

»Was ich will? Du fragst mich, was ich will?« Sie lachte zynisch. »Ich will wissen, wo du in den letzten Monaten abends warst. Wer ist es? Wenn nicht Alessandra, wer dann?«

»Wo ich war?« Er wurde jetzt auch laut. »Aber das weißt du doch! Ich bin auf …«

»Redaktionssitzungen, ja natürlich. Oder Pizza essen mit Kollegen. Und immer in Lokalen, in denen du ganz zufällig keinen Handyempfang hast. Wie seltsam, dass ich noch nie irgendwo gegessen habe, wo es keinen Empfang gab. Aber vielleicht liegt das ja auch daran, dass ich abends meistens zu Hause bin. Da bin ich dann wohl selber schuld!«

»Giorgia ...« Paolo Pacifico fühlte sich plötzlich erschöpft. Er suchte nach Worten, aber es wollten keine kommen. In seinem Kopf herrschte Leere. Ohne ein weiteres Wort zu sagen, füllte er sein Glas mit Rotwein und verließ die Küche.

»Ja klar, hau doch ab! Hab ich dich an einem wunden Punkt erwischt, was? Fällt dir so schnell keine neue Notlüge ein ...«

Paolo Pacifico hörte seine Frau noch schreien, als er die Tür seines Arbeitszimmers hinter sich schloss. Ohne Licht zu machen, setzte er sich an den Schreibtisch und starrte aus dem Fenster. Das schwach orange Licht der Straßenlaternen fiel herein. Der Wein leuchtete dunkel im Glas. Er atmete tief ein und aus. Was hatte er gesagt? ›Alessandra konnte das‹? Er legte den Kopf in den Nacken. Auch das eine Lüge wie alles andere. In Wahrheit hatte sie das Ende ihrer Affäre nie akzeptiert. Aus Anhänglichkeit, wie er anfangs noch geglaubt hatte. Später war ihm klar geworden, dass es weniger um verletzte Gefühle als um verletzten Stolz ging. Sie hatte ihn wiederhaben wollen. Nicht aus Liebe, oder weil sie einen Mann für ihr Bett brauchte. Sie wollte sich einfach beweisen, dass sie ihn zurückerobern konnte. Doch daran war seit ein paar Monaten nicht mehr zu denken gewesen, und sie hatte das gewusst.

Er schloss die Augen. Als er sie wieder öffnete, wurde ihm klar, dass seine Frau recht hatte. Die Zeit der Lügen war zu Ende.

*

Es war schon beinahe zehn Uhr, als Patrizia langsam auf ihren Fiat Cinquecento zuging, der auf dem Parkplatz vor der Questura stand. Es war ein langer Tag gewesen, und eigentlich wollte sie nach Hause. Dennoch war sie unschlüssig. Ein paar Meter vor der roten Klara blieb sie stehen. Am Morgen hatte sie in einem Anflug von Unternehmungsgeist ein Handtuch und einen Badeanzug in ihren Rucksack gepackt, nur für den Fall ...!

Natürlich, es war schon dunkel. Nicht die übliche Badezeit. Sie lauschte auf das leise Rauschen der Wellen. Direkt hinter der Questura, keine fünfzig Meter von ihr entfernt, begann der Lungomare Trieste, und dort, wo er einen Bogen zur Stazione Marittima machte, gab es einen kleinen Strand. Nichts Besonderes, aber gerade recht für ein nächtliches Bad.

Kurz entschlossen wandte sie sich Richtung Meer. Die Luft war warm. Auf der Straße vor der Strandpromenade war nur wenig Verkehr. Patrizia überquerte sie und ging über den Lungomare hinunter zum Meer. Niemand sonst war am Strand, nur aus der Bar Santa Teresa klang leise Musik herüber. In einer der hölzernen Badekabinen zog Patrizia sich um und ging zum Wasser. Den ganzen Tag hatte sie das Meer vor Augen gehabt. Wie anders es bei Nacht aussah. Eine schwach glitzernde schwarze Fläche. Das Wasser war warm, und sie ließ sich hineingleiten. Dann schwamm sie mit kräftigen Zügen, bis etwa siebzig Meter zwischen ihr und dem Strand lagen.

Sie drehte sich um und sah zur Stadt. Die Bewegung im Wasser tat gut. Trotzdem konnte sie sich nicht sofort vom Geschehen des Tages lösen. Sie dachte an Eleonora Salazar. Was für eine seltsame Frau. Aggressiv und offenbar gewohnt, andere zu kontrollieren. Dass ihr Mann wie ein Löwe um sie kämpfte und ihr zuliebe sogar eine falsche Aussage gemacht hatte, war Patrizia völlig unverständlich. Oder war ein eingefleischter Beziehungsmuffel wie sie einfach nicht in der Lage, darüber zu urteilen?

Als hätte etwas in ihr nur auf das Stichwort gewartet, stand ihr plötzlich das Bild ihres Nachbarn Gianni Petta vor Augen. Was hatte sie erst vor ein paar Tagen zu Cristina gesagt? Sie hatte darauf bestanden, dass Gianni nichts war als ein Nachbar, den sie nur hie und da mal traf. Aber Cristina schien zu ahnen, dass das längst nicht mehr stimmte. Irgendein Grund hatte sich in den letzten Wochen immer gefunden, um abends noch mit ihm zusammenzusitzen oder in den Bergen über Ogliara mit seiner Hündin Leona spazieren zu gehen. Warum also überraschte es sie so, dass sie jeden Abend zu seinen dunklen Fenstern hinübersah und nachrechnete, wann er von der Konferenz in Meran wiederkommen würde?

Heute sind es noch drei Tage ...

Sie legte sich auf den Rücken und ließ sich treiben. Konnte es sein, dass Cristina recht hatte und sie einfach nur ein alter Feigling war, der Angst hatte, sich Neuem zu öffnen? Und war es wirklich so schwer zuzugeben, dass er ihr fehlte?

Patrizia wandte sich wieder der Stadt zu und ließ den Blick schweifen. Direkt vor ihr lagen die Lichtstreifen der Straßenlaternen wie glitzernde Säulen auf dem Wasser. Es war, als versuche die Stadt das Meer mit langen, schlanken Fingern zu streicheln. Der hell erleuchtete Lungomare umfasste den Golf mit einem gleißenden Ring. Dahinter kletterten die Lichtflecken der Fenster und Gassen den Hang hinauf, nur um ihn an einem bestimmten Punkt in völliger Dunkelheit zurückzulassen. Patrizias Augen wanderten über die schwarze Fläche des Bergs bis hin zu einem einzelnen hellen Punkt. Das Castello di Arechi, dessen angestrahlte Mauern und Türme hoch über der Stadt wachten. Dort war vor wenigen Tagen ein Mensch gestorben, in einer Nacht ganz wie dieser, warm und durchsichtig. Und die Burgmauern hatten nach außen hin geleuchtet, während Alessandra Amedeo im Inneren mit dem Tod kämpfte.

Patrizia holte Luft und tauchte ab, bis das dunkle, warme Wasser die Lichter der Stadt auslöschte.

Kapitel 5

SONNTAG, 1. JULI 2012

Die Stadt war noch fast leer, und die einzigen Autos, die morgens um halb zehn schon unterwegs waren, fuhren stadtauswärts zu den Lidos zwischen Agropoli und Sorrento. Patrizia saß hinter Cristina auf deren brandneuem Skooter, der sie nicht weniger gekostet hatte als ein Kleinwagen. Kurz vor Vietri, dem ersten Ort an der Steilküste, nahm der Verkehr zu, und auf der anschließenden Küstenstraße wurde es noch schlimmer. Nur dank Cristinas Fahrstil, der sich als schwungvoller erwies, als es Patrizia lieb war, erreichten sie Ravello trotz allem schon nach einer knappen Stunde.

Auf der Piazza Duomo herrschte Hochbetrieb. Die Außenbereiche der Cafés waren voll, doch viele Gäste waren offenbar im Begriff zu zahlen. Keine halbe Stunde bis zum Beginn von Eleonora Salazars zweitem Konzert in der Villa Rufoli. Patrizia und Cristina ließen sich auf den Eingang der Anlage zutreiben. Im Innern empfingen sie gepflegte Gartenanlagen, Palmen und duftender Jasmin, dazu Blumenbeete in allen Farben. Sie folgten dem Strom durch den maurischen Kreuzgang hinunter zu den Parkanlagen des Belvedere, der spektakulären Aussichtsterrasse, auf der das Konzert stattfinden sollte. Patrizia hielt nach Gabriella Molinari und Davide Favetta Ausschau. Doch obwohl sie wusste, dass die beiden ebenfalls hier waren, konnte sie sie nirgends entdecken. Wahrscheinlich hatten sie Plätze weiter vorne. Für sich selbst und Cristina hatte Patrizia um zwei Stühle am

Ende des Zuschauerbereichs gebeten. So hatten sie das ganze Publikum vor sich.

Mehrfach ließ sie ihre Augen über die Menge schweifen, doch zu ihrem Ärger sah sie keine bekannten Gesichter. Sie mussten da sein. Saverio Salazar, Domenico De Falco, Paolo Pacifico und natürlich Lorenzo Tucci, Eleonora Salazars studentischer Schoßhund. Aber der Andrang war einfach zu groß. Viele saßen, andere standen noch über den gesamten Belvedere verteilt.

Da erklang der erste Gong, und die Menschen drängten zu den Sitzen. Das Raunen der Stimmen wurde noch lauter und versiegte erst, als der zweite Gong ertönte. Lange Sekunden vergingen, in denen nichts geschah. Dann betraten Eleonora Salazar und vier weitere Sänger, drei Männer und eine Frau, die Bühne, und Applaus brandete auf. Sie stellten sich im Halbkreis vor den Mikrofonen auf und verbeugten sich. Patrizia sah auf das Programm. Das erste Stück war ein Madrigal von Luzzasco Luzzaschi.

Nur langsam verebbte der Applaus. Dann trat Stille ein, die eine Ewigkeit anzudauern schien. Jemand hustete. Noch immer nichts. Schließlich erklang ein Bariton. Er hielt den ersten Ton, langsam und getragen. Dann gesellte sich ein Tenor dazu. Die beiden Stimmen flossen ineinander. Patrizia lehnte sich zurück. Die Musik war ihr fremd, doch sie war schön, und sie ließ sich auf ihr treiben.

Der letzte Ton war verklungen, und er legte die Hände vors Gesicht. Verharrte in einer Art stummem Gebet. Eine Haarsträhne streifte seinen Handrücken, doch er merkte es nicht. Dann blickte er erneut zum Belvedere hinunter.

Es war so weit. Das reguläre Programm war zu Ende. Das Publikum klatschte. Einige rüsteten schon zum Aufbruch, andere verlangten eine Zugabe, aber die Gruppe verließ die Bühne. Es gab enttäuschte Rufe.

Da!

Er beugte sich nach vorne, zuckte jedoch zurück, als Patrizia Vespa sich umwandte. Ganz ruhig bleiben … Er war zu weit weg. Sie würde ihn nicht sehen. Trotzdem wollte er nichts riskieren. Er blickte wieder auf die Bühne, auf der Riccardo Ragusa erschienen war. Die Zuschauer, die aufgestanden waren, hatten sich wieder gesetzt. Was würde er ihnen sagen?

Die Wahrheit … Natürlich! Und warum auch nicht? Ein unbekannter Sammler hatte etwas wunderbar Mysteriöses an sich. Befriedigt nahm er wahr, wie ein Raunen durch das Publikum ging. Stimmen sonderten sich ab. »Impossible«, mehrere Pfiffe. Andere riefen »Silenzio«. Sie wollten hören, was Ragusa zu sagen hatte.

Jetzt war er fertig. Völlige Stille folgte.

Er lächelte. Auch Zweifler waren nur Menschen. Sie waren neugierig, wollten hören, was kam, wollten glauben.

Noch war die Bühne leer. Eleonora ließ sich Zeit. Das Publikum raunte erneut. Er sah, wie Patrizia aufstand und die Menge mit den Augen absuchte, aber es schien ihr nichts aufzufallen. Dann setzte sie sich wieder. Er grinste. Spürte sie, dass sie nicht die einzige Beobachterin war, dass sein Blick auf ihr ruhte … eben jetzt? Es war ein Blick aus dem Abseits, wie es sich für einen Komponisten gehörte.

Er verfolgte amüsiert, wie Patrizia und Cristina miteinander redeten. Sie gestikulierten heftig. Verständlich. Die Bombe vom neu aufgefundenen Madrigal hatte voll eingeschlagen.

Ein unbekanntes Stück, ausgerechnet jetzt? Natürlich fragt ihr euch, was das zu bedeuten hat. Ob es überhaupt eine Bedeutung hat. Hat es etwas mit dem Tod der Journalistin zu tun? Ihr wisst es nicht, aber ihr beginnt es zu ahnen.

Zwanzig Minuten später war die letzte Note verklungen. Einen Augenblick herrschte Stille, dann brach der Applaus los. Einige aus dem Publikum drängten nach vorne, doch die Gruppe verharrte nicht auf der Bühne. Beinahe kam es Patrizia vor, als flüchteten sie selbst vor dem, was sie gesungen hatten. Und sie kamen nicht wieder. Die Rufe schwollen an, wurden drängender. Doch die Bühne blieb leer.

Patrizia und Cristina waren mit dem Rest des Publikums aufgesprungen. Jetzt fasste Cristina ihre Kollegin am Arm und zog sie in jene Richtung, in die Eleonora Salazar mit ihrer Gruppe verschwunden war, doch das Fortkommen war mühsam. Als sie die Villa erreichten, erkannte Patrizia Riccardo Ragusa und hielt auf ihn zu. Sie erreichten ihn nur knapp vor zwei Journalisten, die es ebenfalls eilig hatten, mit ihm zu sprechen, und nahmen ihn zur Seite.

»Patrizia Vespa, Hauptkommissarin, Salerno. Das ist meine Kollegin Cristina D'Avossa. Wir müssen mit Eleonora Salazar sprechen.«

»Polizei? Warum? Gibt es ein Problem?«

»Es geht um das neue Madrigal.«

»Das Madrigal? Aber wieso denn? Wie ich vorhin schon erklärt habe, wird die Partitur in diesen Tagen auf ihr Alter …«

»Worum es genau geht, müssen Sie schon uns überlassen«, unterbrach Cristina ihn. »Könnten Sie uns jetzt bitte zu Signora Salazar bringen?«

»Das geht nicht. Sie ist bereits aufgebrochen. Ich weiß nur, dass sie nach dem Konzert noch ins Conservatorio wollte.«

»Danke«, sagte Cristina knapp. Dann wandte sie sich an Patrizia.

»Ich rufe Davide an. Der muss ja hier irgendwo sein. Er soll versuchen, die anderen Mitglieder der Gruppe zu finden. Und wir fahren ins Konservatorium, was meinst du?«

Patrizia nickte. Wann immer Eleonora Salazar dort aufzukreuzen gedachte, sie würden da sein.

*

Giovanna Rinaldi saß an einem der Tische auf der Piazza Duomo. Nach dem Konzert hatten sie und ihre Kollegen mit Ausnahme von Eleonora noch eine Weile in der Villa Rufoli darauf gewartet, dass sich die Menge draußen im Park und auf dem Platz verlief. Aber irgendwann hatte sie es nicht mehr ausgehalten. Sie wollte raus, zurückkehren in die Realität. Die Interviews konnten die anderen geben. Sie selber musste allein sein, zur Ruhe kommen, sich sammeln. War es Eleonora ebenso ergangen? Vielleicht. Denn ausgerechnet heute war sie, die sonst so gerne im Rampenlicht stand, gleich nach dem Konzert völlig überstürzt aufgebrochen.

Giovanna Rinaldi versuchte in sich hineinzuhören, aber es fiel ihr schwer. War sie glücklich über die gelungene Aufführung oder doch eher verärgert über die Geschehnisse der vergangenen Tage?

Zum Glück hatte bereits ein neues Konzert begonnen. Im Café saßen nur wenige Menschen, und sie hatte einen Tisch abseits der anderen gewählt. Kurz einen Cappuccino trinken, durchatmen, nach Hause fahren. Das war der Plan.

»Signora Rinaldi?« Sie blickte erschrocken auf. Vor ihr stand ein Mann um die vierzig.

»Ich habe Sie erschreckt, das tut mir leid. Mein Name ist Ispettore Superiore Davide Favetta. Wie schön, dass ich Sie noch treffe.« Er zeigte ihr seinen Ausweis.

»Polizei? Was wollen Sie?«

»Einen Augenblick mit Ihnen sprechen. Es geht um das neue Madrigal, das Sie heute im Konzert vorgestellt haben, und eventuell … im weitesten Sinne … auch um den Mord an

Alessandra Amedeo. Mit zwei Ihrer Kollegen habe ich mich bereits unterhalten.«

Giovanna Rinaldi zog die Augenbrauen hoch. »Der Mord an der Musikkritikerin? Ich bin mir nicht sicher, wie ich Ihnen da weiterhelfen kann. Aber bitte, nur zu.«

Davide setzte sich. »Signora Rinaldi, Sie sind Mitglied in Eleonora Salazars Madrigalgruppe und …«

»Mitglied in Eleonoras Madrigalgruppe?« Sie lachte kurz. »Bitte entschuldigen Sie die Unterbrechung, und wahrscheinlich haben Sie sogar recht. Es wird tatsächlich immer mehr *Eleonoras* Gruppe. Vor allem, seit wir uns nach unserer, oder besser gesagt nach ihrer Zwangspause wieder zusammengetan haben. Ganz theoretisch gehört die Gruppe niemandem. Wir sind alle ehemalige Studienkollegen, und irgendwann haben wir diese Gruppe gegründet, den ›Kontrapunkt‹ … Gemeinsam. Aber zur Sache. Was wollen Sie wissen?«

»Nun ja, wir versuchen herauszufinden, ob es einen Zusammenhang zwischen dem Mord an der Kulturjournalistin und Ihren aktuellen Auftritten gibt. Ihr erstes Konzert vor einer Woche wurde ja … eher schlecht besprochen. In der Nacht darauf starb Alessandra Amedeo. Und jetzt diese Sensation mit der möglicherweise alten Partitur. Natürlich drängt sich da die Frage auf, ob der Tod der Musikkritikerin etwas mit Eleonora Salazars Comeback zu tun haben könnte.«

Giovanna Rinaldi lächelte gequält. »Eleonoras Comeback … Da ist es ja schon wieder. Denn im Grunde ist es doch unser aller Comeback, nicht wahr? Aber ich wiederhole mich, was wohl daran liegt, dass die Nerven im Augenblick ziemlich blank liegen.«

»Gibt es Spannungen innerhalb der Gruppe?«

Signora Rinaldi sah ihm prüfend in die Augen, als wolle sie einschätzen, wen sie vor sich hatte. Dann sagte sie: »Eigentlich weiß ich nicht, warum ich Ihnen das erzählen sollte. Andererseits kann es auch niemandem schaden, denn ich bin überzeugt, dass unsere Gruppe bei der Ermordung der Kulturjournalistin keine Rolle spielt. Also, ob es Spannungen gibt? Was denken Sie? Nach einer solch vernichtenden Rezension im ›Corriere‹!«

»Geht es um Schuldzuweisungen?«

Die Sängerin zuckte mit den Schultern. »Natürlich, aber nicht, wie Sie denken. Keiner von uns hat schlecht gesungen. Die Rezension war völlig ungerechtfertigt. Allerdings gab es schon vorher Anzeichen, dass diese Amedeo Eleonora auf dem Kieker hatte. Vor ein paar Monaten sollte ein Artikel von ihr über Eleonoras Solokonzert im Teatro Verdi erscheinen. Aber aus unerfindlichen Gründen blieb der aus. Warum, weiß ich auch nicht. Vielleicht hat sie ihn einfach nicht geschrieben. Wer weiß? Und diesmal hat es eben unsere ganze Gruppe getroffen. Mitgefangen, mitgehangen.«

»Kannten Sie Alessandra Amedeo persönlich? Wissen Sie, worauf diese Antipathie beruhte?«

»Nein, persönlich kannte ich sie nicht. Und glauben Sie mir, wir wüssten alle gern, worum es zwischen den beiden ging. Immerhin hat die Kritik vom letzten Sonntag nicht nur Eleonora, sondern uns allen geschadet. Aber sie behauptet, sie wüsste es selber nicht.«

»Was Sie anzweifeln …?«

»Ach, wissen Sie, Eleonora war immer schon eine starke Persönlichkeit. Hat getan, was sie wollte, nie jemanden um Rat gefragt. Sie lässt sich von keinem reinreden, macht ihr eigenes Ding. Sie ist einfach nicht der Typ, der sich anderen anvertraut oder Erklärungen abgibt. Wir kennen uns jetzt seit dreißig Jahren, haben viel Zeit miteinander verbracht, sind mit der Gruppe gereist. Und trotzdem würde ich nicht sagen, dass wir ein Vertrauensverhältnis haben. Bei den anderen ist das anders, nur Eleonora hat sich immer schon etwas abseitsgehalten. Aber jetzt, wo es Auswirkungen auf den Erfolg der Gruppe hat, ist diese Geheimniskrämerei natürlich völlig unangebracht.«

»Und wie sieht es mit dieser mysteriösen Partitur aus? Was wissen Sie darüber?«

»Dass sie ihr zugespielt wurde, mehr nicht. Nicht alle in der Gruppe waren dafür, das Stück aufzuführen. Wir kennen ja nicht mal das Alter der Blätter. Und dann musste alles so schnell gehen. Wir hatten kaum Zeit, das Stück einzustudieren! Ich selber fand das unprofessionell. Aber da war dieser Verriss, der wie ein Damoklesschwert über uns hing. Schließlich hat die Fraktion gewonnen, die für die Aufführung war.«

»Signora Rinaldi, wissen Sie zufällig, ob Eleonora Salazar ein Verhältnis mit jemandem hat? Sie lebt ja derzeit von ihrem Mann getrennt.«

Die Sängerin sah Davide verblüfft an. »Sie fragen mich nach Eleonoras Privatleben? Warum? Fragen Sie sie doch selbst.«

»Das haben wir getan.«

»Und?«

»Sie behauptet, es gäbe niemanden.«

»Dann wird es wohl stimmen.«

»Wird sie nie von den Proben abgeholt oder hat private Verabredungen?«

»Sie lassen wirklich nicht locker, oder?«

Davide grinste entschuldigend.

»Na gut. Ich weiß nur, dass es immer mal wieder jemanden gibt. Verschiedene Männer, durchaus auch jüngere. Wie schon gesagt, Eleonora ist eine starke Persönlichkeit, die viele Bewunderer hat, nicht zuletzt unter ihren Studenten. Und sie ist empfänglich dafür. Beziehungen werden daraus allerdings nie.«

Davide dachte einen Augenblick nach. Wie hatte der junge Mann im Conservatorio geheißen, von dem Patrizia ihm erzählt hatte? Dann fiel der Groschen. »Signora, können Sie in diesem Zusammenhang etwas mit dem Namen Lorenzo Tucci anfangen?«

Giovanna Rinaldi sah Davide erstaunt an, dann lachte sie. »Tucci! Nein, ich glaube nicht, dass er ihr Typ wäre. Obwohl natürlich nicht zu übersehen ist, dass er Eleonora wie ein Schatten folgt. Offenbar ist es Ihnen auch schon aufgefallen. Eine Zeit lang kam er sogar nach Probestunden, um sie abzuholen. Ihr war das sichtbar peinlich, und sie muss mit ihm geredet haben, denn das hat dann sehr schnell aufgehört.«

»Und aktuell gibt es niemanden, der sie ... abholt?«

»No, grazie a Dio! Wenn es einen neuen Bewunderer oder sogar Liebhaber gibt, dann ist es diesmal jemand, der sich diskret im Hintergrund hält.«

Davide nickte. »Gut. Das war's vorläufig.« Er zog ein Kärtchen aus der Tasche. »Und falls Ihnen noch etwas einfällt ...«

Giovanna Rinaldi nahm die Karte und studierte sie. »Das ist ja wie im Fernsehen!«

»Sehen Sie? Und ganz ohne Rundfunkgebühren.«

Die Sängerin sah ihn einen Augenblick an, dann lachte sie herzlich. Dass sie sich an einem solchen Tag ausgerechnet bei einem Gespräch mit einem Polizisten entspannen würde, war kaum zu erwarten gewesen, und doch war es eben so.

Lächelnd hob sie die Hand, als Davide sich auf der Piazzetta noch einmal nach ihr umdrehte und winkte.

*

Patrizias und Cristinas Rückfahrt von Ravello hatte lange gedauert, denn die Küstenstraße war nicht gemacht für die vielen Autos, die sich an einem Julisonntag auf ihr fortbewegten, und das internationale Festival machte es nicht besser. An einigen besonders engen Stellen regelten deshalb Polizisten den Verkehr und ließen immer nur eine Fahrtrichtung durch die Nadelöhre passieren.

Erst eineinhalb Stunden später parkte Cristina den Skooter vor dem Conservatorio. Vor dem Gebäude trafen sie Eleonoras Kollegen Umberto La Rocca, einen mittelgroßen, grauhaarigen Mann mit dunkelrot eingefasster Brille, der soeben aus dem Auto gestiegen war. Gemeinsam gingen sie durch den Gang, in dem die Büros der Dozenten lagen. Die Tür zu Eleonora Salazars Raum war offen. Sie selbst stand am Fenster und sah hinaus.

»Eleonora, Besuch für dich …« Die Musikerin drehte sich um, und Umberto La Rocca wollte sich zurückziehen.

»Bleiben Sie doch«, meinte Patrizia. »Wir würden gerne mit Ihnen beiden sprechen.« La Rocca zuckte mit den Schultern und machte es sich in einem Sessel bequem. Eleonora Salazar setzte sich hinter ihren überfüllten Schreibtisch. An einem Ende stand eine Vase mit nicht mehr ganz taufrischen weißen Rosen.

»Sie haben wirklich die Angewohnheit, in den ungünstigsten Momenten aufzutauchen.« Die Sängerin seufzte demonstrativ. Dennoch wirkte sie weniger angriffslustig als bei ihrem ersten Treffen. Vielleicht waren es der Erfolg und die Erschöpfung nach dem Konzert.

»Also. Was bringt Sie an einem Sonntagnachmittag hierher?«

»Es geht um die neuen Stücke … das Madrigal und die einzelne Kanon-Stimme, die Sie heute auf Ihrem Konzert präsentiert haben.«

»Sie interessieren sich für das neue Madrigal? Aber warum denn? Ich kann Ihnen versichern, dass wir …«

»Professoressa Salazar«, unterbrach Patrizia sie. »Wir sind nicht aus der Musikbranche, sondern von der Mordkommission. Ob es sich um ein altes Dokument handelt oder um eine

Fälschung, ist für uns erstmal von zweitrangiger Bedeutung. Wir fragen uns allerdings, wer da in letzter Zeit so an der Förderung Ihrer Karriere interessiert ist.«

»An der Förderung meiner Karriere? Wie meinen Sie das? Wollen Sie andeuten, dass sie Förderung nötig hat?«

Patrizia seufzte innerlich, hatte jedoch keine Lust, Eleonora Salazar Komplimente zu machen. Deshalb sagte sie nur: »Darüber würde ich mir kein Urteil erlauben. Aber es ist doch auffällig, dass vor einigen Tagen eine Journalistin starb, die Ihrem Konzert am letzten Sonntag ein so negatives Urteil ausgestellt hat. Und ausgerechnet jetzt, nur wenige Tage später, wird Ihnen eine Partitur zugespielt, mit der Sie über Nacht zur Sensation werden …«

Eleonora Salazar lachte. »Mia cara commissaria, Sie haben offenbar nicht viel in der Hand, deshalb sehen Sie Gespenster, wo es keine gibt. Kommen hierher und rauben mir die Zeit. Versuchen Sie allen Ernstes, mich in eine Mordermittlung zu verwickeln? Warum kümmern Sie sich nicht um Alessandra Amedeos persönliches Umfeld? Ich bin mir sicher, da gibt es genug auszugraben …«

»Sie *gehören* zu Alessandra Amedeos persönlichem Umfeld«, unterbrach Cristina sie scharf. »Und wenn wir jetzt zur Sache kommen könnten? Nummer eins: Wir wüssten gerne, wer hinter den Notenblättern steckt. Beschreiben Sie bitte detailliert, wie und wo Sie diese Partitur gefunden haben.«

Eleonora Salazar zuckte mit den Schultern. »Gefunden ist gut. Sie kam zu mir. Am Mittwochabend lag sie hier auf meinem Schreibtisch. Ich war gerade aus Rom zurückgekommen und musste noch einmal ins Büro. Und da stand dieser Blumenstrauß zusammen mit Geburtstagswünschen und einer Mappe.« Sie zeigte auf die Rosen.

Patrizia nickte. »Wir werden sie untersuchen lassen. Können Sie mir sagen, ob Sie oder jemand anders die Vase in diesen Tagen in der Hand hatte? Vielleicht um das Wasser zu wechseln?«

Eleonora erhob sich und blickte in die Vase hinein. »Ich hatte so wenig Zeit, aber das Wasser sieht frisch aus. Vielleicht hat Lorenzo es ausgewechselt ... oder die Putzfrau.« Sie sah zu Umberto La Rocca hinüber, aber der schüttelte den Kopf.

»Und die Mappe?«, fragte Patrizia. »Haben Sie die hier?«

Wortlos öffnete die Musikerin eine Schreibtischschublade. Patrizia zog ein Paar Einmalhandschuhe aus ihrer Tasche und kam sich einen Augenblick absurd vor. War es normal, dass sie an einem Sonntagnachmittag im Juli mit Einmalhandschuhen durch die Gegend lief wie andere Menschen mit einer Strandmatte?

Sie öffnete die Mappe, die ein Kärtchen mit Geburtstagsgrüßen sowie ein weiteres Blatt enthielt, und las vor: »›Empfangen Sie diese erste Gabe von einem Sammler und Bewunderer. Weitere werden folgen ...‹ Um Himmels willen! Was soll das denn heißen? Bekommen Sie etwa noch mehrere solcher Geschenke?«

Eleonora Salazar zuckte mit den Schultern. »Ich weiß nicht. Möglicherweise.«

Patrizia schüttelte irritiert den Kopf. »Gut. Das wären dann also die Geburtstagsgrüße und das ... wie soll man sagen? Das Begleitschreiben? Aber wo sind die Notenblätter des Madrigals? Können wir die auch sehen?«

»Nein. Die haben wir nicht mehr. Sie sind bei einer Handschriftenexpertin in Neapel.«

»Genauer gesagt bei ...?«

»Professoressa Lucia Cavallo«, antwortete Umberto La Rocca. »Sie ist Dozentin an der Università Federico II. und auf Handschriften des 16. und 17. Jahrhunderts spezialisiert. Mit der Untersuchung der Tinte wurde außerdem ein Labor beauftragt.«

»Wir werden uns morgen mit Professoressa Cavallo in Verbindung setzen«, sagte Patrizia. »Aber was ist Ihre Einschätzung? Wie groß ist die Wahrscheinlichkeit, dass die Blätter tatsächlich aus dem 17. Jahrhundert stammen? Der Musikdirektor auf dem Konzert sprach sogar von möglichen Originalkompositionen Gesualdos. Soweit ich das verstanden habe, hat das Stück den Mord an seiner Ehefrau zum Thema.«

»Die Stunden vor dem Mord ...«, präzisierte Eleonora Salazar.

»Wie auch immer«, meinte Patrizia. »Aber ist es tatsächlich möglich, dass ein Sammler ein so wertvolles Madrigal findet, von dem jahrhundertelang niemand etwas wusste? Und selbst wenn, warum zaubert er es erst jetzt aus dem Hut? Ganz abgesehen davon, dass er offenbar noch mehrere solcher Stücke besitzt. Mir sind das einfach ein paar Zufälle zu viel.«

Eleonora Salazar zögerte einen Augenblick, dann sagte sie: »Wenn Sie mich als rationalen Menschen und Gesualdo-Forscherin fragen, würde ich sagen: Ja, es sind tatsächlich sehr viele Zufälle. Andererseits schienen mir Papier und Schrift authentisch zu sein. Und wer weiß? Es gäbe jedenfalls nichts Unglaublicheres, als wenn es sich bei diesen Dokumenten tatsächlich um Kompositionen Gesualdos handeln würde. Es wäre eine Sensation für die Musikwelt.«

»Und was sagen Sie dazu?« Cristina wandte sich an Umberto La Rocca.

Eleonora Salazars Kollege nahm seine Brille ab und polierte sie mit einem Stofftaschentuch. »Ich habe viel darüber nachgedacht, aber zu einem Schluss bin ich nicht gekommen. Ja, das Stück könnte von Gesualdo sein. Und dennoch ist da noch etwas anderes, etwas Fremdes, Zufälliges.«

»Ach, Umberto.« Eleonora Salazar seufzte. »Jetzt fang nicht schon wieder damit an. Wir waren uns doch einig, dass dieser Aspekt durchaus an der ungewöhnlich persönlichen Thematik liegen kann.« Sie wandte sich an Patrizia und Cristina.

»Glauben Sie mir, jedes große Kunstwerk hat immer auch etwas Zufälliges an sich. Nennen Sie es etwas Spontanes. Natürlich gibt es Regeln, Konstruktion, Mechanik. Und jeder Künstler, egal ob in der Malerei oder Musik, wird diese Regeln anwenden und ihnen gemäß konstruieren. Aber was ein Werk zur Kunst macht, ist doch gerade das, was über das Konstruierte hinausgeht. Das freie Genie! Sie wollen wissen, ob Gesualdo dieses Madrigal geschrieben haben könnte? Ich sage ja. Sein Inhalt ist so persönlich. Und natürlich kann diese persönliche Betroffenheit beim Komponieren zu einer ungewöhnlichen Tonalität geführt haben. Wäre es nicht sogar verwunderlich, wenn sie es nicht täte?« Sie sah zu ihrem Kollegen hinüber, der noch immer seine Brille polierte.

»Sicher, Eleonora, möglich ist alles. Und ich gebe zu, die Musik ist auf eine beunruhigende Art schön, was natürlich zu Gesualdo passen würde, aber sicher auch zu vielen anderen. Klar ist eins: Wer immer diese Musik geschrieben hat, ist nicht weniger zerrissen, als Gesualdo es war. Jemand, in dem Gewalt steckt. Eine große Wut.«

Eleonora Salazar nickte. »Da sind wir uns einig. Eine große Wut, aber eben auch kreative Schaffenskraft. Ich glaube wirklich …«

»Haben Sie Fotografien von den Notenblättern?«, unterbrach Cristina die Sängerin.

»Ja, natürlich.« Eleonora Salazar öffnete erneut eine Schreibtischschublade. »Prego. Die können Sie mitnehmen. Wir haben die Bilder im Computer.«

Während sich Patrizia die Fotos ansah, fragte Cristina weiter: »Professoressa Salazar, ist es das erste Mal, dass Sie ein solches Geschenk erhalten?«

»Natürlich! Glauben Sie, solche unbekannten Partituren flattern nur so durch die Gegend?«

»Falls die Noten wirklich alt sind …«

»Ja, falls die Noten alt sind. Aktuelle Kompositionen von Studenten habe ich natürlich in den letzten Jahren häufig erhalten, manchmal auch anonym. Das ist völlig normal. Aber die waren immer mit moderner Hand auf modernem Papier geschrieben. Manche Arbeiten sind nicht mal schlecht, aber überhaupt nicht mit diesen Madrigalen vergleichbar.«

»Haben Sie diese Studentenarbeiten zufällig hier?«

»Ja, ich bewahre sie alle auf.« Eleonora Salazar erhob sich und suchte einen Ordner aus dem Regal heraus. Er enthielt Klarsichtfolien mit handgeschriebenen Notenpartituren. Auf manchen standen Namen, auf anderen nicht. Es war eindeutig, dass die Seiten nicht aus ein und derselben Feder stammten.

»Wann haben Sie denn zum letzten Mal ein Stück erhalten?«, fragte Cristina.

»Das war vor ein paar Wochen. Wie so oft lag es eines Morgens auf meinem Schreibtisch.«

»Anonym?«

»Ja, es müsste die oberste Klarsichtfolie sein.« Patrizia und Cristina betrachteten die Noten, die sich in nichts von den anderen unterschieden.

»Ist das Stück gut?«

Die Musikerin zuckte mit den Schultern. »Es ist tatsächlich nicht schlecht. Aber doch eben nur ein Versuch. Ein guter Versuch, wenn Sie so wollen.«

Patrizia nickte, während Cristina der Sängerin den Ordner zurückgab. »Bene. Und jetzt eine ganz andere Frage. Erinnern Sie sich, ob am Mittwochabend noch jemand hier im Conservatorio war? Ein Kollege oder Student? Oder ist Ihnen auf dem Weg hierher ein Bekannter begegnet?«

»Nein. Das heißt ja. Auf dem Weg habe ich niemanden getroffen, aber hier im Institut war noch jemand. Ich habe Schritte gehört, und hinter der Tür von Umberto …«, sie sah zu ihrem Kollegen hinüber, »… war noch Licht. Allerdings habe ich nicht bei dir angeklopft.«

Umberto La Rocca lachte. »Ja, ich war noch da. Aber nur, weil ich in meinem Lesesessel eingeschlafen bin. Dass du hier warst, habe ich gar nicht mitbekommen.«

Eleonora nickte zerstreut. »Dann war wohl noch jemand hier. Viele werden es nicht gewesen sein, denn es war ja schon halb neun. Um neun Uhr wird das Tor geschlossen. Dann können nur noch diejenigen herein, die einen Schlüssel haben. Ich selbst war ja auch nur hier, weil ich eine wichtige Partitur im Büro liegengelassen hatte.«

»Gut«, meinte Patrizia. »Das heißt also, Sie haben die Notenblätter gegen halb neun gefunden, als das Conservatorio noch offen war. Und von Ihrem Studenten Lorenzo Tucci wissen wir, dass die Büros nie abgeschlossen sind.«

»Das stimmt.«

»Gibt es hier im Haus Überwachungskameras?«

»Überwachungskameras? Wozu? Wir diskutieren zurzeit, ob wir in der Bibliothek welche installieren sollen, aber im Rest des Gebäudes ist das völlig unsinnig.«

Patrizia dachte einen Augenblick nach. Herauszufinden, wer am Mittwoch alles im Conservatorio gewesen war, würde mühsam werden. Viele Dozenten und sicherlich Hunderte von Studenten. In der Anonymität der Masse etwas auf dem Schreibtisch einer Dozentin abzulegen war sicher kein Kunststück. Oder der mysteriöse Unbekannte war in den Abendstunden gekommen, als sich das Haus bereits geleert hatte.

In der Zwischenzeit war Cristina eine weitere Frage eingefallen. »Signora Salazar, besitzen Sie selbst Originale von alten Musikstücken, oder kennen Sie die Namen von Sammlern?«

Die Musikerin schüttelte den Kopf. »Nein, das Sammeln hat mich nie interessiert, und Namen von Sammlern kenne ich auch keine. Natürlich gibt es alte Partituren in Privatbesitz, aber die meisten befinden sich in öffentlichen Archiven, Universitätsbibliotheken und Museen.«

Cristina sah Umberto La Rocca an.

»Das Gleiche gilt für mich.«

Einen Augenblick herrschte Schweigen, dann sagte Patrizia: »Professoressa, so leid es mir tut, aber Sie müssen Ihr Büro mit uns verlassen. Da wir einen Zusammenhang zwischen dem Manuskriptfund und dem Mord an Alessandra Amedeo nicht ausschließen können, wird sich unsere Kriminaltechnik in Ihrem Büro umsehen. Bis dahin müssen wir es versiegeln.«

»Was? Das geht nicht! Ich …«

»Selbstverständlich«, unterbrach La Rocca sie. »Eleonora, du willst doch auch, dass das hier möglichst schnell vorbei ist, oder?« Die Musikerin sah ihren Kollegen einen Augenblick verärgert an, doch dann nickte sie und stand auf. Zu viert gingen sie auf den Flur.

»Ich rufe Bob an, damit er jemanden herschickt«, meinte Cristina. »Bis dahin können wir ja hier warten.«

Patrizia nickte. »Ja, gut, aber warte du allein.« Sie wandte sich an Eleonora Salazar. »Sie sprachen vorhin von einer Bibliothek. Ich würde mir gerne etwas Literatur zu Carlo Gesualdo ausleihen. Geht das?«

Die Sängerin sah zu Umberto La Rocca hin. »Umberto, kannst du das übernehmen? Ich habe gleich noch eine Verabredung.«

La Rocca nickte. »Von mir aus.«

Patrizia folgte dem Professor durch den Gang zurück in die Eingangshalle, wo sie auf Lorenzo Tucci trafen. Sofort ergriff ihr Begleiter die Gelegenheit beim Schopfe. »Lorenzo, das passt gut. Kannst du die Kommissarin kurz in die Bibliothek begleiten und ihr ein paar Bücher zu Gesualdo heraussuchen? Nimm sie auf deine Karte, das geht in Ordnung.«

Lorenzo Tucci wirkte nicht erfreut, warf einen flüchtigen Blick auf die Uhr und wollte etwas erwidern. Doch dann überlegte er es sich anders und winkte Patrizia, ihm zu folgen.

Auf der anderen Seite des weitläufigen Gebäudes blieb Tucci vor einer offenen Tür stehen. Auf seinem Gesicht spiegelte sich Überraschung.

»Seltsam, die Tür zur Bibliothek ist angelehnt, obwohl hier sonntags geschlossen sein müsste.« Er stieß sie auf und ging hinein. Patrizia folgte ihm. Im Inneren war es still. Niemand saß hinter der Ausleihtheke, und auch zwischen den ersten Buchreihen war keiner zu sehen.

»So eine Schlamperei. Unser Männchen für alles hat offenbar vergessen, die Tür abzuschließen. Völlig unverzeihlich. Kommen Sie, die Bücher zur Madrigalmusik sind dort drüben.« Er führte Patrizia zwischen zwei Regalreihen im vorderen Bereich des Raumes, studierte die Buchrücken und zog vereinzelte Bände heraus.

»Sie sagten gerade ›Männchen für alles‹«, hakte Patrizia nach. »Meinen Sie damit Ihren Kommilitonen, der sich sein Studium hier mit allen möglichen Arbeiten verdient? Ist der auch für die Bibliothek zuständig?«

»Ja, ist er.« Die Stimme kam vom Ende der Regalreihe.

Patrizia und Lorenzo Tucci fuhren herum. Etwa sieben Meter von ihnen entfernt stand, zwischen zwei Buchregalen, Francesco Gasparotti.

»Er heißt übrigens nicht ›Männchen für alles‹, sondern Francesco. Francesco Gasparotti«, fuhr dieser fort. »Und ich habe auch nicht vergessen, die Tür abzuschließen, sondern ich bin heute Nachmittag hier, um abzustauben. Dazu ist unter der Woche keine Zeit.«

Er machte eine Kopfbewegung zu den Büchern, die Lorenzo Tucci in der Hand hielt. »Willst du die mitnehmen?« Tucci mied Francescos Blick, doch zu einer Entschuldigung konnte er sich nicht durchringen. Er sah auf die Bücher hinunter. »Drei der wichtigsten. Das sollte reichen.« Sie folgten Francesco Gasparotti, der zur Ausleihtheke vorausgegangen war und den PC angeschaltet hatte. Er scannte die Barcodes in den Computer und reichte Patrizia die Bücher.

»Bitte sehr. Ich hoffe, Sie finden, wonach Sie suchen.«

»Tu ich früher oder später eigentlich immer.«

»Dann sind Sie zu beneiden.«

Francesco Gasparotti griff zum Staubwedel und ging wieder zu den Regalreihen.

»Und keine Sorge«, rief er Tucci über die Schulter zu. »Ich vergesse sicher nicht abzuschließen.«

*

Eine knappe Stunde später saßen Patrizia und Cristina auf der hölzernen Terrasse eines verlassenen Lidos. Hier waren sie ungestört, und es war frischer als in der Questura. Der rote Plastiktisch war wacklig, aber für die zwei Flaschen Bier, die Patrizia zur Feier des Sonntagnachmittags in einem der bewirtschafteten Lokale entlang der Straße gekauft hatte, reichte er allemal.

Sie betrachteten den Strand. Im Laufe des Nachmittags war ein böiger Wind aufgekommen. In einiger Entfernung machten sich Kite-Surfer an ihrer Ausrüstung zu schaffen. Andere glitten bereits über die Wellen. Die bunten Drachen schrieben

Zeichen in den Himmel, die ihnen vom Wind diktiert wurden. Ihr Stoff knatterte hoch über dem Wasser.

Cristina stöhnte neidisch. »Die haben's gut. Wir dagegen sitzen hier und bilden uns zur Musikgeschichte. Dabei ist nicht mal sicher, ob das überhaupt was bringt. Ein Komponist aus dem 17. Jahrhundert? Wenn wir uns da nicht in was verrennen. Schließlich ist dieser Verriss im ›Corriere‹ unsere einzige Verbindung zwischen Eleonora Salazar und der toten Journalistin.«

»Schon. Aber was haben wir sonst? Davide hat bereits mit den wichtigsten Bekannten und Nachbarn von Alessandra Amedeo gesprochen. Außer der Tatsache, dass sie sich immer wieder mal durch schlechte Kritiken unbeliebt gemacht hat, gibt es kein Motiv für die Tat, und Eleonora Salazar und ihr Umfeld sind im Augenblick die wahrscheinlichsten Kandidaten.«

»Du hast ja recht. Ein anonymer Bewunderer bietet sich an. Zuerst Rache für den Verriss, dann der Versuch, den dadurch entstandenen Schaden wiedergutzumachen. Aber was ist mit dem Notenmanuskript? Hatte der Kerl das vorher schon?«

»Wenn du mich fragst, ja. An so was kommt man nicht mal eben so auf die Schnelle ran.«

»Dann suchen wir nach jemandem, der sich für Musik interessiert und irgendwann irgendwie in den Besitz dieser Partitur gelangt ist. Und jetzt war der Zeitpunkt gekommen, sie wirkungsvoll in Szene zu setzen.«

»Genau. Leider engt das unseren möglichen Täterkreis nicht wirklich ein. Eleonora Salazar hat sicher eine ganze Menge Bewunderer, einschließlich ihres Ehemanns. Und dann ist da noch sie selbst. Sie ist Musikerin und Gesualdo-Forscherin. Wer weiß, ob sie uns vorhin die Wahrheit gesagt hat. Vielleicht ist die Partitur seit Jahren in ihrem eigenen Besitz? Sie könnte das mit dem unbekannten Sammler nur inszeniert haben. Und für die Tatzeit hat sie kein Alibi.«

Cristina wiegte nachdenklich den Kopf. »Ja, aber für mich kommt sie trotzdem nicht in Frage. Der Täter hat die Amedeo mit Diethylether betäubt und in die Burg getragen. Dazu fehlt der Salazar die Kraft. Sie hätte sie schleifen müssen, aber das ist nicht geschehen.«

Patrizia seufzte. »Du hast ja recht. Außerdem haben Gabriella und Enrico keine Täter-DNA auf dem Opfer gefunden. Aber gegen die Salazar hätte sich Alessandra Amedeo doch sicher gewehrt. Auf jeden Fall hätten wir Spuren an ihrer Kleidung oder unter den Fingernägeln gefunden.«

»Genau. Bleiben also Familie, Freunde und eben ein unbestimmter Kreis von Bewunderern.«

»Ja, allerdings Bewunderer mit kriminalistischem Geschick oder eventuell sogar Erfahrung.«

Sie schwiegen. Cristina griff nach ihrem Bier und ließ den Wind über ihr Gesicht streichen.

»Weißt du was?«, sagte Patrizia und steckte die Bücher in die Tasche. »Fahr du nach Hause, pack deine Badesachen, und leg dich noch eine Stunde zu Maurizio und den Mädels an den Strand. Ich fahre zu mir und lese mich allein in diese Wälzer ein.«

»Sicher?« Cristinas Stimme war die Erleichterung anzumerken. Dennoch zögerte sie. »Du könntest mitkommen und …«

Patrizia schüttelte den Kopf. »Ein andermal.«

Sie nahmen die Bierflaschen und verließen die Holzterrasse. Erst als Cristina ihr schon den Helm reichte, sah Patrizia sich noch einmal um und fing ein letztes Bild auf:

Die Kite-Surfer, deren Segel flatternd bunte Formen in den Wind malten.

*

Wenige Stunden später saß Patrizia in ihrem Wintergarten auf dem Klavierhocker. Sie hatte den Rest des Nachmittags dazu genutzt, sich über Gesualdos Werk zu informieren, obwohl sie nicht annähernd genug von Musiktheorie verstand, um aus dem Wissen Nutzen zu ziehen. Schließlich hatte sie sich einige von Gesualdos Madrigalen heruntergeladen und angehört. Sie waren schön, aber das Gelesene auf die Stücke anzuwenden, geschweige denn, das erst ein Mal gehörte neue Madrigal mit den bestehenden zu vergleichen war ihr unmöglich.

Trotzdem. Ein Gutes hatte die Sache immerhin gehabt. Die Musik hatte ihr Lust gemacht, sich selber an ihr wenig benutztes Klavier zu setzen und ein paar Stücke zu spielen. Ihre Finger waren steif und ungelenk. Es war schade. Sie hatte einmal sehr gut gespielt. Aber seit Jahren fehlte ihr zum regelmäßigen Üben die Zeit.

Mit der Rechten schlug sie ein paar Tasten an. Michael Nymans »The Heart Asks Pleasure First«. Das Klavier klang verstimmt. Patrizia ließ die Hand wieder sinken. Da klingelte es an der Tür.

Es ist Sonntagabend. Das könnte Gianni sein!

Trotzdem blieb sie zunächst regungslos sitzen. Erst als kein weiterer Klingelton folgte, sprang sie auf. Plötzlich hatte sie es sehr eilig. Sie lief zur Haustür und von dort über den kleinen Vorhof zum Holztor. Kaum hatte sie es einen Spalt weit geöffnet, drängte sich eine Schäferhündin ins Innere und sprang an ihr hoch.

»Leona, wie schön dich zu sehen.« Gianni Petta war ebenfalls eingetreten.

»Euch zu sehen, wollte ich sagen.« Sie küssten sich flüchtig auf die Wange.

»Ich wollte dir vorbeibringen, was ich aus deiner alten Heimat mitgebracht habe.« Gianni hielt ihr eine Flasche hin. »Natürlich in der Hoffnung, dass ich etwas davon abbekomme.«

Sie nahm den Wein und studierte das Etikett. »Ein Gewürztraminer aus der Kellerei Meran. Fantastisch! Und er scheint kalt zu sein. Wie hast du das denn geschafft auf der Reise?«

Petta grinste. »Eine Thermotasche und Kühlelemente. Ich habe alle Register gezogen.«

»So sieht's aus.« Patrizia grinste zurück. »Komm doch rein.«

Kurz darauf saßen sie mit ihren Weingläsern auf der Terrasse. Es dämmerte, und Patrizia schaltete die Lichterkette an, die sie durch den Blauregen gewunden hatte. Auch Oliven, Schafs- und Ziegenkäse hatte sie noch ausgegraben. Eine Zeit lang sprachen sie über Giannis Konferenz in Meran, aßen und tranken den hervorragenden Weißwein. Dass es in Salerno eine Tote gegeben hatte, wusste Gianni aus der Zeitung, aber er fragte nicht nach.

Dann fiel sein Blick auf die Bücher, die noch vom Nachmittag her auf dem Tisch lagen. Er griff sich das oberste.

»›Gesualdo – The Man and his Music‹ von Glenn Watkins? Interessante Lektüre. Ich habe ein paar CDs von diesem Komponisten. Liest du das privat, oder hat es was mit eurem Fall zu tun?«

Patrizia zuckte mit den Schultern. »Das wissen wir noch nicht, aber ich kann eigentlich nicht …«

»Schon klar, keine Sorge.« Gianni fing an, in dem Buch zu blättern. »Wenn ich gewusst hätte, dass Polizeiarbeit nichts weiter ist als lebenslange Weiterbildung, hätte ich mir das mit dem Veterinärstudium nochmal überlegt.«

Patrizia lachte. »Das sagt der Richtige. Dein Wohnzimmer sieht aus wie eine Bibliothek, und ich bin mir sicher, dass ich dir eben jetzt in diesem Augenblick zehn Stichworte nennen könnte … was auch immer … Namen oder Daten aus der Literatur oder Geschichte, und du hättest zu allen zehn etwas zu sagen.«

Gianni grinste. »Du übertreibst. Höchstens zu neun …«

Patrizia lachte. »Haha, sehr witzig. Als *ich* vor ein paar Tagen zum ersten Mal den Namen Gesualdo hörte, wusste ich nicht mal, wer das ist, geschweige denn dass ich CDs von ihm gehabt hätte. Dabei ist Musik sogar noch eine meiner Stärken.«

»Reg dich ab. Alles, was ich über Gesualdo weiß, habe ich aus dem Fernsehen. Vor ein paar Monaten kam ein Film über ihn von Werner Herzog. Danach habe ich dann die CDs gekauft. Immerhin ist er praktisch von hier. Gesualdo, ein kleiner Ort bei Avellino. Warst du schon mal dort?«

»Nein, noch nicht.«

»Ich auch nicht. Aber vielleicht sollten wir mal hinfahren. Die Natur in der Gegend ist schön, und man isst sehr gut. Das Olivenöl, der Wein …« Er zwinkerte ihr zu.

»Sehr gerne. Hoffentlich bald.«

Sie griff zu einem Buch, und auch Gianni begann zu lesen. Einige Minuten war nur das Blättern von Seiten zu hören. Dann sagte Gianni: »Ah, da ist es ja. Die Mordnacht, hör zu, jetzt wird's spannend.«

»Davon weiß ich schon. Carlo Gesualdo hat seine Ehefrau und deren Liebhaber umgebracht.«

»Aber weißt du auch, wie er von ihrer Affäre erfuhr?«

Patrizia schüttelte den Kopf.

»Hier steht, dass die beiden schon seit einiger Zeit ein Paar waren. Aber derjenige, der Gesualdo mit der Nase darauf stieß, war ausgerechnet sein eigener Onkel, und zwar aus Eifersucht, weil er selber gerne bei der Ehefrau seines Neffen gelandet wäre.«

»Das ist ja besser als in jeder Klatschzeitschrift. Gibt es auch Einzelheiten zur Tatnacht?«

Gianni überflog die Seite. »Warte mal … Ja, hier. Also, er stellte den beiden eine Falle und kündigte an, bis zum nächsten Tag auf die Jagd zu gehen. Gegen Mitternacht kam er heimlich zurück und stürmte mit zwei Begleitern ins Schlafzimmer, wo seine Frau in Fabrizio Carafas Armen lag.«

»Wie wurden sie denn genau ermordet?«

»Frag mich lieber, wie sie nicht ermordet wurden, da ist die Liste kürzer. Also, bei Fabrizio ein Schuss durch den Ellenbogen und in den Brustkorb, weitere Schusswunden in die Schläfe und über dem Auge. Außerdem viele Stichwunden in Brust, Bauch, Armen, Kopf und Gesicht, wahrscheinlich durch ein scharfes Schwert.«

»Heute würde man das als Übertöten bezeichnen. Und wie sah es bei Maria d'Avalos aus?«

»Nicht viel besser. Ihre Kehle war durchgeschnitten. Außerdem Stichwunden an Kopf, Gesicht, Armen, Händen und Brust, und das ist nicht mal alles. Danach ließ Gesualdo die Leichen auf die Treppen des Palastes schleppen und gab Anweisung, sie dort liegenzulassen.«

»Verdammt! Und dafür wurde er nicht zur Rechenschaft gezogen?«

Gianni legte das Buch auf den Tisch und zuckte mit den Schultern. »Ich glaube nicht. Du weißt ja, Mord war damals noch ein akzeptiertes Mittel zur Rettung der Familienehre.«

»Familienehre …!« Patrizia schnaubte, doch dann dachte sie nach.

Zahlreiche Stichwunden, ähnlich wie bei ihrem aktuellen Fall. Allerdings nicht ganz. Bei Gesualdos Doppelmord waren es noch mehr, überall auf dem Körper verteilt. Dazu Schusswunden und eine durchgeschnittene Kehle. Um eine Imitation seiner Tat handelte es sich also nicht, falls der Tod der Journalistin überhaupt mit dem Auftauchen des Madrigals zusammenhing.

»Du hast recht«, unterbrach Gianni ihren Gedankengang. »Das Gesetz war damals auf der Seite der Männer.«

Patrizia nickte. »Schon. Aber das Gesetz ist ja nur eine Seite der Medaille. Die andere ist das Gewissen. Und tatsächlich steht in den Büchern, dass Gesualdo nach der Tat ein völlig zerrissener Mensch war. Wie er da noch so wunderbare Musik erschaffen konnte, ist mir schleierhaft.«

»Na ja, vielleicht widersprechen sich diese beiden Dinge ja gar nicht so sehr. Ich versuche mich gerade zu erinnern, was in dem Film gesagt wurde. Da kamen Musiker zu Wort, die meinten, Gesualdos Gewalterfahrung und innere Zerrissenheit könnten seinem Genie erst die richtige Tiefe und Kraft verliehen haben.«

»Daran habe ich auch schon gedacht. Der Autor der Bücher lehnt diese These zwar ab, aber wenn ich ehrlich bin, finde ich sie eigentlich ganz interessant.«

»Stimmt. Und nicht mal an den Haaren herbeigezogen. Es gibt eine ganze Reihe moderner Untersuchungen, die beweisen, dass Ärger und Wut die Kreativität steigern.«

»Und die du natürlich wieder gelesen hast.«

Gianni grinste. »Da muss ich dich enttäuschen. Ich habe nur von ihnen gehört.«

Patrizia grinste zurück. »Na ja. Die Testreihen könnte man sich eigentlich auch sparen. Dass Wut die Kreativität steigert, kann dir jeder Polizeipsychologe bestätigen. Trotzdem, wenn's nach mir ginge, hätte Gesualdo seine Musik nach dem Mord im Gefängnis schreiben können.«

Gianni lachte. »Heute hätte er das sicher. Aber mach dir keine Sorgen. Seiner Strafe ist er trotzdem nicht entgangen. In den Jahren vor seinem Tod war er körperlich und geistig ziemlich angeschlagen.«

»Hab ich auch gelesen. Er umgab sich mit Hexen und nahm

ihre Zaubertränke. Ärzte und Magier gingen in seiner Burg ein und aus.«

»Und er fühlte sich von Dämonen heimgesucht und ließ sich täglich von einer Gruppe junger Männer verprügeln.«

Patrizia lachte. »Ziemlich bizarr. Aber vielleicht wirklich eine Art Buße oder der Versuch, sich zu reinigen und Vergebung zu erlangen. Hier, schau mal …« Sie nahm ihr Buch und blätterte bis zu einer Schwarz-Weiß-Fotografie: Carlo Gesualdo, der mit gefalteten Händen um Absolution bat.

»Kennst du das Bild?«

»Ja, das kam auch im Film vor, aber ich weiß nicht mehr, wie es heißt.«

»Il Perdono«, sagte Patrizia. »Die Vergebung. Das Altarbild hängt in einer Kirche in Gesualdo. Hier ist er selbst, und das da …«, sie zeigte auf das Gesicht der jungen Frau, das als einziges dem Betrachter zugewandt war, »… ist seine zweite Ehefrau.«

Gianni nickte. »Seltsam, dieser Blick, mit dem sie uns anschaut, oder nicht? So teilnahmslos.«

Patrizia beugte sich über das Blatt. »Ja. Fast, als hätte sie gewusst, dass die Suche ihres Mannes nach Vergebung sinnlos ist.«

Sie klappte das Buch wieder zu, doch das blasse Gesicht der Frau blieb vor ihrem inneren Auge stehen.

»Il Perdono«, dachte sie. Die Vergebung, die es nie geben wird.

Kapitel 6

MONTAG, 2. JULI 2012

Er brachte sich in Position. Von hier aus hatte er ihre Fenster gut im Blick und sah sowohl das Wohnzimmer als auch den angrenzenden Küchenbereich. Er hatte lange nach diesem Platz suchen müssen, und leider war er nicht immer zugänglich. Aber an diesem Morgen war die untere Haustür nur angelehnt gewesen. Minutenlang stand er regungslos, ohne dass in der Wohnung auf der gegenüberliegenden Straßenseite etwas passierte. Dann eine Bewegung. Instinktiv näherte er sich der Scheibe ... und sah sie.

Sie betrat das Wohnzimmer, eine Tasse in der Hand. Kräutertee. Im Winter warm, im Sommer kalt. Er erinnerte sich noch an den Duft in der Wohnung. Ihrer Wohnung. Seit dem Tag, an dem sie in sein Leben gekommen war, hatte ihm nichts mehr passieren können.

Doch, etwas WAR passiert. Er schüttelte unwillkürlich den Kopf. Nicht daran denken ... nie mehr. Es war Vergangenheit. Jetzt galt es, Neues zu schaffen. Eine neue Gegenwart für sie beide.

Trotz der Entfernung konnte er erkennen, dass Eleonora einen alten Schlafanzug trug. Wenn ihr Publikum sie jetzt sehen könnte! Nur ganz wenige kannten sie so, und er war einer von ihnen. Sie setzte sich mit der Tasse aufs Sofa und zog die Beine an, ganz entspannt. Natürlich. Die Aufführung war ein Erfolg gewesen. Und das Madrigal? Er wusste, dass es ihr gefiel. Mehr als das. Was hörte sie, wenn sie es sang? Dachte sie noch manchmal an ihn? Er hätte sie gerne gefragt. Jetzt, in diesem Augenblick. Aber natürlich war das Unsinn. Irgendwann würde er es tun. Eines Tages. Vielleicht schon bald. Aber noch war es nicht so weit. Er musste Geduld haben, auch wenn es ihm zunehmend schwerfiel. Er hatte nicht damit gerechnet, wie stark der Drang war, jetzt, wo er sie so oft sah.

Er beobachtete, wie sie den Fernseher anmachte. Frühstücksfernsehen? Nein, sie schaltete um. Er lachte leise. Eleonora hörte andere nicht gerne reden, und er kannte sie noch immer gut genug.

Er zog ein kleines Fernglas aus der Tasche, zoomte auf ihr Gesicht. Züge so vertraut, dass es wehtat. Trotzdem wirkte sie verändert. Wie auch nicht. Nach allem, was passiert war. Und genau deshalb war er zurückgekehrt. Er hatte sie zu lange alleingelassen, aus Wut und Trauer. Aber nun war er wieder da. Er hatte ihr alles vergeben. Von jetzt an würde er ihr Schutzengel sein.

Und nicht nur das. Ich werde der sein, den du immer wolltest, aber nie gefunden hast, denn du hast an der falschen Stelle gesucht. Dabei bin ich es, der dir am nächsten steht. Immer schon. Du hast es nur nicht gemerkt.

Jetzt stellte sie die Tasse ab und stand auf. Wie sollte das Fernsehprogramm sie auch fesseln nach dem gestrigen Tag? Sie ging ans Fenster, kam auf ihn zu. Wie viele Meter trennten sie noch? Zehn? Fünfzehn? Aber ihr Blick sah nichts, er war in sich gekehrt. Er wusste, dass er zur Seite treten sollte. Kein Risiko eingehen. Aber die Versuchung war zu groß. Jetzt machte sie die Scheiben auf und wandte den Kopf ...

Er glitt zur Seite. Verharrte regungslos. Für den Bruchteil einer Sekunde hatten ihre Augen ihn gestreift. Nicht genug, um zu sehen ... um wirklich zu sehen. Er wagte einen schnellen Blick. Das Fenster auf der gegenüberliegenden Seite des

Platzes war noch immer offen, aber Eleonora saß wieder auf dem Sofa, in der Hand die Tasse. Über ihm waren Schritte auf dem Treppenabsatz zu hören, eine Tür wurde abgeschlossen. Lautlos setzte er sich in Bewegung, nahm die Stufen, leise, eine nach der anderen. Dabei fiel sein Blick auf die Uhr, und er rechnete nach. Noch mehr als siebzehn Stunden. Er wusste nicht, wie er sie überstehen sollte. Alles an ihm kribbelte, brannte … schon jetzt. Seine Hände waren kalt, das Gesicht dafür umso heißer. Aber er musste durchhalten. Und irgendwann würden auch diese Stunden vorbei sein, und an ihrem Ende stand eine Verabredung, ein Rendezvous mit dem Tod. Oder sollte er sagen, ein Rendezvous mit der Musik?

Nein, denn es gab keine Musik mehr ohne den Tod. Nicht seine.

Beide waren untrennbar miteinander verbunden.

*

Lucia Cavallo löste den Blick von den Notenseiten, setzte sich aufrecht hin und sah auf die Armbanduhr. Erst halb zehn. Keine halbe Stunde, und schon schmerzte ihr Rücken. Sie sehnte sich nach dem bequemen Schreibtischstuhl in ihrem Büro der Università Federico II. Hier, in der Nationalbibliothek Neapel, waren die Tische und Stühle passend zu den Regalen aus dunklem Holz. Stilvoll, aber unbequem.

Sie seufzte und beugte sich erneut über die Notenblätter. Sie war keine Musikwissenschaftlerin und konnte das vor ihr liegende Madrigal musikalisch nicht beurteilen. Aber das war auch nicht ihre Aufgabe. Als Spezialistin für alte Handschriften würde sie sich darauf konzentrieren, das Alter des Papiers und der Schrift zu bestimmen.

Sie nahm die Lupe und ließ den Blick über die in schwarzer Tinte geschriebenen Noten und Worte gleiten. Sie entsprachen dem Stil des 17. Jahrhunderts, keine Frage. Trotzdem, irgendetwas stimmte nicht. Bei näherem Hinsehen hatte die Hand beim Schreiben häufig abgesetzt, und auch sonst gab es einige Auffälligkeiten. Ihre Finger fuhren leicht über den linken Rand der Seite. Er war glatt. Ganz im Gegensatz zu den raueren Rändern unten, oben und rechts. Schließlich nahm sie die Blätter eines nach dem anderen in die Hand und hielt sie gegen das Licht der Tischlampe.

Da! Ein Wasserzeichen.

Lucia Cavallo atmete auf. Jetzt würde sie bald wissen, wann das Papier hergestellt worden war. Sie winkte einen der Bibliothekare zu sich heran und bat ihn, ihr einen beleuchteten Untersatz und Pauspapier zu bringen.

Wenige Minuten später lag die entsprechende Seite auf dem Gerät. Durch die Beleuchtung von unten war das Wasserzeichen gut zu erkennen: ein springender Hirsch. Lucia Cavallo legte das Pauspapier über das Notenblatt und zeichnete die Linien mit leichten Strichen nach. Als sie fertig war, betrachtete sie ihr Werk. Einer alten Handschrift ihre stillen Geheimnisse zu entlocken, anhand von Schrift, Papier und anderen Merkmalen herauszufinden, wo, wann und für wen ein Buch angefertigt worden war, hatte sie immer fasziniert. Doch diesmal ging es um mehr als eine Publikation in einer wissenschaftlichen Zeitschrift. Wenn sie der Musikerin aus Salerno Glauben schenken durfte, verbarg sich hinter der Frage nach dem Alter der Notenblätter nichts weniger als eine Sensation.

Lucia Cavallo packte ihre Sachen zusammen, legte die Seiten in den Schutzbehälter zurück und machte sich auf den Weg zum Referenzsaal mit seinem Computerterminal, um das Wasserzeichen näher zu bestimmen. Sie rief die entsprechende Seite auf und klickte sich durch die Kategorien.

Vierfüßer ... Hirsch ... ganze Figur ... einkonturiges Geweih.

Etwa zehn Minuten später wurde sie fündig. Das Ergebnis war eindeutig. Das Wasserzeichen des Blattes ließ sich ins 17. Jahrhundert zurückdatieren. Blieb nur noch die Frage, woher die Seiten stammten.

Wieder fiel Lucia Cavallos Blick auf die Blätter in ihrem Behälter. Was sie störte, war der glatte linke Rand. Sie war sich sicher, dass die Seiten aus einem Codex herausgeschnitten worden waren. Aber aus welchem?

Diese Frage würde sich wohl nie beantworten lassen. Trotzdem rief Lucia Cavallo den Katalog der Nationalbibliothek auf. Wenn sie schon dabei war, konnte sie wenigstens nachsehen, welche Handschriften hier in Neapel Papier mit dem entsprechenden Wasserzeichen enthielten. Sie tippte, drückte Enter. Tippte wieder. Eine lange Liste erschien. Viele Titel sagten ihr etwas. Manche dieser Bücher hatte sie schon selbst in der Hand gehalten, doch sollte sie alle anfordern auf den vagen Verdacht hin, dass die herausgeschnittenen Seiten aus ihnen stammten? Vielleicht kamen sie ja aus einer Handschrift in Bologna, Venedig oder Verona.

Die Möglichkeiten waren endlos. Da blieb ihr Blick an einer Zeile hängen: »La Verità Svelata Di Diversi Successi Tragici Amorosi Occorsi in Napoli.«

Eine Corona-Handschrift!

Lucia Cavallo kannte ihren Inhalt. Es war eine im 17. Jahrhundert unter dem Pseudonym Corona zusammengetragene und seinerzeit äußerst beliebte Sammlung von tragischen und amourösen Ereignissen in Neapel. Ein früher Vorläufer der Skandalpresse, dessen verbliebene Handschriften sich heute in Bibliotheken auf der ganzen Welt befanden. Und natürlich enthielt die Sammlung auch eine blutrünstige Beschreibung des Doppelmordes, verübt im Oktober 1590 durch den Komponisten Carlo Gesualdo.

Lucia Cavallo sah auf die Uhr. In einer Stunde würde ihre Vorlesung beginnen, und die Idee, die Seiten könnten ausgerechnet aus diesem Buch stammen, war nichts weniger als wahnwitzig – zumal es sich ja nicht einmal um eine Notenhandschrift handelte. Trotzdem!

In einem Anflug von Abenteuerlust ging sie in die Handschriftenabteilung und ließ sich den Codex aus einem der hohen, abgeschlossenen Schränke heraussuchen.

Fünf Minuten später lag das Buch vor ihr auf dem Tisch. Vorsichtig blätterte sie die vom Alter gebräunten Seiten um. Es waren viele. An Skandalen hatte es auch im 17. Jahrhundert nicht gemangelt, ebenso wenig wie an einem sensationsgeilen Publikum. In diesem Moment klingelte ihr Handy.

Che diavolo!

Sie hatte vergessen, den Ton abzustellen. Der Bibliotheksangestellte warf ihr einen tadelnden Blick zu, doch er kannte sie und sagte nichts. Nicht einmal, als sie das Gespräch annahm. Eine Nummer aus Salerno. Das musste Eleonora Salazar sein.

»Pronto ... Wer? Patrizia Vespa? Mordkommission? ... Ja, die Madrigalseiten. Ich habe sie mir heute Morgen angesehen, aber ...« Sie blätterte weiter in der Handschrift, während ihr die Kommissarin am anderen Ende der Leitung erklärte, welche Rolle die Notenblätter in einer aktuellen Mordermittlung spielten. Doch plötzlich hielt sie in der Bewegung inne.

»Commissaria Vespa? Bitte entschuldigen Sie, dass ich Sie unterbreche, aber wenn diese Seiten für Sie so wichtig sind, glaube ich, dass Sie herkommen sollten. Es gibt etwas, was Sie sehen müssen.«

*

Keine zwei Stunden später liefen Patrizia und Cristina über die große, kreisförmige Piazza del Plebiscito auf die Nationalbibliothek in Neapel zu. Sie befand sich im ehemaligen Königspalast mitten in der Innenstadt. Außer der Bibliothek beherbergte der monumentale Komplex noch die Oper San Carlo, ein Museum sowie eine staatliche Ballettschule.

Den Eingang zu finden war gar nicht so einfach. Torbogen und Wandelhallen führten sie durch mehrere schattige Innenhöfe, vorbei an plätschernden Brunnen und alten Statuen.

»Beschilderung gleich null«, kommentierte Cristina. »Wenn das im Inneren so weitergeht, kommen wir vor heute Abend hier nicht mehr raus.« Patrizia nickte nur. Während ihrer eineinhalb Jahre in Salerno war sie schon oft in Neapel gewesen. Dennoch war sie jedes Mal aufs Neue überrascht. Alles hier war lebendig, laut und monumental. Eine aufregende Stadt, gegen die das kleine hübsche Salerno beschaulich, aber auch provinziell erschien.

Wie von Cristina vorhergesagt, hatten sie auch im Inneren der Bibliothek Mühe, sich zurechtzufinden. Nachdem sie mehrfach im Kreis gelaufen waren, nahm ein Angestellter sich ihrer an und brachte sie zur Handschriftenabteilung. Dort war man auf ihren Besuch vorbereitet.

»Le signore commissarie!« Eine Dame mittleren Alters begrüßte sie freundlich. »Sie werden im Büro der Vizedirektorin erwartet. Wenn Sie mir bitte folgen würden ...«

Im Büro der Vizedirektorin?

Patrizia und Cristina sahen sich einen Augenblick an, dann folgten sie der Angestellten bis zu einer Tür, an der sie klingeln mussten.

Patrizia flüsterte Cristina zu: »Ich wünschte, wir könnten uns auf der Questura auch so verschanzen. Stell dir vor, das Verbrechen klingelt an der Tür, und wir machen einfach nicht auf.«

Cristina grinste und wollte etwas erwidern, doch in dem Moment ertönte ein Summton. Sie traten ein und durchliefen eine Serie von Büros bis zu einer weißen Flügeltür, hinter der die aufgeregten Stimmen zweier Frauen zu vernehmen waren. Als die Kommissarinnen eintraten, unterbrachen sie ihr Gespräch. Diejenige, die hinter dem großen Schreibtisch gesessen hatte, erhob sich und ging auf sie zu. Es war eine intelligent aussehende Frau mittleren Alters mit schwarzen schulterlangen Haaren und einer randlosen Brille. Sie trug einen dunklen Zweiteiler. Um ihre Schultern lag ein breiter roter Schal.

»Commissaria Vespa, Commissaria D'Avossa, wir haben Sie bereits erwartet. Mein Name ist Raffaela Raffaldi, Vizedirektorin, und das ist Professoressa Cavallo.«

Auch die zweite Dame hatte sich erhoben und nickte ihnen zu. »Wir haben telefoniert. Gut, dass Sie kommen konnten.«

Raffaela Raffaldi deutete auf eine Sitzgruppe. Auf einem niedrigen Tisch zwischen den Sesseln lagen drei alt aussehende Bücher. Patrizia setzte sich und sah sich diskret um. Das Büro war riesig, und von seiner mit Gold und Stucco verzierten Decke hing ein prächtiger Kronleuchter. Mehrere große Welt- und Himmelsgloben standen an verschiedenen Stellen des Raumes.

»Schön haben Sie es hier«, sagte Patrizia und war sich des krassen Understatements ihrer Worte bewusst.

»Danke«, meinte Raffaela Raffaldi nur. »Es handelt sich um das Kinderzimmer des letzten Königs von Italien, Vittorio Emanuele II.« Sie seufzte einen Augenblick und fuhr dann fort: »Ich wünschte, ich könnte Ihnen mehr über die Schätze dieser Bibliothek erzählen, aber leider gibt es eine sehr ernste Angelegenheit zu besprechen, und nach dem, was Professoressa Cavallo mir erzählt hat, betrifft es nicht nur uns, sondern auch Sie.«

Raffaela Raffaldi nickte Lucia Cavallo zu. Die zog mehrere Notenblätter aus ihren Schutzhüllen und legte sie neben eine der aufgeschlagenen Handschriften.

»Ecco. Als ich heute Morgen hier ankam, versprach ich mir allenfalls Aufschlüsse über das Alter dieser Seiten. Stattdessen ist uns ein echter Glückstreffer gelungen, wenn man von Glück in einem Fall wie diesem überhaupt sprechen darf.«

Patrizia und Cristina betrachteten die Blätter, die sie bisher nur auf Fotografien gesehen hatten. Dann fiel ihr Blick auf die danebenliegende Handschrift. Größe, Farbe und Beschaffenheit des Notenpapiers glichen exakt denen der Handschriftenseiten. Patrizia beugte sich über das Buch. An der aufgeschlagenen Stelle waren mehrere Seitenstümpfe zu sehen. Ganz offensichtlich waren Blätter herausgeschnitten worden. Sie zählte nach. Ihre Anzahl entsprach jener der Madrigalseiten.

»Dann wurde das Stück also aus dieser Handschrift herausgeschnitten?«, fragte sie erstaunt.

»Nein, nicht das Madrigal, nur die Blätter.« Lucia Cavallo reichte ihr ein Tablet. Eine Seite des Online-Katalogs war aufgerufen.

»Lesen Sie die Beschreibung.« Patrizia las und schüttelte den Kopf. »Die herausgeschnittenen Seiten waren ursprünglich leer?« Sie sah die Handschriftenexpertin verblüfft an.

»Ja, ebenso wie die herausgetrennten Blätter der anderen Handschriften.« Sie zeigte auf die restlichen Bücher. »Nachdem ich die Verstümmelung der ersten Handschrift bemerkt hatte, ließ ich mir auch alle anderen in der Bibliothek vorhandenen Corona-Manuskripte kommen. Die meisten sind unversehrt. Aber bei diesen dreien wurde ich fündig.«

»Corona-Handschriften? Von denen habe ich gestern erst etwas gelesen. Ist das nicht eine Sammlung skandalöser Ereignisse in Neapel?«

Lucia Cavallo lächelte anerkennend. »Richtig. Die hier vorliegenden Handschriften stammen alle aus dem 17. Jahrhundert. Das Papier der Notenblätter ist also tatsächlich alt. Allerdings war das Madrigal ursprünglich nicht in der Handschrift enthalten, zumindest nicht zum Zeitpunkt seiner Erfassung im Katalog, der an dieser Stelle Leerseiten listet.«

»Das Musikstück wurde also auf den Seiten aufgezeichnet, nachdem man sie herausgeschnitten hatte«, resümierte Cristina. Lucia Cavallo nickte.

»Wie viele Seiten fehlen, wenn man alle drei Handschriften zusammennimmt?«

»Neunundvierzig.« Lucia Cavallo und die Vizedirektorin tauschten Blicke. Sie schienen zu wissen, wie die nächste Frage lauten musste. Und die kam prompt.

»Neunundvierzig? Aber wann ist das geschehen? Und wie ist es überhaupt möglich, hier in der Bibliothek unbemerkt so viele Seiten aus einem Buch zu schneiden?«

Raffaella Raffaldi zuckte resigniert mit den Schultern. »Natürlich dürfte es nicht möglich sein. Trotzdem kommt es immer wieder vor. Nicht nur hier bei uns, sondern auch in anderen Bibliotheken auf der ganzen Welt. Zumindest bevor die meisten dazu übergingen, Videoüberwachung zu installieren. Wir selbst haben das vor gut einem Jahr getan.«

»Dann gehen Sie davon aus, dass ein Benutzer die Seiten herausgeschnitten hat, und zwar bevor die Überwachung installiert wurde«, meinte Cristina.

»Das ist die einzig mögliche Erklärung.«

»Aber warum leere Seiten? Und warum ausgerechnet aus diesen Handschriften?«

Wieder tauschten die beiden Damen Blicke, dann sagte Lucia Cavallo: »Es sind leider nicht ausschließlich leere Seiten. Sehen Sie hier …« Sie blätterte in einem der Bücher zu einer bestimmten Stelle. »Laut Register am Ende der Handschrift befand sich hier der Bericht über die Ermordung von Maria D'Avalos und Fabrizio Carafa …«

»… durch Carlo Gesualdo, den angeblichen Komponisten unseres Madrigals.« Patrizia sah Cristina an. »Der Kreis schließt sich.«

»Das Musikstück ist also nicht alt. Können wir uns da ganz sicher sein?«, wandte sich Cristina an Lucia Cavallo.

»Über das Stück selbst kann ich nichts sagen. Natürlich kann jemand im Besitz eines alten Musikstücks sein und dann eine Kopie auf leeren, ebenso alten Seiten anfertigen. Das Einzige, was ich sicher weiß, ist, dass dieses Madrigal in der jüngeren Vergangenheit auf die alten Blätter geschrieben wurde. Das bestätigt auch meine Einschätzung der Schrift. Meiner Meinung nach ist es die Nachahmung einer talentierten Person, die sich erfolgreich in die Schriften des 17. Jahrhunderts eingearbeitet hat. Allerdings nicht ohne kleine Fehler und Unsicherheiten. Eine genaue zeitliche Einschätzung wird wahrscheinlich das Labor liefern können, das die Tinte untersucht.«

Patrizia nickte. »Bleibt die Frage, wer diese Handschriften in den letzten Jahren eingesehen hat. Ich gehe davon aus, dass Sie dazu Aufzeichnungen haben.«

»Natürlich! Und ich habe auch schon veranlasst, die entsprechenden Unterlagen herauszusuchen. Einen Augenblick bitte …« Raffaella Raffaldi hob den Telefonhörer ab. Während sie sprach, stand Patrizia auf und trat an eines der großen Flügelfenster. Der Ausblick war fantastisch. Direkt vor ihr lag die aragonische Festung des Maschio Angioino. Rechts von ihr erstreckten sich die weitläufigen Hafenanlagen. Gleich zwei Kreuzfahrtschiffe lagen vor Anker. Sie waren so riesig, dass sie weit über die niedrigeren Hafengebäude hinausragten. Im

Hintergrund erhob sich der charakteristische Kegel des Vesuvs.

Patrizia blickte hinaus, doch sie konnte die Aussicht nicht genießen. Jemand hatte den Bericht über Gesualdos Verbrechen aus einer alten Handschrift geschnitten, obwohl es ihn sicher auch in modernen Editionen zu kaufen gab. Dazu noch jede Menge leerer Seiten. Wer machte sowas? Jemand, der auf den Komponisten fixiert war? Auf seine Tat? Seine Musik? Und was war das für ein Stück, das er auf ein paar dieser Leerseiten geschrieben hatte? Konnte es sich trotz allem um eine bislang unbekannte Komposition des Musikprinzen handeln?

»Ich weiß, was du denkst«, sagte Cristina, die neben sie getreten war. »Wer zum Teufel hat dieses Stück geschrieben …«

»Hätte es nicht die Mordnacht im Jahr 1590 zum Inhalt, würde ich sagen, es stammt von jemand anderem, vielleicht einem unbekannteren Komponisten.« Patrizia sah Cristina an, doch die deutete auf die Vizedirektorin, die sich erhoben hatte und sie bat, ihr zu folgen.

Kurz darauf standen sie wieder in der Handschriftenabteilung. Einer der Angestellten hatte mehrere Papiere auf einem Tisch ausgebreitet.

»Ich habe die Unterlagen der letzten fünf Jahre herausgesucht«, sagte der junge Mann, der sich ihnen als Cristiano Ragno vorstellte.

»Uns interessieren vor allem die Namen derer, die die Handschriften vor der Installation der Videoüberwachung eingesehen haben«, sagte Patrizia. Der Mann sah auf die Formulare. »Die eine Handschrift wurde viermal angefragt, eine andere zweimal, die dritte nur einmal.«

»Hat eine dieser Personen alle drei Handschriften angesehen?«

»Ja, tatsächlich, einer. Vor drei Jahren.« Er reichte ihr ein

Formular. Patrizia sah auf den Namen. Antonio Marchese, eine Adresse in Neapel. Keine Telefonnummer oder E-Mail-Adresse.

»Wie funktioniert das hier bei Ihnen?«, fragte Cristina. »Kann jeder kommen und eine Handschrift anfordern?«

Ragno nickte. »Theoretisch ja. Aber wenn man kein Dozent ist, muss man ein Empfehlungsschreiben vorlegen.«

»Und einen Personalausweis«, ergänzte die Vizedirektorin.

»Machen Sie Kopien der Ausweise?«, fragte Cristina.

Der junge Mann wurde rot. »Schon … Die Sache ist die«, setzte er an. »Wenn ein Empfehlungsschreiben vorliegt und der Besucher seine Adresse angibt wie in diesem Fall, lassen wir das mit dem Ausweis manchmal auch … weg.«

»Das heißt, dass es keine Ausweiskontrolle für diesen Benutzer gab?« Der Blick der Vizedirektorin sprach Bände. Die Angestellten in der Abteilung sahen keiner guten Zeit entgegen. Ragno schüttelte entsprechend zerknirscht den Kopf.

»Haben Sie das Empfehlungsschreiben?«, fragte Lucia Cavallo.

»Ja, Augenblick …« Der junge Mann war froh, etwas präsentieren zu können. »Die Originale verbleiben bei den Besuchern, aber wir machen Kopien.« Er suchte unter den Dokumenten nach einem Blatt. Schließlich überflog er ein Schreiben, das den Briefkopf der Universität von Neapel trug.

»Das müsste es sein.« Er reichte es Lucia Cavallo, die es studierte.

»Von wem wurde es ausgestellt?«, fragte Patrizia. »Kennen Sie die Person?«

Die Handschriftenexpertin starrte wortlos auf das Blatt. Schließlich sagte sie: »Ja, ich kenne diese Person. Wie auch nicht, denn ich bin es selbst. Allerdings ist das hier«, sie zeigte auf einen handgeschriebenen Namen, »nicht meine Unterschrift. Ich habe diese Empfehlung nicht geschrieben, und auch der Name Antonio Marchese sagt mir nichts.«

Eine halbe Stunde später liefen Patrizia und Cristina erneut über die Piazza del Plebiscito. Sie hatten die Notenblätter dabei, die Bob sich ansehen musste. Doch Patrizia machte sich keine Hoffnungen. Mindestens ein halbes Dutzend Menschen hatten die Seiten seit ihrem Auffinden in der Hand gehabt. Und mit den Handschriften in der Bibliothek sah es noch schlimmer aus. Dennoch würde Bob nach Neapel fahren und sie untersuchen müssen.

Auf dem Weg zu Patrizias Auto hingen beide ihren eigenen Gedanken nach. Auf einmal klingelte Patrizias Handy. Sie blieb stehen.

»Hallo? Oh, so schnell. Und …?« Cristina sah sie gespannt an, doch in Patrizias Gesicht zeichnete sich Enttäuschung ab.

»Gut. Ja, machen Sie das bitte so schnell wie möglich und geben Sie uns dann Bescheid. Grazie. Arrivederci.« Sie legte auf.

»Das waren unsere neapolitanischen Kollegen. Unter der auf dem Formular angegebenen Adresse war nie ein Antonio Marchese gemeldet, und auch sonst gibt es in Neapel keinen, der so heißt. Sie fahren jetzt aber nochmal hin und prüfen das vor Ort.«

Cristina nickte. »War ja nicht anders zu erwarten. Wer sich Handschriften ansieht mit dem Vorsatz, etwas herauszuschneiden, wird wohl kaum seinen richtigen Namen oder seine Adresse angeben.«

»Also stehen wir wieder am Anfang … Verdammt!«

»Nein, tun wir nicht. Denk doch mal. Immerhin wissen wir jetzt, wo die Blätter herkommen und dass sie nicht aus einer alten Musikhandschrift stammen. Falls das Madrigal erst vor

Kurzem auf diese Seiten geschrieben wurde, ändert das einiges.«

»Du hast ja recht. Trotzdem hoffe ich, dass die Raffaldi ihren Angestellten ordentlich auf die Mütze haut. Die Power hat sie, auch wenn sie auf den ersten Blick so elegant und damenhaft daherkommt.«

»Was hast du gegen Eleganz? Wenn du dein Büro im Kinderzimmer des letzten Königs von Italien hast, umgeben von Globen aus dem 16. Jahrhundert, kannst du ja schlecht in Jeans und Turnschuhen zur Arbeit gehen.«

»Meinst du? Ich glaube, ich könnte das.«

»Bei dir ist das auch weniger eine Frage des Könnens als vielmehr des Müssens, denn soweit ich das einschätze, hast du gar nichts anderes.«

»Keine Ahnung. Ich müsste nachsehen.«

Cristina lachte. »So gefällst du mir schon besser. Immer schön positiv denken.«

Patrizia nickte. Cristina hatte recht. Sie mussten die neuen Informationen einfach noch sorgfältiger auswerten.

*

Umberto La Rocca saß auf einer Bank am Lungomare und aß ein Eis. Er hatte soeben seine letzte Seminarsitzung vor den Sommerferien beendet. Sie war nur noch spärlich besucht gewesen. Kein Wunder. Bei der Hitze in den düsteren Räumen des Konservatoriums zu sitzen war kein Vergnügen. Aber jetzt war es geschafft, und er hatte beschlossen, sich zu seinem Ferienbeginn ein Eis zu gönnen und ein wenig Sonne zu tanken.

Er lehnte sich auf der Bank zurück und genoss die Wärme. Halb Salerno schien auf der Strandpromenade unterwegs zu sein. Die, die arbeiten mussten, verbrachten hier ihre Mittagspause. Mütter schoben Kinderwagen, Jugendliche saßen auf dem Gras zwischen den Palmen, und afrikanische Straßenverkäufer warteten auf Kunden für ihre in China gefertigten Nike-Schuhe und Prada-Taschen.

Umberto La Rocca betrachtete die glitzernde Fläche des Meeres, die sich am Horizont im weißen Dunst verlor, und beneidete diejenigen, die jetzt da draußen in ihren Segelbooten saßen. Er selbst musste bald wieder los. Nur noch eine Minute … Er schob sich das letzte Stück Waffel in den Mund und kaute zufrieden, als das Telefon klingelte.

»Pronto! Wie? Ach, du bist es … ja natürlich, ich weiß. Was? … Wann, jetzt gleich? Das kommt etwas unerwartet, und eigentlich passt es mir heute Nachmittag nicht so gut … Na ja, o.k., in Ordnung … Gut, bis dann.« Er legte auf und seufzte. Dann sah er auf die Uhr. Er musste sich beeilen. Mit einem Ruck stand er auf und machte sich auf den Weg. Zum Glück hatte er es nicht weit bis nach Hause.

Als er eine Viertelstunde später die Stufen zum Largo Scuola Salernitana hinaufstieg, sah er sie bereits vor seiner Haustür stehen. Er winkte.

»Ciao, Emilia, ciao, Jacopo.« Umberto La Rocca küsste seine Tochter und seinen Enkel.

»Ciao, Papà. Wie lief der letzte Arbeitstag?«

»O Dio, wie soll er schon gelaufen sein! Na, kommt erstmal rein.«

»Du, tut mir leid, aber ich bin wirklich in Eile, du weißt ja. Und vielen Dank fürs Aufpassen. Ich hole Jacopo dann spätestens um fünf wieder ab.«

»Va bene, bis später.«

Emilia küsste ihren Vater auf die Wange und fuhr Jacopo durchs Haar.

»Kein Ärger wegen des Mittagsschlafs, ragazzo mio, du hast es mir versprochen, und ich will von Opa keine Klagen hören, hast du verstanden?« Jacopo nickte. Seine Mutter zwinkerte ihm noch einmal zu, dann drehte sie sich um und ging. Umberto La Rocca öffnete die Tür. Seine Wohnung lag im ersten Stock. Außer ihm gab es im Haus nur noch eine weitere Partei. Ein schwerhöriger alter Herr, den La Rocca nur noch selten sah, lebte im Erdgeschoss. Er ging nicht mehr viel aus dem Haus.

»So, Jacopo, hast du schon gegessen?«

Der Junge strahlte. »Ich war mit Mama bei Burger King!«

Umberto La Rocca verzog das Gesicht. Seine Tochter war alleinerziehend und berufstätig, da kam es häufig vor, dass sie ihren Sohn als Entschädigung für die wenige gemeinsame Zeit zu McDonald's oder Burger King ausführte. Und der nutzte das natürlich schamlos aus.

»So, dann machen wir jetzt Mittagsschlaf, und danach spielen wir. Was meinst du?«

»Zuerst Lego.«

»Jacopo, du hast deine Mutter gehört!«

»Aber nur wenn du mir beim Einschlafen was vorspielst.«

Fünf Minuten später lag der Kleine im Schlafzimmer. Die Tür war nur angelehnt. Umberto La Rocca setzte sich ans Klavier. Das Stück, das Jacopo besonders liebte, konnte er auswendig. Es war nicht gerade ein Schlaflied: Beethovens »Die Wut über den verlorenen Groschen«. Doch so wild es dabei stellenweise zuging, auf den Jungen hatte das Stück eine beruhigende Wirkung.

Umberto La Rocca legte die Hände auf die Tasten. Vor seinem inneren Auge stand die Partitur klar und deutlich.

G-Dur. Allegro Vivace.

So leise wie möglich begann er zu spielen. Jacopo sollte ihn hören, aber das hieß noch lange nicht, dass er in die Tasten hauen musste.

Mehrere Minuten lang glitten seine Finger über die Klaviatur. Gleich würde Beethovens Groschensucher fündig werden. Aber bevor er den entsprechenden Teil erreichte, klingelte es an der Haustür. Seufzend ließ er die Hände sinken. *Nicht mal dieses Stück darf ich zu Ende spielen!*

Er erhob sich. Ein kurzer Blick ins Schlafzimmer. Jacopo lag mit geschlossenen Augen im Bett. Leise machte er die Tür zu, ging den Flur hinunter und drückte auf den Öffner.

*

Patrizia saß auf ihrer Terrasse. Halb acht. Ein heißer Tag ging zu Ende. In etwa einer Stunde würde es dunkel werden. Im nördlichen Meran, wo sie herkam, war es um diese Jahreszeit länger hell. In Salerno waren die Tage heißer, aber sie endeten früher. Ob es ihr wohl gelingen würde, im August ein paar Tage in der alten Heimat zu verbringen? Andererseits, was sollte sie dort? Ihre Mutter lebte nicht mehr, und der Kontakt zu früheren Freunden hatte aufgrund der Entfernung und der vielen Arbeit in den letzten eineinhalb Jahren gelitten. Aber vielleicht war ja gerade das ein Grund.

Sie griff zu ihrem Glas. Es gab nichts Besseres nach einem langen, schweißtreibenden Arbeitstag als ein kaltes Nastro Azzuro. Außerdem hatte sie in einem Anflug von Abenteuerlust zwei Doraden für den Grill gekauft. Eine für sich und eine für ihren Nachbarn Gianni, der aber von seinem Glück noch nichts wusste. Normalerweise war er es, der sie mit seinen exzellenten Kochkünsten verwöhnte, wenn sie mal wieder müde und abgeschlagen zu einem leeren Kühlschrank nach Hause kam. Im Augenblick aber waren Giannis Fenster dunkel. Er war noch in seiner Praxis.

Patrizia drückte Zitrone in ihr Bier und dachte an die Ereignisse des Tages. Der Besuch in der Nationalbibliothek hatte einiges geklärt, aber auch neue Fragen aufgeworfen. Die Schrift auf den Notenseiten war nicht alt. Das bedeutete wohl, dass jemand vor Kurzem ein altes, unbekanntes Stück auf diesen Seiten aufgezeichnet hatte. Vielleicht ein Sammler, der dieses Stück besaß und sein Original nicht hergeben wollte. Deshalb hatte er alte Blätter aus einer Handschrift gelöst und eine täuschend echte Kopie angefertigt.

Patrizia schüttelte den Kopf. Eine ziemlich weit hergeholte Theorie. War es nicht wahrscheinlicher, dass das Stück ebenfalls neu war? So neu wie die Schrift? Und machte es überhaupt einen Unterschied, ob sie einen Sammler suchten oder einen Hobbykomponisten? Was, wenn es sich um einen Fan von Eleonora Salazar handelte, der sich nicht in ihrem täglichen Umfeld bewegte? Wie groß waren dann ihre Chancen, ihn zu identifizieren? Vor allem, wenn er von nun an wieder in der Versenkung verschwand.

Aber nein. Eben das würde er nicht. Er hatte weitere Geschenke angekündigt. Dazu der unvollständige Kanon! Er würde wieder von sich hören lassen. Vielleicht schon bald. Denn ganz offenbar ging es ihm nicht nur darum, die schlechte Kritik im »Corriere« wiedergutzumachen. In diesem Fall hätte es ausgereicht, der Sängerin alle Stücke auf einmal zu schenken. So aber …

Ein plötzlicher Adrenalinstoß durchfuhr sie.

So aber ist die Sache eben noch nicht erledigt. Er will das Spiel weiterspielen. Weitere Madrigale werden folgen und …

Sie setzte sich aufrecht hin. Heute war Montag. Genau eine Woche war seit dem ersten Mord vergangen. Konnte es sein, dass nicht nur neue Musikstücke folgen würden, sondern auch weitere Morde?

Einen Augenblick spielte sie mögliche Szenarien durch, doch dann schüttelte sie über sich selbst den Kopf. Es war absurd. Alles sprach dafür, dass es sich bei dem Mord an Alessandra Amedeo um eine Einzeltat handelte. Sie war getötet worden, weil sie Eleonora Salazar beleidigt und ihre Karriere geschädigt hatte. Mit ihrem Tod war die Sache für den Täter erledigt. Dass er mit weiteren Musikgeschenken noch ein wenig von sich reden machen wollte, mochten sie seiner Eitelkeit verdanken. Und für sie konnte das nur von Vorteil sein, denn mit jedem neuen Kontakt erhöhte sich die Chance, ihn zu finden. So war es doch, oder nicht?

Vor Patrizias innerem Auge tauchte das Metronom auf, sein metallenes Gesicht dem Golf zugewandt, als verkündete es der Stadt eine leise, aber eindringliche Botschaft.

Tick.

Tack.

Eine Sprache, die sie nicht verstanden. Dazu die Steinreihen ...

Ihr ungutes Gefühl verstärkte sich. Verkündeten sie nicht so viel mehr als einen simplen Racheakt? Was, wenn der nur die Spitze des Eisbergs war und ihnen der Blick aufs große Ganze fehlte?

In diesem Augenblick ging im Nachbarhaus das Licht an, aber statt Freude empfand sie nur Niedergeschlagenheit. Was hatte sie sich nur dabei gedacht? Sie hatte geglaubt, sich mit Gianni und zwei Doraden einen schönen Abend machen zu können. Und jetzt, wo er da war, kam es ihr falsch vor. Statt auf der Terrasse zu essen, musste sie ... Sie schlug mit der flachen Hand auf den Tisch. *Schluss jetzt! Hol tief Luft und beruhig dich wieder.*

Wieso versuchte sie immer, mehr in die Dinge hineinzulesen, als tatsächlich da war? Es gab keine Gefahr, die sie abwenden musste. Es war einfach nur ein ganz normaler Abend, eine ganz normale Nacht.

Mehrere Sekunden lang atmete sie den süßen Duft des Blauregens ein und spürte, wie sie ruhiger wurde. Langsam stand sie auf und ging zur Mauer des Nachbargrundstücks, die keinen Putz mehr hatte und dem Betrachter das bloße, unregelmäßige Mauerwerk aus Natursteinen zeigte. Dort, wo zwei große Steine in ihren Garten gefallen waren, klaffte eine Lücke. In dem Loch lag ein kleines auf Vorrat gesammeltes Häufchen aus Kieseln. Patrizia wählte einen aus.

Ein kurzes Zögern, dann warf sie ihn mit leichter Hand an die erleuchtete Scheibe.

*

Während in Gianni Pettas Wohnung das Fenster geöffnet wurde, stand unterhalb von Ogliara im alten Stadtzentrum Angelo Nardi an seinem Fenster und dachte an den Polizisten, der ihn befragt hatte. Der Mann war ihm unsympathisch gewesen, und jetzt wusste er auch, warum.

Waren Sie auch in der Stadtkapelle? Nein … Was machen Sie von Beruf? Kurierdienstfahrer … Wer hat Sie in letzter Zeit besucht? Niemand …

Die Fragen hatten ihn aussehen lassen wie einen Verlierer. Und er selbst hatte sogar noch dazu beigetragen. Hatte von dem abgebrochenen Jurastudium gesprochen und seine Wohnung als besuchsuntauglich bezeichnet.

Er lachte bitter. Ein Verlierer … natürlich war er das. Und das war auch der Grund, warum die Kommissarin ihn nicht selbst befragt hatte. Natürlich konnte er nicht davon ausgehen, dass sie ihn kannte, nur weil er ihr ein paar Mal ein Paket gebracht hatte. Da machte er sich keine Illusionen. Er war nicht der Typ, den seine Klienten wiedererkannten, wenn er auf der Straße an ihnen vorbeilief. Trotzdem. Als klar wurde, dass man ihn erneut im Fall Alessandra Amedeo befragen würde, hatte er fest mit ihr gerechnet. Er hatte auf sie und ihre Kollegin gewartet und sogar seine Wohnung aufgeräumt. Stattdessen hatten sie ihm irgendeinen Ispettore aus ihrem Team vorbeigeschickt. Die zweite Garde. Warum? Waren er und seine Rolle in dem Fall etwa nicht wichtig genug? Taugte er weder zum Mörder noch zum wichtigen Zeugen, so wie er vor Jahren nicht zum Juristen getaugt hatte?

Aus dem offenen Fenster drang der Duft von Sommer zu ihm herein, doch er nahm ihn kaum wahr. Er ging zur Kommode, auf der das Akkordeon stand, öffnete eine Schublade und zog ein Tuch heraus. Es war Zeit, mit dem Selbstmitleid aufzuhören. Vorsichtig fuhr er über das glatte, schillernde Rot des Instruments und versuchte, positiv zu denken.

Er war unabhängig, hatte zwei Jobs. Und was war schlecht daran, Pakete auszufahren? Sisyphus-Arbeit, klar. Sobald eine Fuhre von Kisten weg war, stand am nächsten Morgen schon die nächste bereit. Anonyme braune Kartons, die andere bestellt hatten.

Trotzdem. Er lernte viele Menschen kennen. Sie … und ihr Leben. Er wusste, wer Kinder, einen Hund oder eine Katze hatte, und oft sogar, wie diese hießen. Manche Kunden lebten allein, andere hatten wechselnde Liebhaber. Es gab ärmlich möblierte Wohnungen, die peinlich sauber waren. Bei anderen schlug ihm verbrauchte Luft und kalter Rauch entgegen, sobald sich die Tür öffnete. Und dann waren da die teuren Apartments und Villen. Parkettböden, Schnittblumen auf dem Wohnzimmertisch.

Er hatte ein fotografisches Gedächtnis für alles, was er sah. Wenn er durch Salerno ging, konnte er von vielen Wohnungen sagen, wer dort lebte, wie der Flur oder das Wohnzimmer aussahen, wie es roch. Er wusste, wo mittags schon gekocht wurde und wer erst abends aß. Und jeden Tag wurden es mehr, wurden die Mauern seiner Stadt für ihn durchsichtiger.

Er legte das Tuch beiseite, packte das Akkordeon bei den Gurten und hängte es sich um. Es war weder schwer noch leicht, die breiten Lederriemen schmiegten sich auf seine Schultern, seine linke Hand schlüpfte unter den Griff. Behutsam strich er über die Tasten und Knöpfe. Dann begann er mit dem linken Arm zu ziehen und zu pressen, ohne dabei Tasten oder Knöpfe zu drücken. Das Akkordeon pumpte Luft. Es klang wie schweres Atmen, fast schon ein Stöhnen. Er drückte eine Taste. Dann noch eine und noch eine. Es klang, als würde das Instrument die Klänge tief aus dem Inneren seiner Eingeweide pressen. Die Finger seiner linken Hand suchten die Knöpfe der Bässe. Doch in diesem Moment klingelte das Telefon. Er sah auf die Uhr. Wer konnte das so spät noch sein? Wahrscheinlich wieder ein Kollege, der seine Schicht mit ihm tauschen wollte. Er seufzte.

Langsam löste er sich aus den Schulterriemen und ließ das Instrument auf die Kommode gleiten.

*

Umberto La Rocca drehte sich um und schob im Halbschlaf die Bettdecke weg. Es war warm im Zimmer, trotz des leicht geöffneten Fensters. Von irgendwoher erklang leise Musik, die nur unbestimmt zu ihm vordrang. Dann wurde sein Schlaf wieder tiefer. Doch Minuten später driftete er erneut an die Oberfläche. Er drehte sich auf den Rücken, hielt die Augen geschlossen und versuchte, am Schlaf festzuhalten. Noch immer drangen Töne an sein Ohr. Irgendjemand spielte Klavier.

Leise.

Das Spiel musste von draußen kommen. Er drehte sich auf die Seite und wollte ins schwarze Nichts zurückgleiten, da wurden die Töne plötzlich lauter. Er öffnete die Augen. Wer außer ihm spielte in der Nachbarschaft Klavier?

Er lauschte, noch immer schlaftrunken und halb verärgert, folgte der Melodie etwas bewusster. Sie klang fremd und doch bekannt. Seine Lippen bewegten sich, formten Worte. Dann war er mit einem Mal hellwach.

Das neue Madrigal? Was zum Teufel ist hier los?

Der plötzliche Adrenalinstoß ließ ihn hochfahren. Aufrecht im Bett sitzend horchte er auf die Töne und erstarrte. Das Spiel kam nicht von draußen. Es kam aus seinem Wohnzimmer!

Ein Anflug von Panik überkam ihn. Er tastete nach dem Schalter seiner Nachttischlampe, doch dann zog er die Hand zurück. Sein Radiowecker zeigte 00.34 Uhr. Im schwachen Licht der Leuchtziffern suchte er nach seinem Handy.

Nicht da …

Hatte er es im Wohnzimmer liegenlassen? Er stand auf und schlich zur Tür. Der Schlafzimmerschlüssel fehlte, aber da hatte Umberto La Rocca seine Entscheidung bereits getroffen. Er wollte es wissen.

Lautlos setzte er einen Fuß vor den anderen. Vor ihm lag das dunkle und doch etwas hellere Rechteck der offenen Wohnzimmertür. Erst jetzt merkte er, dass sich zu der Melodie noch ein anderes Geräusch gesellt hatte.

Tick.

Tack.

Leise und regelmäßig. Doch Umberto La Rocca war zu aufgewühlt, um es zuordnen zu können. Nur noch ein Schritt, dann würde er sehen, wer da spielte. Plötzlich wurde ihm bewusst, dass er nichts in der Hand hielt, um sich zu verteidigen, falls der Eindringling ihn angriff. Die Küche lag hinter dem Wohnzimmer, doch vielleicht tat es auch ein Kleiderbügel aus dem Schlafzimmer?

Das Madrigal war zu Ende. Völlige Stille herrschte, und Umberto La Rocca stand regungslos. Dann setzte die Musik von Neuem ein. Wieder ein bisschen lauter. Er beschloss, es zu wagen, und machte einen weiteren Schritt nach vorne, als sein Fuß an etwas Hartes stieß. Einer von Jacopos Bauklötzen? Che diavolo!

Der Bauklotz rollte zur Seite und schlug gegen einen anderen Gegenstand. Kein lautes Geräusch, und doch kam es ihm ohrenbetäubend vor. Umberto La Rocca hielt die Luft an und betete um den nächsten Ton.

Bitte, spiel weiter. Spiel weiter!

Doch da war nichts mehr. Die Melodie war abgebrochen. Nur eines störte die völlige Stille.

Tick.

Tack.

Und mit einem Mal wusste er, was es war. Es war ein Metronom. *Sein* Metronom. Ein Schauer überkam ihn. Sekunden vergingen, die La Rocca wie eine Ewigkeit vorkamen.

»Buonasera, Professore. Kommen Sie doch näher.«

Er kannte diese Stimme. Aber so rasend sein Gehirn auch arbeitete, er konnte sie nicht zuordnen. Dennoch machte er einen weiteren Schritt nach vorn. Vor ihm saß eine schwarze Gestalt am Klavier. Sie war ihm zugewandt. Zunächst erkannte La Rocca in der Dunkelheit nicht, was an ihr so befremdlich war, dann sah er es. Die Person trug einen Taucheranzug. Das schmale Gesicht im Kopfteil schimmerte weiß im schwach hereinscheinenden Licht der Straßenlaterne. Ein vage bekanntes Gesicht, verfremdet durch den eng anliegenden Anzug.

Jetzt wieder die Stimme.

»Kennen Sie mich nicht mehr? Ich bitte die Verkleidung zu entschuldigen, sie hat allein praktische Gründe ...« Der Taucher lachte.

La Rocca starrte auf das weiße Gesicht. Schweißperlen liefen ihm in die Augen, er atmete schwer. Sein Gehirn arbeitete, als hinge das Ende des Albtraums davon ab, den Namen zu finden. Ein Name, der aus dem Fremden einen Bekannten machte, aus den fahlen Zügen ein vertrautes Gesicht.

»Kommt Ihnen die Antwort noch immer nicht? Das ist schade, denn wir müssen voran, immer voran.« Der Taucher zeigte auf das Metronom.

»Ihre Zeit läuft ab, Professore. Können Sie es hören?« Er hob den Zeigefinger, als lausche er in die Dunkelheit, und flüsterte: »Tick … Tack … Tick … Tack.« Er lächelte. »Ist es nicht beruhigend?«

Panisch schüttelte La Rocca den Kopf und machte einen Schritt nach hinten, doch weiter kam er nicht. Blitzschnell hatte sich die Gestalt erhoben. Mit zwei großen Schritten war sie bei ihm. Noch in der Bewegung schnellte ein Arm nach vorne. Ein übelriechendes Tuch wurde ihm auf den Mund gepresst.

Er wollte sich wehren, doch die magere Gestalt war erstaunlich kräftig. Sekunden später tat das Betäubungsmittel seine Wirkung.

Umberto La Rocca wusste nicht, wie lange er bewusstlos gewesen war. Nur, dass er keine Luft mehr bekam. Über seinen Kopf war eine Klarsichttüte gestülpt und festgezurrt. Sein Mund öffnete sich und schnappte wieder zu. Das Plastik legte sich an sein Gesicht, wölbte sich, wurde erneut angesaugt. Es machte ein hässliches Geräusch. Er wurde panisch und riss die Arme nach oben, doch seine Finger gehorchten nicht. Nach vorne gekrümmt hingen sie an seinen Händen wie abgestorbene Fühler. Über seinen Handflächen verliefen tiefe Schnitte. Blut lief an den Armen herunter. Heftig trat er mit den zusammengebundenen Beinen, während seine Handgelenke panisch an der Tüte rieben. Luft drang ein. Die Tüte bewegte sich, ohne sich völlig zu lösen. Es war nicht genug.

Plötzlich war der Taucher über ihm, sein verschwommenes Gesicht von einer Kamera verdeckt. Ein gleißender Blitz. Kurz darauf ein zweiter, dritter.

Umberto La Rocca stieß verzweifelte Laute aus. Dann ließen Schock und Schmerz ihn erstarren. Der Taucher hatte zugestochen. La Rocca bäumte sich auf, schnappte erneut nach Luft. Die Tüte lag an, wölbte sich, lag wieder an. Immer schneller, immer heftiger. Ein zweiter Stich, ein dritter, vierter. Er blieb liegen. Starrte ungläubig.

Als das Messer zum fünften Mal in seinen Körper fuhr, spürte er nichts mehr.

Kapitel 7

DIENSTAG, 3. JULI 2012

»In der Nacht kam es zu weiteren Erschütterungen in der Emilia Romagna, wo die Erdstöße seit Tagen anhalten. Auch in Lombardia wurde heute um 5.27 Uhr eine Erschütterung von 2 Komma 3 auf der Richter...«

Patrizias Hand fuhr auf den Radiowecker nieder. Dann sank sie zurück ins Kissen. Nur eine Minute noch!

Sie schloss die Augen. *Dienstag!* Sie hatte noch die ganze Woche vor sich. Vor ihrem inneren Auge sah sie Alessandra Amedeo ... die Notenblätter. Die Kette setzte sich fort, während ein Detail nach dem anderen in ihr Bewusstsein eindrang wie eine endlose Reihe schwerbeladener Güterwaggons.

Seufzend setzte sie sich im Bett auf. Der Abend mit Gianni war trotz ihrer anfänglichen Unruhe noch sehr schön geworden. Doch wie so oft ließ sich die Atmosphäre eines entspannten Abends nicht in die ernüchternde Realität des nächsten Morgens hinüberretten.

Sie sah Richtung Fenster. Hinter den weißen Läden aus Holz schien bereits die Sonne. Noch etwas, an das sie sich nur schwer gewöhnte. In Süditalien war im Sommer jeder Tag gleich schön. Natürlich konnte es ab und zu ein Wärmegewitter geben, aber man wachte selten zum Geräusch von Reifen auf regennassen Straßen auf. Ihre Freunde in Meran beneideten sie darum und hielten sie für verrückt, wenn sie ihnen versicherte, dass der pausenlose Sonnenschein auf Dauer auch mühsam war und sie sich manchmal einfach nach einem Regentag sehnte. Grauer Himmel. Wind. Ein bisschen Abwechslung.

Patrizia stand auf. Barfuß öffnete sie die Fensterläden und ging die Steintreppe hinunter ins Erdgeschoss. In der Küche setzte sie Tee auf und schob zwei Scheiben Brot in den Toaster. Dann ging sie duschen.

Keine Dreiviertelstunde später saß sie in ihrer roten Klara auf dem Weg in die Questura. Im Radio kam ein Bericht über die Erdbebenwelle in der Emilia Romagna. Hatte sie das heute nicht schon mal gehört?

Patrizia schüttelte den Kopf. Sie musste sich einen neuen Wecker kaufen. Einen ganz normalen. Es konnte nicht angehen, dass sie sich schon beim Aufwachen im Unterbewusstsein mit Hiobsbotschaften beschallte!

Auf der Tangentiale Richtung Salerno Centro war um diese frühe Zeit noch nicht viel Verkehr. Zu ihrer Rechten lagen die Stadt und der Golf in der Morgensonne. Plötzlich klingelte ihr Handy. Verdammt, sie hatte den Kopfhörer nicht im Ohr. Patrizia ließ es klingeln und fuhr bei der Ausfahrt Torrione ab. Das Handy verstummte. Gleich darauf fing es wieder an. Diesmal war es ein Klingelton, den sie kannte. *Cristina!*

Komisch. Sie würden sich doch sowieso gleich sehen. Patrizia fuhr den Wagen an den Straßenrand und bremste. Der Fahrer hinter ihr hatte offenbar nicht aufgepasst und zog hupend keine zwanzig Zentimeter an ihr vorbei.

»Schade!«, rief Patrizia durch das offene Autofenster. »Ich warte schon lange darauf, dass mir jemand eine neue Lackierung bezahlt!« Dann besann sie sich auf den Grund für ihr Manöver. Das Handy klingelte noch immer. Sie nahm ab.

»Wo bist du?«, fragte Cristina anstelle einer Begrüßung.

»Gerade in Torrione abgefahren.«

»Benissimo. Komm zu mir. Wir fahren mit meinem Skooter

zu Umberto La Rocca. Seine Tochter hat angerufen. Sie glaubt, er ist tot.«

Patrizia reagierte nicht.

»Bist du noch dran?«

»Ja, … okay.«

Zu mehr war sie nicht in der Lage. Das Einzige, was sie denken konnte, war, dass sie mit ihrer düsteren Ahnung vom Vorabend den Tod des Professors herbeigeführt hatte. Ganz egal wie absurd das klang.

*

Als Enrico Ramires bei Umberto La Roccas Haus ankam, fiel ihm als Erstes das weinende Kind in einem im Parkverbot stehenden grünen Panda auf. Der Warnblinker war angeschaltet. Enrico sah durch die Scheibe auf den schluchzenden Jungen, dann wandte er sich ab und ging auf die Haustür zu, die offen stand. Einen Augenblick war er unschlüssig. Als Gabriella ihn vor wenigen Minuten informiert hatte, war er auf dem Weg in die Rechtsmedizin gewesen. Keine fünf Minuten von hier entfernt. Und ganz offenbar war er der Erste aus ihrem Team. Aber es konnte nicht mehr lange dauern, bis die anderen kamen. Er betrat das Haus und stieg die Treppenstufen zum ersten Stock hinauf. Vor der angelehnten Wohnungstür stand eine junge Frau. Sie war völlig aufgelöst.

»Emilia La Rocca?« Sie nickte.

»Mein Name ist Enrico Ramires. Ich bin Rechtsmediziner. Sind die Kollegen schon hier?«

»Nein … mein Vater …« Sie zeigte auf die angelehnte Tür. Enrico zog sich seinen Einmalanzug und die Handschuhe an und öffnete die Tür, zuckte jedoch sofort wieder zurück. Natürlich hatte er mit einem Toten gerechnet, allerdings nicht gleich hinter der Eingangstür. Der Mann lag auf dem Bauch, das Gesicht nach unten. Eine blutige Schleifspur zog sich durch den Flur in ein angrenzendes Zimmer. Enrico beugte sich hinunter und fühlte den Puls. Umberto La Rocca war tot. Er wandte sich der Frau zu, die noch immer vor der Tür stand.

»Wann haben Sie ihn gefunden?«

»Vor etwa zwanzig Minuten. Ich wollte meinen Sohn bei ihm abgeben, denn ich muss zur Arbeit und mein Vater wollte auf Jacopo aufpassen. Es sind ja Ferien und ...« Sie brach ab.

»Ist das Ihr Sohn da unten im Auto?«

»Ja, o Dio, ich sollte mich um ihn kümmern. Er hat meinen Vater auch gesehen.«

»Gehen Sie ruhig zu ihm. Meine Kollegen werden gleich hier sein und mit Ihnen sprechen.« Emilia La Rocca nickte erleichtert.

Enrico verharrte noch einen Augenblick bei der Leiche, dann stand er auf und folgte der Blutspur ins Wohnzimmer. Auf dem Fußboden gab es eine große Blutlache, und im Holz waren Kerben zu sehen. Ein Stück weiter lag eine Plastiktüte. Er betrachtete sie genauer. Obwohl Umberto La Rocca hier niedergestochen worden war, musste er noch einmal zu sich gekommen sein. Dann hatte er sich mit übermenschlichen Kräften zur Tür geschleppt, doch kurz vor seinem Ziel war er seinen Verletzungen erlegen. Enrico nahm an, dass seine Kräfte nicht mehr ausgereicht hätten, um sich aufzurichten und die Tür zu öffnen. Trotzdem fühlte er Gänsehaut bei dem Gedanken, wie nahe der Mann seiner Rettung gekommen war.

Er richtete sich auf und holte tief Luft. Die anderen würden jeden Augenblick da sein, und er stand hier herum, als hätte er nichts Besseres zu tun. Mit energischen Schritten ging er in den Flur zurück. Als er sich erneut neben La Rocca niederkniete, hörte er vom Treppenhaus Gabriella Molinaris Stimme.

»Enrico …?«

★

Nach einer kurzen Besichtigung des Tatorts waren Patrizia und Cristina mit Emilia La Rocca und ihrem Sohn zu deren Wohnung gefahren. Jetzt saß Patrizia am Küchentisch, während Cristina Jacopo dadurch ablenkte, dass sie sich von ihm seine Lego-Sammlung zeigen ließ.

Emilia La Rocca hatte darauf bestanden, Kaffee zu kochen. Patrizia vermutete, dass die gewohnten Handgriffe etwas Beruhigendes hatten. Sie kannte diese Reaktion bei Opferangehörigen.

»Signora La Rocca«, begann Patrizia vorsichtig. »Würden Sie uns erzählen, wann und wie Sie Ihren Vater heute Morgen gefunden haben?«

La Roccas Tochter stellte eine Tasse auf den Tisch. Dann lehnte sie sich ans Fensterbrett.

»Es war Viertel vor sieben. Ich habe das Auto vor dem Haus abgestellt. Im Halteverbot, wie immer. Ich wollte ja nur kurz Jacopo nach oben bringen und sofort zur Arbeit weiterfahren. Ich habe geklingelt, aber Papà hat nicht aufgemacht.«

»Haben Sie selber keinen Schlüssel?«

»Doch, sogar am Schlüsselbund. Aber wenn ich weiß, dass mein Vater zu Hause ist, klingle ich immer.«

»Und dann?«

»Habe ich ihn auf dem Handy angerufen. Als er sich auch da nicht meldete, schloss ich die Haustür auf und ging mit Jacopo nach oben.«

»Stand die Wohnungstür offen?«

»Nein, sie war zu. Alles wie immer.«

»Dann haben Sie aufgeschlossen und Ihren Vater gesehen. Lag er da so, wie wir ihn gefunden haben? Haben Sie ihn angefasst oder bewegt?«

Emilia La Rocca hatte plötzlich Tränen in den Augen. »Nein, ich wollte ja. Das heißt, ich wollte fühlen, ob er noch lebt. Aber ich konnte nicht. Und dann war da Jacopo. Im ersten Schock hatte ich ihn glatt vergessen, aber plötzlich fing er an zu schreien. Da bin ich mit ihm zum Auto gerannt und habe versucht, ihn zu beruhigen, aber das ging nicht. Also habe ich ihn eingeschlossen und die Polizei gerufen. Kurz darauf kam schon einer Ihrer Kollegen.«

»Signora, wann haben Sie Ihren Vater zum letzten Mal gesehen?«

»Gestern. Ich habe Jacopo um halb zwei vorbeigebracht und ihn um kurz nach fünf wieder abgeholt wie jeden Montag. Ich arbeite in einem Fitnessstudio, immer stundenweise. Mehr geht ja nicht wegen Jacopo. Ich bin alleinerziehend, und mein Vater hilft mir sehr viel. Wenn ich ihn nicht hätte, ich wüsste gar nicht, wie ich das alles bewerkstelligen sollte …« Sie brach abrupt ab.

»Haben Sie sich gestern nach fünf Uhr noch einmal gesprochen?«, fragte Patrizia schnell.

»Was? … Ja, gegen acht. Ich hatte am Nachmittag vergessen, ihn nochmal an heute Morgen zu erinnern und wollte sichergehen, dass er zu Hause ist.«

Patrizia nickte. »Hatte Ihr Vater gestern Besuch, oder wissen Sie von einer Verabredung?«

Emilia La Rocca schüttelte den Kopf. »Nein, soweit ich weiß, war da nichts. Auch Jacopo hat nichts erzählt.«

»Signora La Rocca. Genau deswegen würden wir uns gerne mit Ihrem Sohn unterhalten und …«

»Oh, ich bitte Sie! Jacopo ist noch so klein, und das, was er heute Morgen gesehen hat … seinen Großvater …«

»Ich verstehe Sie gut, aber es ist wichtig. Wir haben eine ausgezeichnete Psychologin, die hier bei Ihnen zu Hause in Ihrem Beisein mit ihm sprechen könnte.« Patrizia sah La Roccas Tochter eindringlich an. Die zögerte noch einen Augenblick, dann nickte sie.

»Va bene. Wenn ich dabei sein darf.«

»Benissimo, wir werden Ihnen Dottoressa Sessa vorbeischicken.« Patrizia schwieg einen Augenblick. Vor ihrem inneren Auge sah sie den Musikprofessor vor der Tür liegen, in seinem Rücken die Austrittswunden mehrerer Stiche, im Wohnzimmer eine Blutlache und Kerben im Parkett. Eine große Niedergeschlagenheit überkam sie. Sie musste nicht die Ergebnisse der Obduktion oder der Spurensicherung abwarten. Eleonora Salazars Kollege war von der gleichen Person getötet worden wie Alessandra Amedeo. Nummer zwei. Sie hatten eine Serie.

Schon wieder.

Aus dem Kinderzimmer drang leises Weinen, und Patrizia hörte Cristinas beruhigende Stimme. Jacopos Mutter sah besorgt zur Tür, und Patrizia wusste, dass sie die vielen weiteren Fragen für ein zweites Gespräch aufheben musste. Nur eine Sache wollte sie sofort wissen.

»Signora La Rocca, nur noch eine Frage. Wie war das Verhältnis Ihres Vaters zu seiner Kollegin Eleonora Salazar?«

La Roccas Tochter sah sie erstaunt an. »Zu Eleonora Salazar? Was meinen Sie? Glauben Sie etwa, dass sie etwas mit seinem Tod zu tun hat?«

»Bitte. Ich frage nur, weil die beiden sehr eng in einer Forschungsgruppe zusammengearbeitet haben.«

Plötzlich riss Emilia La Rocca die Augen auf. »O Dio! Es ist wegen der toten Kritikerin. Glauben Sie, dass …«

»Wir glauben noch gar nichts. Bitte antworten Sie einfach auf meine Frage.«

Emilia La Rocca dachte einen Augenblick nach, dann sagte sie: »Sie waren nur Kollegen. Er hat sie geschätzt, auch wenn er sich manchmal über sie geärgert hat. Ich glaube, sie arbeiten schon seit Ewigkeiten zusammen.«

»Und worüber hat er sich geärgert?«

»Nur, dass sie manchmal zu wenig Zeit für ihre Studenten oder die Forschungsgruppe hatte. Wegen ihrer Madrigalgruppe, den Proben, den Reisen. Und dann hatte sie, soweit ich weiß, mal ein Alkoholproblem, aber das hat sich offenbar wieder eingerenkt.«

Das Weinen aus dem Kinderzimmer, das zwischenzeitlich verstummt war, erklang erneut, und Emilia La Rocca löste sich vom Fensterbrett. »Ich muss jetzt zu Jacopo.«

Patrizia nickte und sah ihr nach. Dann ging ihr Blick hinaus. Das Vormittagslicht drang nicht in die enge Straße, in der La Roccas Tochter lebte. Im Haus gegenüber war ein Fenster zu sehen. Die dahinterliegende Küche war der, in der sie saß, sehr ähnlich. Die Stühle standen auf dem Tisch. Jemand hatte den Boden gewischt. Obwohl Emilia La Roccas Fenster nur angelehnt war, glaubte Patrizia den Geruch von Putzmitteln wahrzunehmen.

Sie sah auf die Uhr und lehnte sich auf dem Stuhl zurück. Sie wusste selbst nicht, warum sie noch hier saß, anstatt zu Cristina zu gehen. Etwas Bleischweres hatte sich auf ihre Schultern gelegt. Wie oft war ein zweiter Mord auch eine neue Chance. Selbst auf der Polizeischule wurde diese zynische Weisheit gelehrt und mit Statistiken belegt. Doch im Augenblick konnte sie darüber nur bitter lächeln. Der Mord an Umberto La Rocca hatte ihr Motiv gesprengt. Die Spitze des Eisbergs war geschmolzen. Stattdessen zeichneten sich unter der Wasseroberfläche immer massivere Konturen ab.

*

Umberto La Roccas Leiche war soeben nach unten gebracht worden und würde in den nächsten Minuten abtransportiert werden. Danach gehörte die Wohnung allein Bob Kingfisher und seinen beiden Kollegen. Sie arbeiteten still. Ein gelegentliches Rascheln der Einmalanzüge, hier und da ein kurzer Wortwechsel. Nichts weiter.

Bob hatte die Blutlache fotografiert und Maß genommen. Nicht nur ihren Umfang, sondern auch die Dicke der Blutschicht. Es war nicht einfach gewesen, da das Opfer beim Robben zur Tür einen Teil seines eigenen Blutes verwischt hatte. Dennoch hatte sich Bobs Vermutung bestätigt. Auch an diesem Tatort hatte der Mörder das Blut zur Seite gestrichen, um die Einstichlöcher im Parkett besser sehen zu können.

Zu sehen? Eben das war die Frage. Was genau sah der Täter, wenn er die Kerben untersuchte?

Ist es dasselbe, was ich sehe? Gewalt? Leid? Tod? Oder ist es etwas anderes, was uns verborgen bleibt? Und was, wenn das Opfer kein Parkett gehabt hätte, sondern Steinböden oder Fliesen?

Bob stand auf. Sein Blick fiel auf eine Stehlampe. In seinem Wohnzimmer stand ein ähnliches Modell. Selbst der Lesesessel unterschied sich nicht viel von seinem eigenen. Und trotzdem war hier etwas anders. Er überlegte einen Moment. Richtig, die Lampe stand nicht neben dem Sessel, sie stand davor. Er machte ein Foto und näherte sich dem Klavier.

Noch etwas, was beide Morde gemeinsam hatten. Er beugte sich zur Tastatur hinunter. So dicht, dass sein Gesicht sie fast berührte. Dann legte er den Kopf schief, um ihre gesamte Länge in Augenschein zu nehmen. Auf den ersten Blick wirkten die Tasten sauber. Natürlich wusste Bob nicht, ob auch hier zur Mordzeit gespielt worden war. Doch selbst wenn nicht. Hatte Umberto La Rocca seine Tastatur nach jedem Spiel geputzt?

Bob betrachtete das Kirschholzgehäuse des Instruments,

auf dem eine leichte Staubschicht lag. Bei der kleinen Lampe und den Fotorahmen mit Bildern von La Roccas Tochter und Enkel war es nicht anders.

Er wollte sich schon wieder den Tasten zuwenden, als er neben den Bildern ein staubfreies Rechteck bemerkte, wo offenbar bis vor Kurzem noch ein weiterer Gegenstand gestanden hatte. Wenn das nicht mal ein …

Er ließ seinen Blick durchs Zimmer gleiten und wurde sofort fündig. Auf dem Fensterbrett stand ein Metronom. Sein braunes Mahagoni-Gehäuse glänzte im einfallenden Morgenlicht, die Vorderseite war der kleinen Piazza zugewandt. Oberflächlich gesehen war es sauber, sein Zeiger stand still.

Kein frenetisches Ticken diesmal, mein kleiner brauner Freund? Hat es dir die Sprache verschlagen bei dem, was hier letzte Nacht passiert ist?

Bob gab dem Zeiger einen leichten Schubs, doch der schwang nur kraftlos einmal hin und zurück und kam wieder zum Stehen. Er hob das Gerät hoch. An der rechten Seite des Gehäuses befand sich eine Schraube. Er versuchte, sie zu drehen.

Unbeweglich.

Entweder klemmte sie, oder das Gerät war zwar aufgezogen, aber kaputt. Seltsam.

»Ciro, bringst du mir mal eine Tüte?« Sein Mitarbeiter kam zu ihm und hielt sie ihm auf.

»Dieses Ding werden wir uns auf der Questura genauer vornehmen.«

Ciro nickte. »Bob, ich wollte dir auch noch etwas zeigen. Komm mal mit.«

Zusammen gingen die beiden Männer in den Flur, der das Wohnzimmer mit dem Schlafzimmer verband. Auf dem Boden lagen Bauklötze. Mehrere kleine Säulen aus Holz.

»Was hältst du davon?«

»Hmm. La Rocca hatte ständig seinen Enkel zu Besuch. Wahrscheinlich hat der Junge hier gespielt und dann einfach alles liegenlassen.« Bob drehte sich um und wollte ins Wohnzimmer zurückgehen, blieb aber noch einmal stehen. Ein paar Sekunden betrachtete er das verstreute Spielzeug und trommelte sich dabei mit den Fingern auf die Glatze. Schließlich bellte er: »Whatever ... Mach ein paar verdammte Fotos und pack die Dinger ein. Und von allen Seiten fotografieren, hörst du? Wirklich von allen!«

Er drehte sich um. Aus dem Wohnzimmer kamen Schritte. Es war Gabriella Molinari.

»Bob, ich verabschiede mich.«

»Ihr geht?«

»Ja, der Leichenwagen ist weg. Enrico ist mit ihm gefahren, und ich mache mich auch gleich auf den Weg.«

Bob brummte: »Sterben gehört verboten. Es macht nur Arbeit.«

Gabriella grinste. »Wenn du die Art von Sterben meinst, die uns betrifft, kann ich dich beruhigen: Sie *ist* verboten.«

»Nur dass sich in diesem Land niemand daran hält.«

Gabriella sah ihn von unten herauf an. »Als ob es in Oklahoma anders wäre ...«

»Of course it is! Bei uns glänzen die Weizenfelder noch friedlich in der Sonne.«

Gabriella lachte laut auf. »Klar, träum weiter. Oder besser: Arbeite weiter! Und konzentrier dich, sonst wirst du demnächst nach Neapel strafversetzt. Was meinst du, wie viel Arbeit da erst auf dich wartet.«

Bob schnaubte verächtlich und wollte etwas antworten, wurde aber durch ein Geräusch unterbrochen, das aus dem Flur kam. Schritte im Treppenhaus.

»Hallo?«, rief Gabriella, doch es kam keine Antwort. Sie ging in den Flur, dann die Treppe hinunter auf die Piazza. Nachdem die Leiche abtransportiert worden war, hatte das kleine Grüppchen von Schaulustigen sich verflüchtigt, allerdings nicht nur sie. Wo zum Teufel waren die beiden Uniformierten, die an der Haustür die Stellung halten sollten?

Gabriella ging zum Ende des kleinen Platzes. Ein roter Lieferwagen bog um die Ecke der angrenzenden Seitenstraße. Menschen waren nicht zu sehen. Erst nach einigem Herumwandern entdeckte sie die Kollegen in einer benachbarten Bar. Sie tranken Espresso. *Nicht zu fassen!*

»Was zum Teufel macht ihr da?«, rief Gabriella wütend. »Seid ihr von allen guten Geistern verlassen? Habt ihr gesehen, wer da gerade bei La Rocca ins Haus gegangen ist?« Betretene Gesichter, aber keine Antwort. Da hörte Gabriella Bobs Stimme. Schnell lief sie zurück. Auf dem oberen Treppenabsatz stand der Kriminaltechniker. Er hielt ihr ein Päckchen entgegen.

»Lag im Flur auf der Ablage und war vorhin sicher noch nicht da.«

»Mit Dank zurück. Eleonora.‹ Was soll das? Komm schon, lass es uns aufmachen.«

Bob schüttelte den Kopf. »Erst muss ich es von außen untersuchen.«

»Natürlich, scusa. Aber so lange kann ich nicht warten. Sagst du Patrizia und Cristina, was hier eben vorgefallen ist?« Bob brummte, was sowohl ja als auch nein bedeuten konnte, und Gabriella machte sich auf den Weg nach unten. Auf den Treppenstufen kam ihr einer der Uniformierten entgegen. Als er sie sah, blieb er stehen und machte ihr Platz. Gabriella hatte gute Lust, ihm eine Strafpredigt zu halten, doch dann schüttelte sie nur den Kopf und lief wortlos an ihm vorbei nach unten.

*

181

Ludovico Levante sah die beiden jungen Polizistinnen auf der Couch prüfend an. Antonia Damiano und Lydia Nicoletti? War das die neue Generation von Ordnungshütern? Zwei junge Fräuleins, die seine Enkelinnen hätten sein können? Auf dem Weg in die Küche schüttelte er missbilligend den Kopf. Was bot man solch jungem Gemüse an? Orangensaft?

»Für uns bitte ohne Zucker …«, kam es aus dem Wohnzimmer. Ludovico Levante schnaubte. Kein Mensch scherte sich sonst um ihn. Nicht mal seine eigenen Kinder und Enkel. Aber jetzt, wo dieser Musikprofessor gestorben war, saß man auf seiner Couch und ließ sich Kaffee bringen.

Seine Hände zitterten leicht, als er Minuten später das kleine Tablett mit dem zerkratzten Portrait von William Shakespeare ins Wohnzimmer trug. Die Tassen klapperten auf dem Metall, und er schämte sich, ärgerte sich aber zugleich über sich selbst. Er stellte das Tablett vor den beiden Damen ab und setzte sich vorsichtig in einen Sessel. Auf seiner Hose war ein Fleck, und unter seinen zu kurzen Hosenbeinen sah man ein paar weiße, dünne Beine und ausgeleierte Socken. Einen Augenblick sah Ludovico Levante sich so, wie er den beiden Damen erscheinen musste. Aber so war das nun mal, wenn man nicht mehr richtig hörte. Man bekam einfach zu spät mit, was sich draußen abspielte, und wenn einen dann das Geschehen in der eigenen Wohnung einholte, war man nicht vorbereitet.

»Signor Levante, können Sie mich so hören?«

Er machte eine unwirsche Handbewegung. »Schreien Sie nicht so. Ich habe jetzt mein Hörgerät im Ohr.«

»Wunderbar«, sagte die, die sich als Antonia Damiano vorgestellt hatte. »Dann fangen wir an. Können Sie uns sagen, wie lange Sie schon hier wohnen?«

»Wie lange ich hier schon wohne? Das müssen fast vierzig Jahre sein. Länger, als Sie auf der Welt sind.«

»Und seit wann kennen Sie Professore La Rocca?«

»Seit er hier eingezogen ist. Das sind sicher auch schon zwanzig Jahre.«

»Wie gut kannten Sie sich?«, fragte die andere, Lydia Nicoletti.

»Wie man sich eben so kennt, wenn man in einem Haus wohnt. Buongiorno! Buonasera! Gutes Wetter heute. Schlechtes Wetter heute.«

»Zwanzig Jahre lang?«

Ludovico Levante sah die junge Polizistin verärgert an. »Als die La Roccas hier einzogen und in der Wohnung über mir alles umgemodelt haben, war ich schon ein Witwer von über siebzig. Er und seine Frau waren um die vierzig, vielleicht ein bisschen älter. Da gab es nicht so viele Berührungspunkte. Aber ich glaube, nach der Beerdigung seiner Frau vor etwa zehn Jahren, da hat er hier bei mir in der Küche einen Kaffee getrunken.«

Lydia nickte. »Signor Levante, erinnern Sie sich an den gestrigen Tag? Können Sie uns sagen, ob Professore La Rocca außer seinem Enkel am Nachmittag noch anderen Besuch hatte? Vielleicht auch am Abend? Oder ist Ihnen irgendetwas anderes aufgefallen?«

Ludovico Levante dachte nach, dann schüttelte er den Kopf. »Wissen Sie, wenn ich allein bin, habe ich mein Hörgerät nicht im Ohr. Ich habe mich an die Stille gewöhnt. Ich weiß sie zu schätzen. Gestern Nachmittag hat der Professore Klavier gespielt, aber das höre ich ohne Hörgerät nur wie aus weiter Ferne und ganz undeutlich. Sein Enkel muss wohl da gewesen sein. Da vibriert die Decke, wenn der da oben durch die Zimmer rennt. Das war am Spätnachmittag. So gegen halb sechs war dann wieder Ruhe.«

»Und in der Nacht? Haben Sie da etwas gehört? Stimmen? Schritte? Klavierspiel?«

Signor Levante zog die Augenbrauen hoch und sah Antonia erstaunt an. »In der Tat. Jetzt, wo Sie es sagen! Stimmen und Schritte höre ich nur, wenn sie sehr laut sind, und gestern Nacht war da nichts. Aber Klavier hat er gespielt. Ich war schon im Bett, aber ich schlafe nicht mehr viel. Trotzdem habe ich auf die Uhr geschaut. Es war halb eins! Eigentlich eine Unverschämtheit, aber mit mir schwerhörigem Tattergreis kann er es sich ja erlauben.«

»Signor Levante, Umberto La Rocca ist tot«, sagte Antonia mit Nachdruck. Die griesgrämige Opferrolle des Mannes fing an, ihr auf die Nerven zu gehen. »Außerdem ist es gut möglich, dass nicht er selbst um diese Uhrzeit gespielt hat. Haben Sie irgendetwas gesehen oder gehört, was auf eine zweite Person hinweisen könnte?«

»Hm. Nein. Wie schon gesagt, ich war im Bett und habe das Klavierspiel nur ganz dumpf gehört. Aber wenn Sie sagen, dass der Professore nicht selbst gespielt hat … das könnte schon passen. Ich hatte das Gefühl, er würde üben. Es klang ein bisschen, als könne er das Stück nicht richtig. Er hat immer wieder abgebrochen und neu angefangen. Das passiert selten. Der Professore spielt sonst sehr gut. Das weiß ich noch von früher, als ich richtig hören konnte.«

Antonia machte sich Notizen, während Lydia weiterfragte.

»Können Sie sich erinnern, wie lange Sie das Klavierspiel gehört haben?«

Wieder dachte Signor Levante nach, dann sagte er: »Gegen kurz vor eins habe ich nochmal auf die Uhr geschaut, da hat er noch gespielt.« Er hielt inne. »Also, ich meine, wer immer es war. Danach muss ich wohl eingeschlafen sein.«

Lydia nickte. Das war doch immerhin schon etwas. Wenn sie jetzt noch in der Nachbarschaft jemanden fanden, der nicht nur das Klavierspiel gehört, sondern auch etwas gesehen hatte, wäre das ein echter Erfolg. Sie lächelte Ludovico Levante an.

»Gut, das wär's fürs Erste. Falls wir noch Fragen haben, kommen wir einfach wieder.« Die beiden Polizistinnen erhoben sich, und Signor Levante tat es ihnen gleich.

»Ein schönes Tablett übrigens«, bemerkte Antonia beim Hinausgehen. »Shakespeare. Sehr ungewöhnlich.«

»Ich war Englischlehrer am Liceo Torquato Tasso hier um die Ecke«, sagte Ludovico Levante, und zum ersten Mal lächelte er.

»Oh, Professore, bitte entschuldigen Sie ...«

»Ach was, über Titel und andere Eitelkeiten bin ich längst hinaus.«

Dann verabschiedeten sie sich.

*

Gabriella Molinari sah auf die Uhr. Fast fünf. Enrico und sie hatten seit dem Morgen durchgearbeitet, aber vor einer Dreiviertelstunde hatte sie eine Pause gebraucht.

Wenn Enrico nicht so besessen wäre, hätte ich die schon viel früher gemacht. Ich glaube, ich werde alt!

Sie trank den letzten Schluck Milchkaffee und aß den Rest des Paninos. Im Schatten der Markise vor der Bar Giuseppe Verdi saß es sich gut. Von hier aus hatte man einen Blick auf die Palmen der Piazza Luciano Matteo, hinter denen die apricotfarbene Fassade des Theaters leuchtete. Daneben lag der städtische Park und an seinem anderen Ende die Questura. Außerdem war das Lokal klein, und man hatte seine Ruhe.

Gabriella kramte nach einer Münze, die sie auf den Tisch neben das leere Glas legte, erhob sich und überquerte die Piazza Richtung Questura und Rechtsmedizin. Am Ende der Seitenstraße, die das Theater vom städtischen Garten trennte, konnte man eine vereinzelte Palme auf dem Lungomare sehen, dahinter einen dunkelblauen Fleck. Das Meer.

Zehn Minuten später zog sie sich im Obduktionssaal den Kittel über. Ihr Kollege hatte sie noch nicht bemerkt.

»Ciao! Ich bin wieder da.«

Enrico fuhr herum. »Hast du mich jetzt erschreckt!«

Gabriella sah ihn vorwurfsvoll an. »Kein Wunder, dass du überreizt bist. Seit Stunden arbeitest du, ohne auch nur aufzusehen. Das kann doch kein Mensch durchhalten. Du solltest dich mal sehen. Blass wie die Wand, gerötete Augen. Du weißt schon, dass es auch noch etwas anderes gibt als Leichen? Nächstes Mal kommst du mit in die Pause, ob du willst oder nicht. Schließlich bin ich hier der Chef.«

Enrico lächelte schwach. »Dafür sind wir jetzt fast fertig. Ich habe die Rostspuren analysiert, die wir in den Wunden gefunden haben. Sie sind definitiv von der gleichen Waffe, mit der auch Alessandra Amedeo erstochen wurde. Dazu das gleiche Vorgehen, Zweifel ausgeschlossen.«

Gabriella Molinari nickte nachdenklich. »Und doch ist etwas anders. Bei Alessandra Amedeo gab es außer den Stichen keine weiteren Gewaltanwendungen. Unserem Professor dagegen hat der Täter eine Tüte über den Kopf gestülpt und gerade so befestigt, dass er nicht mehr richtig Luft bekam. Dazu die Sache mit den Händen. Er hat die Sehnen durchtrennt, damit sein Opfer sich die Tüte nicht vom Kopf reißen konnte. Aber warum macht er es sich so schwer? Warum hat er ihn nicht einfach an den Händen gefesselt, so wie er es mit den Füßen getan hat?«

»Stimmt schon.« Enrico ließ sich auf einen Stuhl fallen. »Aber in diesem Fall hätte er sie auf seinem Rücken oder seinem Bauch zusammenbinden müssen, und das ist hinderlich, wenn man ungehindert zustechen möchte.«

»Hm. Da könntest du recht haben. Außerdem spricht das
Blut an der Tüte dafür, dass das Opfer versucht hat, sie sich
vom Kopf zu zerren. Und offenbar ist es ihm ja sogar gelungen. Es muss qualvoll gewesen sein. Das alles passt zu dem
Bild, das ich mir von diesem Mord mache. Eine klare Steigerung der Gewaltintensität im Vergleich zur ersten Tat. Man
könnte schon fast von Übertöten sprechen.«

Sie sah Enrico an, der wieder aufgestanden war. »He, was
guckst du so?«

»Ich mag dieses Wort nicht.«

»Übertöten?«

»Ja. Ich finde, es stellt den Tod zu sehr in den Mittelpunkt.
Als wenn der Täter einfach nur doppelt und dreifach sicherstellen möchte, dass sein Opfer auch wirklich stirbt.«

Gabriella sah ihn erstaunt an. »Und? Ist das nicht so?«

»Manchmal vielleicht schon. Aber sicher nicht immer. Vielleicht will der Täter ab und zu einfach die Qual des Opfers
doppelt und dreifach auskosten?«

Gabriella seufzte. »Das ist ihm diesmal sicherlich gelungen.
Trotzdem hat der Täter auch einiges riskiert. Offenbar ist es
La Rocca gelungen, die Tüte mit den Händen so weit zu bewe-
gen, dass er nicht erstickt ist. Als der Mörder ihn dann auf die
Seite drehte, hat sie sich womöglich sogar noch mehr gelöst.
Zu diesem Zeitpunkt war La Rocca wahrscheinlich bewusstlos. Irgendwann kam er noch einmal zu sich und schaffte es,
sich von der Tüte zu befreien und zur Tür zu robben. Auch
das wäre mit gebundenen Händen nicht möglich gewesen.«

»Hmhm. Trotzdem grenzt es an ein Wunder, dass er überhaupt so lange überlebt hat. Allein, dass er noch einmal das
Bewusstsein erlangen konnte! Damit hat der Täter vermutlich
nicht gerechnet.«

»Nein, ganz sicher nicht.«

Enrico schnalzte mit der Zunge. »Der Fehler wird ihm beim nächsten Opfer sicher nicht wieder unterlaufen ...«

Gabriella sah ihn an. »Jetzt fang du nicht auch noch damit an. Ich kann das Gerede von einer Serie schon nicht mehr hören. Lass uns lieber versuchen, diesen Irren zu stoppen.«

»Na ja, vielleicht war es ja auch sein letzter Mord. Solange das Motiv unklar ist, steht doch gar nicht fest, dass er noch einmal zuschlagen wird.«

»Da hast du recht. Bei dieser Serie von Raubüberfällen in den letzten Wochen dachten wir auch, es würden noch weitere folgen, und dann ...«

»Raubüberfälle?«

»Da hattest du noch nicht hier angefangen. Ein Überfall in Neapel und zwei hier. Alle drei mit Stichverletzungen.«

»Ach ja. Ich habe darüber gelesen. Und es gab keine weiteren Fälle?« Enrico Ramires sah seine Kollegin interessiert an.

»Offenbar nein.« Die Rechtsmedizinerin zögerte einen Augenblick. Mit einem Mal wirkte sie nachdenklich. Dann sagte sie energisch: »So, die letzten losen Enden kann ich selber verknoten. Immerhin habe ich meine Pause schon gehabt. Du gehst jetzt nach Hause.«

Enrico nickte. Plötzlich schien er froh, aus dem Obduktionssaal herauszukommen.

Eine knappe Stunde später war auch Gabriella Molinari so weit. Sie schob Umberto La Roccas Leiche ins Kühlfach und zog ihren Kittel aus. Doch während sie ihre Tasche packte, kehrten ihre Gedanken noch einmal zu den Raubüberfällen zurück. Was hatte Enrico sie gefragt? Er hatte wissen wollen, ob es nach dem dritten Raubüberfall tatsächlich zu keinen weiteren Vorfällen gekommen war.

Offenbar nein.

Das war ihre Antwort gewesen. Trotzdem hatte sie schon

in jenem Augenblick etwas an ihren eigenen Worten gestört, ohne dass es ihr gelungen wäre, den Finger daraufzulegen. Jetzt wusste sie, was es war.

Offenbar … Das hieß, dass es auf den ersten Blick keine weiteren Vorfälle gegeben hatte. Vor allem, wenn man es unter dem Gesichtspunkt des Raubes betrachtete. Aber was, wenn man genauer hinsah? Wenn man nicht nur das Offensichtliche in Betracht zog, sondern stattdessen die Vorgehensweise in den Vordergrund stellte?

Die Stichverletzungen …

Gabriella sah zum Computer.

Abgeschaltet.

Sie seufzte. Früher war ein ausgeschalteter PC eine Art Statement gewesen: Feierabend. Schluss mit der Arbeit bis zum nächsten Tag. Heute dagegen lagen neben dem Computer ein Tablet und ein Smartphone. Die nächste Mail, die nächste Aufgabe, der nächste Termin waren immer nur einen Klick entfernt.

Sie griff zum Smartphone. Der Bildschirm erhellte sich, und sie öffnete die Mailbox, ging die Korrespondenz der vergangenen Woche durch, bis sie fündig wurde. Patrizia hatte ihnen den Bericht zu den Überfällen am vergangenen Montagabend geschickt. Kaum zu glauben, dass das erst eine Woche her war. So viel war seither passiert. Langsam und aufmerksam las sie den Bericht.

Nein, auf den ersten Blick gab es keine Gemeinsamkeiten. Die Opfer waren auf offener Straße niedergestochen worden, sie hatten alle überlebt. Beim ersten gab es außerdem einen Zeugen sowie einen Komplizen. Und dennoch, da war etwas. Eine Sache, vielleicht sogar zwei.

Nummer eins: die Steigerung der Gewaltintensität. Beim ersten Opfer stach der Täter erst zu, nachdem das Opfer Widerstand leistete. Das zweite stach er nieder, obwohl er die Wertsachen bereits hatte. Und beim dritten vergaß er fast, sie an sich zu nehmen. Seltsam.

Dann blieben ihre Augen an dem zweiten Detail hängen. Sie las laut: »Bei den Vorkommnissen in Salerno berichteten die Opfer, der Täter habe sich nach der Tat nicht sofort entfernt. Aus ungeklärten Gründen verharrte er noch einen Augenblick bei ihnen und sah sie an. Erst danach verließ er den Tatort.«

Gabriella ließ das Smartphone sinken. Auch bei ihren aktuellen Fällen hatte sich der Täter nach den Morden noch mit seinen Opfern beschäftigt, war bei ihnen geblieben, hatte sie umgedreht … aus ungeklärten Gründen.

Gabriella Molinari wusste, wie vage diese Gemeinsamkeiten waren. Dennoch wollte sie noch ein wenig weiterbohren. Sie sah sich um. Wo waren eigentlich die medizinischen Gutachten, die die Kollegen vom Raub ihr faxen wollten?

Sie ging zu dem Fach, in dem die in den letzten Tagen eingegangenen Schreiben lagen. Nichts. Wahrscheinlich hatten die das Gutachten nicht mehr geschickt, nachdem klar war, dass die Mordkommission wieder bis über beide Ohren in eigener Arbeit steckte. Gabriella nahm ihr Handy und hängte sich ihre Tasche um. Sie würde einfach kurz bei den Kollegen vorbeigehen.

Zehn Minuten später klopfte sie an eine Tür in der Questura. Am Schreibtisch saß ein junger Mann, den sie nicht kannte. Er stellte sich ihr als Luigi Olivero vor. Als sie ihn nach den Gutachten fragte, sah er sie erstaunt an.

»Die Gutachten? Aber die haben Sie doch. Ich habe sie selbst an Ihre Abteilung geschickt! Sind die etwa auch nicht angekommen?« Gabriella verneinte, und Luigi Olivero stöhnte demonstrativ.

»Tut mir leid, aber wir haben in letzter Zeit Probleme mit

unserem Faxgerät. Die Gutachten sind nicht die ersten, bei denen etwas schiefgegangen ist. Nur dass man den Unterschied beim Faxen nicht sieht. Man meint, das Dokument sei …«

»Nicht so schlimm«, unterbrach Gabriella seine Erklärungsflut. »Machen Sie mir doch einfach schnell Kopien.«

Luigi Olivero stutzte einen Augenblick, dann schüttelte er den Kopf. »Das geht nicht. Die Gutachten sind in Robertos Schrank, also … im Schrank vom Chef. Und der ist schon weg. Sein Büro ist abgeschlossen. Soll ich ihn anrufen?«

Gabriella Molinari seufzte innerlich. »Nein, schon gut. Ich komme einfach morgen früh nochmal vorbei.« Der junge Mann nickte erleichtert, und Gabriella verließ die Questura.

*

Es war schon spät, als Patrizia mit Cristina auf deren Skooter Richtung Torrione fuhr, wo sie am Morgen ihr Auto stehengelassen hatte. Doch als sie auf der Höhe der Straße ankamen, auf der sie hätten abbiegen müssen, fuhr Cristina rechts an den Straßenrand.

»Hey, warum fahren wir nicht zu dir? Was ist los?«, fragte Patrizia erstaunt.

»Absteigen, mia cara. Komm, wir setzen uns noch zehn Minuten runter an den Strand.« Patrizia zog die Augenbrauen hoch.

»Zu Befehl, Signora Commissaria!« Sie schwang ihre langen Beine vom Skooter. Dann gingen sie die Stufen zum Wasser hinunter. Es war schon seit einer Stunde dunkel, aber der Sand war noch immer warm. Unendlich leise kam der Anschlag der flachen Wellen in der völligen Windstille.

»Musst du nicht nach Hause zu Maurizio und den Mädels? Ich frage mich sowieso schon die ganze Zeit, wie du das alles machst.«

Cristina seufzte. »Wie ich das mache? Gar nicht. Deshalb habe ich heute Morgen meine Schwiegermutter angerufen. Sie ist am Nachmittag mit dem Zug aus Rom gekommen. Maurizio hat sie abgeholt.«

»Du hast was? Ich dachte, du bist froh, wenn sie mal nicht bei euch campiert.«

»Bin ich auch. Aber was soll ich denn machen? Maurizio arbeitet ja auch. Ich bin ihr sogar ziemlich dankbar, dass sie sofort alles stehen- und liegengelassen hat.«

»Hm. Klar, verstehe ich.«

»Trotzdem, bevor ich mich in die Höhle des Löwen begebe, brauche ich noch zehn Minuten Ruhe. Das Wasser hören, runterkommen und kurz festhalten, wo wir stehen. Danach kann ich die Wohnungstür aufmachen und zur Schwiegertochter mutieren.«

Patrizia lachte und ahmte ein Monster nach. »Huuhh, ich bin die unfähige Schwiegertochter. Weh dem, der mich geheiratet hat …«

Jetzt lachte auch Cristina. »Danke. Ich glaube, das war das erste Mal, dass ich heute gelacht habe.«

»Ich auch …«

Cristina sah zu ihrer Kollegin hin, die Sand durch ihre Finger rieseln ließ. Auf ihrer Stirn stand eine steile Falte. Schließlich sagte sie: »Verdammt, Patrizia … Was war unser Fehler? Wo sind wir falsch abgebogen? Ich meine, war es nicht richtig, den Mord an der Amedeo mit der schlechten Kritik im ›Corriere‹ in Verbindung zu bringen?«

Patrizia zuckte mit den Schultern. »Alles deutete darauf hin. Und erst recht, als dann noch dieses Madrigal auftauchte, mit dem die Salazar jetzt in aller Munde ist. Der große unbekannte Rächer und Förderer. Kandidaten für die Rolle hatten wir auch schon.«

»Ja, und jetzt das. Warum ausgerechnet dieser Mann? Vor ihm musste Eleonora Salazar nicht beschützt werden.«

»Genau. Wenn er wenigstens ihr Liebhaber gewesen wäre, könnten wir jetzt von einem eifersüchtigen Bewunderer sprechen, aber so …«

Cristina nickte langsam. Eine Weile betrachteten sie die schwarz glitzernde Fläche vor ihnen. Schließlich sagte Patrizia: »Wir müssen uns die Frage nach dem Motiv einfach nochmal ganz neu stellen.«

Cristina seufzte. »Schon. Aber wenn du mich fragst, steht Eleonora Salazar weiterhin im Mittelpunkt. Beide Opfer kannten sie. Daran führt kein Weg vorbei.«

»Ja. Außerdem sollten wir untersuchen, was die Opfer miteinander verbindet. Gab es Berührungspunkte zu Lebzeiten? Und dann die Morde selbst. Gibt es Ähnlichkeiten in der Vorgehensweise, die wir bisher übersehen haben? Nach welchen Kriterien sucht der Mörder seine Opfer aus? Ist es tatsächlich nur ihre Beziehung zur Salazar?«

Cristina schüttelte den Kopf. »So viele Fragen! Und dann ist da auch noch das neue Madrigal. Aber spielt es nach dem zweiten Mord überhaupt noch eine Rolle? Oder war das Ganze doch nichts als ein dummer zeitlicher Zufall?«

»Zufall …!« Patrizia spuckte das Wort aus wie ein Lakritzbonbon. »Das glaubst du doch selbst nicht!«

»Die Ergebnisse der Tintenanalyse werden für morgen erwartet. Dann haben wir endgültig Gewissheit.«

»Ja, aber auch nur darüber, dass das Stück erst kürzlich auf das Papier geschrieben wurde, und das wissen wir ohnehin schon. Ob es sich um ein altes oder neues Stück handelt, können wir damit immer noch nicht sagen.«

»Ein altes oder neues Stück?«, fragte Cristina. »Meinst du, das ist wirklich relevant?« Patrizia suchte mit den Händen nach einem flachen Strandkiesel. Sie fand ihn, holte aus und warf. Es platschte. Dann ging er kläglich unter.

»Ich weiß nicht. Was würde sich denn ändern, wenn es neu wäre?«

»Hm … Dann würden wir nicht mehr nach einem unbekannten Sammler alter Handschriften suchen.«

»Genau, aber nach wem dann? Wer könnte die Musik geschrieben haben? Ein unbekannter zeitgenössischer Komponist? Ein Hobbymusiker? Und wenn die Musik so gut ist, wie alle behaupten, warum ist das Stück dann bislang unbekannt?«

»Stimmt. Und warum schickt er der Salazar nur ein Madrigal, kündigt aber weitere für später an? Abgesehen davon … Was soll das heißen? Später wann?«

Patrizia dachte einen Augenblick nach. Dann fragte sie: »An welchem Tag ist eigentlich das nächste Madrigalkonzert? Es ist doch ein Zyklus, oder?«

»Am nächsten Sonntag.«

Patrizia griff sich einen Stein. »Dann wird Eleonora Salazar das neue Madrigal vor Sonntag erhalten.« Sie schleuderte den Kiesel. Er hüpfte dreimal auf der Wasseroberfläche, bevor er verschwand.

»Bingo!«, sagte Cristina. »Du hast recht. Bestimmt soll sie es auf dem nächsten Konzert vorstellen wie schon das erste. Aber wo wird er es hinterlegen?«

»Keine Ahnung. Jedenfalls müssen wir unauffällig jemanden vor dem Konservatorium platzieren. Ebenso vor ihrer Wohnung. Und Eleonora Salazar stellen wir unter Beobachtung. Heute Abend noch.«

»Und zwar sofort.« Cristina griff zu ihrem Smartphone.

Während ihre Kollegin wählte, kreisten Patrizias Gedanken um ein einziges Wort: Sonntag. Unwillkürlich zählte sie die Tage. Es waren fünf. Sie sah Cristina an, die noch immer in ihr Telefon sprach, und fühlte sich auf einmal sehr allein. Sie spürte den Sand nicht mehr unter ihren Händen. Es gab kein Meer mehr und keinen Juli. Nur noch die nächsten fünf Tage. Denn es ging nicht mehr darum, einfach nur den Mörder zu finden. Sie mussten ihn vor Sonntag finden. Sie wusste nicht warum. Aber sie wusste, dass es so war.

*

Er sah auf die Uhr. Kurz nach Mitternacht. Die Stunden flossen ineinander. Und mit ihnen auch die Tage. Vor hundertzweiundneunzig Stunden hatte er zum ersten Mal getötet. Vor weniger als vierundzwanzig Stunden ein zweites Mal.

Vorsichtig schnitt er den Kopf aus dem großformatigen Foto aus, legte ihn neben den ersten und betrachtete die beiden Gesichter mit den panischen Augen. Zwei Sterbende, und dennoch keine Opfer, denn er hatte ihr Leiden in Höheres verwandelt. In dem, was er durch ihren Tod geschaffen hatte, lebten sie weiter.

War das so schlecht? Tausende starben jeden Tag für weniger.

Wenn er die Augen schloss, konnte er sie noch spüren, ihre heißen Körper im Todeskampf, das warme Blut an seinen Händen. Was war er in diesen Augenblicken? Nicht der, der jetzt hier saß. Der dachte und plante und vorsichtig, ganz vorsichtig, leere Blätter mit Zeichen füllte.

Gestern Nacht war er selbst ein solches Blatt gewesen, genauso leer, genauso empfänglich. Kein Ich, kein Gestern, kein Morgen. Nur Körper und Adrenalin. Fast schon Ekstase, wenn das Blut in den Adern vibrierte.

Er war gewesen, was man wurde, wenn man Unaussprechliches tat. Frei von allem. Ein leeres Gefäß, jede Faser angespannt, die Sinne überscharf. Bereit, die Musik in sich fließen zu lassen.

Wie oft hatte er früher über ein paar Takten gebrütet. Tage und Wochen. Hatte versucht, sein Wissen einzubringen, es richtig zu machen.

Aber was voll war, konnte nichts mehr aufnehmen. Die Musik wollte nicht kommen. Sie ließ sich nicht gerne nach Regeln konstruieren.

Loslassen musste man. Aus sich heraustreten. Auch aus der Gesellschaft. Dann sprach die Musik von selbst. War es das, was Gesualdo ihm vorgemacht hatte? Ein Leben am Rand des Abgrunds? Vielleicht. Doch gesprungen war der Prinz nur einmal. Reichte es aus?

Nein. Nicht für ihn. Er konnte nicht zehren von dem, was vorüber war. Eine Woche war nicht viel, aber der Rausch ließ sich nicht über die Tat hinausretten. Schon Stunden später war man wieder ein Mensch mit Gedanken, mit Terminen. Man plante, man aß, man sprach. Ein Gefäß, voll bis zum Anschlag.

Er erinnerte sich noch an den Augenblick, als er die Zeichen zum ersten Mal gesehen hatte. Rot und pulsierend auf Alessandra Amedeos Körper. Lebendige Noten, wie eine offene Tür. Er war eingetreten und den Weg zu Ende gegangen, den die Musik ihm vorgegeben hatte.

Und in dem Moment hatte er gespürt, dass sie zu ihm gekommen war. Die Musik. Er musste nicht mehr suchen. Sie selbst hatte sich ihm angeboten und ihn verführt.

Das war es, was er brauchte. Die Tür ... Ihre Tür, die sie ihm öffnete.

Kapitel 8

MITTWOCH, 4. JULI 2012

Patrizia war in der Nacht kaum zur Ruhe gekommen. Um fünf Uhr hatte sie es aufgegeben, war aufgestanden, hatte geduscht, einen Tee getrunken und war losgefahren. Als Einzige aus ihrem Team hatte sie um sechs die Questura betreten. Doch das tatenlose Herumsitzen in ihrem schon um diese Uhrzeit schwülen Büro hatte ihre innere Unruhe nur noch gesteigert. Schließlich hatte sie die Questura wieder verlassen und war die fünfzig Meter bis zu ihrer Bank auf dem Lungomare gegangen.

Hier, in der leichten Brise, war die Morgensonne noch angenehm, und der Anblick der blauen Weite vor ihr, das Zwitschern der Vögel in den Palmen und die eleganten Gleitflüge der Möwen über dem spiegelnden Wasser ließen sie zum ersten Mal seit Stunden durchatmen. Die Strandpromenade war menschenleer, und sie genoss die frühmorgendliche Ruhe. Seltsam, dass ihr hier auf dieser Bank das gelang, was sie zu Hause in der dunklen Stille ihres Schlafzimmers vergeblich gesucht hatte: Entspannung.

Sie musste eine Viertelstunde so gesessen haben, als sie dicht hinter sich Schritte hörte. Sie drehte sich um.

»Simona? Was machst du denn hier in aller Herrgottsfrühe?«

Die Polizeipsychologin lachte. »Das Gleiche könnte ich dich fragen, aber ich fürchte, ich kenne die Antwort auch so.« Sie setzte sich neben Patrizia, holte ein Haargummi aus der Hosentasche und band sich die langen blonden Haare zu einem

Pferdeschwanz zusammen. Patrizia sah ihr zu. Schließlich fragte sie: »Dass du hierhergekommen bist, ist wohl kaum ein Zufall.«

»Nein. An der Pforte sagte man mir, du wärst schon da, hättest das Gebäude aber wieder verlassen. Da wusste ich, wo ich dich suchen muss.«

»Was wolltest du mir denn sagen? Geht es um dein Gespräch mit dem kleinen Jacopo?«

»Ja. Ich werde gleich nochmal bei ihm und seiner Mutter vorbeischauen. Sowohl er als auch Emilia La Rocca stehen völlig unter Schock. Allerdings wollte ich dir vorher mitteilen, was mir der Junge gestern gesagt hat.«

»Ich bin ganz Ohr. Hat er dir irgendwelche Hinweise auf einen Besuch geben können? Ich meine, während er dort war oder auch hinterher?«

Simona schüttelte den Kopf. »Leider nein. Er sagt, er wäre mit seinem Opa allein gewesen. Ob sein Großvater am Abend noch Besuch erwartete, konnte er nicht sagen, und von Emilia La Rocca wissen wir, dass sie am Abend noch mit ihrem Vater telefoniert hat. Wenn er einen Termin gehabt hätte, hätte er den höchstwahrscheinlich ihr gegenüber erwähnt.«

»Das bedeutet dann wohl, dass es tatsächlich keinen gab. Was hat Jacopo sonst noch erzählt?«

»Er sagte, dass sein Großvater ihn zum Mittagsschlaf in sein Bett gelegt hat. Außerdem hat er ihm zum Einschlafen etwas vorgespielt. Beethovens ›Die Wut über den verlorenen Groschen‹. Das macht er wohl immer.«

»So klein und kennt schon Beethoven-Stücke beim Namen. Beeindruckend.«

»Wieso? Sein Großvater war schließlich Musikprofessor. Aber warte mal. Ich überlege gerade, was Jacopo sonst noch gesagt hat. Es war nicht viel, denn er hat gestern Nachmittag wohl überwiegend geschlafen. Allerdings meinte er, er wäre zwischendurch mal aufgewacht, und da hätte sein Großvater etwas Neues gespielt, was er noch nicht kannte. Es wäre immer das Gleiche gewesen und hätte sich komisch angehört.«

»Wahrscheinlich hat er etwas eingeübt ...«

»Davon gehe ich auch aus. Nach dem Mittagsschlaf haben die beiden dann miteinander gespielt, bis seine Mutter ihn wieder abgeholt hat. Von Emilia La Rocca wissen wir, dass das gegen fünf Uhr war. Und mehr habe ich leider nicht zu berichten.«

»Verdammt! Eine ziemlich magere Ausbeute.« Patrizia sah Simona von der Seite an. »Nichts für ungut. Ist ja nicht deine Schuld. Diesen Fall hat einfach der Teufel gesehen.«

Simona legte ihr die Hand auf die Schulter. »Du siehst übernächtigt aus. Ich glaube wirklich, du solltest die Arbeit nicht so nah an dich rankommen lassen oder zumindest einen Ausgleich finden. Wie wär's mit Tai-Chi? Mir hilft das sehr.«

»Tai-Chi? Meinst du das im Ernst?«

»Was sonst? Denk einfach mal darüber nach.«

Patrizia nickte schwach. Dann sah sie auf die Uhr, streckte ihren Rücken und stand auf.

»Ich muss los. Danke für den seelischen Beistand. Du wirst mir doch hoffentlich nichts für den Ratschlag berechnen?«

Simona grinste. »Aber natürlich. Jedes einzelne Wort. Und glaub mir, mein guter Rat ist teuer.«

Jetzt lachte auch Patrizia.

*

Die Frühbesprechung war vorbei. Sie war kürzer gewesen als erwartet, was daran lag, dass weder Bob Kingfisher noch Gabriella Molinari an ihr teilgenommen hatten. Bob hatte sich entschuldigen lassen. Er war noch einmal zum Castello di Arechi gefahren, um ein paar letzte Dinge zu klären. Wo Gabriella steckte, wusste niemand. Enrico hatte auf die Frage nach dem Verbleib seiner Kollegin nur ratlos den Kopf geschüttelt. Er war vor der Sitzung schon kurz in der Rechtsmedizin gewesen, hatte sie aber nicht angetroffen. Auf dem Handy war sie nicht zu erreichen. Daher hatten Patrizia und Cristina nach der Sitzung beschlossen, sich aufzuteilen. Cristina sollte versuchen, Gabriella zu erreichen, während Patrizia zu Bob auf die Burg fuhr, um sich auf den neuesten Stand bringen zu lassen.

Gegen elf stand sie vor dem Eingangsportal des Castellos. Es war verschlossen. Sie hämmerte mit der Faust an das Tor.

»Bob?!«

Nichts. Patrizia wollte gerade ihr Handy aus der Tasche ziehen, als sie einen Schlüssel hörte.

»Ciao! Da bist du ja. Wir haben deine Nachricht bekommen, und ich dachte, ich komm gleich mal bei dir vorbei. Gibt's denn noch was Neues?«

»Allerdings. Komm mal mit.«

Gemeinsam fuhren sie mit dem Fahrstuhl in den oberen Bereich, überquerten den Vorplatz und gingen durch den langen düsteren Gang in den Innenhof. Bob zeigte auf die Scheinwerfer auf der Rückseite der Bühne.

»Fällt dir was auf?«

Patrizia betrachte die Lichtinstallationen. »Ich weiß nicht. Wenn überhaupt, dass alle mehr oder weniger auf die Stühle und Notenständer auf der Bühne ausgerichtet sind, wo das Streichquartett am Montag vor einer Woche gespielt hat. Das heißt … alle, bis auf einen … der zeigt auf einen Punkt in der Nähe des Flügels.«

Bob nickte. »Und jetzt mach dich auf was gefasst.« Er ließ sie stehen und ging zu einem Kasten an der Wand des Innenhofes, wo Patrizia die Schalter vermutete.

»Licht aus, Spot an!«

Trotz des starken Mittagslichts war der Spot im leichten Schatten des Burghofs gut zu sehen.

»Ich fass es nicht«, zischte Patrizia. »Der eine Scheinwerfer ist genau auf die Stelle gerichtet, an der Alessandra Amedeo lag.« Sie trat näher. Auf den Planken der Holzbühne, wenige Meter neben dem Flügel, fiel der starke Lichtstrahl direkt auf den dunklen Fleck getrockneten Blutes. Bob war neben sie getreten.

»Ich hatte es erst selbst nicht bemerkt. Aber gestern in der Wohnung des Professors fiel mir auf, dass die Stehlampe nicht neben dem Sessel stand, wo sie hingehört, sondern davor. Offenbar, um die Stelle mit den Einstichlöchern optimal auszuleuchten.«

Patrizia schüttelte den Kopf. »Wenn wir nur wüssten, worin für den Mörder die Faszination dieser Einstiche besteht. Warum zum Teufel sind sie ihm so wichtig, dass er sogar einen Scheinwerfer neu ausrichtet? Man könnte fast meinen, sie wären das eigentliche Herzstück seiner Tat. Wichtiger als die Opfer.«

Bob zuckte mit den Schultern. »Bei der Auslegung dieser Fakten kann ich dir leider nicht helfen. Aber ich habe noch ein paar andere interessante Informationen für euch. Komm, wir gehen in den Vorhof. Es ist bald Zeit für meinen Lunch.«

Sie gingen durch den düsteren Gang hinaus auf den Vorplatz und ließen sich auf der Mauer nieder. Die Mittagssonne war stark, aber nach der deprimierenden Atmosphäre des Innenhofes tat es gut.

»Können wir das Castello wie geplant ab heute wieder freigeben?«, fragte Patrizia.

»Wir sind endgültig fertig … kein Problem.« Bob zog eine Thermosflasche und zwei Becher aus einer Tasche und reichte

Patrizia einen davon. Dann goss er eine helle Flüssigkeit ein. Patrizia nippte an ihrem Getränk.

»Che diavolo, Bob, das ist Weißwein!«

»Weißweinschorle …«

»Das ist Alkohol im Dienst …«

»Für dich vielleicht. Für mich hat gerade meine wohlverdiente Mittagspause begonnen, in der ich mich zufällig mit einer Kollegin unterhalte. Halb Salerno sitzt eben jetzt da unten bei Bier, Weißwein und Panini. Mir ist das nicht vergönnt. Und da willst du mir einen Schluck aus der Thermoskanne versagen?«

Patrizia schüttelte in gespielter Empörung den Kopf. »Du bist einfach unverbesserlich.«

»Das hat Perfektion so an sich. Aber jetzt lass mich mal sehen, was ich noch für dich habe.« Er strich sich ein paar Mal über seine Glatze.

»Also, da wir von ein und demselben Täter ausgehen, habe ich mich gestern darauf konzentriert, mögliche Gemeinsamkeiten der beiden Morde festzustellen, und bin dabei mehr als fündig geworden.«

Patrizia sah ihn erwartungsvoll an.

»Da wären zunächst einmal die Tasten von La Roccas Klavier. Sie wurden mit demselben Desinfektionsmittel gereinigt wie die hier oben auf der Burg.«

»Das überrascht mich nicht. Wie wir von Lydia und Antonia wissen, wurde zur ungefähren Tatzeit auch bei La Rocca noch Klavier gespielt. Was ist mit dem Metronom?«

»Dasselbe. Wieder mit einem weichen Mikrofasertuch poliert. Diese Dinger liegen unserem Klavierspieler offenbar persönlich am Herzen. Außerdem stand es wie beim ersten Mal nicht an seinem Platz, sondern am Fenster, nach außen gewandt. Ach ja, und dann noch eine Kleinigkeit, die dich interessieren könnte. Beide Metronome waren auf 76 bpm eingestellt.«

»76 was? Willst du mich auf den Arm nehmen?«

»Good Lord! Das würde ich nie wagen. Wer weiß, welchen Bruch man sich dabei hebt.«

»Also jetzt mal im Ernst. Ich spiele Klavier, aber ein Metronom hatte ich nie. Was bedeutet die Zahl und dieses bpm?«

»Bpm steht für beats per minute. Das ist die Frequenz des Zeigers. 76 bpm wären also 76 Schläge pro Minute. Wenn du das auf die Tempoangaben von Musikstücken beziehst, ist das Andante.«

Patrizia schüttelte resigniert den Kopf. »Das wird uns kaum weiterhelfen. Wir wissen ja nicht mal, ob die Geräte vom Mörder so eingestellt wurden. Vielleich standen sie vorher schon auf dieser Frequenz. Und das nachzuprüfen ist praktisch unmöglich! Mist ...«

Patrizia nahm einen kleinen Kiesel und warf ihn mit Schwung von der Mauer. Er landete weit unter ihnen in einem wilden Rosmarinstrauch.

»Nun«, meinte Bob. »Mit den Gemeinsamkeiten komme ich also nicht weiter. Dann versuchen wir es mit den Unterschieden. Erinnerst du dich an das Ticken in La Roccas Wohnung?« Patrizia sah ihn einen Augenblick verblüfft an. »Das Ticken? Ehrlich gesagt nein. War da eins?«

»Eben nicht. Und zwar deshalb, weil das Metronom gar nicht ticken konnte. Es war nämlich kaputt. Eines der Rädchen war blockiert.«

»Du meinst, es konnte von Anfang an nicht arbeiten?«

Bob zuckte mit den Schultern. »Möglich. Kann aber auch sein, dass es erst noch gelaufen ist und dann irgendwann in der Nacht stehenblieb.« Patrizia nickte schwach und suchte dabei nach dem nächsten Stein.

Bob lachte. »Diesen Weltuntergangsblick kenne ich. Aber du solltest langsam wissen, dass ich mir das Beste gerne bis zum Schluss aufhebe.« Patrizia sah ihn fragend an.

»Ich habe nämlich La Roccas Schlüssel untersucht. Der, den er offenbar hauptsächlich benutzt hat, weist nur seine Fingerabdrücke auf und wurde nicht abgewischt. Dafür gibt es auf dem Ersatzschlüssel am Brett neben der Wohnungstür Rückstände des Reinigungsmittels, das für die Tasten verwendet wurde.«

Patrizias Blick hellte sich auf. »So ... dann hat der Täter also diesmal den Ersatzschlüssel verwendet. Allerdings hat er ihn nicht nachgemacht, sondern ebendiesen Schlüssel benutzt. Deshalb musste er ihn hinterher reinigen.«

Sie betrachtete einige Sekunden die Stadt unter sich, dann führte sie ihren Gedankengang fort: »Die unterschiedliche Vorgehensweise kann nur eines bedeuten. Da es sich in La Roccas Fall um einen Ersatzschlüssel handelte, ging der Täter davon aus, dass sein Fehlen nicht sofort bemerkt würde. Er hat den Schlüssel – bei welcher Gelegenheit auch immer – an sich genommen, in der Tatnacht benutzt und ihn nach der Tat wieder ans Brett gehängt. Beim Burgschlüssel dagegen machte er sich eine Kopie, weil Angelo Nardi nach der Veranstaltung abschließen musste und das Fehlen des Schlüssels bemerkt hätte.« Sie atmete einmal tief durch. »Bleibt nur eine Frage. Wie kam der Täter an La Roccas Schlüsselbrett? Ist er ein Bekannter? Ein Freund? Um sich einen Schlüssel vom Brett zu nehmen, muss man in die Wohnung eintreten und darf nicht ständig unter Aufsicht sein. Das spricht dafür, dass es jemand war, den La Rocca kannte.«

»Sieht so aus«, meinte Bob. »Weiß man etwas über Besuche oder Verabredungen?« Patrizia schüttelte den Kopf. »Weder seine Tochter noch sein Enkel wusste von einem Besuch. An-

tonia und Lydia haben sich außerdem seinen Kalender angesehen. In den ganzen letzten Tagen nichts außer ›Jacopo um
7 Uhr‹, ›Jacopo um 13.30 Uhr‹ und so weiter. In zwei Wochen
sollte außerdem der Klavierstimmer kommen.«

»Hm, das hat sich dann ja wohl erledigt. Und sonst? Was ist
mit der Auswertung der Telefonkontakte?«

»Immer dieselben Nummern. Seine Tochter, Eleonora Salazar und ein paar wenige andere Bekannte. Bisher keine Hinweise darauf, dass es irgendeine persönliche Verbindung zwischen der Amedeo und La Rocca gibt, obwohl wir da noch
dran sind. Interessant ist allerdings eine Nummer, von der er
am frühen Montagnachmittag angerufen wurde. Sie lässt sich
nämlich nicht zuordnen.«

»Ein Prepaid-Handy mit einer nicht ordnungsgemäß regis-
trierten SIM-Karte? Habt ihr versucht, es zu orten?«

Patrizia nickte. »Als La Rocca angerufen wurde, befand es
sich bereits in derselben Funkzelle wie seine Wohnung. Aber
seit dem Anruf war es nirgendwo mehr eingeloggt.«

»Hm. Das heißt, wir haben einen mysteriösen Anruf, aber
keinen Beweis für einen darauffolgenden Besuch?«

»So sieht's aus.«

Sie sahen auf den Golf. Erst jetzt bemerkte Patrizia, dass
sie schwitzte. Das Mittagslicht war weiß und hart. Der grüne Berghang wirkte beinahe farblos, und die gleißende Fläche
des Meeres ließ sie blinzeln. Sie zog ihre Sonnenbrille aus der
Blusentasche und setzte sie auf. Dann fiel ihr plötzlich Eleonora Salazar ein.

»Bob, was ist eigentlich mit dem Päckchen, das gestern in La
Roccas Wohnung abgegeben wurde? Gibt es Fingerabdrücke?«

»Ja, von drei Personen. Die meisten sind ziemlich verwischt.
Vielleicht, weil das Päckchen in einer vollen Tasche transportiert wurde. Keine Ahnung. Von zwei Personen gab es aber

genug, um einen Abgleich zu machen. Wie erwartet hatte die Salazar das Ding in der Hand. Außerdem Lorenzo Tucci. Von der dritten Person gibt es keine brauchbaren Abdrücke. Das Buch im Päckchen wurde nur von zwei Personen angefasst, nämlich von Eleonora Salazar und La Rocca. Kein Wunder, er hatte ihr das Buch ja auch geliehen. Es steht sein Name drin.«

»Bene. Ich werde nochmal zu ihr gehen. Mal sehen, was sie dazu sagt. Gestern sind wir nicht dazu gekommen. Ist ihr Büro denn schon wieder freigegeben?«

»Ja, seit gestern Abend. Wenn du mich fragst, völlig unauffällig. Wir haben ja Vergleichsabdrücke von ihr, La Rocca, Francesco Gasparotti, Lorenzo Tucci und der Putzfrau, also allen, die regelmäßig in ihrem Büro sind. Und tatsächlich decken die das größte Spektrum von Abdrücken ab. Wichtig ist, dass auf der Vase nur die von ihr und der Putzfrau waren. Sie ist diejenige, die das Wasser ausgewechselt hat. Was die noch unbekannten Abdrücke im Büro angeht, werden die sicher anderen Studenten gehören, aber davon gibt es am Institut über tausend. Das kann dauern. Außerdem glaube ich sowieso nicht, dass wir unter ihnen die Abdrücke des Mörders finden. Wenn er die Vase mit Handschuhen angefasst hat, wird er das auch mit allem anderen im Büro getan haben.«

»Da hast du recht. Dieser Typ scheint keine Fehler zu machen.«

»Ein ebenbürtiger Gegner!«

»Das kannst du wohl laut sagen. Und die einzigen Sachen, die er uns hinterlässt, und zwar aus freiem Willen, können wir nicht deuten, wie das Klavierspiel, seine Fixierung auf die Einstiche oder das Metronom … Andante wohlgemerkt.«

»Vergiss nicht die Steinreihen.«

»Zu denen es aber in La Roccas Wohnung kein Äquivalent gibt …« Sie sah Bob an, der schwieg.

»Bob? Es gibt doch keins, oder?«

Bob sah aufs Meer und trommelte sich mit den Fingern auf die Glatze. Patrizia wartete, doch ihre Anspannung stieg. Schließlich versuchte sie es noch einmal.

»Gibt es etwa …?«

Der Kriminaltechniker drehte sich zu ihr um. »Nein. Das heißt, ich bin mir nicht sicher. Steinreihen gab es keine. Allerdings etwas anderes. Ach was, wahrscheinlich ist es gar nichts. Trotzdem, wenn wir uns sicher sein wollen … Könnt ihr den Jungen nochmal fragen, was er am Montagnachmittag mit seinem Großvater gespielt hat und ob hinterher aufgeräumt wurde?«

Patrizia sah ihn verdutzt an. »Meinst du etwa das Spielzeug im Gang zwischen dem Schlafzimmer und dem Wohnzimmer? O Dio …«

Sie sah auf die Stadt hinunter. La Roccas Haus konnte sie nicht erkennen, dafür den Gebäudekomplex des Konservatoriums.

Spielzeug, dachte sie. Wie treffend. Denn das ist genau die Frage: Welches Spiel wird hier mit uns gespielt?

*

Als Patrizia eine knappe Stunde später in der Questura auf ihr Büro zulief, traf sie auf Cristina.

»Ciao, Patrizia, ich wollte gerade in die Mittagspause, kommst du auch?«

»Mittagspause? Ich weiß nicht, ich hatte schon so was Ähnliches. Hast du Gabriella gefunden?«

»Nein. Keine Ahnung, wo sie steckt, aber sie …«

»Sucht ihr etwa mich?« Patrizia und Cristina sahen sich um. Tatsächlich bog in diesem Augenblick die Rechtsmedizinerin um die Ecke.

»Kommt. Ich muss euch dringend sprechen. Jetzt sofort im Sitzungszimmer.«

Ohne anzuhalten, ging sie an ihnen vorbei Richtung Konferenzraum. Patrizia warf Cristina einen fragenden Blick zu, doch die hob nur die Schultern und schüttelte den Kopf.

Als sie den Raum betraten, pinnte Gabriella gerade mehrere Fotos an das Whiteboard.

Patrizia und Cristina traten näher. Die Bilder zeigten Großaufnahmen von drei Stichwunden.

»Drei einzelne Wunden unserer Opfer«, meinte Cristina. »Eine davon ist ausgefranst. Das Messer wurde in der Wunde gedreht. Gabriella, ich verstehe nicht, das kennen wir doch schon.«

»Tatsächlich? Wie wär's, wenn ihr nochmal genauer hinsehen würdet?«

Patrizia und Cristina beugten sich über die Bilder. Einige Sekunden vergingen. Dann rief Patrizia: »Santa Madonna, die Körperbehaarung! Es sind drei verschiedene Männer! Und dann die Hautfarbe. Keine Toten, oder?« Sie wandte sich an die Rechtsmedizinerin. »Wer zum Teufel ist das?«

»Das sind Luca Pavone, Nicola Ruggiero und Michele Landi, die drei Männer, die vor ein paar Wochen in Neapel und hier in Salerno niedergestochen wurden.«

»Die Opfer der Raubüberfälle?«, fragte Cristina erstaunt und betrachtete noch einmal konzentriert die drei Bilder.

»Genau die.«

»Was willst du uns damit sagen?«, fragte Patrizia.

»Das, was Cristina vorhin schon durch bloßes Hinsehen festgestellt hat. Bei einem wurde das Messer in der Wunde gedreht.«

Patrizia zuckte mit den Schultern. »Wie bei unseren Mordopfern. Aber das kann Zufall sein.«

»Das hatte ich auch gehofft, aber dann habe ich die Berichte der Kollegen gelesen, die die Männer behandelt haben.« Sie hielt eine blaue Mappe hoch. »Alles spricht dafür, dass die Tatwaffe mit derjenigen unserer aktuellen Mordfälle übereinstimmt. Die Messerbreite und vor allem die leichten Rostspuren. Die endgültige vergleichende Analyse steht allerdings noch aus.«

Patrizia sah die Rechtsmedizinerin ungläubig an. »Was sagst du da? Die gleiche Tatwaffe? Entschuldige, dass ich das frage, aber warum ist dir das erst jetzt aufgefallen? Hat dir Roberto die Berichte nicht schon vor über einer Woche geschickt?« Patrizias Stimme klang gereizt, aber Gabriella blieb ruhig.

»Ganz theoretisch hätten wir sie tatsächlich schon letzte Woche haben müssen, aber das Faxgerät in Robertos Abteilung spinnt ab und zu. Die Seiten gehen manchmal nicht durch, ohne dass man es merkt. Wenn ich nicht gestern Abend von alleine Verdacht geschöpft hätte, wüssten wir jetzt noch nichts von der Verbindung.«

Patrizia lehnte sich gegen den Tisch und schüttelte den Kopf.

»Die gleiche Tatwaffe! Ich fass es nicht. Trotzdem. Das macht keinen Sinn. Es waren Raubüberfälle. Soweit ich mich erinnere, wurde bei allen nur einmal zugestochen, und die Opfer leben. Warum sollte dieser Täter unser Serienmörder sein?«

»Diese Frage kann ich euch leider auch nicht beantworten. Aber wie auch immer, die Tatwaffe verbindet die fünf Taten ohne jeden Zweifel, ob das nun in unser Konzept passt oder nicht.«

»Konzept, Konzept«, fauchte Patrizia. »Ich wünschte, wir hätten eins. Klar, die gleiche Tatwaffe. Wenn du das sagst … Aber wie lassen sich die Raubüberfälle an Zufallsopfern mit zwei Morden verbinden, bei denen die Opfer ganz offenbar nicht mehr nach dem Zufallsprinzip ausgesucht wurden? Beide gehören in den Umkreis von Eleonora Salazar. Dazu alles, was der Mörder uns hinterlässt, die Einstichspuren, die Metronome, er spielt Klavier. Ich finde da einfach keinen gemeinsamen Nenner!«

»Noch nicht«, meinte Gabriella. »Wir finden *noch* keinen gemeinsamen Nenner. Und im Augenblick bedeutet ein Mehr an Fakten tatsächlich eher ein Mehr an Verwirrung. Aber ihr werdet sehen, je mehr Puzzleteilchen wir anhäufen, desto klarer wird das Bild irgendwann werden. Vertrau einfach dem Prozess, Patrizia!«

*

Eine Stunde später saßen Patrizia und Cristina in Eleonora Salazars Büro und hingen ihren düsteren Gedanken nach. Die Musikerin war noch in der Mittagspause, wurde aber jeden Moment zurückerwartet.

Vor allem Patrizia hatte sich noch nicht von ihrem Treffen mit Gabriella erholt. Es war schlimm genug, dass ihnen nach dem Mord an Umberto La Rocca ihr ursprüngliches Motiv abhandengekommen war und sie nicht in der Lage waren, die rätselhafte Bildsprache des Mörders zu deuten, vom Zusammenhang der Morde mit dem mysteriösen Madrigal ganz zu schweigen. Dass ihr Täter jetzt auch noch für die jüngsten Raubüberfälle verantwortlich sein sollte, ließ Patrizias Gedanken Karussell fahren. Was zum Teufel waren diese Überfälle für ihn? Eine Art Übung? Hatte er sich warm gelaufen vor dem eigentlichen Rennen?

»Sind Sie hier, um mir zu kondolieren, oder wieder nur, um mich und mein sogenanntes Umfeld zu verdächtigen?«

Die Stimme gehörte Eleonora Salazar. Sie klang müde. Trotzdem hatte sie ihre Angriffslust nicht völlig eingebüßt.

»Beides«, meinte Cristina gelassen. »Unser aufrichtiges Beileid zum Tod Ihres Kollegen. Und ja, wir glauben immer noch, dass Sie uns bei unseren Ermittlungen weiterhelfen können.«

»Das ist mir nicht entgangen. Polizei vor meinem Haus und hier im Konservatorium. Ich selber stehe unter Beobachtung. Aber natürlich. Ihre Kollegen haben mir ja alles erklärt. Sie meinen, dass mir der Täter demnächst ein neues Madrigal zukommen lassen wird.« Sie lachte bitter. »Das Ganze wird immer mehr zum Albtraum.«

»Das tut uns leid«, meinte Cristina aufrichtig. »Aber jetzt müssen wir Ihnen ein paar Fragen stellen. Gestern Morgen wurde nämlich in Professor La Roccas Haus ein Päckchen abgelegt, noch während die Kriminaltechnik dort tätig war. Leider wissen wir nicht, von wem. Es enthielt ein Buch, das Ihr Kollege Ihnen möglicherweise geliehen hatte. Auf dem Umschlag stand ›Mit Dank zurück. Eleonora‹. Sagt Ihnen das etwas? Haben Sie vielleicht selbst das Buch gestern Morgen zurückgebracht?«

Eleonora Salazar zog erstaunt die Augenbrauen hoch. »Sie meinen dieses Kompendium zur Renaissance-Musik? Ja, das hatte Umberto mir geliehen. Ich hatte es viel zu lange und wollte es endlich zurückgeben. Aber Umberto ist nicht wie ich. Wenn seine Kurse enden, genießt er die freie Zeit und ist praktisch nicht mehr hier. Das nächste Treffen unserer Projektgruppe wäre auch erst Ende August gewesen. Allerdings habe ich das Buch nicht selbst zu ihm gebracht. Ich hatte Lorenzo Tucci gebeten. Er wohnt bei Umberto in der Nähe. Das war vorgestern. Sie müssen also mit ihm sprechen.«

Patrizia nickte. So etwas Ähnliches hatte sie sich fast gedacht. »Das werden wir. Und gleich noch eine konkrete Frage. Sagen Ihnen diese Namen etwas? Michele Landi, Nicola Ruggiero, Luca Pavone?«

»Nein, da muss ich gar nicht nachdenken. Wer soll das sein?«

Patrizia sah Cristina an. *Kein Bezug der Überfallopfer zu Eleonora Salazar. Genau wie wir befürchtet hatten!*

Cristina nickte wissend. »Professoressa, wir haben mittlerweile auch die Ergebnisse der Tintenanalyse Ihres Musikstücks. Es handelt sich um moderne Tinte. Das Labor geht übrigens davon aus, dass das Madrigal und die Kanon-Stimme erst vor Kurzem auf das alte Papier geschrieben wurden.«

Eleonora Salazar zuckte kurz mit den Schultern. »Was aber nicht heißen muss, dass die Stücke selbst nicht alt sind.«

»Das ist richtig«, sagte Cristina. »Aber lassen Sie uns doch mal den entgegengesetzten Fall in Betracht ziehen. Was, wenn das Madrigal und der Kanon tatsächlich neue Kompositionen wären?«

»Sie meinen, jemand komponiert Stücke im alten Stil und verwendet für ihren Inhalt biografische Details aus dem Leben eines Renaissance-Komponisten? Ich weiß nicht ... Andererseits, warum nicht?«

»Ja, warum nicht? Zumal Ihr Kollege meinte, dass das Madrigal auch Eigenschaften aufweist, die gar nicht zu Gesualdos anderen Kompositionen passen. Bitte werden Sie konkret. Was sind das für Elemente?«

Die Musikerin zögerte einen Augenblick, dann zuckte sie mit den Schultern. »Also gut. Obwohl man Gesualdo immer wieder musikalische Exzentrik nachsagt, ist seine Stimmführung eigentlich eher klassisch. Na ja, abgesehen von gelegentlichen melodischen Eigenheiten eben. Auch seine extreme Chromatik betrifft nur einen kleinen Teil eines jeden Stücks, niemals das ganze. Und genau das ist der Punkt. Im neuen Madrigal werden all diese Elemente auf die Spitze getrieben. Dazu kommt dann noch die ungewöhnliche Eröffnung mit einer Reihe von besonders atonalen Akkorden.« Sie seufzte. »Das waren die Dinge, die Umberto gestört haben. Er sah darin Bezüge zu modernen Kompositionen. Und natürlich hatte er in gewisser Weise recht. Man könnte diese Elemente durchaus so deuten.«

»Gilt das auch für den Kanon?«

Eleonora Salazar nickte. »Ja. Zumal der strenge Kanon als Form bei Gesualdo ohnehin ungewöhnlich ist. Soweit wir wissen, hat er nur zwei geschrieben. Einen für zwei, einen anderen für drei Stimmen.«

Patrizia horchte auf. »Der neue Kanon soll vier Stimmen haben. Das würde dann ja wieder passen. Eine Art Steigerung.«

»Das stimmt«, meinte Eleonora Salazar. »Andererseits bleibt die Frage, welchen Symbolwert die Stimmen hier haben könnten.«

»Symbolwert?«

»Ja. Im zweistimmigen Kanon bittet Gesualdo Gott um seinen Frieden, denn nur er ist in der Lage, ihn zu gewähren. Die Zwei bezieht sich also auf Gott und Gesualdo, den Bittsteller. Der zweite Kanon handelt von Marias Fahrt in den Himmel, wo sie mit Gott und Christus vereint wird. Daher die drei Stimmen.«

»Aha«, sagte Patrizia. »Aber müssen die vier Stimmen des neuen Kanons denn unbedingt einen Symbolwert haben? Selbst wenn er von Gesualdo oder einem anderen zeitgenössischen Komponisten sein sollte? Und wenn es eine moderne Komposition ist, stellt sich diese Frage erst recht.«

»Hm. Ich gebe zu, da bin ich überfragt. Aber wenn das Stück tatsächlich von einem modernen Komponisten stammt, hat er sich in Gesualdos Werk und Stil intensiv eingearbeitet. Er kennt ihn in- und auswendig. Warum sollte er da nicht auch den Hang zur Symbolik übernehmen? Spricht dafür nicht schon der Text des Kanons? ›Vier Mal sündige ich, vier Stimmen bitten: Vergib!‹«

Patrizia nickte nachdenklich: Eleonora Salazar hatte recht, und sie drohten einmal mehr in der Vielzahl mehrdeutiger Fakten zu ersticken. Dann rief sie sich ins Gedächtnis, was Gabriella ihr gesagt hatte: Vertrau einfach dem Prozess, Patrizia.

Plötzlich hatte sie eine Idee. »Professoressa, komponiert Ihr Mann eigentlich?«

Die Sängerin sah sie einen Augenblick verständnislos an. Dann lachte sie laut auf. Die alte Eleonora Salazar war zurückgekehrt.

»Saverio als Komponist dieser Stücke? Und dann wohl auch noch als Mörder? Ich bitte Sie! Dafür fehlt es ihm an allem!«

»Und das wäre?«

»Negative Kraft, innere Unruhe. All das, was uns tätig und kreativ werden lässt. Er …« Ihr Handy vibrierte kurz.

»Einen Augenblick bitte …« Sie griff nach dem Smartphone und rief die Nachricht auf, zögerte.

»Etwas, was uns interessieren sollte?«, fragte Cristina.

Eleonora Salazar lachte. »Nein, o Dio. Nur eine Verabredung zum Abendessen. Keine Sorge. Ich werde meine neue Leibgarde davon in Kenntnis setzen. So, und jetzt sehe ich mal nach, ob Lorenzo Tucci im Haus ist.« Ohne eine Antwort abzuwarten, stand sie auf und verließ das Zimmer. Patrizia und Cristina blieben allein zurück.

Patrizia stand auf und ging zu dem Bild, das sie mittlerweile so gut kannte. »Das Altarbild aus Gesualdo«, sagte sie mehr zu sich selbst. »Il Perdono‹.«

Cristina war neben sie getreten. »Ja, der gleiche Titel wie unser Kanon. Er spricht von Vergebung für vier Sünden. Eine davon ist sicher Gesualdos Doppelmord, aber die anderen drei?«

Patrizia schüttelte den Kopf. »Keine Ahnung. Aber Auswahl gab es im Leben dieses Mannes sicher genug.« Wieder blieb ihr

Blick an dem blassen Gesicht der Frau hängen, die die Absolution ihres Mannes nicht zu interessieren schien.

Vergebung wofür? Sag du es mir, wenn du kannst. Doch das Gesicht blieb fern und ausdruckslos.

*

»Pronto!«

Simona Sessa nahm die Lesebrille ab und sah zur Tür.

»Ah, ciao, Patrizia. Ich hatte schon mit dir gerechnet. Gabriella hat mir erzählt, dass unser Fall sich eben um ein paar Elemente erweitert hat.«

Patrizia rollte demonstrativ mit den Augen und ließ sich auf den Sessel der Polizeipsychologin fallen. Dann sah sie sich anerkennend um. »Ich bin immer wieder überrascht, wie nett du es hier hast. Bücherregal, Perserteppich, Kaffeemaschine, sogar einen Sandwichtoaster. Puh! Dagegen sehen unsere Büros aus wie Gefängniszellen.«

»Ihr seid ja auch fast nie im Haus, während ich den ganzen Tag hier drinnen verbringe. Bei der Hitze ist das allerdings eher eine Qual.«

»Du hast recht. Es ist unerträglich hier drinnen. Geht deine Klimaanlage nicht?«

Simona zuckte mit den Schultern. »Schon seit Tagen nicht mehr. Was meinst du, wie oft ich den Reparaturdienst schon angerufen habe.«

Patrizia schüttelte missbilligend den Kopf. Dann sah sie auf die Uhr. Halb sechs. Der Giardino della Minerva, ein kleiner, terrassenförmig angelegter Garten im Herzen der Altstadt, hatte noch geöffnet. Sie stand auf.

»Komm, ich weiß, wo wir hingehen.«

Vor der Questura lag die Piazza Amendola in der starken Nachmittagssonne. Kein Blatt regte sich an den Platanen, die

die breite Via Roma säumten, und in der engen Via Mercanti stand die Luft. Es waren nur wenige Menschen unterwegs. Die Atmosphäre war drückend. Erst als sie aus dem Aufzug stiegen, der den unteren mit dem höher gelegenen Teil der Altstadt verband, wurde es besser. Durch enge schattige Gassen und tunnelartige Durchgänge liefen sie auf den Giardino zu.

Im Inneren begrüßte sie ein älterer Herr. Patrizia hatte während der Mordserie im vergangenen Winter viel mit dem Mann zu tun gehabt und war dem Garten auch in den Monaten danach treu geblieben.

In der Cafeteria bestellten sie Eistee. Dann stiegen sie zur obersten Terrassenstufe und setzten sich unter die Pergola. Weinreben und Zitrusfrüchte spendeten Schatten. Außer ihnen saß nur noch ein französisches Ehepaar in einiger Entfernung auf der Aussichtsterrasse unter ihnen. Patrizia lehnte sich mit dem Rücken an die efeubewachsene Wand und sah auf die Stadt, den Hafen und das Meer, bis ein Summen sie aus ihren Gedanken riss. Sie zog ihr Handy aus der Tasche und runzelte die Stirn.

»Eine Nachricht von Lydia. Sie haben Lorenzo Tucci immer noch nicht aufgetrieben. Aber unser Staatsanwalt meint, für eine Fahndung sei es noch zu früh. Außerdem schreibt sie, dass bei der Salazar alles ruhig ist. Nur einmal war ein Kurierdienst bei ihr. Unser Mann vor Ort hat sich den Inhalt des Päckchens zeigen lassen. Es war aber nur ein Bildband. Außerdem hatte sie Besuch, und rat mal von wem …«

»Keine Ahnung.«

»Von unserem Kulturredakteur Paolo Pacifico. Er ist auch derjenige, mit dem sie heute Abend essen geht. Er selbst hat das bestätigt.« Sie sah auf die Uhr. »Wir hatten keine Ahnung, dass die beiden sich so gut kennen. Die Verabredung ist im Eldorado in Maiori. Meinst du, ich sollte vorsichtshalber selbst hinfahren?«

»Wozu? Wenn er der geheimnisvolle Überbringer eines neuen Madrigals wäre, würde er zu diesem Zweck wohl kaum unter euren Augen in aller Öffentlichkeit mit ihr essen gehen.«

»Stimmt auch wieder.«

»So, und jetzt zur Sache. Worüber wolltest du mit mir sprechen?«

»Hm. Es geht um das Täterprofil, das immer mehr verschwimmt. Es fing an mit dem zweiten Mord, für den wir kein Motiv haben, und jetzt soll unser Täter auch noch für die Raubüberfälle verantwortlich sein. Das macht ihn für mich als Person immer weniger greifbar. Was für eine Persönlichkeit steckt dahinter? Was will er? Was treibt ihn an? Wenn wir das einkreisen können, verstehen wir vielleicht auch, wie die Raubüberfälle mit den Morden zusammenhängen.«

Simona nickte bedächtig. »Va bene. Lass uns mal von den konkreten Gemeinsamkeiten zwischen den Fällen absehen.«

»Konkret? Da gibt es nur das Messer.«

»Genau. Aber gibt es vielleicht noch andere, weniger offensichtliche, die uns etwas über die Persönlichkeit des Täters sagen können?«

»Ja. Da ist zum Beispiel sein seltsames Verhalten nach der eigentlichen Tat. Alle Überfallopfer außer dem ersten sagten, er hätte sich hingekniet und sie angesehen, bevor er sich aus dem Staub machte. Nach den Morden bleibt der Täter ebenfalls noch in der Nähe seiner Opfer und spielt sogar Klavier.«

»Was dafür spricht, dass er nicht vor seiner eigenen Tat zurückschreckt oder sie gar bereut. Er hat keine Eile, Distanz zwischen sich und dem Opfer zu schaffen und seinem Anblick zu entfliehen, sondern kostet ihn im Gegenteil maximal aus.«

»Stimmt. Wenn ich an das Klavierspiel denke! Er genießt es offenbar, die blutüberströmten Körper der Toten neben sich zu haben, während er spielt. Aber warum?«

»Vielleicht, weil ihn die Tat in eine Art Rausch versetzt. Ähnlich einer Droge. Sie stimuliert ihn.«

»Möglich. Dazu passt auch die Steigerung der Gewaltintensität. Vor allem ab dem zweiten Überfall. Und dasselbe von einem Mord zum nächsten.«

Simona wiegte bedächtig den Kopf. »Wenn wir die Fälle aufgrund derselben Tatwaffe als eine fortlaufende Serie sehen, wäre der erste Mord letztlich auch nur eine Steigerung der Gewalt, die schon bei den Überfällen angewendet wurde, mit Ausnahme von …«

»… von was? Woran denkst du?«

»Daran, dass er erst nach dem ersten Überfall anfängt, seine Opfer zu betrachten. Was ist mit Raub Nummer eins? Gibt es außer diesem noch andere Unterschiede?«

»Lass mich überlegen … Hm. Jetzt, wo du es sagst. Im Vergleich zu den späteren ist er auffällig normal. Ein klassischer Raubüberfall eben. Also, Unterschied Nummer eins: Es gab einen Zeugen, den Sohn des Opfers, außerdem einen Komplizen, der Schmiere stand.«

»Ja, ich erinnere mich. Und weiter?«

»In Neapel trug der Täter eine Strumpfmaske. In Salerno sprachen die Opfer von einer Art schwarzer Motorradhaube. Außerdem rannte er in Neapel sofort weg, nachdem er zugestochen hatte.«

»Was natürlich auch bedeuten kann, dass er bei diesem ersten Mal noch über sich selbst erschrocken war. Vielleicht hat ihn seine Tat erst im Nachhinein erregt. Wie eine Initialzündung, die dann bei den späteren Überfällen auch zu der größeren Gewaltanwendung führte.«

»Kann sein. Aber es gibt noch mehr Unterschiede. In Neapel sprach der Täter nicht. Er gestikulierte nur.«

»Interessant. Wenn Täter nicht sprechen, fürchten sie meistens, ihre Stimme könnte etwas über sie verraten.«

»Weil das Opfer sie kennt.«

»Oder weil sie einen ausländischen Akzent haben beziehungsweise einen starken lokalen Dialekt sprechen.«

»Bei den darauffolgenden Überfällen sprach der Täter ein nicht näher lokalisierbares hochsprachliches Italienisch. Außerdem habe ich noch einen Unterschied vergessen, nämlich den Tatort. Der erste Überfall fand in Neapel statt, die anderen in Salerno … genau wie die Morde.«

Einen Augenblick saßen sie nur da. Dann stand Patrizia auf und ging zur Brüstung der obersten Terrassenstufe. Simona tat es ihr gleich. Sie setzten sich auf die Mauer und ließen ihre Blicke über die unter ihnen liegende Altstadt und das Meer gleiten. Nur die in tiefem Schatten liegenden Gassen und das schwärzliche Grün der Costiera zu ihrer Rechten zeigten an, dass der Nachmittag langsam in den Abend überging. Mechanisch rührte Patrizia in ihrem Eistee, dann sah sie zu dem Blätterdach über ihr hinauf.

»Meinst du, ich darf mir hier eine Limone für den Tee pflücken?«

»Das ist keine Limone. Das ist ein Cedro.«

»Ein Cedro? Wo ist der Unterschied? Die gleiche Farbe, die gleiche Form.«

»Hallo? Siehst du nicht, dass die Frucht viel größer ist als eine Limone und eine harte, bucklige Schale hat? Außerdem sind die Blätter …« Simona unterbrach sich, als unter ihnen das Holztor des Gartens geöffnet wurde und wieder ins Schloss fiel.

»Schau mal, da kommt Cristina.«

Patrizia winkte. »Ciao, hier oben sind wir!«

Cristina winkte zurück und stieg die ausgetretenen Steinstufen zur obersten Terrasse hinauf. »Tut mir leid, ich konnte nicht früher. Ich musste Chicca vom Taekwondo abholen. Meine Schwiegermutter brauchte eine neue Dauerwelle.« Sie setzte sich. »Und? Hat euch Patrizias Grübelgarten schon zu neuen Erkenntnissen verholfen?«

Patrizia zuckte mit den Schultern. »Mehr oder weniger. Außerdem versucht Simona mir gerade weiszumachen, dass es Unterschiede gibt zwischen einem Cedro und einer Limone, aber wenn du mich fragst, gilt hier der Ententest. Ihr wisst schon: Es schnattert wie eine Ente, es watschelt wie eine Ente, es ist eine Ente.«

Cristina zwinkerte Simona zu. »Merkst du was? Die Frage nach dem Unterschied zwischen einem Cedro und einer Limone ist für Nordlichter einfach zu subtil.«

Simona lachte, und Patrizia schnaubte.

»Macht euch nur lustig, aber ich bleibe dabei. Es schnattert vielleicht nicht ganz wie eine Ente und watschelt auch nicht ganz wie eine Ente. Dann ist es etwas, was eine Ente nachahmt.« Sie sah Simona herausfordernd an, doch auf deren Gesicht war ein seltsamer Ausdruck erschienen.

»Was hast du gerade gesagt?«

»Es ist etwas, was eine Ente nachahmt, wieso? Was hast du?«

»Patrizia! Etwas, was etwas anderes nachahmt!«

Einen Augenblick blickte Patrizia verständnislos drein, dann flüsterte sie: »Jemand, der eine Ente nachahmt ... Jemand, der einen ...

»... Räuber imitiert.« Simona nickte.

Sekundenlang sahen sie sich an. Dann stand Patrizia ruckartig auf und lief an der niedrigen Mauer entlang, die den Garten einfasste. Ihr Blick ging über den Golf, doch sie nahm nichts wahr. Stattdessen sagte sie leise: »Wir haben einen zweiten Mann. Der Täter des ersten Überfalls in Neapel hat mit den Übergriffen und Morden in Salerno nichts zu tun.«

»Ja«, hörte sie Simona hinter sich sagen. »Wenn da nicht ein Problem wäre: Unser Täter in Salerno benutzt sein Messer.«

*

Eleonora Salazar stand am offenen Fenster und sah hinaus auf die verwaiste Piazza San Pietro a Corte. Der Tag war heiß gewesen, und auch der Abend brachte keine Kühlung. Obwohl das Fenster offen stand, kam nicht der geringste Luftzug ins Zimmer. Sie sah auf die Uhr. Halb acht. In einer Stunde musste sie in Maiori sein. Sie fühlte, wie ihre Nervosität wuchs. Vorfreude, gemischt mit Furcht. Was sie tat, war falsch, aber sie konnte nicht anders. Hoffentlich würden die Polizisten, die schon den ganzen Nachmittag über in der benachbarten Bar gesessen hatten, nicht dazwischenfunken. Trotzdem war sie froh, die beiden in ihrer Nähe zu wissen. Nur verhindern … verhindern durften sie es nicht.

Es war eine Gratwanderung.

Sie warf einen letzten Blick auf die Uhr. Zeit zu gehen. Bis Maiori, das kurz vor Amalfi lag, war es nicht weit, doch sie wollte sich nicht beeilen müssen.

Sie nahm ihren Autoschlüssel. Bevor sie die Tür hinter sich schloss, sah sie sich noch einmal um. Wie fremd sie sich plötzlich in ihrem eigenen Haus fühlte. Lag es an dem, was sie vorhatte? An der Gefahr, in die sie sich begab? Wie viele Male schloss sie jeden Tag ihre Wohnung ab, ohne auf die Handgriffe zu achten? Jetzt war es anders. Nichts an diesem Augenblick war Routine. Es war aufregend … und doch wünschte sie sich plötzlich nichts mehr, als schon wieder zu Hause zu sein.

Langsam und bedächtig drückte sie die Tür ins Schloss und stieg die Treppen hinunter.

*

Patrizia saß in ihrer Küche. Das von draußen einfallende Licht war fahl, doch sie machte die Lampe nicht an.

Mittwochabend. Nur noch vier Tage bis zu Eleonora Salazars nächstem Konzert.

Sie dachte an den Abend, als sie noch spät mit Cristina am Strand gesessen hatte. Sie waren sich so sicher gewesen, dass das zweite Madrigal innerhalb kurzer Zeit auftauchen würde, aber bislang war nichts geschehen. Lag dem Unbekannten doch nichts daran, der Sängerin schon für das nächste Konzert ein neues Werk zu schenken? Oder war es etwas anderes? Vielleicht hatte er gemerkt, dass sie die Frau beobachteten? Dann ließ er es entweder ganz, oder …

»… er ist so verrückt, es trotzdem zu versuchen. Vielleicht sogar unter unseren Augen.« Patrizia hatte die letzten Worte laut ausgesprochen. Jetzt stand sie auf, griff nach ihrem Rucksack und ging zur Haustür. In dem Moment klingelte es. *Madonna santa … wer ist das denn jetzt?*

Sie spielte mit dem Gedanken, sich still zu verhalten und zu tun, als sei niemand zu Hause. Von draußen kam eine Stimme.

»Commissaria Vespa? Hier ist Bartolini, der Kurierdienst. Ich habe ein Päckchen für Sie!« Patrizia rollte mit den Augen und ging zum Tor.

»Buonasera!« Der Mann im roten Overall lächelte sie an, doch Patrizia war mit den Gedanken bereits im Auto. Hastig griff sie nach dem Kugelschreiber.

»Danke«, sagte sie knapp, als sie unterschrieben hatte, nahm das Päckchen und wollte das Tor schließen, doch der Mann sprach sie an.

»Commissaria, Sie wissen ja, ich bin der Hausmeister im Castello di Arechi. Ihr Kollege war neulich bei mir. Werden Sie denn nochmal mit mir sprechen müssen?«

Patrizia sah ihn an. »Ja, ich weiß, wer Sie sind, aber im Augenblick haben wir keine weiteren Fragen, danke.« Sie nickte ihm kurz zu und schloss das Tor.

»Ich halte mich auf jeden Fall zur Verfügung«, hörte sie ihn noch rufen, als sie mit dem Päckchen auf die Haustür zuging. Sie studierte den Namen des Absenders. Er sagte ihr nichts. Hatte sie etwas bestellt? Sie konnte sich nicht erinnern. Ein Blick auf die Uhr. Sie hatte nicht viel Zeit. Rasch trug sie das Päckchen ins Haus, riss den Karton auf … und hätte es beinahe fallen gelassen.

Che diavolo! Ein Metronom!

Sie sank auf einen Stuhl. Vor ihr stand ein kleines Gerät in braunem Holzgehäuse. Erst jetzt bemerkte sie den Zettel. Patrizia stand auf, holte Einmalhandschuhe und zog ihn unter dem Gerät hervor. Er war mit Druckbuchstaben in Bleistift geschrieben. Sie las laut:

»Zieh den Kleinen auf und lass ihn laufen. Presto, presto, presto. Könnt ihr mit ihm Schritt halten?«

Patrizia saß da wie versteinert. Sie wusste nicht, was sie tun oder denken sollte. Dann, plötzlich, begannen ihre Gedanken zu rasen. Bob musste sich alles ansehen, aber sie bezweifelte, dass er etwas finden würde. Und was bedeutete der Brief? War es das, was sie glaubte? Kündigte er einen neuen Mord an und forderte sie auf, mit dem Täter Schritt zu halten und die Tat zu verhindern? War er jetzt schon so dreist?

Sie griff zum Telefon und wählte Bobs Nummer. Kurz und knapp berichtete sie von dem Päckchen. Am anderen Ende herrschte Stille.

»Bob? Du hast dich doch intensiv mit den bisherigen Metronomen beschäftigt. Fällt dir etwas ein? Was zum Teufel will er uns sagen?«

Bob räusperte sich. »Ich denke, dass du recht hast … was das Schritthalten angeht. Aber vielleicht ist da noch etwas anderes.«

»Was meinst du?«

»Hm, ich weiß nicht. Hast du das Ding schon angemacht?«

»Nein, soll ich …?«

»Do it! Und dann halte dein Telefon daneben, ich warte.«

Patrizia zog das Metronom auf und stieß den Zeiger an. Es tickte, schnell und präzise. Nachdem sie ihr Handy einige Sekunden danebengehalten hatte, fragte sie: »Und? Ist dir was aufgefallen?«

»Die Frequenz ist ziemlich hoch. Auf was ist das Gerät eingestellt?« Patrizia sah auf die Skala.

»168 bmp.«

»168 … Warte einen Moment, ich muss eben was in meinen Unterlagen nachsehen.« Er legte das Telefon ab und entfernte sich, doch kurz darauf kehrte er zurück.

»Da bin ich wieder. Erinnerst du dich, was ich dir neulich über die beiden anderen Metronome gesagt habe? Sie waren auf die Frequenz 76 eingestellt.«

»Ja, langsames Tempo. Andante.«

»Genau. Dieses Metronom steht auf 168 bpm. Das ist Presto.«

»Presto? Also schnell? O Dio! Er selbst schreibt, der Kleine läuft presto. Schnell, schnell, schnell. Das ist doch kein Zufall. Er weist uns ja selber darauf hin. Aber was heißt das? Tickt das Metronom den Endspurt herunter? Das hieße dann, dass der nächste Mord kurz bevorsteht. Aber wann genau? Verdammter Mist!«

Bob zögerte einen Augenblick. Dann sagte er: »Zwischen

dem ersten und dem zweiten Mord lag exakt eine Woche. Wenn Andante eine Zeitspanne von etwa sieben Tagen bezeichnet, dann ist Presto auf jeden Fall weniger.«

Patrizia nickte langsam. »Er spielt mit uns. Gibt uns gerade genug Informationen, um uns unter Druck zu setzen. Und wir sitzen hier vor diesem tickenden Ding und werden wahnsinnig.«

»Und genau deshalb machst du es jetzt auch wieder aus, hörst du? Und dann bringst du es her, damit ich es mir ansehen kann.«

»Okay. Ich meine … nein. Bob … ich wollte eben nach Maiori fahren, und die Sache mit diesem Teufelsding hat mich Zeit gekostet. Kannst du es holen? Ich lege meinen Ersatzschlüssel hinter den losen Ziegel an meinem Eingangstor. Der, der ein bisschen vorsteht.«

Bob stöhnte, doch Patrizia tat, als hätte sie es nicht gehört. »Und sag bitte Leo Bescheid. Er soll sich um den Absendernamen kümmern, auch wenn ich mir sicher bin, dass es diese Person nicht gibt.« Eine Pause entstand.

»Bob?«

»Hm, whatever …«

»Danke, du bist ein Schatz.«

Sie verabschiedeten sich, und Patrizia sah auf die Uhr. Verdammt. Nicht mal eine Dreiviertelstunde bis zu Eleonora Salazars Abendessen mit Paolo Pacifico.

Eine Minute später saß sie im Auto und trat aufs Gas. Ob sie es noch rechtzeitig schaffen würde, hing vom Verkehr ab, aber sie mahnte sich zur Ruhe. Schließlich waren ihre Kollegen Marco und Lydia vor Ort. Marco würde in der Nähe der Musikerin auf der Terrasse Platz nehmen, Lydia vor dem Lokal Stellung beziehen.

Patrizia fuhr schnell und konzentriert. Zwanzig Minuten

später erreichte sie die Küstenstraße. Über dem Meer verabschiedete sich der brütend heiße Tag mit einem spektakulären Sonnenuntergang und ließ das Wasser tief unter ihr in dunklen Orange- und Rottönen leuchten.

Als Patrizia auf den Lungomare der kleinen Küstenstadt einbog, war es bereits halb neun, aber von Lydia wusste sie, dass bislang nichts Ungewöhnliches vorgefallen war.

Eleonora Salazar saß an einem Tisch direkt am Geländer der Außenterrasse, hinter der ein schmaler Streifen Strand verlief. Marco hatte einen Platz neben dem Eingang zum Innenbereich gewählt. Badende gab es fast keine mehr. Wer hier am Abend noch geschwommen war, packte jetzt zusammen. Etwas abseits spielte eine Gruppe barfüßiger Jugendlicher Fußball auf dem warmen Sand. In schnellem Wechsel bewegten sich die Jungen zwischen den Lichtkegeln der Straßenlaternen und den dazwischenliegenden dunklen Strandabschnitten hin und her.

Patrizia hatte geparkt und sich zu Lydia in deren Wagen ganz in der Nähe des Eldorado gesetzt.

»Irgendwas Neues?«

Lydia schüttelte den Kopf. »Nein. Und Paolo Pacifico ist auch noch nicht da.«

Patrizia sah die Straße auf und ab. Nichts Verdächtiges. Nur ein Junge in Badeshorts, T-Shirt und Rucksack betrat das Lokal. Durch die geöffnete Tür sahen sie, wie er mit einem Angestellten sprach, seine Tasche öffnete und etwas herausnahm. Kurz darauf kam er wieder heraus.

»Wer ist das?«, fragte Patrizia.

»Keine Ahnung. Wahrscheinlich sitzen seine Eltern im Lokal. Warte mal …« Sie tippte auf eine Taste ihres Handys.

»Pronto, Marco, gibt's was Neues?«

»Nein, nichts, und bei euch?«

»Auch nichts. Bis dann.«

Patrizia öffnete die Wagentür. »Ich gehe trotzdem mal rein. Vielleicht setze ich mich irgendwo in den Eingangsbereich oder in den Innenraum des Lokals.« Sie stieg aus.

Als sie durch die Vorhalle auf das Restaurant zuging, knackste es erneut in Lydias Leitung, aber das hörte Patrizia schon nicht mehr.

Eleonora Salazar sah auf die Plastiktüte vor ihr auf dem Tisch. Ein junger Mann hatte sie dort abgelegt, sah sie an. War er es? Er lächelte unverbindlich, fragte, ob sie schon gewählt hätte, wartete auf eine Antwort, die nicht kam. Es dauerte einen Augenblick, bis sie verstand, was er wollte. Sie schüttelte den Kopf, und er wandte sich zum Gehen. Nur die Tüte ließ er liegen.

Konnte es sein, dass ...

Wie zufällig legte sie ihre Hand darauf. Ob der Polizist es bemerkt hatte?

Ja.

Aus den Augenwinkeln sah sie, wie er sich erhob. Er ging dem Ober nach. Sie lächelte. Es war die falsche Spur. Der, auf den sie warteten, war nicht hier. Oder doch?

Ihre Augen schweiften über den Strand. Das Licht der bunten Lämpchen auf der Terrasse reichte ein paar Meter weit. Dahinter lag er im Dunkeln.

Und plötzlich sah sie ihn ... Woher wusste sie, dass er es war?

Sie wusste es einfach. So also sah er aus. Schwarz auf schwarz. Dunkler Taucher vor dunklem Meer. Eine Maske. Nur seine Stirn leuchtete schwach im Licht der Terrasse. Kannte sie ihn? Warum kam er nicht näher? Sie hatte keine Angst ...

Zwischen ihnen lagen keine zehn Meter. Trotzdem war es zu viel, um sein Gesicht hinter der Tauchermaske zu erkennen. Jetzt machte er einen Schritt vorwärts. Noch einen. Er kam auf sie zu. Nur noch wenige Meter, dann würden sie sich in die Augen sehen.

Doch im nächsten Augenblick blieb er stehen. Deutete eine Verbeugung an … und drehte sich wieder um. Bis zum Wasser waren es nur wenige Schritte. Sie wollte rufen …

»Stehen bleiben!«, schrie Patrizia. Eleonora Salazar fuhr herum.

»Verdammte Scheiße!« Patrizia griff zu der Plastiktüte. »Sie waren gar nicht mit Paolo Pacifico verabredet, oder?« Sie fasste die Sängerin am Arm, doch die entzog sich ihr und drehte sich noch einmal dem Meer zu.

Der Taucher war im Wasser verschwunden.

Kapitel 9

Donnerstag, 5. Juli 2012

Er legte das Messer vor sich auf den Tisch, daneben das Tuch. Die frisch polierte Klinge glänzte matt, und die frühe Morgensonne ließ die Rostflecken rot aufleuchten. Er sah auf die Uhr. Erst halb sieben, doch für ihn machte es keinen Unterschied. Er hatte nicht geschlafen, hatte es nicht einmal versucht.

Alles war nach Plan verlaufen. Besser noch. Er hatte sogar die Zeit gehabt, sich ihr zu nähern. Sie war völlig ruhig gewesen, hatte ihn angesehen. Doch in ihrem Gesicht hatte sich kein Erkennen abgezeichnet.

Und das war gut so. Noch musste er sie vor dem Wissen schützen. Sie und die Musik.

Das kalte Wasser hatte gutgetan nach der Begegnung. Er war zu seinem Boot getaucht. Dann hatte er in weitem Bogen und ohne Licht den Golf überquert und war südlich von Salerno an Land gegangen, noch bevor die Boote der Küstenwache mit ihren starken Scheinwerfern eine Chance gehabt hatten, ihn zu finden.

In einem Pinienwald direkt am Strand hatte er sich umgezogen, seine Sachen verstaut und regungslos auf den Morgen gewartet. Die warme Dunkelheit hatte sich um ihn gelegt wie ein schützender Mantel. Vor ihm die Lichter des Golfs und der Stadt. Als sie verblassten, hatte er den ersten Bus ins Zentrum genommen. Und während die Bewohner der Costiera über Polizeisperren auf der Küstenstraße fluchten, war auf der Littoranea Richtung Cilento alles ruhig gewesen.

Still sogar.

Still die Strände und Holzbauten der Lidos im ersten Morgenlicht, ihre Farben noch fahl, das Meer von einem silbrigen Grau. Schon vor dem ersten Vorort war er ausgestiegen und zu Fuß weitergegangen. Allein, kaum Menschen und auf der Straße nur wenige Autos. Für kurze Zeit hatte die Ruhe der morgendlichen Routine der anderen auf ihn abgefärbt. Erst hier, am Küchentisch seiner Wohnung, wurden die Bilder im Kopf zu einem kreischend aufsteigenden Möwenschwarm.

Seine Finger strichen über die Klinge vor ihm. Wie viele Male hatte er das Messer schon in der Hand gehabt, um es wegzuwerfen. Es war eine Schwachstelle, machte ihn angreifbar. Ein feiner Faden, der Hellsichtige zu ihm führen konnte. Aber wie warf man etwas weg, was ungebeten und aus freien Stücken zu einem gekommen war? Vor ein paar Monaten, in einer Nacht der Erkenntnis, der Wegweisung. Dass Gewalt Macht verlieh, hatte er schon vorher gespürt, doch erst an jenem Abend war ihm klargeworden, welches Potenzial darin lag, es selber zu tun … Es setzte Fähigkeiten frei, von denen er zuvor nur hatte träumen können. All das war ihm in jener Nacht klargeworden. Der Nacht, von der er immer noch träumte, so wie von ihr.

Eleonora.

Die ihn und seine Liebe weggeworfen hatte wie dieser Dilettant in Neapel das Messer. Es hatte ihm eine Weile gedient, dann war es ihm lästig geworden, und er hatte es seinem Schicksal überlassen. Nicht wie jemand, der schweren Herzens einen kostbaren Besitz zurücklässt, sondern wie einer, der aufbricht zu Neuem und nichts mehr wissen will von dem, was war und ihn bisher begleitete.

Eleonora.

Er schloss die Augen. Sah den Blick, mit dem sie ihn erst vor wenigen Stunden angesehen hatte, und lächelte. So wie das Messer durch ihn eine neue Bestimmung gefunden hatte, würde Eleonora ihn wiederfinden. Ihn, den sie ohne zu zögern geopfert hatte, als sie es noch nicht besser wusste.

Er nahm das Tuch, streckte die Hand nach dem braunen Gerät am Tischende aus und polierte es behutsam. Erst nach Minuten bemerkte er, dass seine Hände zitterten. Er berührte den Zeiger des Metronoms.

Tick.

Tack.

Einatmen, ausatmen. Immer leichter, immer regelmäßiger. Er legte die Hände auf den Tisch. Bald würden auch sie sich beruhigen. Es war vorhersehbar. Er hatte es schon tausend Mal erlebt. Das Metronom war sein einziger Freund, abgewiesen an jenem Tag wie er selbst.

Der Anfang vom Ende.

Von Eleonora war ihm nichts geblieben. Nur der Traum, der sich wiederholte. Fast jede Nacht. Anfangs hatte er nicht mehr ohne das Gerät aus dem Haus gehen können, hatte es mitgenommen, wohin er ging. Und wenn es ganz schlimm wurde, hatte er es angestoßen. So wie jetzt.

Später war es besser geworden. Vielleicht, weil er das Ticken verinnerlicht hatte. Nur in Momenten wie diesem musste er es noch hören, dem Zeiger mit den Augen folgen. Er lauschte auf seinen Atem, fühlte, wie sich die Muskeln entspannten. Auf dem Tisch lagen die Finger völlig ruhig. Zehn zierliche Zeiger. Noch einmal berührte er das Metronom.

Stille.

Auch in ihm.

*

»Was um Himmels willen haben Sie sich dabei gedacht?« Patrizia schrie beinahe. »Sie sagten, Sie beide hätten eine Verabredung miteinander. Stattdessen wussten Sie«, sie wandte sich von Paolo Pacifico zu Eleonora Salazar, »dass Sie einen Termin zur Übergabe eines neuen Madrigals hatten. Sie haben uns Ihre Kooperation zugesagt, erinnern Sie sich? Und dann laufen Sie los und verhindern durch Ihr Katz-und Maus-Spiel die Festnahme eines zweifachen Mörders. Wissen Sie eigentlich, in welche Gefahr Sie sich gebracht haben?«

Eleonora Salazars Miene war ausdruckslos. Paolo Pacifico hingegen stand die Bestürzung ins Gesicht geschrieben. Schließlich sagte die Musikerin: »Habe ich etwa nicht kooperiert? Ich habe doch zugestimmt, mich von Ihrer sogenannten Eskorte überall hin begleiten zu lassen, und auch zu keiner Zeit versucht, mich abzusetzen. Sie wussten von dem Termin. Ihre Kollegen waren vor Ort. Was wollen Sie von mir?«

»Das fragen Sie noch? Wenn Sie uns darüber informiert hätten, dass es sich bei der angeblichen Verabredung zum Essen um einen Übergabetreffpunkt handelte, hätten wir ein Großaufgebot vor Ort gehabt.«

»Mit dem Ergebnis, dass es zur Übergabe gar nicht erst gekommen wäre, und dann hätte ich … das heißt, dann hätten wir jetzt nicht das hier!« Sie legte ihre flache Hand neben die Tüte, in der eine neue Mappe lag.

Patrizia sprang auf. »Natürlich, es ging um das neue Madrigal! Als ob ich das nicht wüsste!« Sie schüttelte den Kopf. »Wie zynisch muss man eigentlich sein, um ein Musikstück der Verhaftung eines zweifachen Mörders vorzuziehen? Aber warten Sie nur, wir kriegen Sie deswegen dran, und beten Sie zu Gott, dass Ihr durchgeknallter Bewunderer da draußen nicht noch jemanden umbringt, sonst gehe ich auf Beihilfe zum Mord.

Und das gilt auch für Sie!« Sie schnellte herum und fixierte Paolo Pacifico, der noch blasser wurde.

Cristina legte ihrer Kollegin von hinten beruhigend die Hand auf den Rücken. Dann fragte sie den Kulturredakteur: »Wann hat Professoressa Salazar Sie darum gebeten, für sie zu lügen und uns Ihre angebliche Verabredung zum Essen zu bestätigen?«

Paolo Pacifico warf der Sängerin einen Seitenblick zu, den sie jedoch nicht erwiderte. Er zuckte mit den Schultern.

»Sie rief mich an und bat mich zu sich. Wie Sie ja wissen, war ich gestern Nachmittag kurz bei ihr. Erst wollte ich mich nicht auf die Sache einlassen, aber das Stück war ihr so wichtig. Sie wollte die Übergabe einfach nicht gefährden. Und letztlich waren Ihre Kollegen ja tatsächlich vor Ort.«

»Grazie tante! Diese Leier haben wir jetzt schon mehrfach gehört. Aber sie ändert nichts daran, dass Sie sich beide strafbar gemacht haben, was übrigens eine weitere Frage aufwirft …« Sie sah ihr Gegenüber prüfend an. »Wie gut muss man befreundet sein, um jemandem einen solchen Gefallen zu tun?«

Paolo Pacifico warf einen nervösen Blick auf Eleonora Salazar, aber die machte nur eine gleichgültige Geste. »Also …« Er räusperte sich. »Wir sind seit ein paar Monaten ein Paar. Nicht öffentlich bisher, unserer jetzigen Partner wegen, aber das wird sich bald ändern.«

Patrizia nickte schwach. Dann war das ja wenigstens geklärt. Jetzt wussten sie, was Alessandra Amedeo gegen Eleonora Salazar gehabt hatte. Eine ganz simple Eifersuchtsgeschichte zwischen alter und neuer Flamme. Herrgott, wie banal!

Sie dachte nach. Die SMS, mit der Eleonora Salazar das Treffen angekündigt worden war, kam von dem ihnen bereits bekannten Prepaid-Handy. Aber was war mit dem Madrigal? Konnte das neue Stück sie irgendwie weiterbringen?

»Professoressa Salazar. Ein Taucher hat das neue Madrigal gestern Abend am Strand einem Jungen gegeben. In einer wasserfesten und versiegelten Tasche. Und Sie sind neben diesem Jungen die Einzige, die den Mann einige Sekunden lang gesehen hat. Konnten Sie ihn erkennen, oder kam er Ihnen irgendwie bekannt vor?«

Eleonora Salazar schüttelte den Kopf. »Er trug einen Taucheranzug mit Haube, dazu eine Tauchermaske. Außerdem war er zu weit weg. Ich konnte seine Augen nicht sehen. Glauben Sie mir, ich habe darüber nachgedacht, ob ich ihn kenne, bin aber zu keinem Schluss gekommen.«

»Und das Madrigal?« Patrizia nahm das Musikstück aus der Tasche und legte es auf den Tisch. »Sehen Sie es sich bitte an. Wovon handelt der Text?«

Eilig zog die Sängerin die Handschuhe an, die Patrizia ihr reichte. Am Vorabend hatte man ihr die Mappe sofort abgenommen. Nun flogen ihre Augen sichtbar erregt über die Notenzeilen. Wieder und immer wieder.

Schließlich sah sie auf und warf Patrizia einen triumphierenden Blick zu. »Das Stück behandelt den eigentlichen Mord Gesualdos an seiner Frau und ihrem Liebhaber. Es ist eine direkte Fortsetzung des ersten. Außerdem ist die zweite Kanon-Stimme mit dabei.« Sie sah auf die Uhr. »Commissaria, wie lange wird das hier noch dauern? Es ist Donnerstag. Meine Gruppe und ich müssen dringend das neue Stück einüben.«

»Sie müssen was? Sie glauben doch nicht im Ernst, dass Sie nach dieser Aktion so tun können, als wäre nichts passiert. Meinen Sie etwa, wir lassen Sie am Sonntag mit dieser Teufelsmusik in Ravello auftreten?«

Patrizia war auf hundertachtzig, und Cristina ging es nicht anders. Doch bevor Eleonora Salazar zu einer hitzigen Antwort ansetzen konnte, mischte sich die Polizeipsychologin ein, die etwas abseits dem Gespräch gelauscht hatte.

»Sie können jetzt tatsächlich gehen. Natürlich werden wir Sie weiterhin rund um die Uhr beobachten lassen, und nach dem, was gestern Abend vorgefallen ist, werden wir auch eine Genehmigung für die Überwachung Ihrer Telefone bekommen. Ansonsten üben Sie ruhig das neue Stück ein. Aber vergessen Sie nicht, dass Sie am Sonntag nur auf dem Belvedere stehen werden, weil es uns etwas nützt.« Sie sah zu ihren Kolleginnen hinüber, die sie sprachlos anstarrten.

Doch dann nickte Patrizia. Simona hatte recht. Eleonora Salazar war der Dreh- und Angelpunkt, um den der Mörder kreiste. Und das neue Madrigal war ihr Köder. Dass er bei der Übergabe ein solches Risiko auf sich genommen hatte, konnte nur eines bedeuten:

Er wollte sie singen hören.

＊

Patrizia klopfte, aber es kam keine Antwort. Dafür drang von innen das Geräusch eines Kopierers auf den Gang. Vorsichtig öffnete sie die Tür zu Bobs Arbeitsraum in der KTU.

»Hallo?«

Bob stand mit dem Rücken zur Tür vor einem großen Kopiergerät. Als er sie bemerkte, drehte er sich ruckartig um. Seine Brille saß auf der Stirn, die blauen Hemdsärmel waren hochgekrempelt.

»Ah, du bist es. Unsere Frontfrau auf der Suche nach Antworten.«

»So könnte man's auch sagen. Aber ausnahmsweise habe ich auch mal eine Antwort für dich.« Bob brummte, nahm das Blatt aus der Maschine, hob es prüfend gegen das Licht, betrachtete es mit und ohne Brille und verglich es mit einem anderen.

Patrizia schüttelte den Kopf. *Besser ich frage erst gar nicht, was er da macht. Wenn es wichtig ist, wird er es mir schon selbst erklären.*

Trotzdem sagte sie: »Kannst du mir vielleicht mal einen Augenblick zuhören?«

Bob sah sie erstaunt an. »Aber natürlich, Signora Commissaria.« Er fuhr sich mit dem Arm über die verschwitzte Stirn und setzte sich auf den Stuhl hinter seinem überladenen Schreibtisch.

»Also, ich wollte dir sagen, dass wir mit Lorenzo Tucci gesprochen haben, der für Eleonora Salazar das Päckchen bei Umberto La Rocca abgeben sollte. Er hat uns bestätigt, dass er es war, was ja mit den Fingerabdrücken übereinstimmt, die du gefunden hast.«

»Hm, wenn man mal von den unbrauchbaren absieht. Aber wenn er seinen eigenen Wahnsinn schon zugibt. Hat der Idiot auch gesagt, wieso er mitten in unseren Tatort getrampelt und dann weggerannt ist?«

»Er sagt, er hätte Panik bekommen, als er merkte, was in der Wohnung los war. Deshalb war er so schnell wieder weg.«

Bob schüttelte entnervt den Kopf und goss sich einen Schluck aus seiner Thermoskanne ein.

»Weißweinschorle?«, fragte Patrizia.

»Dafür ist es hier drinnen zu heiß.«

»Dann kann es nur Bier sein.«

Bob grinste. »Nichts hilft besser bei Temperaturen über dreißig Grad.«

»Fragt sich nur, um welche Uhrzeit. Apropos Zeit. Was ist mit dem Metronom?« Sie sah sich um, konnte aber keins entdecken.

»Ich habe den Zettel und das Gerät untersucht. Keine Fingerabdrücke. Auf dem Päckchen dagegen umso mehr. Insgesamt sieben brauchbare und mindestens zwei unbrauchbare, was kein Wunder ist bei einem Versand via Kurierdienst. Von den brauchbaren haben wir nur einen Treffer im Computer.«

»Angelo Nardi, der Hausmeister vom Castello di Arechi, der für Bartolini Pakete ausfährt.«

»Genau. Alle anderen sind nicht im System. Und ihr? Habt ihr herausgefunden, wer das Päckchen aufgegeben hat?«

Patrizia schüttelte den Kopf. »Das Päckchen wurde in der Bartolini-Filiale in Salerno Centro abgegeben und bar bezahlt. Die Absenderangaben auf dem Formular sind alle erfunden. Und an die Person, die es abgegeben hat, konnte sich niemand mehr erinnern. Leo war selbst da. Er sagt, in der Annahmestelle geht es zu wie im Taubenschlag. Und während wir sinnlos von A nach B rennen, zerrinnt uns die Zeit zwischen den Fingern, und wir haben keine Ahnung, wann der Täter das nächste Mal zuschlagen wird. Bald … ja. Aber Presto kann alles Mögliche sein, solange es nur weniger als sieben Tage ist.«

»Hm, das stimmt. Andererseits …«

»Was meinst du?«

Bob wiegte nachdenklich den Kopf. »Auf die Gefahr hin, diese Hinweise überzustrapazieren, aber wir sagten ja, das erste Metronom stand auf Andante, und zwischen dem ersten und dem zweiten Mord lagen sieben Tage.«

»Ja. Und das dritte steht auf Presto.«

»Richtig, aber du vergisst das zweite Metronom. Das von La Rocca. Und das stand auch auf Andante, erinnerst du dich?«

Patrizia dachte einen Augenblick nach. »Ich weiß, was du meinst. Sieben Tage zwischen dem ersten und dem zweiten Mord. Andante. Und dasselbe zwischen dem zweiten und einem möglichen dritten. Das würde bedeuten, dass der nächste Mord wieder an einem Montag stattfindet und er uns das dritte Gerät nur geschickt hat, um uns zu sagen: Seht her, ein paar Tage von dieser Woche sind bereits vorbei.«

Bob nickte. »Genau. Presto, presto. Es wird also wahrscheinlich wieder ein Montag, plus/minus einen Tag.«

Patrizia schluckte. Bobs Worte bestätigten, was sie schon seit Tagen ahnte, auch wenn es sich jetzt immer deutlicher abzeichnete. Ihr Herz raste, als müsse es dem, was da kommen sollte, entgegenrennen. Gleichzeitig kam Wut in ihr hoch. Der Täter war nicht nur arrogant genug, ihnen seine nächste Tat anzukündigen. Wenn ihr Kalkül stimmte, stieß er sie sogar mit der Nase auf den ungefähren Zeitpunkt. Damit setzte er ihnen das Metronom wie eine Sanduhr vor die Augen und sah zu, wie sie ins Schwitzen gerieten.

Sie riss sich aus ihren düsteren Gedanken und stellte die Frage, die sie noch an Bob hatte. »Hör mal, gibt es eigentlich Neuigkeiten aus der Handschriftenbibliothek in Neapel?«

Bob winkte ab. »Ich habe Ciro gestern hingeschickt. Fehlanzeige. An den fraglichen Handschriften gab es praktisch keine verwertbaren Fingerabdrücke außer denen von dieser Handschriftenexpertin und der Vizedirektorin. Was an Abdrücken älteren Datums da war, war verwischt und unbrauchbar.«

»Was ist mit dem Stempel auf dem falschen Empfehlungsschreiben?«

»Er ist leider sehr schwach abgedruckt. Nur wenige Buchstaben sind lesbar. Ein o, ein i, noch ein i, wieder ein o und zuletzt ein n.«

Patrizia rollte mit den Augen. »Das finden wir nie raus ...«

»Ihr vielleicht nicht, aber lasst mir einfach noch ein bisschen Zeit. Ich habe mir von allen Fakultäten Fotos ihrer Stempel per E-Mail schicken lassen. Bisher bin ich zwar noch nicht fündig geworden, aber ein paar Optionen sind durchaus noch offen.«

»Falls es sich überhaupt um einen Stempel der Universität Neapel handelt. Vielleicht ist es irgendein x-beliebiger.«

»Da kann ich dich beruhigen. Er ist auf jeden Fall von dort. Im Zentrum des Stempels sieht man noch die Knie des sitzenden Friedrichs II., nach dem die Universität benannt ist.«

»Die Knie?« Patrizia musste unwillkürlich lachen. »Du bist genial!«

Bob lächelte geschmeichelt. Er stand auf, ging zum Kopiergerät, holte die Blätter heraus, die er zuvor noch nicht geprüft hatte, und studierte intensiv Seite für Seite. Diesmal konnte sich Patrizia nicht zurückhalten.

»Bob, darf man fragen, was du da machst?«

»Hm? Ach so. Ciro hat sich gestern die Hacken abgelaufen und sich von den verschiedenen Fakultäten in Neapel das offizielle Briefpapier geben lassen. Wie sich herausstellt, haben sie alle den gleichen Briefkopf, allerdings in unterschiedlichen Farben. Grün, blau, rot, gelb und so weiter.«

»Und wie kann uns das helfen? Wir haben doch vom Empfehlungsschreiben nur eine Schwarz-Weiß-Kopie?«

Bob sah sie erbost an. Dann kam er auf sie zu und wedelte mit den Blättern vor ihr in der Luft. »For heaven's sake! Wie kann man nur so einfallslos sein! Dass Farben beim Kopieren in Schwarz-Weiß trotz allem unterschiedlich rauskommen, ist dir doch wohl schon aufgefallen?«

»Du meinst wegen der unterschiedlichen Graustufen?«

»Genau deswegen! Natürlich hängt die exakte Tönung auch vom jeweiligen Kopiergerät ab, da gibt es Unterschiede. Aber grob lässt sich das auch mit anderen Geräten feststellen.« Er sah wieder auf die Blätter.

»Das heißt, du hast die farbigen Briefpapiere schwarz-weiß kopiert und vergleichst jetzt die Graustufen der Kopien mit denen unseres Empfehlungsschreibens, ja? … Bob?«

Doch Bob reagierte nicht. Er hatte sich die Brille wieder auf die Stirn geschoben und hielt zwei Blätter gegen das Licht.

Dann wandte er sich Patrizia zu. Auf seinem Gesicht spiegelte sich tiefe Befriedigung.

»Genau so habe ich es gemacht.«

Er reichte ihr die beiden Seiten. Bei der einen handelte es sich um die Kopie des gefälschten Empfehlungsschreibens, das andere Blatt war leer bis auf den Briefkopf. Auf seiner rechten Seite prangte das Emblem der Universität: Kaiser Friedrich II. auf dem Thron, in der einen Hand das Zepter, in der anderen den Reichsapfel. Daneben in großen Buchstaben der Name der Fakultät. Die Grautöne der Briefköpfe waren auf beiden Seiten identisch.

Bob tippte mit dem Finger darauf und las: »Facoltà di Scienze Naturali.«

Patrizia nickte. Die Naturwissenschaften ...

*

Cristina sah sich in Domenico De Falcos Wohnzimmer um, während aus der Küche das Geräusch klappernden Geschirrs drang.

»Unerwartet gemütlich für einen alleinstehenden Chemiker, meinst du nicht?«, flüsterte sie in Patrizias Richtung, doch die zuckte nur mit den Schultern.

»Warum? Ich bin alleinstehende Kommissarin, und bei mir ist es auch gemütlich.«

Cristina grinste. »Auch wieder wahr.«

Domenico De Falco kam mit einem Tablett zurück. Kein Kaffee. Der Hitze wegen hatten Patrizia und Cristina auf Mineralwasser bestanden. Er stellte das Tablett ab, ohne die Gläser zu verteilen, und setzte sich auf einen Stuhl. Dann sah er die beiden Kommissarinnen fragend an.

»Also. Wem oder was verdanke ich Ihren Besuch?«

»Signor De Falco, ich will keine Umschweife machen«, begann Patrizia. »Sie sind Chemiker und haben, soweit wir wissen, in Neapel studiert. Haben Sie aktuell noch Kontakte zur Universität?«

»Kontakte? Ich schreibe meinem ehemaligen Professor jedes Jahr eine Weihnachtskarte. Ist es das, was Sie hören wollen?« Er grinste, doch Patrizia ging nicht auf den Scherz ein.

»Sie sind also nicht noch ab und zu für die Universität tätig? Ich dachte da an einzelne Vorträge, Workshops und so weiter.«

»Nein. Ich habe seit vielen Jahren keinen Fuß mehr in meine damalige Fakultät gesetzt.«

»Und wie ist es mit anderen Fachrichtungen? Kennen Sie eine Professorin namens Lucia Cavallo?«

»Nein. Wer soll das sein?«

»Sie ist Expertin für alte Handschriften.«

Domenico De Falco stutzte einen Augenblick. Dann lachte er. »Handschriftenexpertin? Wieso sollte ich diese Dame kennen? Könnten Sie mir bitte sagen, worum es hier eigentlich geht?«

Patrizia ignorierte seine Frage. »Und wie sieht es aus mit Korrespondenz? Besitzen Sie noch Dokumente mit dem Briefkopf der Universität?«

Domenico De Falco sah sie ungläubig an. »Dokumente der Universität Neapel?« Er schüttelte irritiert den Kopf. »Außer meinem Diplom habe ich nichts aus meiner Studienzeit aufbewahrt. Immerhin ist mein Abschluss zehn Jahre her. Haben Sie etwa noch den Briefwechsel aus Ihrer Zeit an der Polizeihochschule?«

»Und was ist mit Ihrem Vater? Er war Chirurg an der dortigen Universitätsklinik, bevor er ans Ospedale S. Leonardo nach Salerno kam. Wissen Sie, ob er für seine berufliche Korrespondenz offizielles Briefpapier oder einen Universitätsstempel besaß?«

»Sie fragen mich, ob mein leiblicher Vater einen offiziellen

Stempel der Universität von Neapel hatte? Ich dachte, ich hätte Ihnen bereits erklärt, dass ich nach seiner Trennung von meiner Mutter keinen Kontakt mehr zu ihm hatte. Um genau zu sein, seit meinem fünften Lebensjahr. Wieso um Himmels willen sollte ich derartige Dinge wissen?«

»Ihr Vater ist vor knapp zwei Jahren gestorben. Haben Sie ihn denn bis zu seinem Tod gar nicht mehr gesehen oder etwas von ihm geerbt?«

»Wie zum Bespiel Universitäts-Briefpapier und Stempel?«, fragte De Falco spöttisch, doch Patrizia und Cristina sahen ihn nur auffordernd an.

»Hören Sie, ich sage es noch einmal. Wir hatten keinerlei Kontakt, selbst in den Jahren vor seinem Tod nicht. Um genau zu sein, ich war nicht mal auf seiner Beerdigung. Und er? Warum hätte er mir was hinterlassen sollen?«

»Sie sind sein leiblicher Sohn. Außerdem hat er hier in Salerno gelebt. All die Jahre lang.«

»Salerno ist ein Dorf, aber groß genug, um sich aus dem Weg zu gehen, wenn man das will.«

»Und das wollten Sie? Warum eigentlich?«

»Santa Maria! Wahrscheinlich habe ich es ihm nachgetragen, dass er nicht versucht hat, den Kontakt irgendwann wieder aufzunehmen. Wie Sie selbst sagten, er war schließlich mein Vater, oder nicht? Stattdessen hat er mich aufgegeben. Nicht nur anfangs, sondern ganz.«

Patrizia war aufgestanden und zu einer Kommode gegangen. »Und trotzdem haben Sie ein Bild von ihm in Ihrem Wohnzimmer stehen.« Sie nahm ein gerahmtes Foto in die Hand. Es zeigte einen jungen Federico De Falco mit gleichaltriger Frau, die einen etwa zweijährigen Jungen auf dem Arm hielt. Im Hintergrund lagen mehrere Segelboote. Auf einem Schild war das Wort *Bootsverleih* zu lesen. Das Kind hatte schulterlange schwarze Haare und blickte ernst in die Kamera. Patrizias Blick ging vom Foto zu Domenico De Falco.

»Sind Sie dieses Kind?«

»Nein. Das ist mein Vater mit seiner Schwester und ihrem Sohn, also meinem Cousin. Tatsächlich ist der aber bei meinem Vater aufgewachsen. Meine Tante und ihr Mann verunglückten tödlich, nicht lange nach diesem Foto. Mein Vater nahm seinen Neffen zu sich. Dann lernte er Eleonora, also meine Mutter, kennen, und ich kam auf die Welt. Ein paar Jahre lang waren wir sowas wie Brüder, aber seit der Trennung meiner Eltern habe ich ihn nicht mehr gesehen. Ich lebte bei meiner Mutter, er blieb bei meinem Vater. Ich nehme an, dass er derjenige ist, der alles geerbt hat.« Domenico De Falco klang bitter. »Ich selbst habe nur dieses Foto von ihm. Schön, nicht? Fünf Jahre mit meinem Vater und nicht ein Bild von ihm und mir.«

»Sie hätten Ihre Mutter sicher um eins bitten können.«

»Wird das jetzt eine Therapiesitzung?«

Patrizia zuckte mit den Schultern und beschloss, das Thema zu wechseln. In diesem Augenblick klingelte Domenico De Falcos Handy, und er entschuldigte sich einen Augenblick.

»War mir gleich klar, dass das hier nichts bringt«, sagte Cristina leise, als er ins Nebenzimmer gegangen war. »Ohne Durchsuchungsbeschluss sind wir doch völlig davon abhängig, was er uns sagen will und was nicht.«

Patrizia seufzte. »Natürlich. Aber einen Durchsuchungsbeschluss kriegen wir nun mal nicht. Ja, De Falco hat vor vielen Jahren an der Naturwissenschaftlichen Fakultät in Neapel studiert, aber das haben Tausende andere auch. Und ansonsten haben wir nichts gegen ihn in der Hand. Du hast doch gehört, was unser Staatsanwalt vorhin gesagt hat.«

Cristina nickte. In diesem Augenblick kam Domenico De

Falco zurück. »So, hier bin ich wieder. Haben Sie noch Fragen? Ich bin nämlich zum Mittagessen verabredet.«

Patrizia schüttelte den Kopf. »Nein, das wär's fürs Erste. Aber halten Sie sich bitte zu unserer Verfügung.«

Er nickte, und Patrizia und Cristina standen auf.

Vom Fenster aus sah Domenico De Falco den Kommissarinnen nach, bis sie die Straßenecke erreicht hatten. Dann drehte er sich um, durchquerte das Wohnzimmer und öffnete die Schlafzimmertür. Auf dem Bett saß, in sich zusammengesunken, sein Stiefvater.

»Okay, sie sind weg, du kannst wieder rauskommen.« Er grinste, doch Saverio Salazar rührte sich nicht.

»Was hast du?«

»Nichts.«

»Nichts? Gut, dann können wir ja essen gehen.«

Saverio Salazar schüttelte stumm den Kopf.

»Saverio, was soll das? Kannst du mir mal sagen, was los ist? Erst verkriechst du dich im Schlafzimmer, während die Kommissarinnen hier sind, und jetzt das ….«

Saverio Salazar rieb sich mit den Händen übers Gesicht. »Scusa. Es ist nur … Wegen dieser fürchterlichen Geschichte kommt alles wieder hoch.«

»Was alles? Ich wünschte, ich wüsste, was du meinst. Sprichst du von dir und Mamma? Von der Trennung von meinem Vater damals?« Saverio Salazar nickte langsam, und Domenico De Falco setzte sich neben ihm aufs Bett.

»Du und Mamma habt mir nie etwas erzählt. Über meinen Vater, über euch, warum die Dinge so gelaufen sind. Und ich wollte nicht nachbohren. Aber manchmal habe ich das Gefühl, ich kenne euch gar nicht. Meinst du nicht, es wäre mal an der Zeit, offen zu sprechen?«

»Du hast ja recht. Vielleicht haben wir uns damals einfach geschämt. Und irgendwann war dann alles ausgestanden und lag Jahre zurück. Kein Grund, in alten Geschichten zu wühlen.«

»Was für Geschichten? Jetzt sag einfach.«

»Dass wir Kollegen am Liceo De Santis waren, weißt du ja.«

»Ja, ihr wart beide Musiklehrer.«

Saverio Salazar sah auf seine Hände. »Genau. Das Conservatorio und die Madrigalkarriere deiner Mutter kamen erst später. Eleonora war eine schöne Frau, ganz wie heute. Lebensfroh, stolz, vielleicht ein bisschen arrogant.«

»Auch ganz wie heute.«

»Du sollst nicht so über deine Mutter reden.«

»Und du sollst sie nicht so verherrlichen.«

»Na ja. Jedenfalls hatte sie mit deinem Vater nicht wirklich viel gemeinsam. Er war Chirurg, zehn Jahre älter, viel aus dem Haus. Sie eine aufstrebende Musikerin. Ich hatte damals auch noch Hoffnungen auf eine kleine Karriere. Und dann … Dann wurden Eleonora und ich ein Paar. Erst heimlich natürlich. Dein Vater und deine Mutter waren schon zehn Jahre zusammen. Es gab dich und deinen Cousin. Du warst noch klein und er ein Teenager. Ihr wart eine Familie.« Saverio Salazar holte tief Luft. »Ich wollte mit ihr zusammen sein. Um jeden Preis. Aber das war nicht so einfach.«

»Und dann?«

»Dann ist es irgendwann passiert. Wir wurden in flagranti erwischt. Danach ging alles sehr schnell. Alles, was vorher schwierig war, löste sich innerhalb weniger Tage.«

»Schön für euch. Warum dann dieser absolute Bruch mit meinem Vater, wenn es letztlich so einfach war? Warum wollte er mich plötzlich nicht mehr sehen? Warum durfte ich nicht mehr zu ihm?«

Saverio Salazar sah seinen Stiefsohn an und legte eine Hand auf seine, doch der zog sie weg. »Saverio?«

»Wir wollten euch Jungen schützen. Und zumindest bei dir ist uns das auch gelungen. Das viele Hin und Her tat einfach nicht gut. Du warst erst fünf. Wir wollten nicht, dass du auch so darunter ... Domenico, wir haben doch das Richtige getan. Du, deine Mutter und ich. Wir waren glücklich. Dann kam Sandro auf die Welt. Wir waren eine Familie, eine neue Familie ...«

Domenico De Falco verzog das Gesicht. »Ja. Sandro. Mamas neues Spielzeug. Ihr Engelchen mit den braunen Locken.«

»Domenico. Warum machst du alles schlecht? Sandro ist tot.«

»Wie könnte ich das vergessen? Er hat den Preis für Mamas Liebe bezahlt.«

Saverio Salazar sprang abrupt auf. Sein Gesicht war wutverzerrt. »Das geht zu weit! Aber wie du willst. Ja bitte. Sandro hat bezahlt. Und nicht nur er ... Du dagegen ... ganz bestimmt nicht!«

*

Patrizia hatte bei Cristina zu Abend gegessen. Jetzt saßen sie auf der Dachterrasse. Aus der Mansardenwohnung drangen Stimmen aus dem Fernseher. Cristinas Töchter sahen einen Zeichentrickfilm, ihr Mann Maurizio spielte mit seiner Mutter Scopa. Hier und da waren frustrierte Ausrufe zu hören.

»Beim Kartenspielen ist meine Schwiegermutter ungeschlagen«, kommentierte Cristina. »Ich habe es schon vor Langem aufgegeben, aber Maurizio wartet immer noch vergeblich auf den Tag seines Triumphs.«

Patrizia lachte.

»Ach übrigens, Patrizia ... Ist Gianni eigentlich schon von seiner Konferenz zurück?«

»Was …?«

Die Frage hatte Patrizia völlig unvorbereitet getroffen, und sie hatte das unbestimmte Gefühl, dass Cristina genau das beabsichtigt hatte. Sie spürte, wie ihr die Röte ins Gesicht stieg, und sagte betont beiläufig: »Ja, der ist wieder da … Seit letztem Sonntag, glaube ich.«

»Glaubst du? Habt ihr euch denn seitdem noch gar nicht gesehen?«

»Hm, doch. Am Sonntagabend.«

»Aha.«

»Was heißt hier aha? Und warum piesackst du mich immer mit Gianni? Willst du mich verkuppeln? Glaubst du, ich würde es nicht alleine hinkriegen, wenn ich was mit ihm anfangen wollte?«

»So ganz sicher bin ich mir da nicht.«

»Na, danke!«

»Schnapp nicht ein. Ich traue dir alles Mögliche zu. Nur zweifle ich manchmal daran, dass du weißt, was du willst. Du lässt einfach deine eigenen Gefühle nicht an dich ran.«

»Das wird ja immer schöner! Schlimmer als jede Psychotherapie …« Patrizia schüttelte in gespielter Empörung den Kopf. Doch dann fragte sie: »Und du als meine Therapeutin hast also entschieden, dass Gianni gut für mich wäre?«

»Zehn Punkte von zehn. Hundert Prozent p-o-s-i-t-i-v.«

»Aha.«

»Siehst du. Da fällt dir nichts mehr ein. Weil du nämlich längst weißt, dass ich recht habe, du alter Feigling.«

»Wie auch immer. Außerdem ist die ganze Diskussion ja sowieso rein theoretisch. Wer sagt dir denn, dass Gianni überhaupt interessiert wäre?«

»Hm … Wann kam er nach seiner Rückkehr aus Meran bei dir vorbei?«

»Am Sonntagabend. Aber woher weißt du, dass er zu mir ...«

Cristina lachte, und Patrizia stimmte unwillkürlich ein. »Mensch, Cristina! Jetzt arbeitest du schon mit Verhörmethoden, und ich fall auch noch rein auf diesen billigen Trick.«

Sie fühlte die Röte nun auch in ihren Ohren. Konnte Cristina recht haben? Dass sie bis zu Giannis Rückkehr die Tage gezählt hatte, war eine Tatsache. Und er? Hatte er sie genauso dringend wiedersehen wollen? Sie würde darüber nachdenken ... Oder war das genau der falsche Weg?

Patrizia setzte sich auf. Sie fühlte sich ungewöhnlich leicht und beschwingt. Trotzdem, jetzt gab es erstmal anderes zu tun. Sie zog eine der Mappen zu sich heran, die vor ihnen auf dem Tisch lagen.

»Gut. Schluss mit der Therapiesitzung für heute. Wir müssen arbeiten.«

Cristina sah ihre Kollegin an und lächelte. »Natürlich ... immer.«

Auch sie nahm eine Mappe und fing an zu blättern. »Wo fangen wir an?«

»Ich dachte, wir sprechen nochmal über unsere falsche Ente.«

»Hm. Du meinst die These, dass es zwei verschiedene Täter gibt. Einen für den Raubüberfall in Neapel und einen für die Überfälle und Morde in Salerno.«

»Genau. Je länger ich darüber nachdenke, desto überzeugter bin ich, dass es stimmt.«

»Ich ja auch. Aber hilft es uns weiter? Das Einzige, was dadurch für uns wegfällt, ist der Täter in Neapel. Das heißt noch nicht, dass wir über unseren Mann hier in Salerno mehr wissen.«

Sie sah Patrizia an, doch die ließ sich mit der Antwort Zeit. Schließlich meinte sie: »Du hast ja recht. Trotzdem dürfen wir den Vorfall in Neapel nicht einfach unter den Tisch fallen lassen. Immerhin ist der erste Überfall durch das Messer mit den anderen verbunden.«

Cristina nickte. »Schon klar. Und weißt du was? Jetzt wird auch noch ein anderes Detail wichtig, das bisher keine besondere Rolle gespielt hat, nämlich die Zeugenaussage des Jungen am ersten Tatort. Erinnerst du dich, was er über das Messer sagte?«

»Der Täter warf es weg ...«

»Genau. Das stärkt unsere Theorie von zwei verschiedenen Männern. Der Täter in Neapel wirft das Messer weg, und unser Mann findet es und nimmt es an sich.« Einen Augenblick überdachte Cristina die Situation, doch dann schüttelte sie mutlos den Kopf. »Aber letztlich bringt uns das auch nicht weiter, denn es bedeutet nur, dass unser Täter am Abend des ersten Raubüberfalls oder in den Tagen danach in Neapel war und zufällig das Messer gefunden hat, mehr nicht.«

Patrizia nickte. Dann stand sie auf und ging zum Rand der Dachterrasse. Obwohl es fast acht Uhr sein musste, schien die Sonne noch immer heiß. Auf der Straße unter ihr warfen die Bäume und Autos lange Schatten. Bald würde die Sonne hinter den Bergen der Steilküste versinken.

»Dieses Messer«, sagte sie. »Wie wahrscheinlich ist es, dass es Stunden oder Tage nach dem Raub von jemandem gefunden wird, der es wieder als Tatwaffe benutzt? Das wäre doch ein unglaublicher Zufall. Ist es nicht viel wahrscheinlicher, dass der Finder es an sich genommen hat, weil er Zeuge des Überfalls war?«

Cristina war ebenfalls aufgestanden und hatte sich neben sie auf die Brüstungsmauer gesetzt. »Hm. Das Opfer wohl kaum. Sein Sohn ebenfalls nicht ...«

Patrizia nickte. »Dann bleibt nur noch einer.«

»Du denkst an den Komplizen. Möglich. Er beobachtet den Gewaltakt, es törnt ihn an, und er beschließt, es selber mal zu probieren. Das heißt, falls er nicht ohnehin schon eine einschlägige Karriere hinter sich hat.«

»Das glaube ich nicht.«

»Wieso?«

»Weil es keinen Komplizen gibt.«

Cristina zog die Augenbrauen hoch. »Was?«

»Denk doch mal nach. Was sagt Gabriella immer? Wir sollen nach einer Perspektive suchen, unter der alle bekannten Fakten Sinn ergeben.«

Cristina schüttelte den Kopf. »Ich stehe auf dem Schlauch. Was meinst du?«

»Ich meine, dass der Täter in Neapel eine Maske trug, der zweite Mann dagegen nicht. Hast du dich mal gefragt, warum? Wenn er wirklich ein Komplize war, wieso geht er das Risiko ein, erkannt zu werden? Wenn er aber keiner war, was dann?«

»… ein zufälliger Zeuge.«

Patrizia nickte nur und sah auf die Straße unter ihnen. Doch nach einer Weile schüttelte sie wieder den Kopf. »Weißt du was? Wir gehen ständig einen Schritt vor und zwei zurück.«

Cristina sah sie fragend an, und Patrizia fuhr fort: »Okay. Sagen wir, er war tatsächlich nur ein Zeuge, und der Anblick der Tat verleitet ihn dazu, seine eigenen Gewaltfantasien in die Realität umzusetzen. Er fängt mit scheinbaren Raubüberfällen an. Dabei wählt er seine Opfer wahllos aus. Aber nach kurzer Zeit reicht ihm das nicht mehr. Er geht einen Schritt weiter und mordet. Bene, bis dahin ist es ja noch plausibel. Aber warum wählt er seine letzten beiden Opfer plötzlich mit Methode aus? Denn dass sie alle aus dem Umfeld der Salazar stammen, ist ja wohl kein Zufall! Oder hat er einfach irgendwann beschlossen, seine Gewaltfantasien in den Dienst der Frau zu stellen, die er bewundert?«

»In den Dienst der Salazar?« Cristina lachte. »Du meinst, er versucht das Angenehme mit dem Nützlichen zu verbinden und ermordet Menschen aus dem Kreis unserer Sängerin, um ihr damit irgendwie zu nützen?« Sie schüttelte den Kopf. »Niemals.«

»Du hast ja recht«, meinte Patrizia. »An dem Punkt waren wir schon mal, und für La Rocca funktioniert das einfach nicht.«

»Genau. Ganz abgesehen davon, dass sich diese Theorie insgesamt ziemlich wild anhört. Ich fasse zusammen: Wir suchen jemanden aus dem Umfeld Eleonora Salazars, der zufällig Zeuge des ersten Überfalls wurde, ebenso zufällig gewaltbereit ist und der ihr Madrigale zusteckt, die er möglicherweise selber komponiert.« Sie sah Patrizia von unten herauf an.

Die grinste schief. »Du meinst, das wären ein paar Zufälle zu viel?«

»Du etwa nicht?«

Patrizia schwieg. Plötzlich stand ihr ein Bild vor Augen. Die Kite-Surfer, die sie erst vor Kurzem am Strand gesehen hatte. Es war ein schöner Anblick gewesen. Sie schloss die Augen und ließ sie noch einmal vor sich über die spiegelnde Fläche gleiten.

»Hallo? Wo bist du gerade?«, fragte Cristina.

»Bei den Kites, die wir neulich am Strand gesehen haben.« Patrizia seufzte. »Es muss die Müdigkeit sein. Dieser ständige Druck weiterzukommen. Manchmal sehne ich mich so nach ein bisschen Leichtigkeit. Aber weißt du was? Wenn ich darüber nachdenke, haben die Kite-Surfer und wir vielleicht sogar einiges gemeinsam.«

»Zum Beispiel?«

»Na ja. Ich meine die Verkettung von Voraussetzungen und Zufällen. Denk doch mal. Die Ausgangslage ist einfach ein schöner, windiger Tag. Dann ein paar Bedingungen wie erfahrene und begabte Surfer. Ein bisschen Mut braucht man wohl auch. Und dann das Zufallselement: Die Windböen, nach denen die Surfer in jedem Augenblick ihre Segel ausrichten müssen. Und daraus ergibt sich dann das Gesamtbild, das wir sehen. Die Bahnen und Formen, die die Segel im Himmel beschreiben.«

Cristina sah sie mit großen Augen an. »Könntest du das Ganze mal für kleine Kommissarinnen konkret auf unseren Fall anwenden?«

Patrizia lachte. »Ausgangslage: Der Täter gehört in den Umkreis der Salazar. Möglicherweise bewundert er sie, und eventuell ist er selber ein begabter Musiker, was ja in ihr Umfeld passen würde. Weitere Voraussetzung: Er ist gewaltbereit.«

»Und das Zufallselement?«

»Er wird Zeuge eines Gewalttakts, und das bringt bei ihm den Stein ins Rollen.«

»Hm. Trotzdem erklärt es noch nicht die Auswahlkriterien für die Mordopfer, geschweige denn die Madrigale.«

Patrizia nickte. Cristina hatte recht. Es waren noch viele Fragen offen. Dennoch begann der Eisberg langsam an die Oberfläche zu driften.

Zentimeter um Zentimeter.

Kapitel 10

Freitag, 6. Juli 2012

Eleonora Salazar stand an ihrem Wohnzimmerfenster und sah den beiden Kommissarinnen nach, die am Ende der Piazzetta San Pietro a Corte in die Via Dogana Vecchia einbogen. Erst acht Uhr. Ein ungewöhnlich früher Besuch, doch ihr war es gleich. Sie hatte nur wenig geschlafen und war schon vor Stunden aufgestanden. Außerdem hatte ihr Gespräch nicht lange gedauert. Es war wieder einmal um die Madrigale gegangen.

Zwar konnte die Polizei noch immer nicht ausschließen, dass der Mörder zufällig im Besitz alter Musikstücke war, die er auf die herausgetrennten Seiten aus der Nationalbibliothek kopiert und ihr zum Geschenk gemacht hatte. Dennoch gingen die Kommissarinnen davon aus, dass es sich bei den Madrigalen um neue Kompositionen handelte. Und in diesem Fall …

Eleonora Salazar drückte die Stirn an die Fensterscheibe und verharrte einige Sekunden. Ja. In diesem Fall war die fast magisch-schöne Musik von einem Mörder. Und genau deshalb waren sie zu ihr gekommen, zu dieser frühen Stunde und mit dieser Frage:

Wer kann so etwas?

Sie löste den Kopf von der Scheibe und presste die Finger auf die schmerzenden Lider, doch die Frage blieb vor ihrem inneren Auge stehen.

Wer kann so etwas?

Sie wiederholte die Worte in ihrem Kopf, wieder und wieder.

Natürlich gab es großartige zeitgenössische Komponisten, aber in der Madrigalmusik? Wer war Kenner genug und darüber hinaus noch überdurchschnittlich begabt? Gab es jemanden, dem sie diese Musik zutraute?

Sie schüttelte irritiert den Kopf. Nein, niemand, den sie kannte, war gut genug. Was sie den Polizistinnen gesagt hatte, war die Wahrheit. Sie wusste nicht, wer so etwas konnte. Sie wusste es wirklich nicht.

Am Treppenhausfenster auf der anderen Seite des Platzes nahm sie eine Bewegung wahr, doch als sie hinsah, war niemand da. Sie atmete tief durch und straffte die Glieder. Sie musste sich jetzt zusammenreißen. In einer Stunde begann die Probe … auch wenn sie darauf im Augenblick überhaupt keine Lust hatte.

Sie lächelte bitter. Es war paradox. Ein neues Stück, so gut wie das erste, wenn nicht besser. Und sie hatte keine Lust, es einzustudieren. Die Kommissarinnen hatten noch einmal betont, dass das Konzert regulär vonstattengehen musste. Und doch würde diesmal alles anders sein. Zumindest für sie. *Denn was ich singe, sind die Noten eines kranken Mörders. Es ist die Musik des Mannes, der Umberto getötet hat.*

*

Als Patrizia und Cristina in der Questura ankamen, war es noch immer früh, dennoch hatte der wachhabende Kollege am Eingang bereits eine Nachricht für sie. Bob Kingfisher, ihr Kriminaltechniker, wollte sie sprechen, und zwar ASAP. Der Kollege lachte, und Patrizia und Cristina machten sich eilig auf den Weg.

Bobs Büro war leer, dafür kamen Geräusche aus den angegliederten Arbeitsräumen. Sie traten ein.

»Bob …?«

»Na endlich!«

»Was heißt hier ›na endlich‹?«, gab Patrizia zurück. »Und was ist überhaupt los? Kommst du nicht zu unserer Teamsitzung? Sie fängt in ein paar Minuten an.«

»Zu viel Arbeit. Aber zur Sache, ich wollte euch etwas zeigen.«

»Geht es um den Stempel auf dem Empfehlungsschreiben?« Patrizias Stimme klang hoffnungsvoll.

Bob schüttelte den Kopf. »Tut mir leid, aber damit kann ich noch nicht dienen. Nein, es dreht sich um die hier.« Er zeigte auf einige Holzbauklötze aus Naturholz, die auf einem Arbeitstisch übereinanderlagen, neben ihnen großformatige Fotos.

»Sind das die Bauklötze, mit denen Umbertos Enkel gespielt hat?«, fragte Cristina.

»Genau, allerdings hat Simona gestern nochmal bei La Roccas Tochter nachgehakt. Der Kleine kann sich definitiv nicht erinnern, ob er am Nachmittag vor dem Tod seines Großvaters noch mit den Klötzen gespielt hat, geschweige denn, ob sie aufgeräumt wurden. Er spricht offenbar überhaupt nur noch wenig. Armer kleiner Kerl.«

»Aber was gibt es dann für Neuigkeiten?«, fragte Patrizia.

Bob reichte ihnen Einmalhandschuhe. »Zieht euch erstmal die Dinger über, auch wenn ich die Fingerabdrücke schon gesichert habe. Und dann versucht ihr etwas mit diesen Klötzen zu bauen.« Patrizia und Cristina zogen fast gleichzeitig die Augenbrauen hoch, doch sie sagten nichts. Cristina nahm einen der Steine in die Hand.

»Aber die haben doch alle die gleiche Form. Alles Säulen. Was soll man damit bauen?«

Sie setzte die erste Rolle hochkant auf die Arbeitsplatte. Dann stapelten sie und Patrizia die anderen darauf. Fünf Stück. Ein wackliger Turm. Bob pustete, und die Rollen purzelten zurück auf den Tisch.

Patrizia schüttelte verständnislos den Kopf. »Ich verstehe nicht, was wir damit machen sollten. Was erwartest du von uns?«

»Nothing at all«, meinte Bob. »So ging es mir auch. Ich habe mich gefragt, was man mit fünf Rollen bauen kann, und kam zu folgendem Schluss ...« Patrizia und Cristina sahen ihn erwartungsvoll an.

»Genau das, was ihr gebaut habt, nämlich nichts.«

Cristinas Gesicht hellte sich auf. »Und dann hast du dich gefragt, warum Jacopo ausgerechnet mit fünf gleichen Teilen gespielt haben soll, zumal sein Spielzimmer in La Roccas Wohnung voller Bauklötze war.«

»Richtig. Und ich kam zu dem Schluss, dass diese Rollen wahrscheinlich doch nicht zum Spielen benutzt wurden. Deshalb habe ich Berechnungen angestellt und ein paar Versuche gemacht.«

Er reichte ihnen die Fotos, die auf dem Tisch lagen. »Legt bitte die Bausteine so nach, wie ihr sie auf den Bildern seht. Die Abstände zwischen den einzelnen Klötzen sind eingezeichnet, aber ich habe die Positionen auch schon auf dem Boden markiert.« Patrizia sah nach unten. Tatsächlich hatte Bob mit Kreide mehrere Striche auf den Boden gezeichnet. Sie nahm die Bauklötze und stellte sie auf ihre Plätze.

»Und jetzt?«

»Jetzt schaut ihr euch nochmal die Bilder an.«

»Da ist alles anders. Nur drei stehen so wie jetzt. Die anderen zwei sind etwa einen Meter weiter oben, und zwar links.«

»Genau, und jetzt passt auf.«

Bob stellte sich vor die fünf Klötze, die alle mehr oder weniger in einer Reihe lagen. Dann machte er einen schnellen Schritt und stieß mit dem rechten Fuß gegen eine der Säulen. Die machte einen Satz und kam ein paar Meter weiter zum Liegen.

Cristina betrachtete die Fotos. »Ich verstehe nicht. Das Endergebnis ist nicht das gleiche wie auf dem Bild.«

Bob lächelte, stellte die fünfte Säule wieder an ihren ursprünglichen Platz und schritt aus. Diesmal langsam und bedächtig. Wieder stieß seine Fußspitze an die Säule. Sie machte eine halbe Drehung, rollte nach links und stieß an die leicht erhöht stehende Säule neben ihr. Kurz darauf blieben beide liegen.

»Tatsächlich!«, rief Patrizia. »Jetzt ist es fast genauso wie auf dem Bild aus der Wohnung. Das bedeutet, dass jemand behutsam gegen diese Säule gestoßen ist. Möglicherweise La Rocca selbst. Er schleicht vom Schlafzimmer Richtung Wohnzimmer, weil er ein Geräusch gehört hat, und sieht im Dunkeln die Bauklötze nicht.«

»Aber muss die Anordnung, die ihr im Flur vorgefunden habt, überhaupt von einem Tritt stammen?«, warf Cristina ein. »Wer sagt uns, dass die Säulen ursprünglich so lagen, wie du sie rekonstruiert hast?«

Sie nahm die Bauklötze, legte sie noch einmal an die von Bob festgelegten Plätze und wollte weitersprechen, doch Patrizia fasste sie am Arm. Einen Augenblick sagte niemand ein Wort. Dann sah es auch Cristina. Was da vor ihnen lag, war fremd und gleichzeitig so vertraut.

Eine andere Schrift. Spielzeug diesmal. Keine Steine. Und doch dieselbe rätselhafte Botschaft.

*

Domenico De Falco saß im Café Zeroottonove am Lungomare und dachte an das Foto in seinem Wohnzimmer. Seinen

Vater und die Tante, die er nicht mehr kennengelernt hatte. Auf ihrem Arm sein Cousin. Er hatte den Kommissarinnen erklärt, wie endgültig der Bruch mit dem Vater gewesen war. Und dennoch hatte diese Vespa einen wunden Punkt getroffen. Was hatte sie gesagt? »Und trotzdem haben Sie ein Bild von ihm in Ihrem Wohnzimmer stehen.«

Es stimmte. Abgesehen von seiner Mutter waren die Menschen auf dem Bild die einzige Familie, die er hatte. Natürlich ... Da war sein Stiefvater Saverio, der ihn immer wie einen Sohn behandelt hatte. Und trotzdem hatte das Bild jahrein, jahraus auf den verschiedensten Möbeln gestanden. Zuerst in seinem Kinderzimmer, dann in der Studentenbude. Jetzt in seiner neuen Wohnung. Die Jahre waren vergangen. Mittlerweile war sein Vater tot, und wie sein Cousin in der Zwischenzeit aussah, wusste er nicht.

Aber hatte er tatsächlich nur aus Anhänglichkeit an dem Bild festgehalten, oder auch deswegen, weil er es seinem Cousin weggenommen hatte?

Nur geliehen, hatte er damals gedacht. Es war ein paar Monate nach der Trennung seiner Eltern gewesen, in der Zeit, als er seinen Vater noch sehen durfte. Und bei einem dieser Besuche hatte er das Bild eingesteckt, das im Zimmer seines Cousins auf dem Nachttisch stand.

Nur geliehen, bis zum nächsten Wochenende.

Und dann hatte es dieses nächste Mal nicht mehr gegeben. Sie hatten sich nie wiedergesehen, und das Foto war bei ihm geblieben.

Hatte er sich schuldig gefühlt? Möglich, aber sicher nicht sehr, denn sie waren nicht immer gut miteinander ausgekommen. Sein Cousin hatte es ihm nie verziehen, dass er das richtige Kind war. Kein Stiefkind, so wie er, sondern ein echtes. Und er selbst hatte es ihn spüren lassen bei jedem Streit. Gerade alt genug war er gewesen, die Schwachpunkte seines Cousins zu erahnen und die eigenen Trümpfe auszuspielen.

Hatte er ihn nach der Trennung trotzdem vermisst? Wahrscheinlich. Aber dann hatte er seinen Vater nicht mehr besuchen dürfen, ohne zu wissen, warum. Geahnt hatte er es immer. Jetzt war es Gewissheit.

Obwohl es am Vortag fast noch zum Streit gekommen war, hatte Saverio ihm schließlich doch alles erzählt. Sein Cousin war schuld. Er hatte sich nach der Trennung aufgeführt wie ein Baby. Dabei war er damals schon dreizehn gewesen! Wegen ihm hatte er, Domenico, seinen Vater verloren.

Er dachte wieder an das Bild, das doch eigentlich gar nichts mit ihm selbst zu tun hatte. Es zeigte seinen Vater, ja. Aber das Leben, das es abbildete, war nicht seines, sondern das seines Cousins. Nein … Es war das Leben, das der hätte haben sollen. Mit einer Mutter, einer eigenen Familie und dem verdammten Bootsverleih, den man im Hintergrund sehen konnte. Warum hatte der Kerl dieses Leben nicht behalten dürfen? Dann hätte er seinen Vater nicht gebraucht. Er wäre bei seinen Eltern aufgewachsen, und sie hätten sich zwei Mal im Jahr bei Familienfesten gesehen. Stattdessen hatte er Domenicos Mutter Mamma genannt und seinen Vater Papà. Und das, obwohl der nur sein Onkel war und Eleonora … gar nichts. Eine angeheiratete Mamma. Aber das hatte den ja nicht gestört. Er war ein Parasit gewesen. Ein Kuckuckskind. Hatte seiner Mutter am Rockzipfel gehangen, stundenlang Klavier geübt. Und dann, nach der Trennung, hatte er ihm den Vater weggenommen. Wegen ihm war es zum Bruch gekommen.

Domenico De Falco holte tief Luft. Hier saß er nun, an einem heißen Julitag in einem Café, und hatte Tränen in den Augen, während um ihn herum die Menschen flanierten, lachten, Eis aßen. Nicht, dass er viel davon mitbekam. Er sah nur die Bilder, die sich in seinem Kopf abspielten. Eine Diashow schnell wechselnder Szenen ohne Ton.

Was hatte Saverio gestern gesagt? Sein Cousin hatte gelitten und später auch Sandro, er selbst dagegen nicht?

Wut kam in ihm hoch. Sein Vater, seine Mutter, Saverio. Erst hatten sie über seinen Kopf hinweg sein Leben entschieden, und dann maßten sie sich an, über seine Gefühle zu urteilen.

Ob er nicht glücklich gewesen sei, hatte Saverio ihn am Vortag gefragt. Was wusste der schon? Sein Vater hatte ihn wegen eines Kuckuckskindes aufgegeben, und auch für seine Mutter war er die ewige zweite Wahl gewesen. Immer zwei Schritte hinter ihrem Engel Sandro, immer in zweiter Reihe.

Er lächelte bitter. So war es doch, oder nicht? Er war immer nur zweite Wahl.

*

Die Luft stand zwischen den Häusern auf Ogliaras Hauptstraße, als Patrizia mit ihrer Einkaufstasche Richtung Minimarkt lief. Schon halb acht und noch so heiß. Wenn es doch nur endlich mal ein Gewitter gäbe!

Seit Tagen kündigte es sich an, ohne zu kommen, und die drückende Hitze machte selbst in den höher gelegenen Stadtteilen jede Bewegung mühsam.

Patrizia betrat den Laden, in dem es nach Parmesan und eingelegten Sardinen duftete. Sofort zählten seine Besitzerinnen, zwei ältere Schwestern, Dinge auf, von denen sie hofften, dass sie sie interessieren konnten. Sie kaufte Oliven, Fladenbrot, scharfen Provolakäse und eine große Scheibe Baccalà. Der Fisch lag zum Entsalzen in einem Wassertrog, auf dem ein Zettel mit einer handschriftlichen Notiz klebte: Derselbe Preis wie letztes Jahr.

Kurz darauf stand Patrizia wieder auf der Straße. Neben dem Minimarkt lag ein Gemüsegeschäft. Sie trat ein. Im Inneren war es vergleichsweise kühl, und sie sah sich um. Die violetten Auberginen leuchteten einladend. Sie nahm zwei und überlegte. Wenn sie noch Zucchini und Tomaten mitnahm, konnte sie ein Ratatouille machen. Heute Abend wollte sie sich Zeit nehmen und mit Cristina etwas wirklich Leckeres kochen. Sorgfältig wählte sie aus, was sie brauchte.

Als sie bezahlen wollte, zeigte der Gemüsehändler auf eine große Wassermelone. Patrizia schüttelte bedauernd den Kopf.

»Ich bin zu Fuß!« Doch da hatte sie die Rechnung ohne den Wirt gemacht.

»Aber Commissaria, dafür bin ich ja da!« Der Mann lachte und zeigte auf das uralte Moped, mit dem er seinen Kunden die Waren nach Hause fuhr.

Jedes Mal geht mir das so. Patrizia musste unwillkürlich lächeln. Ihrer Argumente beraubt kaufte sie die Melone, die so schwer war, dass der Mann sie zusammen mit seiner Frau in eine Stofftasche hieven musste.

Als sie kurz darauf zu Hause ankam, stand der Gemüsehändler bereits vor ihrer Haustür und unterhielt sich mit Cristina, die auch gerade angekommen war. Gemeinsam trugen sie die Tüten ins Haus und machten sich an die Arbeit. Aus der Stereoanlage drang Paolo Conte, und schon bald zog ein verführerischer Duft von Gemüse, Zwiebeln und Knoblauch durch die Küche. Patrizia goss Weißwein in den Wok und ließ das Ratatouille darin ziehen.

»Wie sieht's mit dem Baccalà aus?«

Cristina prüfte das weiße Fleisch des Stockfischs im Dämpfer. »Fast fertig. Ich kann's kaum mehr abwarten. Dass ich heute Abend noch in den Genuss eines solchen Essens komme, hätte ich nicht gedacht.« Sie zwinkerte Patrizia zu.

Die lächelte zufrieden. »Da siehst du mal. Wenn ich nur ein bisschen Zeit habe, bin ich nicht halb so ein Kochbanause, wie du immer meinst.«

Kurz darauf saßen sie unter Patrizias Blauregen und aßen. Sie sprachen bewusst nicht über den Fall. Dieses Abendessen gehörte ihnen allein. Doch als sie eine knappe Stunde später das Geschirr in die Küche geräumt hatten, war der Moment gekommen. Cristina öffnete einen blauen Pappordner.

»Also, dann an die Arbeit. Was ist das hier?«

»Das sind Leos und Marcos Recherchen zur Zahl Vier.«

»Vier?«

»Ja. Erinnerst du dich, was uns die Salazar gesagt hat? Hinter Gesualdos anderen Kanons steckt eine Zahlensymbolik. Sie haben zwei beziehungsweise drei Stimmen, und die Zahlen haben eine spirituelle Bedeutung.«

»Ach ja, stimmt. Und unser neuer Kanon soll am Ende vier Stimmen haben.« Sie überflog die Seite. »Hm. Die Liste ist endlos. Auf Wikipedia findet man zur Zahl Vier Folgendes, halt dich fest: Die Vier ist die natürliche Zahl zwischen drei und fünf.« Sie sah Patrizia an, die laut auflachte.

»Na, dann sind ja alle unsre Probleme gelöst! Und weiter?«

»Also, da sind die vier apokalyptischen Reiter, die vier Evangelisten, die vier Kardinaltugenden, die vier letzten Dinge, die vier Haupt-Kirchentonarten und so weiter.« Sie klappte den Ordner zu. »Glaubst du wirklich, dass die Vier in unserem Kanon eine symbolische Bedeutung hat? Und selbst wenn … Wäre das für unsere Mordserie relevant?«

Patrizia zuckte mit den Schultern. Dann stand sie auf. »Warte mal …« Sie ging ins Haus. Kurz danach kam sie mit einer Schachtel wieder.

»Eine Spielesammlung? Machen wir jetzt doch Feierabend?« Cristina grinste.

»Unfug. Ist nur wegen der Steine.« Patrizia holte eine Handvoll Mühlesteine aus dem Karton und legte zwei davon auf den Holztisch.

»Hier. Zwei Morde.«

Cristina nickte, nahm zwei weitere Steine und platzierte sie direkt unter der ersten Reihe.

»Zwei Madrigale. Was noch?«

»Zwei Kanon-Stimmen, die wir schon haben.«

»Aber vier sind geplant.« Cristina fügte noch zwei weitere Steine hinzu.

»Und insgesamt fünf Konzerte von Eleonora Salazar.« Patrizia legte die letzte Reihe. Sie betrachteten ihr Werk. »Zwei, zwei, vier, fünf. Siehst du darin einen roten Faden?«

Cristina schüttelte den Kopf.

»Ich auch nicht. Machen wir uns doch mal eine Liste zum zeitlichen Ablauf.« Sie zog ein Blatt Papier zu sich heran und schrieb:

Sonntag, 24. Juni: 1. Konzert
Montag, 25. Juni: 1. Mord
Mittwoch, 27. Juni: 1. Madrigal
Sonntag, 1. Juli: 2. Konzert
Montag, 2. Juli: 2. Mord
Mittwoch, 4. Juli: 2. Madrigal

»Also, so weit die Lage.« Patrizia legte den Stift weg und betrachtete die Liste. »Eines ist klar. Auf jedes von Eleonora Salazars Konzerten folgte ein Mord.« Cristina nickte bedächtig.

Plötzlich erklang aus dem Wohnungsinneren die Türklingel. Patrizia stutzte und warf einen schnellen Seitenblick auf das Nachbarhaus. Giannis Fenster waren erleuchtet. Bevor Cristina eine Bemerkung machen konnte, stand Patrizia auf und ging zum Tor.

»Gabriella! Das ist ja eine Überraschung. Ich dachte, du würdest heute Abend schon nach Rom fahren?«

»O Dio, nein! Der Geburtstag meines Vaters ist ja erst morgen, und länger als nötig sollte man solche Zusammenkünfte nicht ausweiten. Das schadet dem Familienfrieden. Allerdings bin ich morgen nicht mehr in der Questura. Deshalb wollte ich dir noch kurz die endgültige Analyse der Rostspuren an den Wunden vorbeibringen, die vorhin reingekommen ist. Neues gibt es aber nicht. Unsere Vermutung hat sich bestätigt. Das Messer verbindet die Fälle mit hundertprozentiger Gewissheit.«

Patrizia nickte. »Bene. Komm doch rein. Cristina ist auch da, und wir können einen Kopf wie deinen gerade gut gebrauchen.«

»Warum nicht, gerne.« Gabriella sah sich um. »Schön hast du's hier. Ich war noch nie bei dir. Nur deinen Basilikum könntest du mal wieder gießen.«

»Oje …« Patrizia ging zum Schlauch und ließ das Wasser laufen. Dann setzte sie sich zu den anderen. Gabriella hatte bereits das Blatt mit der Liste in der Hand, und Cristina erklärte ihr die Bedeutung der Mühlesteine. »Also, unterm Strich konnten wir festhalten, dass Eleonora Salazar fünfmal auftritt, und auf jedes ihrer bisherigen Konzerte folgte ein Mord. Aber wie das zusammenhängen soll … keine Ahnung.«

Gabriella betrachtete die Aufstellung. »Einerseits habt ihr recht. Andererseits, ich weiß nicht. Betrachtet das Ganze mal vom Standpunkt der neuen Madrigale aus.«

»Das erste von ihnen wurde auf dem zweiten Konzert vorgetragen«, meinte Cristina.

Gabriella nickte. »Genau! Warum erst auf dem zweiten Konzert? Ich weiß, dafür könnte es mehrere Erklärungen geben. Trotzdem sondert es das erste Konzert in gewisser Weise ab, findet ihr nicht?«

»Du hast recht«, gab Patrizia zu. »Und schaut mal …« Sie nahm den ersten der fünf Konzertsteine weg und ordnete die restlichen neu an, sodass sie direkt unter den vier Kanon-Steinen lagen. »Hier, wenn wir das erste Konzert weglassen, dann bleiben noch vier übrig. Jetzt haben wir vier Konzerte und vier Kanon-Stimmen. Ohne das erste Konzert passt alles zusammen. Auf dem zweiten Konzert wurde die erste Kanon-Stimme vorgestellt, auf dem dritten, also morgen, die zweite. Danach kommen noch zwei Konzerte, und es fehlen noch zwei Stimmen.«

Cristina nickte nachdenklich, doch plötzlich sagte sie: »Aber wenn das stimmt … Wenn die vier Kanon-Stimmen keine Symbolfunktion haben, sondern die Zahl sich schlichtweg nach der Anzahl der Konzerte richtet, auf denen das Stück nach und nach aufgeführt wird, das heißt, jede Woche eine Stimme mehr, dann bedeutet das doch …«

»… dass wir jetzt endgültig davon ausgehen können, dass die Stücke tatsächlich von unserem Mörder stammen, genau wie wir vermutet hatten.«

»Ja. Weil sie nämlich nicht irgendwann vor ein paar Monaten oder Jahren geschrieben wurden, sondern in den letzten Wochen, für ebendiese Konzertreihe.«

»Und wir wissen sogar noch mehr!« Patrizia schlug mit der Hand auf den Tisch. »Der Täter hat ganz konkret nach dem ersten Konzert damit angefangen. Madonna santa, es ist so simpel! Wären die Stücke schon vor der Konzertreihe geschrieben worden, hätte der Kerl wahrscheinlich von Anfang an fünf Stimmen geplant – eine für jede der insgesamt fünf Aufführungen. Und dann wären das erste Madrigal und die erste Stimme auch schon auf dem allerersten Konzert vorgestellt worden.«

Gabriella nickte. »Ihr habt recht. Allerdings ist das nicht die einzige Schlussfolgerung. Wenn wir das Konzert Nummer eins absondern, bedeutet es auch, dass unsere Liste nicht mehr mit einem Konzert anfängt, sondern mit einem Mord.«

Cristina stutzte. »Du meinst, es folgt nicht jeweils ein Mord auf ein Konzert, sondern ein Konzert auf einen Mord?«

»So sieht es doch aus, oder nicht? Es geschieht ein Mord, daraufhin erhält die Salazar ein Madrigal, das sie auf dem darauffolgenden Konzert vorstellt. Dann folgt wieder ein Mord, ein neues Madrigal und so weiter.«

»Hm.« Patrizia dachte nach. »Das könnte stimmen. Und was jetzt noch fehlt, sind zwei Konzerte, zwei Kanon-Stimmen, höchstwahrscheinlich zwei weitere Madrigale und …« Ihr Blick fiel auf die Mühlesteine. »O Dio! Was ist, wenn sich nicht nur die Reihen der Madrigale und der Kanon-Stimmen vervollständigen, sondern auch die der Morde?« Sie sah ihre Kolleginnen ernst an.

Cristina hielt ihren Blick. »Ja. Dann wäre die Zahlenreihe perfekt. Auch wenn mir der innere Zusammenhang dieser Abfolge entgeht. Warum folgt auf jeden Mord ein Madrigal? Wie hängen die beiden miteinander zusammen? Und was ist mit Konzert Nummer eins? Warum bleibt es außen vor?« Sie wandte sich an Gabriella. »Komm schon, hilf uns. Das ist doch dein Spezialgebiet. Unter welcher Perspektive macht das Sinn?«

Doch Gabriella schüttelte ratlos den Kopf. »Ich wünschte, ich könnte euch weiterhelfen. Aber vielleicht habe ich mehr Schaden angerichtet als Gutes getan. Das mit dem Sonderstatus des ersten Konzerts war ja nur so eine Idee. Und vielleicht sind diese ganzen Zahlenspielchen auch nichts als Hirngespinste. Ich dachte einfach …«

»Nein. Sind sie nicht.«

Die anderen hoben erstaunt die Augenbrauen. Patrizia

suchte etwas in einer Mappe. Dann schob sie eine computer-beschriebene Seite in die Mitte des Tisches. Ihr Zeigefinger deutete auf den unteren Rand, wo die ersten Zeilen des Kanons zu lesen waren.

»Vier Mal sündige ich, vier Stimmen bitten: Vergib!« Cristina und Gabriella blickten fragend auf das Blatt.

»Fällt euch denn nichts auf? Denkt doch mal nach. Wir gingen bisher immer davon aus, dass unser Kanon-Text auf Gesualdos Leben Bezug nimmt, so wie auch die Madrigale. Dann würde es um Sünden gehen, die bereits begangen wurden, und für die Gesualdo in seinen letzten Lebensjahren Buße tun wollte. Aber das hier …«, sie sah ihre Kolleginnen eindringlich an.

Cristina nickte. »Das hier ist im Präsens geschrieben. Die Sünden sind unsere Morde. Und es sind vier!«

»Il Perdono«, flüsterte jetzt auch Gabriella. »Mit jeder zusätzlichen Stimme bittet der Täter um Vergebung für einen neuen Mord.«

Kapitel 11

SAMSTAG, 7. JULI 2012

Die Frühbesprechung neigte sich dem Ende entgegen. Sie hatten Bobs Baustein-Theorie diskutiert, aber auch den unbekannten Zeugen des ersten Überfalls sowie die neuen Madrigale. Außerdem hatten Lydia und Antonia die endgültigen Ergebnisse ihrer Recherchen präsentiert.

»Seid ihr ganz sicher?«, hakte Patrizia nach. »Alessandra Amedeo und Umberto La Rocca kannten sich nicht?«

Lydia nickte. »Absolut nichts. Das Einzige, was die beiden miteinander verbindet, ist ihre Bekanntschaft mit Eleonora Salazar.«

»Ganz wie wir dachten.« Patrizia legte ihr Notizbuch auf den Tisch. »Und damit bleibt die Frage nach dem Tötungsgrund unser Hauptproblem, denn wir suchen nach einem Motiv, das beide Morde abdeckt.« Sie zögerte einen Augenblick, und fast sah es so aus, als wolle sie noch etwas hinzufügen, doch dann sah sie Cristina an. »Wir müssen noch kurz über morgen sprechen. Machst du das?«

Cristina nickte. »Also. Morgen ist Sonntag, zumindest für den Rest der Welt da draußen.« Die anderen grinsten, und sie fuhr fort: »Wir sind uns weiterhin einig, dass Eleonora Salazar singen wird, unter anderem auch das neue Madrigal, obwohl wir mittlerweile sicher sind, dass sie und diese Stücke in unmittelbarem Zusammenhang mit unserer Mordserie stehen. Aber genau deshalb soll sie ja auftreten.« Sie warf ihrem Polizeichef Pietro Di Leva einen Blick zu, und der nickte.

»Ich habe alles veranlasst. Es werden überall Kollegen in Zivil dabei sein. Auf dem Gelände der Villa, außerhalb und natürlich im Publikum.«

»Benissimo«, meinte Patrizia. »Wer von euch wird morgen ebenfalls da sein?« Alle hoben die Hand, außer Enrico.

»Eccelente. Und Gabriella kommt auch. Das hat sie mir gestern Abend noch bestätigt.«

»Wo ist Dottoressa Molinari eigentlich?«, wollte Pietro Di Leva wissen.

»Beim Geburtstag ihres Vaters in Rom«, sagte Patrizia und an Enrico gewandt: »Warum kommst du eigentlich morgen nicht?«

Der zuckte mit den Schultern. »Ich habe keine Karte und bin ja letztlich auch kein Polizist.«

»Aber du hast einen Polizeiausweis und bist auf dem neuesten Stand. Außerdem brauchen wir jedes Paar Augen.«

»Va bene. Aber jemand müsste mich mitnehmen. Ich besitze kein Auto.« Fast alle sahen ihn überrascht an.

»Wo wohnst du?«, fragte Cristina.

»In Torrione.«

»Du könntest hinten auf meinem Skooter mitfahren.«

»Auf der kurvigen Küstenstraße?« Enrico schien der Vorschlag wenig zu behagen.

»Fahren wir doch alle zusammen mit meinem Auto, das ist das Einfachste«, meinte Patrizia. »Ich hole euch ab.«

Cristina legte den Kopf zurück und hob die Augen gen Himmel. Jetzt also wieder Patrizias alter Fiat statt ihres neuen Skooters. Sie überlegte, ob sie protestieren sollte, da drangen aus dem Gang aufgeregte Stimmen zu ihnen, und die Tür wurde aufgerissen. Ein junge Frau stürzte herein, an der Hand ein Kind. Ihr folgte ein uniformierter Kollege.

»Scusate, ich habe versucht, sie aufzuhalten. Ich weiß nicht, was sie von Ihnen will.«

»Natürlich wissen Sie das!«, fauchte die Frau. »Ich will mit den Kommissarinnen Vespa und D'Avossa sprechen!«

Patrizia sah kurz in die Runde. »Kein Problem, wir waren ja ohnehin durch. Wir sehen uns dann spätestens morgen früh. Und wie gesagt, je früher ihr da seid, desto besser. Signora La Rocca, kommen Sie doch mit.«

Kurz darauf standen sie in Patrizias Büro. Emilia La Rocca setzte ihren Sohn auf den Sessel und ließ sich selbst auf dem Besucherstuhl vor dem Schreibtisch nieder.

»Möchtest du einen Orangensaft?«, fragte Cristina den kleinen Jacopo. Doch der sah auf seine Knie und schüttelte den Kopf.

»Jacopo ist völlig verstört«, sagte Emilia La Rocca. »Er hat seinen Großvater sehr geliebt, und ihn in diesem Zustand … Also, wir hatten schon einen Termin bei einer Kinderpsychologin. Aber es wird wohl noch eine Weile dauern.«

Patrizia nickte. »Signora, weswegen wollten Sie uns denn sprechen?«

Emilia La Rocca wirkte verlegen. »Nun, also, mir ist gerade heute Morgen aufgefallen, dass ich einen Fehler gemacht habe. In meiner Aussage neulich. Das heißt, es gibt da etwas, was ich mir nicht erklären kann. Nur, dass es mir bisher nicht aufgefallen war.«

»Um was handelt es sich denn?«

»Na ja. Wissen Sie noch, an dem Morgen, als mein Vater …? Sie fragten mich, wie ich ihn gefunden hätte und ob die Wohnungstür offen war.« Patrizia nickte, doch dann sah sie zu Jacopo hinüber. Auch seine Mutter und Cristina hatten ihm den Kopf zugewandt.

»Weint er?«

»Nein, er summt vor sich hin. Immer das Gleiche, schon seit Tagen. Er sagt, das hätte sein Großvater gespielt an ihrem letzten Nachmittag, während er im Bett lag.«

Patrizia lauschte. Tatsächlich, Jacopo summte. Aber es war keine Melodie. Mehr eine monotone Abfolge von Tönen, die sich, mit wenigen Abweichungen, ständig aufs Neue wiederholte. Patrizia dachte nach. Wenn sich La Roccas Klavierspiel am Nachmittag vor seinem Tod tatsächlich so angehört hatte, stimmte es wohl, was Jacopo ihnen gesagt hatte. Sein Großvater musste ein neues Stück eingeübt haben. Es hörte sich jedenfalls ganz danach an.

Jacopo summte weiter, doch je länger Patrizia zuhörte, desto seltsamer schien es ihr. Etwas an diesen Tönen kam ihr vertraut vor. Kannte sie das Stück? Hatte sie es früher selbst einmal gespielt? Doch die Tonabfolge ließ sich nicht greifen, und sie wandte sich wieder Signora La Rocca zu.

»Bene. Sie sprachen über die Wohnungstür.«

»Ja, ich sagte, sie war zu.«

»Aber so war es nicht?«

»Doch, sie war zu. Ich erinnere mich sogar noch genau daran, was ich Ihnen erzählt habe. Nämlich, dass alles ganz normal war. Alles wie immer. Nur, dass mir erst heute aufgefallen ist, was das bedeutet.«

»Signora, ich verstehe nicht.«

»Das ›wie immer‹. Es macht keinen Sinn. Denn ›wie immer‹ heißt, dass die Tür nicht nur zu war, sie war abgeschlossen. Commissaria Vespa, was hat das zu bedeuten? Mein Vater lag tot in der Wohnung, und die Tür war abgeschlossen.«

Patrizia saß wie vom Donner gerührt. Sie tauschte einen Blick mit Cristina, dann überschlug sie rasend schnell die Konsequenzen. Konnte der Täter sich durch ein Fenster Zutritt verschafft haben und durch ebendieses Fenster wieder verschwunden sein? Cristina musste sich dieselbe Frage gestellt haben, denn sie sagte: »Die Wohnung liegt im ersten Stock. Außerdem waren alle Fenster verschlossen.«

»La Roccas Schlüsselbund steckte in seiner Jackentasche«, ergänzte Patrizia. »Laut Kriminaltechnik war er unverdächtig …«

»… während der Ersatzschlüssel mit Desinfektionsmittel gereinigt wurde.«

»Aber als die Kriminaltechnik ihn sicherstellte, hing er am Schlüsselbrett.«

»Das heißt, der Täter hat den Schlüssel nach Signora La Roccas Ankunft wieder ans Brett gehängt.«

Patrizia nickte langsam. Sie wussten beide, was das bedeutete.

Das Päckchen!

Lorenzo Tucci.

»Die Frage ist nur, warum er in der Tatnacht wieder abgeschlossen und den Schlüssel mitgenommen hat«, flüsterte Cristina.

Patrizia lächelte. *Ja, warum? Es ist ganz einfach … Er hat einen Fehler gemacht.*

Sie sah Cristina an, die nickte. Offenbar hatte sie das Gleiche gedacht. Dann fiel ihr Blick auf den kleinen Jacopo, der noch immer dieselbe Tonabfolge summte, während er ein Spielzeugauto auf seinem Bein hin und her schob. Plötzlich sah er auf, und ihre Blicke trafen sich. Auf seinem Gesicht spiegelte sich Überraschung, aber auch eine Frage. In der plötzlichen Stille war nur das Brummen einer Fliege zu hören, die mehrmals gegen die Scheibe flog.

Du kriegst deine Antwort, Jacopo, das verspreche ich. Jetzt wird es nicht mehr lange dauern.

*

Der Vicolo Barbuti war eine eher unscheinbare Gasse. Hellgelbe Mauern, schmale schmiedeeiserne Balkone vor den höhergelegenen Fenstern, ein paar steinerne Bogen mittelalterlicher Aquädukte, Wäsche und Geranien.

»Eine unerwartet triste Adresse für einen so schick angezogenen jungen Mann«, konstatierte Cristina, als sie auf den Klingelknopf drückte. *L. Tucci* und *A. Ferrigno* stand auf dem Schild. Es summte. Im Treppenhaus war es feucht und beinahe kühl. Drei Fahrräder und zwei Kinderwagen nahmen den größten Teil des Platzes ein, und aus mehreren Briefkästen quollen Werbeprospekte.

»Zweiter Stock«, kam es von oben. Patrizia und Cristina setzten sich in Bewegung. Die Treppe war steil, ihre Stufen ausgetreten. Es roch nach Schimmel. Oben empfing sie ein Mann in abgewetzten Jeans. Er musste in Tuccis Alter sein und musterte sie mit einem Lächeln.

»Sie sind Patrizia Vespa und Cristina D'Avossa.«

Patrizia sah ihn erstaunt an.

»Nein, wir kennen uns nicht persönlich. Lorenzo hat Sie mir beschrieben. Kommen Sie doch rein.«

»Und wer sind Sie?«, fragte Cristina.

»Ich bin Alessandro Ferrigno, sein Mitbewohner.«

»Studieren Sie auch Musik?«

Der junge Mann schüttelte den Kopf. »Habe ich mal. Aber ich habe das Handtuch geschmissen. Wenn man nicht zu den Besten gehört, hat man ohnehin keine Chance auf eine Stelle im Orchester, und Lehrer will ich nicht werden.«

»Und was machen Sie jetzt?«

»Ich fahre Taxi. Nicht sehr originell, ich weiß, aber mir liegt es. Außerdem verdiene ich nebenher noch ein bisschen was mit Nachhilfe dazu. In Musiktheorie war ich immer gut, und es gibt genügend Studenten, die auch Probleme haben, aber nicht klug genug sind aufzuhören.«

»Hm, ja. Könnten wir jetzt mit Lorenzo Tucci sprechen?«

»Also … ehrlich gesagt ist der gar nicht da. Er ist seit gestern bei seiner Großmutter auf Sizilien.«

Patrizia zog erstaunt die Augenbrauen hoch. Warum zum Teufel hatte er das nicht gleich gesagt?

»Wann kommt er denn wieder?«

»Keine Ahnung. Bald, nehme ich an. Morgen singt ja wieder seine Professorin, und ich kann mir nicht vorstellen, dass er das verpassen will.«

»Hm, gut. Könnten wir vielleicht auch kurz mit Ihnen sprechen?« Alessandro Ferrigno wies ihnen den Weg in ein Wohnzimmer, das mit einem Sammelsurium gebrauchter Möbel vollgestopft war. Patrizia sah sich unauffällig um. Alessandro Ferrigno musste ihre Gedanken erraten haben, denn er sagte: »Sie finden, dass die Einrichtung nicht zu Lorenzo passt, richtig?« Er grinste. »Das stimmt. Es ist ja auch meine Wohnung. Von ihm selbst sind nur die Möbel in seinem Zimmer. Der Rest gehört mir. Alles aus Haushaltsauflösungen. Ich habe diesen Tick, dass nichts weggeworfen werden darf. Alles hat eine zweite Chance verdient. Und wie Sie sehen, kommt da auf die Dauer einiges zusammen. Gut und gern ein paar Mal im Monat bringe ich von meinen Taxifahrten etwas mit nach Hause. Aber ich rede zu viel. Warum wollen Sie denn mit mir sprechen?«

»Können Sie uns sagen, ob Ihr Mitbewohner am späten Montagabend und frühen Dienstagmorgen zu Hause war?«

»Fragen Sie wegen des Päckchens? Steckt da doch noch mehr dahinter?«

Patrizia und Cristina sahen sich kurz an.

»Was wissen Sie darüber?«

»Nicht viel. Nur, dass Professoressa Salazar ihm ein Päckchen anvertraut hatte, das er bei Professor La Rocca abgeben sollte. Am Montagabend fiel ihm plötzlich ein, dass er es im Büro seiner Professorin liegengelassen hatte.«

»Und dann?«

»Wurde er ganz nervös. Es war schon nach acht. Ich habe ihm gesagt, dass er es La Rocca an dem Abend ja ohnehin nicht mehr bringen könnte. Aber er wollte sich nicht beruhigen und es unbedingt noch holen.«

»Dann ist er also nochmal aus dem Haus gegangen. Wissen Sie, wann er wiederkam?«

»Nein, so war es nicht. Ich habe ihn dazu überredet, die Sache bis zum nächsten Morgen ruhen zu lassen. Und weil ich in der Nacht Taxi fahren musste, bot ich ihm an, am nächsten Morgen im Institut vorbeizufahren und ihm das Päckchen mit nach Hause zu bringen. Das Conservatorio macht um sieben Uhr auf. Da bin ich gerade fertig.«

Cristina nickte. »Wann waren Sie am Dienstagmorgen im Konservatorium?«

»So gegen halb acht. Ich hatte nach dem Dienst noch kurz in einer Bar gefrühstückt.«

»Haben Sie Ihrem Mitbewohner das Päckchen persönlich gegeben, als Sie nach Hause kamen?«

»Äh, nein, es kam alles ganz anders. Ich hatte das Ding ja gar nicht. Als ich im Institut ankam, war die Bürotür seiner Professorin offen, wie Lorenzo gesagt hatte. Aber kein Päckchen weit und breit. Als ich dann nach Hause kam, schlief er noch, und ich wollte ihn deswegen nicht wecken. Er hätte sich nur aufgeregt, und ich war müde. Also bin ich ins Bett.«

»Wann fing Ihre Nachtschicht am Montag an?«

»Ich bin gegen elf Uhr aus dem Haus gegangen.«

»Das heißt, Sie haben Ihren Mitbewohner nach elf Uhr abends am Montag nicht mehr gesehen? Genauso wenig wie am nächsten Morgen?«

»Also, gesehen vielleicht nicht. Aber seine guten Schuhe standen da. Und ohne die geht er nie aus dem Haus.« Alessandro Ferrigno blinzelte ihnen zu, doch Patrizia reagierte nicht, sondern fragte weiter.

»Hat Ihnen Signor Tucci gesagt, was aus der Sache mit dem Päckchen geworden ist?«

»Ja. Er meinte nur, es wäre abgegeben worden. Die Sache hätte sich geklärt. Er hatte offenbar keine Lust mehr, darüber zu reden, deshalb habe ich nicht weiter nachgefragt.«

»Sie wissen also nicht, ob er es am Ende doch noch geholt und selbst abgegeben hat? Vielleicht gleich um sieben am nächsten Morgen, noch bevor Sie im Konservatorium ankamen?«

Alessandro Ferrigno zuckte mit den Schultern. »Nein, tut mir leid.«

Patrizia seufzte innerlich. »Va bene. Etwas anderes. Erinnern Sie sich, ob Lorenzo Tucci in der Nacht vom 25. Juni auf den 26. Juni zu Hause war? Das war ebenfalls ein Montagabend.«

Tuccis Mitbewohner sah Patrizia einen Augenblick lang interessiert an. »Sie verdächtigen Lorenzo des Mordes an seinem Professor und an dieser ... Alessandra Amedeo. Das war doch ihr Name, richtig?« Er lächelte. »Lorenzo sollte sich geehrt fühlen. Es kommt nicht jeden Tag vor, dass einem die Polizei zwei Morde zutraut. Andererseits, warum sollte er das tun? Er ist ein Musterstudent. Ich habe selten jemanden so rackern sehen wie ihn. Sein ganzes Leben dreht sich nur ums Üben und Lernen, und soweit ich weiß, hatte er keine Probleme mit dem Professore. Und die Kritikerin ...? Ich kann mir nicht vorstellen, dass er sie kannte.«

»Beantworten Sie bitte meine Frage.«

»Der 25. Juni? Ich weiß es nicht. Ein Freund von uns, der auch Musik studiert, hat demnächst Examen. Er wird sie wohl bestehen, aber vor allem mithilfe des Geldes seiner Familie. Er kriegt nämlich Nachhilfe in fast allen Fächern. Lorenzo ist für Musikgeschichte zuständig. Sie üben schon seit Wochen, meistens abends nach dem Abendessen. Wenn er mal nicht kann, springe ich für ihn ein. Wann er von diesen Sitzungen nach Hause kommt, weiß ich nicht, weil ich ja meistens ab dreiundzwanzig Uhr Taxi fahre.«

»Sie wissen also nicht, ob er in der Nacht des 25. Juni dort war.«

»Nein, keine Ahnung.«

Patrizia wurde nervös. Nichts war je eindeutig, nichts schwarz oder weiß. Jede Antwort warf wieder nur ein Dutzend anderer Fragen auf. Wenn sie nur einen Blick in Lorenzos Zimmer werfen könnten. Aber ohne sein Einverständnis …

»Können Sie uns den Namen dieses Studenten nennen?«, fragte Cristina.

»Enzo Urbano. Er wohnt in dem kleinen Strandhaus seiner Familie an der Littoranea.«

Patrizia notierte Adresse und Handynummer. »O.k., eine Frage noch. Ihr Mitbewohner sagte uns, er habe vor seinem Studium am Conservatorio schon etwas anderes studiert. Wissen Sie, was das war und wo?«

»Philosophie in Neapel. Vor zwei Jahren ist er dort fertiggeworden.«

»Bene.« Patrizia klappte ihr Notizbuch zu. »Das war's fürs Erste. Aber es kann gut sein, dass wir noch einmal auf Sie zurückkommen müssen.« Alessandro Ferrigno nickte nur.

Auf den Treppenstufen hinunter zum Erdgeschoss war Cristina still.

»Was ist?«, fragte Patrizia, als sie am Ende des Vicolo angekommen waren.

»Ich weiß nicht. Nur mal angenommen die Geschichte mit dem verschwundenen Päckchen stimmt, und Tucci hat es tatsächlich nicht selbst abgegeben ... Warum hat er uns dann angelogen?«

»Vielleicht war es ihm peinlich. Das Päckchen war ihm anvertraut worden. Er vergisst es im Institut, und dann verschwindet es. Dienstbeflissen wie er ist, wollte er wahrscheinlich nicht, dass die Salazar von seinem Lapsus erfährt.«

»Aber da wusste er doch schon, dass La Rocca tot war. Konnte er sich nicht denken, dass die Sache mit dem Päckchen relevant werden würde?«

»Wir wussten es ja am Anfang selber nicht.«

»Auch wieder wahr. Aber wenn Tucci es nicht abgegeben hat, wer dann?«

»Jemand, der es in Eleonora Salazars Büro gesehen hat.«

»Denkst du, was ich denke?«

»Francesco Gasparotti ...«

»Wenn er es genommen hat, würde das auch das dritte Paar Fingerabdrücke auf dem Päckchen erklären.«

Patrizia dachte nach. Cristina hatte recht. Wenn Tucci das Päckchen nicht selbst abgegeben hatte, drängte sich diese Hypothese geradezu auf. Dazu kam, dass ausgerechnet das dritte Paar Fingerabdrücke unbrauchbar war. Ein unglücklicher Zufall? Abrieb vom Transport in einer vollen Tasche, so wie Bob vermutete? Oder steckte noch etwas anderes dahinter? Sie blieb stehen.

»Ich frage mich, warum gerade das dritte Paar Abdrücke unbrauchbar ist. Meinst du, die dritte Person hat versucht, sie zu verwischen?«

»Möglich. Aber selbst wenn, wäre es ein ziemlich stümperhafter Versuch gewesen, denn die meisten Abdrücke auf dem Päckchen sind noch lesbar. Passt das zu unserem Täter und seiner absoluten Präzision?«

»Hm, eigentlich nicht. Allerdings gibt es noch eine ganz andere Möglichkeit.«

Cristina sah ihre Kollegin an. »Ich weiß. Du fragst dich, ob es noch eine vierte Person gibt. Jemand, den wir noch gar nicht auf dem Schirm haben und der das Päckchen als Letzter in der Hand hatte, ohne selber Abdrücke zu hinterlassen.«

Patrizia nickte. Einen Augenblick standen sie noch unschlüssig, dann liefen sie weiter, doch der Gedanke ging Patrizia nicht mehr aus dem Kopf. War es ein Hirngespinst, oder gab es tatsächlich einen vierten Mann? Jemand, der eben jetzt das Ticken des Metronoms im Ohr hatte und die Sekunden herunterzählte.

Die Sekunden bis zum nächsten Mord.

*

Das Päckchen. Ich kann es nicht fassen. Was mir beinahe entglitten wäre, erweist sich jetzt als glückliche Fügung. Trotz allem war es ein Fehler, ganz egal, wie günstig er sich entwickelt.

Er lehnte sich auf seinem Stuhl zurück. Nein, wenn er es genau betrachtete, waren es sogar zwei Fehler. Er war gedankenlos gewesen. Unachtsam. Das durfte nicht mehr passieren. Er durfte sich nicht zu sicher fühlen. Auch wenn das Spiel mit dem Feuer dazugehörte.

Er wusste noch, wie es gewesen war, wenn er früher vorspielen musste. Die Angst vor dem Patzer, einem falschen Klang.

Disharmonie.

Und letztlich war es genau diese Angst, die ihn besser spielen ließ.

Trotzdem. Es war ein feiner Grat, auf dem er sich bewegte, und jeden Tag riskierte er mehr. Dazu kamen die Nächte, die ihn veränderten. Die, in denen er aus sich heraustrat. Noch gelang die Rückkehr in den Alltag, noch funktionierte er. Aber auch die Tage waren voller erregender Momente, und es wurde schwerer, sich zu beruhigen. Oft raste sein Puls ganz ohne Grund, vor seinen Augen ein Flackern. Niemand merkte es. Nur die Hände machten ihm Sorgen. Wie lange konnte er das Zittern noch verbergen?

Neben ihm tickte das Metronom. Er ließ es laufen, die ganze Nacht. Trotzdem schlief er wenig, und am Tag war er ohne seinen Beistand.

Allein.

Er stützte den Kopf in die Hände. War es möglich, dass er die Kontrolle verlor? Manchmal fürchtete er es, aber dann dachte er an die Musik, deren Instrument er war.

Was er tat, tat er für sie. Für sie und für Eleonora. Trotzdem war ihm bewusst, dass er viel riskierte. Erst vor wenigen Tagen hatte alles auf der Kippe gestanden. Fast hätten sie Eleonora nicht mehr singen lassen.

Es wäre seine Schuld gewesen.

Aber natürlich war die Versuchung zu groß. Die Polizei brauchte sie.

Er lachte kurz auf. Natürlich! Mit Eleonoras Hilfe hofften sie, ihn zu finden … morgen schon. Aber er hatte nichts zu befürchten, denn sie wussten nicht, nach wem sie suchten. Sie würden ihm in die Augen sehen, genau wie allen anderen. Und sein Lächeln würde sich in nichts von dem ihren unterscheiden.

*

Patrizia verglich die Hausnummer vor ihr mit den Informationen auf ihrem Smartphone. Sie stimmten nicht überein. Das nächste Haus lag fünfzig Meter weiter und war ebenfalls die falsche Adresse. Ungeduldig sah sie sich um. Auf diesem Abschnitt der Küstenstraße, die von Salerno aus am Meer entlang Richtung Cilento verlief, gab es nur wenige Häuser. Die meisten von ihnen waren in keinem guten Zustand. In manchen, wie in der Villa vor ihr, wohnte niemand mehr. Der Grund waren die häufigen Überflutungen. Seit Jahren nahm sich das Wasser mehr und mehr Raum, und vor allem in den stürmischen Wintermonaten hatten die verbliebenen Anwohner immer wieder mit ihm zu kämpfen.

Patrizia steckte gereizt das Smartphone ein und blickte um sich. *Verdammt! Wo ist das blöde Haus?*

Sie hatte den Gedanken kaum zu Ende gedacht, als sie einen festgetretenen Weg sah, der neben der verlassenen Villa Richtung Meer führte. Sie folgte ihm.

Tatsächlich. Versteckt hinter dem leerstehenden Gebäude stand ein kleines, niedriges Holzhaus. Es sah genauso aus wie Dutzende andere Ferienhäuser, die vor allem in den Sommermonaten von den Touristen bewohnt wurden. Durch die offene Pforte ging sie zur Tür. Am Klingelschild stand ein handgeschriebener Name: *Enzo Urbano*. Die Fenster waren schmutzig. Patrizia drückte auf den Klingelknopf, halb überrascht, tatsächlich einen Ton zu hören. Sie lauschte, doch im Inneren blieb es still. Sie sah auf die Uhr. Viertel vor vier. Sie nahm das Handy und ließ es läuten. Nichts. Kein Klingelton in der Nähe.

Kurzentschlossen umrundete Patrizia das Haus. Auf seiner Rückseite gab es einen kleinen Hof, der von einer niedrigen Mauer umgeben wurde. Ein kleines Tor führte direkt auf den Strand, das Wasser war keine fünfzig Meter entfernt. Patrizia sah sich um. Die blau-weißen Fliesen des Hofes waren einmal hübsch gewesen, jetzt sahen sie schmutzig und abgenutzt aus. Einige von ihnen waren gebrochen. Auf einem weißen Plastikständer hing Wäsche, daneben ein alter Holzkohlegrill. Pflanzen gab es keine.

Patrizia ging zu einem der großen Fenster, schirmte ihre

Augen gegen die Sonne ab und spähte ins Haus. Was sie sah, glich einer typischen Junggesellenbude.

Kleider lagen über dem Sofa und der Sessellehne verteilt. Im Inneren des Kamins stand ein Bierkasten. Ein leerer Pizzakarton lag auf dem niedrigen Tisch vor dem Fernseher. Auf dem gekachelten Boden lagen keine Teppiche, dafür hingen an den Wänden Stiche von Fischen und Booten, die offenbar noch aus einer anderen Zeit stammten. An der gegenüberliegenden Wand stand ein Klavier, der Boden um den Hocker war von Noten übersät.

»Kann man Ihnen helfen?«

Patrizia fuhr herum ... und stutzte. Sie hatte damit gerechnet, einen Unbekannten vor sich zu sehen: Enzo Urbano. Stattdessen stand Francesco Gasparotti hinter ihr.

»Sie? Was machen Sie hier?«, fragte sie und ärgerte sich über ihre Stimme. Sie klang, als wäre sie in flagranti bei etwas Verbotenem erwischt worden.

Gasparotti zuckte mit den Schultern. »Das Gleiche könnte ich Sie fragen. Enzo und ich sind um vier verabredet. Wir lernen auf seine Prüfung.«

Patrizia zog erstaunt die Augenbrauen hoch. »Sie auch? Ich dachte, Signor Urbano lernt mit Lorenzo Tucci und seinem Mitbewohner?«

»Er hat mehrere Nachhilfelehrer. Das hängt vom Fach ab. Nicht jeder ist in allem gleich gut.«

»Sie verdienen sich also auch mit Nachhilfestunden etwas dazu?«

»Natürlich, das machen viele. Aber mit Enzo lerne ich nicht für Geld. Er ist ein Freund, und unter Freunden hilft man sich auch ohne Bezahlung. Zumindest sehe ich das so.«

»Und in welchem Fach helfen Sie ihm da so unentgeltlich?«

»Komposition. Darin bin ich gut. Kein Überflieger, aber gut.«

»Hm.« Patrizia nickte. »Ist Professoressa Salazar Ihre Lehrerin in diesem Fach?«

»Professoressa Salazar? Nein, die unterrichtet das nicht. Und Enzo ist auch kein Student am Konservatorium. Er studiert Musik an der Universität von Salerno. Wir kennen uns noch aus dem Liceo.«

»Wie oft üben Sie denn so?«

»Ein-, zweimal die Woche.«

»Wissen Sie noch, wann das in den letzten Tagen war?«

Francesco lächelte. »Verhören Sie mich?«

»Ich stelle Ihnen einfach ein paar Fragen.«

Er sah einen Augenblick aufs Meer hinaus. Dann wandte er sich wieder Patrizia zu. »Da sollte ich Enzo wohl dankbar sein. Ich war sowohl am letzten Montagabend hier als auch am vorletzten. Und um diese beiden Tage geht es Ihnen doch, oder?«

»Von wann bis wann?«, fragte Patrizia anstelle einer Antwort.

»So etwa von halb acht bis Mitternacht. Wir sitzen nach dem Lernen immer noch ein bisschen zusammen.«

»Wie man das so macht unter Freunden.«

»Richtig.«

Patrizia nickte. »Verstehe. Aber wenn wir schon dabei sind. Wissen Sie etwas von einem Päckchen, das Lorenzo Tucci für Professoressa Salazar bei Umberto La Rocca abgeben sollte?« Sie sah Francesco Gasparotti irritiert an, als dieser laut auflachte.

»Das Päckchen. Ja, die Story ist im ganzen Institut rumgegangen. Lorenzo, der mit dem Ding in den Tatort platzt. Sehr schön. Und was wollen Sie jetzt von mir wissen?«

»Wir haben uns gefragt, ob es auch anders gewesen sein könnte.«

»Anders? Wie denn?«

Patrizia lächelte. »Wäre es nicht möglich, dass Sie dieses Päckchen zufällig auf dem Schreibtisch Ihrer Professorin gefunden haben und Lorenzo Tucci den Botengang abnehmen wollten?«

Francesco Gasparotti betrachtete sie starr. Mehrere Sekunden vergingen. »Hat Lorenzo das behauptet? Will er das Päckchen plötzlich nicht mehr abgegeben haben?« Seine Stimme klang hart, doch ganz überraschend kehrte das Lächeln auf sein Gesicht zurück. »Schon verstanden. Jetzt wird ihm die Sache aus irgendeinem Grund unangenehm, und da soll ich es gewesen sein. Warum auch nicht? Ich bin ja schließlich das Männchen für alles.«

»Das heißt, Sie haben das Päckchen nicht am Dienstagmorgen bei Professore La Rocca abgegeben?«

»Wenn es so wäre, dann hätten Sie meine Fingerabdrücke darauf finden müssen, denn ich habe bestimmt keinen Grund, im Juli Handschuhe zu tragen.«

Schritte waren zu hören. Ein junger Mann bog um die Ecke. Er war kleingewachsen, korpulent und trug eine starke Brille. Auf seinem zu großen T-Shirt stand der Slogan: *I'm in shape. Round is a shape!* Er blinzelte Francesco gegen die Sonne an.

»Scusa, Franci. Ich habe uns noch was zu essen besorgt, für später.« Erst jetzt musterte er auch Patrizia.

»Und wer sind Sie?«

»Commissaria Vespa, Mordkommission Salerno.«

»Aha …«

»Signor Urbano, ich habe eine Frage für Sie. Haben Sie an den letzten beiden Montagabenden mit Francesco Gasparotti für Ihre Prüfung gelernt?«

Enzo Urbano sah überrascht zu Francesco. »Ist es wegen eurem toten Professor? Wirst du etwa verdächtigt?«

Francesco Gasparotti zuckte mit den Schultern, und Enzo

wandte sich wieder Patrizia zu. Dann nickte er. »Ja, auf jeden Fall. Francesco war hier.«

*

Wenige Stunden später saßen Patrizia, Cristina und Simona an Patrizias Terrassentisch unter dem Blauregen.

»Samstagabend«, stöhnte Cristina. »Bei mir zu Hause grillen sie jetzt, und wir sitzen hier und arbeiten. Manchmal hasse ich meinen Beruf. Kaum, dass ich heute mal zwei Stunden Zeit hatte, zu Chiccas Taekwondo-Turnier mitzufahren. Und wisst ihr was? Ich war ihr dankbar dafür, dass sie so schnell ausgeschieden ist und ich wieder zurückkonnte. Ist das nicht absurd? Eine tolle Mutter bin ich.«

Patrizia nickte mitfühlend. »Theoretisch haben wir alle um diese Zeit ein Recht auf Feierabend, das weißt du. Niemand nimmt es dir übel, wenn du nach Hause fährst … wirklich!«

Cristina schüttelte resigniert den Kopf. »Lass gut sein. Morgen ist das nächste Konzert. Zu Hause könnte ich mich jetzt ohnehin nicht entspannen.«

»Wie du meinst«, sagte Patrizia. »Also dann, fangen wir an. Ich habe heute Nachmittag mit Enzo Urbano und Francesco Gasparotti gesprochen. Wie es scheint, hat Enzo an den beiden letzten Montagabenden nicht mit Lorenzo Tucci gelernt, dafür aber mit Gasparotti. Der behauptet außerdem, das Päckchen nicht abgegeben zu haben.«

»Und was ist mit den Abenden der Überfälle?«, fragte Simona, die bisher geschwiegen hatte.

»An die konnten sich beide nicht erinnern. Enzo Urbano hat einen Terminplaner, aber er konnte ihn nicht finden. Möglicherweise hat er ihn im Haus seiner Eltern liegengelassen. Er wollte ihn suchen und uns sobald wie möglich Bescheid geben.«

»Wohnt er nicht mehr zu Hause?«

»Nein, er ist in das Strandhäuschen seiner Familie gezogen, von wegen sturmfreier Bude und so. Und entsprechend sah es da auch aus. Was ist mit Tucci?« Patrizia sah Cristina an.

»Den habe ich immer noch nicht erreicht. Ich habe eine nichtöffentliche Fahndung beantragt. Wann sie anläuft, hängt von unserem Staatsanwalt ab. Aber lange wird es nicht dauern.«

»Benissimo.« Patrizia lehnte sich auf ihrem Stuhl zurück. »Wenn es bloß nicht so schwül wäre! Wann kommt endlich dieses Gewitter, über das sie seit Tagen reden?«

Simona grinste. »Na, hoffentlich nicht morgen während des Konzerts.«

»Auch wieder wahr.« Patrizia nippte an ihrer Cola. »Simona, danke übrigens, dass du gekommen bist.«

»Kein Problem. Gibt es etwas Konkretes, bei dem ich euch helfen kann?«

Patrizia schnaubte. »Allerdings. Unser Problem ist und bleibt das fehlende Motiv.«

»Ja, das ist wirklich seltsam, denn normalerweise ist es ja eher umgekehrt. Meistens hilft ein zweiter Mord, das Motiv besser einzugrenzen, in unserem Fall dagegen … Aber wisst ihr was, wir versuchen jetzt mal, außer der Reihe zu denken.«

»Was meinst du?«

»Ich glaube, dass wir den üblichen Motiven wie Liebe, Hass oder Rache den Rücken kehren müssen, auch wenn beim Mord an Alessandra Amedeo alles noch ziemlich konventionell aussah.«

Cristina stellte ihre Cola ab. »Wo setzen wir an?«

»Na ja, wir wissen nicht, warum der Täter mordet, aber wir nehmen an, dass er es *für* jemanden tut.«

»Eleonora Salazar.«

»Genau. Aber auch das ist problematisch, denn Umberto La Rocca hat ihr nie geschadet. Hier fehlt uns die Tätermotivation komplett.«

Cristina nickte. »Trotzdem ist sie die einzige Verbindung zwischen den Opfern. Und deshalb liegt es nahe, dass der Täter die beiden wegen ihrer Beziehung zur Sängerin ausgewählt hat. Das heißt, er wollte sie und keine anderen.«

Simona seufzte. »Wisst ihr was? Machen wir doch mal eine kleine Familienaufstellung.«

Cristina sah sie erstaunt an. »Ist das nicht die Methode, bei der man Personen stellvertretend für Mitglieder einer Familie aufstellt, um herauszufinden, wie sie selbst ihre Beziehung zueinander einschätzen? Ich habe schon davon gehört. Wird damit nicht viel Schindluder getrieben?«

Simona lachte. »Das kommt vor. Aber jetzt lasst euch einfach mal drauf ein. Wir benutzen das Modell ganz pragmatisch als Denkhilfe.« Sie stand auf. »Ich stelle mich in die Mitte der Terrasse. Mein Name ist Eleonora Salazar. Und jetzt du, Patrizia. Du bist Alessandra Amedeo. Wo stellst du dich hin?« Patrizia dachte nach.

»Einerseits nicht zu nah an dich ran. Wir hatten keinen persönlichen Kontakt. Andererseits war ich eifersüchtig auf deine Beziehung zu meinem Ex-Liebhaber Paolo Pacifico, und ich habe dich im ›Corriere‹ böse verrissen, nur um dich zu verletzen.«

»Das ist dann schon wieder sehr persönlich. Also nicht zu nah, aber auch nicht zu weit weg von mir. Und der Kollege, Umberto La Rocca?«

»Das bin dann ich.« Cristina sprang auf. »Wir waren uns freundschaftlich und kollegial verbunden. Keine Dramen, aber wir kannten uns seit vielen Jahren und sahen uns praktisch täglich. Ich wusste auch von deinem Alkoholproblem. Also, wenn du nichts dagegen hast, würde ich mich ziemlich nahe an dich ranstellen.« Sie platzierte sich in geringem Abstand von Simona.

Die dachte nach, dann resümierte sie: »Bene. Die Opfer standen also in völlig unterschiedlichen Beziehungen zur Salazar. Das ist auch der Grund, warum wir kein gemeinsames Motiv für beide Morde finden, oder besser, überhaupt keins für den Kollegen. Dann stelle ich euch jetzt mal eine ganz gewagte Frage: Könnte es sich trotz ihrer gemeinsamen Bekanntschaft mit der Salazar um Zufallsopfer handeln?«

Patrizia riss die Augen auf. »Zufallsopfer? Du meinst, der Täter hat die beiden nicht um ihrer selbst willen ausgewählt?«

»Unmöglich«, meinte Cristina entschieden. »Niemals!«

»Gut«, sagte Simona. »Dann lassen wir diese These erstmal beiseite. Welche wäre noch denkbar? Überlegt, wer in unserer Aufstellung noch fehlt.«

»Der Täter!«, rief Patrizia. »Aber wo sollen wir ihn hinstellen? Er könnte in der Nähe der Salazar stehen, falls er für sie mordet. Oder aber …«

»… in der Nähe der Opfer. Vielleicht wählt er sie aufgrund seiner eigenen persönlichen Beziehung zu ihnen aus?«

Einen Augenblick schwiegen sie nachdenklich. Dann sagte Cristina: »In diesem Fall hätte der Täter zu beiden Opfern Kontakt gehabt, und wahrscheinlich nicht nur oberflächlich. Aber wir haben ihre Bekanntenkreise überprüft und keine Überschneidungen gefunden. Verdammt … Was bedeutet das jetzt? Waren es am Ende doch Zufallsopfer?«

»Vergiss es!« Patrizia schüttelte den Kopf. »Es gibt einen Grund, warum ausgerechnet diese beiden Menschen sterben mussten, nur eben keinen offensichtlichen.«

Auch Simona nickte. »Wie ich schon sagte, wenn man mit dem Offensichtlichen nicht weiterkommt, muss man um das Problem herumarbeiten.«

»Herumarbeiten?«

»Wir lassen das Offensichtliche einfach mal beiseite.«

Sie setzte sich wieder an den Tisch. »So, Eleonora Salazar als Mordmotiv und Bindeglied zwischen den Opfern ist erstmal raus aus der Gleichung. Was verbindet die Toten sonst noch?«

»O Simona! Wir haben doch gerade gesagt, dass sie keinen gemeinsamen Bekanntenkreis hatten. Absolut gar nichts!«

»Das schon, aber geht doch mal hinter persönliche Beziehungsstrukturen zurück. Gibt es denn gar keine Gemeinsamkeiten?«

Fast eine Minute verging, bevor Cristina zögernd sagte: »Ich weiß, das klingt jetzt ziemlich platt, aber ihre einzige Gemeinsamkeit, abgesehen von ihrer Beziehung zur Salazar, ist die Musik ...«

Für einen kurzen Augenblick schien Simona überrascht, dann sprang sie auf und lief nach drinnen. Patrizia und Cristina sahen ihr erstaunt nach. Wenige Sekunden später kam sie mit dem Notenheft wieder, das auf Patrizias Klavier gestanden hatte. Sie legte es in die Mitte der Terrasse.

»Wenn Cristina da nicht mal einen Volltreffer gelandet hat. Lasst uns mal sehen ... Patrizia, du bist immer noch die Amedeo. Wo stehst du im Verhältnis zur Musik?«

Patrizia lachte. »Ich bin Musikkritikerin.« Sie machte einen großen Schritt auf das Notenheft zu. »Ich stehe ihr sehr nahe.« Sie grinste. Die Sache fing an, ihr Spaß zu machen.

»Und du, Cristina? Ich meine, und du, Umberto La Rocca?«

Auch Cristina grinste. »Ich bin Musikprofessor. Was meint ihr?« Damit stellte sie sich ebenfalls dicht an das Notenheft.

»So, und jetzt ich, Eleonora Salazar, Musikprofessorin und Sängerin. Eigentlich müsste ich schon fast auf die Noten drauftreten, aber lassen wir das mal.«

Patrizia sah von Cristina zu Simona und zurück. »Verdammt. Alessandra Amedeo, Eleonora Salazar und Umberto La Rocca. Nur die Musik verbindet sie alle auf die gleiche Weise.«

»Und nicht nur sie, sondern auch den Täter!«, rief Cristina. »Immerhin komponiert er die neuen Madrigale, und seine Morde haben etwas mit den Konzerten zu tun. Das heißt, er steht der Musik genauso nahe wie die anderen.«

Patrizia nickte bedächtig. »Dio santo, es ist so offensichtlich. Die Musik ist das Einzige, was alle verbindet. Nicht, dass wir das nicht gesehen hätten. Aber wir haben es als selbstverständlich hingenommen, ohne die Musik je als Motiv in Betracht zu ziehen.«

Cristina setzte sich wieder an den Terrassentisch. »Warum auch ... Oder könnt ihr mir sagen, wie Musik zum Tatmotiv werden kann? Und selbst wenn es so wäre, welche Rolle spielen die neuen Kompositionen dabei?«

Patrizia schüttelte den Kopf. »Keine Ahnung. Trotzdem, so außergewöhnlich es auch scheint. Wir sollten der Sache nachgehen.«

»Klar ...« Cristina sah auf die Uhr. »Aber ich fürchte trotzdem, dass ich euch jetzt verlassen muss. Ich habe Chiara und Chicca versprochen, wenigstens zur Gutenachtgeschichte zu Hause zu sein.«

»Kein Problem. Ich muss unsere neue Theorie auch erstmal verdauen. Also, morgen früh pünktlich um neun, va bene?«

Cristina stand auf, und auch Simona verabschiedete sich.

Kurz darauf saß Patrizia allein auf der Terrasse. Sie öffnete eine Flasche Weißwein und dachte nach. Musik als Motiv ... Konnte das wirklich sein? Und wenn ja, wie? Sie drehte und wendete die Frage, doch es fiel ihr nichts Neues ein.

Sie schenkte sich ein und lauschte dem lauter werdenden Zirpen der Zikaden und den gelegentlich in der Nachbarschaft bellenden Hunden. Ab und zu war ihr, als hörte sie in der Ferne ein leises Ticken. Dann trank sie einen Schluck, schloss die Augen und dachte an Cristina, Gianni, Leona und ihr Zuhause in Merano, bis es wieder still wurde.

Doch plötzlich schrak sie auf. Was war das? Klopfte da jemand an ihr weißes Eisentor?

»Patrizia?«

Das war Giannis Stimme! Sie stand auf und öffnete. Leona, Giannis Schäferhündin, drängte herein, begrüßte sie und begab sich auf einen Rundgang durch den Garten.

»Gianni. So spät noch?« Sie sah auf die Schüssel in seiner Hand. »Was ist das?«

»Es nennt sich Essen.«

»Sehr witzig.«

»Finde ich nicht. Es ist Samstagabend, und du hast noch nichts gegessen.«

»Woher willst du das wissen? Beobachtest du mich?«

Er lachte. »Beobachten? Ein gelegentlicher Blick aus meinem Küchenfenster reicht aus, um die Lage hinreichend einzuschätzen. Du sitzt seit Stunden auf dieser Terrasse, ohne dich zu rühren.«

»Hm. Bei der Hitze vergeht einem ja auch der Appetit. Aber was gibt es denn?«

Gianni lächelte verschmitzt. »Nichts Warmes. Weiße Bohnen mit Zwiebeln und Thunfisch. Und dazu Pizzabrot mit Öl und frischem Oregano.«

»Lecker!« Plötzlich spürte Patrizia, wie hungrig sie war. »Den Wein stelle ich.«

»Davon bin ich ausgegangen.«

Kurze Zeit später saßen sie auf der Terrasse. Gianni sprach über seine tierischen Patienten und die neusten Nachrichten aus der Politik.

»Du hast wenigstens noch Zeit, dich zu informieren. Ich kriege gar nichts mehr mit«, klagte Patrizia. »Gerade mal das, was ich höre, wenn mich mein Radiowecker weckt, oder was sie während der Fahrt in die Questura bringen. Wenn sie heute beschlossen hätten, mit sofortiger Wirkung den Euro abzuschaffen, würde ich das erst im Minimarkt beim Bezahlen erfahren.«

»Hier in Ogliara?« Gianni grinste. »Unwahrscheinlich. Eine Woche später vielleicht, oder auch zwei.«

»Danke fürs Aufmuntern.« Patrizia lächelte.

»Hast du denn eine Aufmunterung so dringend nötig?« Gianni sah sie fragend an.

Patrizia zuckte mit den Schultern. »Erinnerst du dich an unser Gespräch über Gesualdo?«

»Na klar.«

»Also … du hast da von Studien gesprochen, die belegen, dass negative Gefühle die Kreativität steigern.«

Gianni nickte. »Ja. Allerdings gehen die nicht von Mord aus, sondern von Ärger oder Wut im weitesten Sinne. Aber warum fragst du? Stand in deinem Buch nicht, dass die Forschung keinen Zusammenhang sieht zwischen Gesualdos Genie und seiner Gewalterfahrung?«

Patrizia seufzte. »Ich weiß. Aber was meinst du, welche Rolle hat die Musik wohl für ihn gespielt?«

»Das fragst du mich? Keine Ahnung. Wahrscheinlich war sie sein Leben. Er muss ja ziemlich besessen gewesen sein. Und am Ende war sie sicher auch ein Instrument der Buße. Die Texte mancher Stücke auf meinen CDs lesen sich wie Gebete um Fürbitte bei verschiedenen Heiligen.«

»Fürbitte …« Patrizia nickte. Sie dachte an den Kanon.

»Il Perdono.« Vier Stimmen, die um Vergebung baten für vier Morde. War es das schon? Versuchte der Täter mit seiner Musik einfach nur Buße zu tun für seine Verbrechen?

Sie fühlte Giannis Blick auf sich, aber ihre Gedanken preschten weiter. Musik als Buße. Natürlich war das denkbar. Doch etwas sagte ihr, dass es nicht alles war.

Patrizia lauschte den Zikaden. Irgendwo bellte wieder ein Hund. Am Rand des Gartens sah sie Leonas dunkle Gestalt unter dem Olivenbaum sitzen. Plötzlich streifte sie eine Idee, flüchtig erst, dann entschiedener.

Was, wenn die Musik gerade kein Instrument der Buße ist? Zumindest nicht die Madrigale? Aber dann …

Die Konsequenz dieser Einsicht traf sie wie ein Schlag. Wenn die Madrigale nicht der Buße dienten, konnte das nur eines bedeuten: Sie waren der Grund für seine Verbrechen! Und passte das nicht perfekt zu ihrer neuen These? Musik als Motiv, richtig. Aber nicht Musik allgemein, sondern die neuen Madrigale ganz konkret. Nur wie? Verunsichert suchte sie Giannis fragenden Blick.

»Manchmal bist du da, und trotzdem auch wieder nicht«, sagte er leise.

Patrizia lächelte. »Aber ich komme immer wieder zurück.«

Sie sahen sich an. Ohne darüber nachzudenken, streckte sie die Hand aus und berührte seine Wange. Gianni saß ganz still und sagte kein Wort. Dann nahm er ihre Hand in seine und drückte sie auf seine Lippen.

Kapitel 12

SONNTAG, 8. JULI 2012

Patrizia ließ die Hand mehrere Sekunden auf der Hupe, doch nichts rührte sich.

»Reg dich ab«, meinte Cristina beschwichtigend. »Er wird schon kommen.«

»Fragt sich nur wann … Neun Uhr war abgemacht. Und guck mal, wie spät es jetzt ist. Du warst ja auch nicht gerade abfahrbereit, als ich zu dir kam.«

Cristina rollte mit den Augen, aber sie sagte nichts. Dies war nicht der richtige Augenblick für einen Streit, und sie kannte Patrizia. So schnell sie aufbrauste, so rasch würde sie sich wieder beruhigen, wenn sie erstmal alle auf dem Weg nach Ravello waren. Aber so weit war es leider noch nicht.

»Mir reicht's. Ich gehe nachsehen.« Patrizia stieg aus und lief auf das Haus zu, in dem Enrico Ramires wohnte. Cristina folgte ihr seufzend.

Die Haustür im Erdgeschoss war offen. Patrizia drückte kurz auf Enricos Klingel, wartete jedoch keine Antwort ab, sondern stieg, immer zwei Stufen auf einmal nehmend, in den dritten Stock. Cristina hastete fluchend hinter ihr her. Als sie oben ankamen, war die Wohnungstür nur angelehnt. Patrizia trat ein und fiel beinahe über eine noch ungeöffnete Umzugskiste, die mitten im Flur stand. Im Wohnzimmer fanden sie Enrico, der hektisch zwischen weiteren Kisten hin und her lief, Zeitungen anhob und unter Kleiderstapeln wühlte.

»Scusate, ich bin gleich so weit«, war alles, was er hervorbrachte.

»Was zum Teufel machst du da? Wir müssen los!«, bellte Patrizia. Enrico blieb stehen und sah sie an. Sein Gesicht war gerötet.

»Ich kann mein Smartphone nicht finden.«

»Ich fasse es nicht!«, rief Patrizia ungläubig. »Wir haben es eilig, und du hältst uns auf wegen deines Telefons?« Dabei sah sie sich um. Auch Cristina machte die Runde.

»Was ist mit dem?« Sie hielt ein kleines schwarzes Gerät hoch.

»Das ist mein Uralthandy. Mit dem kann man keine Fotos machen.«

»Die machst du sowieso nicht mehr, wenn das hier noch länger geht. Also, wenn du ein Telefon brauchst, nimmst du das alte. Wenn nicht, fährst du ohne. Schluss, aus!« Patrizia drehte auf dem Absatz um und ging nach unten. Cristina sah ihren Kollegen an und zuckte entschuldigend mit den Schultern.

»Es ist wirklich besser, wenn wir jetzt gehen.« Enrico nickte. Er warf einen letzten hoffnungsvollen Blick durch den Raum, dann folgte er Cristina. Als sie losfuhren, war es fast Viertel vor zehn. Patrizia trat aufs Gas. Zum Glück war die Via Roma Richtung Vietri relativ leer. Erst auf der kurvigen Straße der Costiera nahm der Verkehr deutlich zu. Cristina hätte gerne angemerkt, dass sie mit ihrem Skooter definitiv schneller gewesen wären, unterließ es aber mit Rücksicht auf Enrico, der auch so schon schuldbewusst genug aussah. Kurz hinter Maiori kam der Verkehr plötzlich zum Erliegen.

»Che diavolo! Ein Stau. Das hat uns gerade noch gefehlt«, entfuhr es Patrizia. Cristina stieg aus und lief ein paar Meter an der Steinbrüstung entlang. Dann kam sie wieder.

»Kontrollierte Verkehrsführung. Weiter vorne ist ein Nadelöhr. Da lassen sie immer nur Autos aus jeweils einer Richtung passieren. War letzte Woche auch so, erinnerst du dich?«

»Ja, aber das war auf der Rückfahrt!« Patrizia schwang sich aus der roten Klara. »Na warte, denen werde ich was husten!«

Cristina rollte mit den Augen und stieg ebenfalls aus. Das konnte ja heiter werden. Jetzt würde Patrizia sich gleich um Kopf und Kragen reden, und dann standen sie heute Mittag noch hier.

Noch bevor sie den Verkehrspolizisten auf ihrer Seite der Warteschlange erreicht hatte, zog Patrizia ihren Dienstausweis aus der Tasche und hielt ihn dem verblüfften Mann entgegen.

»Commissaria Vespa, Salerno. Wir haben einen Einsatz und müssen hier durch. Sofort!« Der Mann warf einen Blick auf Patrizias Ausweis, dann auf sie selbst. Offenbar überzeugten ihn weder ihre Jeans noch die blau-weiß karierte Bluse mit der Sonnenbrille in der Brusttasche.

»Was für einen Einsatz?«, fragte er misstrauisch.

»Es geht um die jüngste Mordserie in Salerno. Als Polizist müssten Sie eigentlich darüber informiert sein.« Der Mann nahm eine trotzige Haltung an.

»Und Sie müssten als Polizistin wissen, dass am Wochenende auf der Küstenstraße der Verkehr geregelt wird. Jeden Samstag und Sonntag ab 10 Uhr. Kommt sogar im Radio …«

»Wir sind von der Mordkommission und nicht von der Verkehrspolizei …«

Das Gesicht des Polizisten verfärbte sich, doch bevor er etwas sagen konnte, zog Cristina Patrizia zur Seite.

»Du hältst jetzt mal deinen Mund«, zischte sie leise. »Zu, ganz zu.« Dabei machte sie eine Klappbewegung mit der Hand. Patrizia wollte erwidern, dass sie ohne Cristinas und Enricos Trödelei sicher noch vor 10 Uhr durch die Sperre gekommen wären, doch im letzten Augenblick hielt sie sich zurück. Wenn sie jetzt noch einer hier durchbrachte, dann wirklich nur Cristina.

Wenige Minuten später sprach der Polizist in sein Walkie-Talkie. Ohne die Kommissarinnen anzusehen, bat er seinen Kollegen auf der anderen Seite der Sperre, den Verkehrsfluss aus der Gegenrichtung bis auf Weiteres anzuhalten.

Kurz darauf kam Bewegung in die Schlange, und Patrizia trat aufs Gas. Dennoch sah es nicht gut aus. Es war fast elf. Eleonora Salazar würde in Kürze die Bühne betreten, und sie hatten noch eine ziemliche Strecke zurückzulegen. Die Stimmung im Wagen war entsprechend angespannt, und die drückende Hitze im Auto tat ihr Übriges. Cristina hielt ihr Gesicht ans offene Fenster, doch sie empfand keine Erleichterung. Es war, als führen sie durch einen heißen Windkanal. Auch das Licht war seltsam milchig. Sie ließ ihren Blick über die Steilhänge und das Meer unter ihr gleiten und stellte überrascht fest, dass Wolken aufgezogen waren, dunkel genug, um den ersehnten Regen zu bringen. Das Meer schimmerte in mattem Graugrün.

Als sie endlich am Eingang zur Villa Rufoli ihre Ausweise vorzeigten, beendeten Eleonora Salazar und ihre Gruppe gerade das letzte Stück des regulären Programms. Der Applaus war verhältnismäßig kurz. In den vergangenen Tagen hatten die Zeitungen darüber spekuliert, ob beim nächsten Konzert mit einem weiteren Madrigal des unbekannten Sammlers zu rechnen sei, vielleicht sogar mit der zweiten Stimme des neuen Kanons. Es war offensichtlich, dass das Publikum der Zugabe entgegenfieberte.

Dennoch verließ die Gruppe noch einmal die Bühne. Erste Rufe wurden laut. Nach und nach gesellten sich weitere hinzu, bis die Menge mit einer Stimme die Rückkehr der Sänger forderte. Ohne Erfolg. Die Bühne blieb leer, und schließlich verstummten die Rufe.

Trotzdem stand niemand auf.

»Da vorne ist Gabriella«, flüsterte Enrico Patrizia zu, als ob die erwartungsvolle Stille auf dem Belvedere normales Sprechen unmöglich machte. Sie nickte, und Enrico setzte sich in Bewegung. Vom erhöhten Ende der Aussichtsterrasse konnte Patrizia außer der Rechtsmedizinerin noch mehrere andere Kollegen ausmachen. Einige saßen im Publikum, andere standen an verschiedenen Punkten des Parks. Sie steckte sich den Kopfhörer ins Ohr und verband sich mit den Kollegen. Bisher war das Konzert ereignislos verlaufen. Niemand hatte etwas Verdächtiges beobachtet.

Patrizia sah sich weiter um. *Was für eine seltsame Stimmung. Hunderte von Menschen, die schweigend auf eine Zugabe warten. Es hat etwas Unnatürliches. Aber irgendwie passt es zu der dunklen Wolkenwand und der drückend heißen Luft. Es ist, als hielten alle den Atem an in Erwartung der längst fälligen Entladung.*

Da plötzlich kündigte ein Aufraunen die Rückkehr der Gruppe an. Falls die Menge Erklärungen zur Art der Zugabe erwartet hatte, wurde sie enttäuscht. Die Sänger stellten sich im Halbkreis auf, und kurz darauf setzte die erste Stimme ein, dann die zweite, die dritte. Körperlos schwebten sie über dem Publikum und verklangen vor der schwarz-grünen Steilküste.

In verletzlich anmutenden Harmonien, unterbrochen von unerwarteten Dissonanzen, besangen sie den Augenblick des Mordes an Maria d'Avalos und Fabrizio Carafa. Patrizia hielt den Atem an und fuhr zusammen, als ihr ein plötzlicher Windstoß ins Gesicht fuhr. Ein Tropfen fiel auf ihre Haare, dann noch einer. Sehr vereinzelt schlugen sie mit platzenden Geräuschen auf dem Boden auf. Besorgt beobachtete sie das Publikum, doch niemand rührte sich. Nicht einmal, als der letzte

Ton des Madrigals verklungen war und der Wind ihr die Tropfen in immer stärkeren Böen ins Gesicht wehte.

Sie wusste, warum. Alle warteten auf die zweite Zugabe: den Kanon.

»Il Perdono« … Zwei Stimmen, die um Vergebung baten. Doch nur sie ahnten wofür.

Angestrengt betrachtete sie das Publikum und sah, dass ihre Kollegen das Gleiche taten. Hier und da empfing sie über den Kopfhörer Rückmeldungen. Nichts. Mutlosigkeit überkam sie. Der Mörder war unter ihnen, daran zweifelte sie keine Sekunde, aber wie um Himmels willen sollten sie ihn erkennen? Sie konnten nichts tun, als hier zu stehen, seiner Musik zu lauschen und zu hoffen, dass er möglichst bald einen neuen Fehler machte … Beim nächsten Mord.

Der Gedanke machte sie rasend. Da zuckte ein Blitz auf, gefolgt von einer kurzen, aber tiefen Stille. *Warum rührt sich keiner?* Doch auch sie stand wie versteinert, während die Tropfen schwerer und regelmäßiger aufschlugen. Es krachte. Rollend brach sich der erste Donnerschlag an den Bergen. Und noch während er verhallte, erklang zart und körperlos die erste Kanon-Stimme. Fast schon ein Nachgedanke. Als hätte der Donner sie selbst zurückgelassen.

Die zweite Stimme setzte ein.

»Vier Mal sündige ich …«

»Vier Mal …«

Patrizia zuckte zusammen, als ein zweiter, weißblauer Blitz über dem Meer aufleuchtete.

»Vier Stimmen …«

»… bitten …«

Wieder krachte der Donner, brach sich an der Steilküste und verhallte, langsam, gemächlich.

»Vier Stimmen …«

»…vier Mal …«

Die Worte kreisten. Wieder und wieder. Umschlangen sich, ließen los, griffen ineinander. Sie spürte Cristinas Hand am Arm. Zwei Blitze zerrissen gleichzeitig den Himmel. Dann trafen sich die Stimmen zum letzten Mal.

»Vergib!«

Es krachte.

Der Schlag schien das Belvedere selbst zu treffen.

Mit einem Mal kam Bewegung in das Publikum. Die Menschen sprangen von den Sitzen, drängten und schubsten. Jeder wollte als Erster die Aussichtsterrasse verlassen. Patrizia hörte die Stimmen ihrer Kollegen im Kopfhörer, doch sie konnte sie in der Menge nicht mehr ausmachen.

Auf der Bühne rafften Eleonora Salazar und Giovanna Rinaldi, die die Kanon-Stimmen gesungen hatten, die Notenblätter zusammen. Der Regen war wie ein weißes, durch den Wind in alle Richtungen getriebenes Tuch. Patrizia wollte sich schon abwenden, da hielt Eleonora Salazar in ihrer Bewegung inne und starrte auf einen nicht auszumachenden Punkt im Publikum. Dann wandte sie sich um und folgte ihrer Kollegin.

Patrizia und Cristina tauschten Blicke und setzten sich fast gleichzeitig Richtung Bühne in Bewegung, doch sie kamen nur schleppend gegen den Strom der dem Ausgang entgegendrängenden Menschen an. Einige trugen Regenjacken, andere waren so durchnässt wie sie selbst. Plötzlich hörte Patrizia ihren Namen und fühlte eine Hand am Arm.

»Commissaria Vespa.«

Sie fuhr herum. »Signor Nardi?«

»Richtig. Wie fanden Sie die Musik? Großartig, nicht wahr? Eine ganz andere Kategorie als die kleinen Konzerte im Castello, und auch nicht gerade billig, die Tickets. Aber ab und zu darf man sich ja mal was leisten, und die Zeitungen waren so voll von diesem neuen …« Er unterbrach sich, als er merkte, dass Patrizia ihm gar nicht zuhörte, sondern stattdessen Richtung Bühne spähte.

»Patrizia! Kommst du?« Cristina hatte sich zu Eleonora Salazar durchgeschlagen und winkte ihr zu.

»Scusi. Sie haben zu tun. Ich will Sie nicht länger aufhalten.«

Patrizia nickte flüchtig und machte sich wieder auf den Weg durch die Menge. Cristina kam ihr auf halber Strecke entgegen und zog sie an eine weniger belebte Stelle. Ihre braune Löwenmähne hing nass und schwer auf ihren Schultern.

»Und?«, fragte Patrizia. »Wen hat die Salazar da vorhin in der Menge gesehen?«

»Ein Gespenst …«

»Was?«

»Sie dachte einen Augenblick, sie hätte ihren Ex-Mann gesehen. Zum ersten Mal seit über zwanzig Jahren.«

»Federico De Falco? Aber der ist vor zwei Jahren gestorben.«

»Klar. Es war einfach nur jemand, der ihm ähnlich sah. So, wie er früher war. Sie sagte, sie hätte sich einen Augenblick lang um zwanzig Jahre zurückversetzt gefühlt. Beinahe war es ihr unheimlich.«

Patrizia nickte. Sie spürte, wie der Regen zwischen ihren nassen Haaren herunterlief. Ihre Bluse klebte am Körper. *Ein Gespenst. Genau wie das, dem wir hinterherjagen.*

*

Er dachte an die nächsten Stunden. Den Moment, in dem es wieder geschehen würde. Wie einfach es war, sich mit Menschen zum Sterben zu verabreden. Ein kleiner Einwand vielleicht. Doch am Ende dauerte es keine Minute, und der Termin stand.

Er horchte in sich hinein. Sein Körper vibrierte, aller Müdigkeit zum Trotz. Er stand unter Strom. Wie auch nicht? Zum zweiten Mal in dieser Woche hatten sie sich gesehen. Und diesmal hatte er keine Maske getragen.

Er schloss die Lider, fühlte noch einmal den Augenblick. Den Regen auf Haut und Haaren, ihren Blick. Unendlich flüchtig.

Sie hatte ihn angesehen, und doch war es nicht er gewesen, den sie gesehen hatte, sondern ein Toter. Hatte sie für den Bruchteil einer Sekunde geglaubt, er stünde wieder vor ihr?

Es wunderte ihn nicht. Er wusste, wie ähnlich er ihm sah. Auf Fotos von früher konnte man sie fast verwechseln. Und wie sollte sie ihn auch erkennen? Die Jahre hatten ihn verändert. Entscheidende Jahre, in denen der Junge zum Mann geworden war. Alles war anders, nur seine Zuneigung, seine Treue waren die gleiche. Er hatte sie lange unterdrückt. Jetzt schämte er sich dafür. Er hätte nicht auf die hören dürfen, die Eleonora schlechtgemacht hatten. Jahrelang. Sie hatten ihm eingeredet, dass er ihr nichts bedeutete, dass sie ihn am Wegrand zurückgelassen hatte wie ein kaputtes Rad.

Ausgetauscht.

Sie wollten, dass er es genauso machte, Eleonora hinter sich ließ, seinen eigenen Weg ging. Keine harschen Worte, wenn er auf dem Schulhof auf Klassenkameraden einprügelte oder mit schlechten Noten nach Hause kam. Wie sehr hatte er sich manchmal nach dem Krach gesehnt, nach Anschuldigungen. Stattdessen nur Mitleid in ihren Gesichtern.

Der arme Junge. Das ist es, was sie dachten: Das arme, arme Kind.

Sie hatten keine Ahnung. Und er selber war damals nicht alt genug gewesen, um es zu spüren und sich zu wehren. Aber heute wusste er es: Wer liebte, war nicht arm.

Nie.

Und wenn er es doch geworden war, dann nur durch sie. Sie wollten, dass er glücklich wurde. Stattdessen hatten sie das Gegenteil erreicht, denn sie hatten versucht, die Liebe zu zerstören, die ihm alles geworden war. Alles, was er vorher verloren hatte.

Eleonora …

Natürlich. Sie hatte ihn nie um diese Liebe gebeten, und trotzdem hatte er sich oft gefragt, warum sie ihr so wenig bedeutete. Doch auch das war vorbei. Jetzt fragte er nicht mehr, denn er hatte erkannt, dass es keine Rolle spielte.

Er glättete das Foto, das vor ihm lag. Alt und abgenutzt. Das einzige Bild von ihr, das sie nicht gefunden und ihm abgenommen hatten. Zärtlich strich er über ihr Gesicht.

Eleonora … Vielleicht hast du nichts Besonderes gesehen heute. Einen durchnässten Mann in der Menge, der dich einen Moment lang an einen Menschen erinnerte, den du einmal kanntest. Kein Gruß, kein zweiter Blick. Unnötig, Zeit zu verschwenden an eine solche Begegnung.

In deinen Augen war ich farblos. Unscheinbar, wie Noten auf einem Blatt Papier.

Und doch bin ich die Musik, die du singst.

*

Patrizia schloss die rote Klara ab, während Cristina sich auf der Terrasse des verlassenen Lidos niederließ. Mehrere Stunden lang hatten sie nach dem Konzert mit dem Team in der Questura zusammengesessen und über ihre Beobachtungen in der Villa Rufoli gesprochen. Doch letztlich mussten sie akzeptieren, dass ihnen noch immer entscheidende Indizien fehlten. So wie die Dinge lagen, konnten sie dem Mörder gegenüberstehen, ohne ihn zu erkennen. Falls sie es nicht schon getan hatten.

Schließlich hatte sich die Versammlung aufgelöst, und die Teammitglieder waren mit in sich gekehrten Gesichtern zu dem heimgekehrt, was von ihrem Sonntag noch übrigblieb.

Patrizia hatte vorgehabt, Cristina nach Hause zu fahren, doch wie so oft in letzter Zeit hatten sie auf halber Höhe beschlossen, noch ein wenig zusammenzusitzen. Keine von beiden wollte mit dem Gefühl der Rastlosigkeit alleine sein, und Cristina graute vor dem Trubel in ihrer Wohnung, der ihrer gedrückten Stimmung zuwiderlief.

Der verlassene Lido sah nach dem Gewitter und unter dem schwarz-grauen Himmel noch einsamer und schäbiger aus als an einem Sonnentag. Die blättrige hellblaue Farbe des Holzbaus schimmerte feucht, der Sand war schwer und grau, und das bleifarbene Meer schäumte, brach sich, rollte aus, brach sich wieder. Ein ständiger Kreislauf, der nichts Beruhigendes hatte. Doch nach Ruhe war ihnen ohnehin nicht.

Eine Weile saßen sie an einem der Plastiktische, die das Gewitter trotz des schadhaften Daches trocken überstanden hatten. Sie blätterten in Mappen und Notizbüchern, lauschten der starken Brandung und hingen ihren Gedanken nach. Doch mit einem Mal legte Patrizia ihr Gesicht in die Hände.

»Merda, Cristina. Es ist Sonntag. Kannst du das Metronom ticken hören? Irgendwo in deinem Kopf?«

Cristina nickte nur. Ruckartig stand Patrizia auf. »Komm … Lass uns ein paar Schritte gehen, bevor ich wahnsinnig werde.«

Hintereinander gingen sie die hölzerne Treppe hinunter zum Strand. Vor ihnen lag die Stadt in das weite Rund des Golfs geschmiegt. In der schweren, feuchten Luft wirkte sie wie ausgewaschen. Die Berge der Costiera versteckten sich hinter tiefliegenden Wolken. Nur hier und da schimmerte ein grüner Fleck hervor.

Sie waren ein ganzes Stück gelaufen, bevor Cristina einen

angeschwemmten Baumstumpf ansteuerte und sich niederließ.

»Ich werde einfach meine Gänsehaut nicht los«, meinte sie. »Das Gewitter, die Blitze und dieser Kanon. Nur zwei Stimmen, aber ich hatte das Gefühl, dass mir das Blut in den Adern gefriert.«

»Ging mir auch so.« Patrizia rieb sich über die nackten Arme. »Aber das Schlimmste ist, dass wir hier sitzen und auf den dritten Mord warten, ohne auch nur die leiseste Ahnung zu haben, wen es treffen könnte.«

»Wenn wir nur wüssten, wo dieser Tucci steckt. Von seiner Großmutter ist er gestern Abend schon wieder abgereist. Auf dem Konzert war er nicht, und bislang hat die nichtöffentliche Fahndung nichts ergeben.«

»Ich habe vorhin schon die öffentliche veranlasst.«

»Gut. Haben wir übrigens schon etwas von Enzo Urbano gehört? Er wollte sich doch wegen der Überfallsabende bei uns melden.«

»Nein, noch nicht.« In einem Anfall innerer Unruhe stand Patrizia auf.

»Ich muss immer wieder an unsere Idee von gestern Abend denken. Weißt du noch? Musik als Motiv, die Madrigale als Teil des Verbrechens. So ein Irrsinn! Auf den ersten Blick klingt es vielversprechend, aber was machen wir jetzt damit? Wie kann es uns helfen, den Täter- oder auch nur den möglichen Opferkreis einzugrenzen?«

Cristina klopfte mit der flachen Hand neben sich auf den Baumstumpf. »Du hast ja recht. Aber jetzt setz dich wieder. Dieses Hin-und-Her-Gerenne macht mich noch ganz nervös.« Wortlos tat Patrizia ihr den Gefallen.

»Also …«, meinte Cristina. »Dann nochmal von vorn. Wir glauben, dass die Madrigale für den Täter ein Mordmotiv sein könnten. Unser Problem ist, dass wir nicht wissen, inwiefern.«

»Stimmt. Musik als Motiv … das ist einfach zu unspezifisch. Vor allem, wenn die Verbindung der Opfer zur Salazar gar nicht die Rolle spielt, von der wir zuerst ausgingen.«

Cristina streckte die Beine aus und bohrte mit den Fersen Kuhlen in den nassen Sand. »Du hast recht. Aber es muss ja schließlich konkrete Kriterien geben, nach denen der Täter seine Opfer auswählt. Lass uns nochmal die anderen Gemeinsamkeiten zwischen den Toten durchgehen. Was waren die kleinsten gemeinsamen Nenner, die wir finden konnten?«

»Das Klavier. Auch wenn das im weitesten Sinne wieder mit Musik zu tun hat.«

»Lassen wir es trotzdem gelten. Und als Zweites dann die Holzböden.«

»Genau.« Patrizia überlegte einen Augenblick. »Dann fange ich mal mit dem Klavier an. Der Täter hat an beiden Tatorten gespielt. Was meinst du, waren es die neuen Madrigale? Wie hängen sie mit den Morden zusammen? Dass sie nur ein Instrument der Buße sind, schließe ich aus.«

»Ich weiß. Auf den Kanon bezogen könnte es zwar hinhauen. Immerhin geht es da um Vergebung. Aber die Madrigale haben Gesualdos Verbrechen zum Thema. Und überhaupt …« Sie lachte kurz auf. »Musik als Buße … Was soll das denn? Wenn der Täter nicht morden würde, müsste er auch nicht um Vergebung bitten.«

»Haha, sehr witzig.« Patrizia stützte die Ellbogen auf die Knie und lehnte sich nach vorne. »Vielleicht greife ich ja nur nach Strohhalmen, aber irgendetwas sagt mir, dass wir ein ganzes Stück weiter wären, wenn wir diese verdammten Reihen aus Steinen und Bauklötzen deuten könnten, die der Mörder uns hinterlässt. Was meinst du?«

Statt einer Antwort holte Cristina eine Mappe aus ihrer Umhängetasche und entnahm ihr einige großformatige Fotos. Die Steinreihen und die Klötze.

»Was machst du?«, fragte Patrizia, als ihre Kollegin mit den Bildern in der Hand am Strand hin und her ging und die auf den Fotos abgebildeten Muster mit größeren Steinen nachlegte.

»Du kommst mir schon vor wie Bob«, versuchte sie zu scherzen.

»Hilf mir lieber ...« Cristina hielt ihr ein paar Bilder hin. »Und leg die Steine nicht zu weit auseinander. Sonst sehen wir die Reihen nicht, wenn wir dicht davor stehen.«

»Zu Befehl ...« Patrizia ging an die Arbeit.

Ein paar Minuten später waren sie fertig. Vor ihnen lagen fünf holprige Reihen. Vier vom ersten und eine vom zweiten Tatort. Jede von ihnen bestand aus fünf Steinen, doch keine glich in der Anordnung den anderen. Patrizia setzte sich wieder und betrachtete den Ausläufer einer Welle, der gefährlich nahe an die erste Reihe züngelte.

»Und jetzt?«

»Jetzt hören wir, was der Mörder uns sagen will. Das ist doch immer deine Rede ... Und diesmal ist der Täter ja auch ganz besonders gesprächig.«

»Wie meinst du das?«

»Na ja. Er kommuniziert auf zwei verschiedenen Ebenen. Durch seine Madrigale ... und dann diese hier.« Cristina stieß mit dem Fuß leicht gegen einen der Steine. Patrizia nickte. Cristina hatte recht. Der Täter sprach zu ihnen durch die Musik und ...

Sie dachte den Gedanken nicht zu Ende. Stattdessen ging ihr Blick von einer Steinreihe zur nächsten.

»... und sonst gar nichts!«

»Was, gar nichts?« Cristina sah sie erstaunt an.

Zuerst sah es aus, als hätte Patrizia ihre Frage nicht gehört, doch dann sagte sie: »Er spricht nicht durch die Musik und die Steinreihen. Er spricht nur durch die Musik. Ich fass es nicht. Schau mal genau hin. Sie sind ein und dasselbe.« Sie nahm die Mappe und wählte ein Bild aus. Es zeigte die Großaufnahme eines Notenblattes: Das erste Madrigal.

»Hier ...«

Cristina nahm ihr die Seite ab. Schwarze, eckige Notenköpfe im alten Stil, die auf den Notenzeilen zu hüpfen schienen ... wie die Steine vor ihnen.

Sie sah Patrizia an. »Verdammt! Die Steine stehen für Noten!«

Patrizia nickte. »Und nicht nur das.« Sie stand auf und ging zu der Reihe, die Bob in La Roccas Wohnung rekonstruiert hatte. Dann hielt sie das Notenblatt daneben. Die Bilder waren identisch.

»Er hat den Anfang des ersten neuen Madrigals mit den Klötzen nachgelegt.«

Cristina nickte heftig, dann blätterte sie in der Mappe und hielt Patrizia ein anderes Foto hin: die Kerben in der Holzbühne des Castellos. Auch sie waren mit dem Anfang des ersten neuen Stücks identisch.

»Patrizia! Denkst du auch, was ich denke?« Cristinas Stimme überschlug sich beinahe. »Er hat die Stiche in Alessandra Amedeos Körper so gesetzt, dass sie der Abfolge der Noten in seinem ersten Madrigal gleichen!« Sie sah Patrizia triumphierend an, doch die schüttelte den Kopf. »Nein, hat er nicht.«

»Was heißt hier nein? Schau doch hin ... Das Stichmuster im Boden ist identisch mit dem Notenmuster am Anfang des Madrigals.«

»Ja. Aber die Reihenfolge der Ereignisse stimmt nicht.

Cristina! Nicht die Stiche folgen dem Anfang des Madrigals, sondern umgekehrt. Er beginnt seine Madrigale, indem er sich durch das Stichmuster in den Körpern seiner Opfer inspirieren lässt.«

Cristina blieb stumm. Erst nach einer endlos scheinenden Zeit sagte sie: »Das ist es, was La Rocca als willkürliches Element empfand. Der Täter überlässt dem Zufall die Wahl der ersten Noten. Er schreibt sie im wahrsten Sinne des Wortes mit Blut. Aber was bedeutet das? Komponiert er sein Stück in den Minuten nach dem Mord?«

»Genau das tut er. So erklärt sich auch, warum der Anwohner unterhalb des Castellos über so lange Zeit Klaviermusik hörte, ebenso wie der Nachbar von La Rocca.«

»Aber warum um Himmels willen tut er das?«

Patrizia zögerte, dann sagte sie langsam: »Es gibt Theorien, die besagen, dass Wut kreatives Denken und Schaffen fördert.«

Einen Augenblick sah Cristina ihre Kollegin entgeistert an, dann nickte sie bedächtig. »Natürlich ... Das ist es. Der Täter nutzt den Rausch der Gewalt, um sich aufzupeitschen und seine Sinnesschärfe und Schaffenskraft zu fördern.«

»Ja. Er braucht den Kick. Nur so ist er in der Lage, Musik zu schaffen, die über das Mittelmaß hinausgeht.«

»Das ist krank.« Cristina schüttelte den Kopf. Dann holte sie die anderen Fotos aus der Mappe, legte sie nebeneinander und studierte sie.

»Wenn die Bauklötze in La Roccas Wohnung an das erste Madrigal erinnern, das der Täter nach dem Mord an der Amedeo komponiert hat, dann ...«

»... werden wir beim dritten Mord eine Formation finden, die den Anfang des zweiten Madrigals abbildet, also von dem, das wir heute gehört haben. Wir werden seinen Anfang in irgendeiner Form am Tatort aufgezeichnet sehen.«

Cristina nickte. »Und auf dem Körper des neuen Opfers wird der Beginn eines dritten Stücks stehen.«

»Richtig. Die Frage ist nur, warum er nicht schon vor dem ersten Konzert in Ravello zu morden und zu komponieren begonnen hat? Warum erst danach?«

»Gute Frage. Wahrscheinlich wäre der Salazar die schlechte Kritik im ›Corriere della Sera‹ sogar erspart geblieben, wenn sie schon bei ihrem ersten Konzert ein angeblich neues Gesualdo-Stück hätte aufführen können.«

»Bestimmt. Aber das ist nicht mehr unser Problem.«

Cristina nickte nachdenklich, dann lachte sie plötzlich laut auf. »Nicht mehr unser Problem? Natürlich ist er das! O Dio … jetzt wird mir einiges klar.«

»Ich verstehe nicht.«

»Patrizia, nach dem ersten Mord dachten wir doch, die schlechte Kritik in der Zeitung wäre der Grund, warum die Amedeo sterben musste. Dann kam La Rocca dazu, und wir haben die Sache fallen lassen.«

»Und?«

»Das war ein Fehler. Wir haben den Verriss zu früh aus der Gleichung rausgenommen. Er *war* der Grund für Alessandra Amedeos Tod!«

Patrizia sah ihre Kollegin unsicher an, und Cristina redete weiter. »Also, wenn du mich fragst, ist es so gelaufen: Unser Mörder hatte bereits ein paar Erfahrungen mit Körperverletzung gesammelt, die ihn offenbar berauschten.«

»Unsere Überfälle.«

»Genau. Und wer weiß, vielleicht hatte er auch schon damit begonnen, den Kick, den ihm diese Gewaltakte gaben, für seine musikalischen Zwecke zu verwenden. Denk daran, dass er immer noch bei den Opfern verharrte, nachdem er sie niedergestochen hatte.«

»Stimmt. Außerdem wurde seine Gewaltanwendung mit jedem Mal intensiver. Es kann gut sein, dass er irgendwann ohnehin den letzten Schritt getan und getötet hätte.«

»Nur vielleicht nicht so schnell.«

»Du meinst, der Täter verehrt die Salazar. Ihr Verriss im ›Corriere‹ gibt ihm den Grund, den ultimativen Schritt zu tun. Er will sich an der Amedeo für die Demütigung seines Idols rächen.«

»Ich meine nicht nur, ich weiß es. Denk an die vier Steinreihen auf dem Weg zum Castello. Als der Täter sie legte, gab es noch kein neues Madrigal und schon gar nicht vier. Aber am Vortag …«

»… sang die Salazar vier Gesualdo-Madrigale in Ravello. Ebendie, die Alessandra Amedeo verrissen hat.«

»Genau. Wir haben die Noten dieser Madrigale nicht in unseren Unterlagen. Aber ich verwette meinen Kopf darauf, dass ihre Anfänge mit den Formationen der vier Steinreihen übereinstimmen. Mit ihnen weist der Täter auf die Demütigung der Salazar hin und damit auf das Motiv für seinen Mord. Er reibt es uns praktisch unter die Nase.«

Patrizia nahm einen der Steine und wiegte ihn in der Hand. Dann sagte sie: »Du hast recht. Mit dem ersten Mord rächt er die Salazar. Und trotzdem hatte seine Tat an diesem Abend von Anfang an auch noch eine zweite Dimension. Denn gleichzeitig hofft er mithilfe des Kicks, den ihm das Töten gibt, endlich ein Stück zu komponieren, das über das Mittelmaß hinausgeht. Ein Madrigal, das die Salazar beim nächsten Konzert zur Sensation werden lässt.«

Cristina nickte. »Genau. Und wer weiß? Vielleicht kam ihm die Idee, die Stichabfolge im Körper seines Opfers als Inspiration für seine Kompositionen zu nehmen, spontan während des ersten Mordes. Erst bei La Rocca wurde sie zum System.

Deshalb wählt er sein zweites Opfer nach mindestens zwei pragmatischen Kriterien aus.«

»Er braucht einen Holzfußboden.«

»Und ein Klavier.«

»Außerdem konnte er sich bei La Rocca irgendwie Zugang zum Ersatzschlüssel verschaffen, auch wenn wir noch nicht wissen wie.«

Patrizia ließ sich auf den Baumstumpf sinken. »Bene. Wir müssen also davon ausgehen, dass der Täter sich wieder ein Opfer mit einem Klavier aussuchen wird, wahrscheinlich auch mit einem Holzfußboden. Und das bedeutet, dass er es persönlich kennt.«

Cristina nickte. »Allerdings nicht sehr gut. Denn wenn er mit den Opfern befreundet wäre, hätten unsere Recherchen ihn irgendwie erfasst.«

»Trotzdem muss es einen Kontakt geben, zumindest zu La Rocca, denn der Täter kannte seine Wohnung und wusste, dass sie für seine Zwecke geeignet war. Außerdem muss er ihn vor der Tat aufgesucht haben, um sich den Ersatzschlüssel zu beschaffen, mit dem er dann zur passenden Zeit unbemerkt eindringen konnte.«

»Stimmt. Und weißt du, was ich denke? Der Anruf auf La Roccas Handy am Nachmittag vor seinem Tod diente ebendiesem Zweck.«

Patrizia nickte. *Genau so ist es. Und ich vermute, dass er beim nächsten Opfer wieder so vorgehen wird.*

*

»Nichts?«

Patrizia betrat Giannis Küche, nachdem sie zum wiederholten Mal im Nebenzimmer versucht hatte, Enzo Urbano zu erreichen.

Wortlos schüttelte sie den Kopf, legte das Handy auf den Tisch und stellte sich an das weit geöffnete Fenster, das auf ihren eigenen Garten hinausging. Draußen war es schon fast dunkel. Ihre Terrasse lag verwaist unter dem Blauregen, und sie konnte das Konzert der Zikaden hören. Die Zitronen an den Bäumen leuchteten schwach im Licht aus Giannis Küchenfenster.

»Ist es denn so wichtig, diese Person zu erreichen?«

Patrizia nickte. Ja, das war es. Sie mussten wissen, ob Enzo Urbano einem ihrer Verdächtigen für die Überfallsnächte ein Alibi geben konnte oder nicht.

»Bist du dir sicher, dass du nicht doch ein Glas Weißwein willst?«

Sie hörte, wie Gianni aufstand und den Kühlschrank öffnete. »Ich habe einen Lacryma Christi kaltgestellt. Frisch von den Hängen des Vesuvs, nur für den Fall … Komm schon, es ist Sonntagabend.«

»Ich weiß …« Patrizia drehte sich um und sah Gianni traurig an. »Aber im Augenblick spielt das keine Rolle. Wahrscheinlich hätte ich gar nicht vorbeikommen sollen, ich …«

»Ich hatte gehofft, dich heute noch zu sehen …«

Ein Lächeln huschte über Patrizias Gesicht.

»Na, siehst du? Geht doch.«

Sie sah ihn entwaffnet an. »Ich wollte dich auch sehen. Aber ich kann nicht bleiben. Es geht mir zu viel im Kopf herum, und jetzt bist du enttäuscht.«

Gianni schloss die Kühlschranktür und kam zu ihr. »Das wäre ich gewesen, wenn du gar nicht erst gekommen wärst.« Einen Augenblick sahen sie sich an, dann wandte Patrizia sich wieder dem Fenster zu.

»Ich habe Angst, Gianni. Angst, dass du das irgendwann nicht mehr so locker siehst, und dann wirst du mich und meinen Job zum Teufel wünschen.«

»Das tue ich jetzt schon ab und zu, aber es ändert nichts an dem, was ich will … wenn du das auch willst …«

Patrizia lächelte, doch sie sagte nichts. Stattdessen lehnte sie sich leicht gegen Giannis Oberkörper.

Eine ganze Weile standen sie so. Dann drehte Patrizia sich um.

»Ich gehe jetzt. Bitte entschuldige. Aber wenn dieser Fall zu Ende ist«, sie schnitt eine Grimasse, »wenn er das überhaupt je sein sollte. Also, vielleicht könnten wir ja mal ein paar Tage irgendwohin … ich meine … wir und Leona. Irgendwohin, wo es schön ist und man laufen kann …«

»Und baden …« Gianni grinste. »Ich habe schon die perfekte Idee.«

Noch einmal sahen sie sich an. Dann drückte Patrizia ihm einen flüchtigen Kuss auf die Wange, nahm ihr Handy und ging in den Flur.

Kurz darauf saß sie in ihrem Wohnzimmer auf dem Sofa, vor sich ein Panino. Der Fernseher war an, doch sie hatte ihn auf stumm geschaltet. Es stimmte, was sie zu Gianni gesagt hatte. Sie war nicht in der Lage, sich auf etwas anderes als den Fall zu konzentrieren.

Von ihrem Sofa aus konnte sie Giannis erleuchtetes Küchenfenster nicht sehen, doch sie wusste, dass es da war. Sie seufzte und versuchte es erneut bei Enzo Urbano. Ohne Erfolg. Bei Cristina dagegen war die Leitung besetzt.

Müde und resigniert legte sie sich aufs Sofa. Der Regen am Mittag hatte ein wenig Kühlung gebracht. Draußen waren es angenehme fünfundzwanzig Grad, und da es nicht regnete, hatte sie alle Fenster und Türen geöffnet, um möglichst viel frische Luft ins Haus zu lassen. Sie schloss die Augen und genoss den Luftzug, der gelegentlich von der offenen Wintergartentür zu ihr nach drinnen drang. Schließlich schlief sie auf dem Sofa ein.

Es war kalt. Eiskalt. Sie spürte ihre Glieder nicht mehr, und trotzdem sah sie aus den Augenwinkeln, wie ihre Arme sich bewegten und sie langsam nach unten glitt. Dann kam er in Sicht. Der Eisberg. Zunächst waren seine Konturen noch diffus, dann wurden sie klarer. Sein wuchtiges Massiv schimmerte in Schattierungen von Weiß, Blau, Grün, Türkis und ließ die Tiefe um sie herum leuchten. Immer näher kam sie der Masse, immer schärfer wurden seine Umrisse.

Nur noch wenige Zentimeter! Sie streckte die Hand nach einer scharfen Kante aus. Jeden Augenblick würde sie ihn greifen und ... wissen.

Doch sie wartete vergeblich auf die Berührung. Woran lag es? Glitt sie nicht mehr vorwärts? Stand sie still? Sie betrachtete ihre Arme. Sie konnte sie nicht fühlen, dennoch ruderten sie wie zuvor ... und ihr Körper glitt weiter.

Aber was war das? Der Eisberg entfernte sich. Er sank! Ihr Blick glitt an seiner Seite in die Tiefe. Kein Zweifel. Er sank ins Nichts, wurde hinabgezogen von etwas, was an ihm hing. Sie riss die Augen auf, spürte den Druck des Wassers. Dann sah sie es. Es war ein Holzhaus, seine Fenster eingedrückt. Eine Bierkiste raste über den abschüssigen Boden, gefolgt von einem Klavier. Kurz darauf erschien ein klobiger Gegenstand in der Tür. Einen Augenblick lag er quer, knickte dann ein und trieb aus dem Haus an die Oberfläche, ihr entgegen. Erst als sich zwei bleiche Arme vom Rest des Körpers lösten und wie Flügel zur Seite hin ausbreiteten, erkannte sie, dass es ein Mensch war. Wie gebannt starrte sie auf das näher kommende Schauspiel. Dann war der Körper bei ihr. Und während er an ihr vorbei Richtung Oberfläche trieb, starrten die leblosen Augen aus dem weißen, aufgedunsenen Gesicht, seine Haare bewegten sich geisterhaft im Wasser. In einem Anflug von Panik ruderte sie rückwärts, zappelte, schrie. Ein Meer von Luftblasen entwich ihrem Mund. Sie schluckte, atmete Wasser … und schreckte hoch.

Halb aufgerichtet saß sie auf dem Sofa, schwer atmend wie eine Ertrinkende. Draußen prasselte der Regen. Vor der offenen Tür des Wintergartens hatte sich bereits eine Pfütze gebildet. Patrizia fuhr sich mit den Händen über das Gesicht. *Es war ein Traum. Nur ein Traum!*

Sie ließ sich gegen die Rückenlehne des Sofas fallen und versuchte, ihren Atem zu beruhigen. Ihr Körper fühlte sich bleischwer an. Sie schloss die Augen, und plötzlich waren sie wieder da. Die Traumbilder. Noch einmal war sie unter Wasser, sah den bleichen Körper an sich vorbeitreiben, ein Haus aus Holz. Noch einmal glitt das Klavier vor ihrem inneren Auge über den Boden.

»Enzo Urbano!«

Patrizia öffnete die Augen. Ohne sich um die Uhrzeit zu kümmern, griff sie zum Telefon und drückte auf die Wahlwiederholung. Die Leitung öffnete sich. *Endlich!*

»Signor Urbano?« Es kam keine Antwort. Patrizia versuchte es noch einmal, ihre Stimme atemlos.

»Pronto? Enzo Urbano? Pronto!« Mehrere Sekunden vergingen, dann erklang ein Ton. Eine Taste wurde angeschlagen. Dann eine zweite und dritte, der Beginn einer Melodie. Ohne das Ende abzuwarten, rannte Patrizia zu ihrem Festnetzanschluss und verständigte die Kollegen. Als sie das Handy wieder ans Ohr hielt, war die Leitung tot.

Zwanzig Minuten später parkte Patrizia an der Littoranea. Mehrere Einsatzwagen waren bereits vor Ort, darunter ein Fahrzeug der Spurensicherung. Cristina stand an der Gartenpforte. Patrizia eilte auf sie zu.

»Was?«

Doch Cristina schüttelte nur den Kopf und reichte ihr einen Einmalanzug.

»Im Haus gibt es keine Holzfußböden«, flüsterte Patrizia wie zu sich selbst. Trotzdem hatte Cristina sie gehört.

»Die brauchte er auch nicht.«

Patrizia sah sie fragend an, doch ihre Kollegin machte nur eine Geste Richtung Haus. »Komm mit.«

Gemeinsam gingen sie über den kleinen Vorplatz. Die Tür war offen. Sie betraten den Wohnraum, und Patrizia blieb stehen. Sie hatte sich richtig erinnert. Kein Holz! Der Boden war hell gefliest.

»Wo zum Teufel …?«

Sie brach ab, als sie die vier Blutlachen sah, die sich um die kurzen Beine des langen, niedrigen Holztischs gebildet hatten, der vor dem alten Sofa stand. Auch die Tischbeine selbst waren dunkel verkrustet. Auf seiner Platte lag Enzo Urbano, die Arme eng an den Köper gelegt, seine Augen starrten ins Leere. Aus dem Bauchraum ragten fünf identische Messergriffe.

Vorsichtig trat Patrizia näher und musste einen kurzen, aber heftigen Anfall von Übelkeit hinunterzwingen. Enzo Urbano war mit fünf Messern auf die Platte seines Fernsehtisches geheftet worden. Er lag in einem rechteckigen See aus Blut, dessen Tiefe Patrizia auf zwei bis drei Zentimeter schätzte und in dem seine langen Haarsträhnen fächerartig schwammen.

»Die Tischplatte hat einen erhöhten Rand«, sagte Cristina leise, als hätte sie Patrizias Gedanken erraten. »Das Blut hat sich um den Körper gesammelt wie in einer Schale. Nur an den vier Ecken ist er ein bisschen niedriger. Da ist ein Teil an den Tischbeinen entlang nach unten abgeflossen.«

Patrizia nickte und richtete ihren Blick auf die fünf Messergriffe. Eine holprige Linie. Der Beginn des dritten Madrigals. Sie sah Cristina an und wusste, dass ihre Kollegin dasselbe dachte.

»So, ihr beide geht mir jetzt mal aus dem Weg.« Gabriella war neben sie getreten und machte eindeutige Gesten mit dem Ellenbogen.

»Dass der Mord erst wenige Stunden her ist, seht ihr ja diesmal selbst.«

»Wurde er betäubt, bevor er …?«

»Davon gehe ich aus. Enzo Urbano war ein kräftiger junger Mann. Es ist unvorstellbar, dass der Täter ihn bei vollem Bewusstsein auf dem Tisch fixieren konnte.«

»Dann war er vielleicht schon tot, als das hier geschah?«, fragte Cristina.

»Nein. Dazu hat er im Folgenden noch zu viel Blut verloren.« Die Stimme gehörte Enrico Ramires. »Ich denke, wir können davon ausgehen, dass er an den inneren Verletzungen der Bauchstiche gestorben ist, wenn nicht vorher schon an seinem Blutverlust.«

Gabriella Molinari nickte. »Das sehe ich auch so.«

Erneut kam Übelkeit in Patrizia hoch. Obwohl die Wohnungstür offen stand, war der feuchtwarme Geruch des frischen Blutes nur schwer zu ertragen. Sie wollte sich abwenden, doch Cristina hielt sie zurück.

»Es ist das erste Mal, dass der Täter seine Tatwerkzeuge zurücklässt«, sagte sie.

»Stimmt. Aber sie sehen alle gleich und ziemlich neu aus.«

»Du meinst, sie wurden eigens für diese Tat gekauft? Wenn das stimmt, dann ist die bisherige Tatwaffe vielleicht gar nicht dabei.«

»Könnte sein.« Patrizia kämpfte noch immer mit der Übelkeit, aber sie riss sich zusammen. »Komm, lass uns nach seiner Botschaft suchen. Irgendwo hier muss es eine holprige Reihe geben, die an den Anfang des zweiten Madrigals erinnert. Vielleicht aus Flaschen oder Äpfeln oder was weiß ich.«

Sie teilten sich auf und gingen die Räume ab. Es waren nicht viele. Patrizia inspizierte das Schlafzimmer mit dem ungemachten Bett, warf einen Blick auf zwei Fotos, öffnete die Nachttischschubladen.

Nichts.

Sie traf Cristina in der Küche.

»Und?«

Ihre Kollegin zuckte mit den Schultern. »Haufenweise schmutziges Geschirr, aber nichts, was in unser Schema passt.«

Patrizia öffnete den Kühlschrank. Bierflaschen in den Türfächern. Käse, Schinken, Reste von verschiedenen Abendessen. Sie schloss die Tür.

»Ich gehe ins Bad.«

Cristina nickte. Einen Augenblick verweilte sie noch in der Küche. Schließlich ging sie zurück ins Wohnzimmer. Kamin, Sofa. Ein Glas auf einem Esstisch in der Ecke. Verdammt, es musste einfach etwas geben. Dann fiel ihr Blick auf das Klavier.

»Patrizia?« Schnelle Schritte auf dem Flur. »Schau mal. Auf den Tasten sind rote Flecken. Was meinst du, hat der Täter diesmal mit blutverschmierten Händen gespielt?« Patrizia näherte sich dem Instrument.

»Che diavolo!«

»Was ist?«

»Hier stehen Zahlen. Er hat mit Blut Zahlen auf die Tasten geschrieben.« Jetzt war Cristina neben ihr.

»Fünf Tasten. Die Zahlen Eins bis Fünf. Was soll das heißen?«

Ein Augenblick schwieg Patrizia, dann sagte sie: »Das hier soll es heißen.« Sie streckte die Hand aus und berührte die

Tasten an der äußersten Kante. So schlug sie eine nach der anderen in der vorgegebenen Reihenfolge an.

Eins,

zwei,

drei ...

Eine simple Melodie. Der Anfang des zweiten Madrigals.

»Es ist dieselbe Melodie, die ich vorhin am Telefon gehört habe, als ich Enzo Urbano anrief.«

»Der Mörder war noch hier. Er hat abgenommen und sie dir vorgespielt ...« Cristinas Gesicht färbte sich rot vor Wut. »Scusa, aber ich brauche frische Luft ...« Abrupt drehte sie sich um und lief aus dem Haus. Patrizia sah ihr überrascht nach. Dann verließ auch sie den Raum. Als sie in den Vorhof trat, hatte es aufgehört zu regnen. Zelte waren errichtet worden, und an mehreren Stellen machten sich Kriminaltechniker zu schaffen, doch sie konnte Cristina nirgends entdecken. Als einer der Kollegen sie sah, deutete er Richtung Meer.

Patrizia umrundete das Haus in weitem Bogen und lief Richtung Strand. Die Scheinwerfer der KTU erleuchteten ihn bis fast zum Wasser. Dafür war es außerhalb ihrer Reichweite umso dunkler. Noch immer war das Meer aufgewühlt. Patrizia blieb stehen. Etwa zwanzig Meter weiter erkannte sie Cristina. Sie stand regungslos, dem Wasser zugewandt, als würde sie den Wellen lauschen. Langsam ging Patrizia auf sie zu.

»Cristina? Tutto bene?« Sie blieb neben ihr stehen und sah sie an, doch Cristina wandte sich nicht um. Stattdessen legte sie den Finger an die Lippen. Zuerst verstand Patrizia nicht, doch dann lauschte auch sie in die Dunkelheit. Wellen brachen sich am Strand, rollten aus, brachen sich wieder.

Und dann hörte sie es. Über dem feinen Rieseln winziger Strandkiesel, die von den weichenden Wasserzungen Rich-

tung Meer gespült wurden, lag noch ein anderes Geräusch.
Leise und regelmäßig.

Tick.

Tack.

Kapitel 13

MONTAG, 9. JULI 2012

Nach der langen Nacht an der Littoranea war Patrizia nicht mehr nach Ogliara zurückgefahren, sondern hatte bei Cristina übernachtet. Doch viel Schlaf war ihr nicht vergönnt gewesen. Bereits um kurz nach fünf saß sie auf Cristinas Dachterrasse und sah zu, wie über den Hügeln des Cilento die Sonne aufging. Der Regen hatte in den frühen Morgenstunden ganz aufgehört. Der Himmel war wolkenlos, als hätte es das kurze Schlechtwetter-Intermezzo nie gegeben. Plötzlich hörte sie Schritte.

»Da bist du ja. Ich dachte schon, du hättest dich heimlich davongeschlichen.« Cristina trat auf die Terrasse und ließ sich neben ihr nieder.

»Davonschleichen. Keine schlechte Idee. Am besten ganz weit weg.«

Ihre Kollegin antwortete nicht. Mehrere Minuten lang saßen sie schweigend im frühen Morgenlicht. Dann sagte Cristina: »Er fühlt sich uns haushoch überlegen. Hast du sowas je erlebt? Einen Mörder, der am Tatort das Telefon abhebt? Dieser Wahnsinnige spielt mit uns, aber weißt du was? Wir drehen den Spieß einfach um.« Patrizia sah ihrer Kollegin erstaunt nach, als diese aufstand und ohne ein weiteres Wort nach drinnen ging. Zwei Minuten später kam sie mit einer gepackten Tasche wieder und warf Patrizia etwas zu.

»Hier, zieh das drunter und komm mit. Es gibt nichts, was

die Kräfte besser mobilisiert.« Patrizia sah auf den Bikini in ihrer Hand.

»Du bist verrückt«, meinte sie, fing aber trotzdem an, sich umzuziehen. Als sie das Haus verließen, waren die Straßen noch menschenleer. Nur ganz vereinzelt fuhren erste Autos und Lieferwagen auf dem Lungomare. Ein Hundebesitzer lief mit seinem Pudel den Strand entlang. Handtücher auszurollen war unnötig. Cristina stellte die Tasche ab, dann gingen sie ins Wasser. Trotz des Regengusses am Vortag und der frühen Stunde war die Temperatur angenehm warm. Sie schwammen hinaus. Als sie Halt machten, lag die Stadt schon hundert Meter hinter ihnen. Die Fassaden des Lungomare leuchteten im frühen Morgenlicht. Patrizias Lebensgeister kehrten zurück und mit ihnen auch die Kampfeslust. Cristina hatte recht: Das Wasser wirkte Wunder!

Eine halbe Stunde später tranken sie Orangensaft auf Cristinas Terrasse. Plötzlich klingelte Patrizias Telefon.

»Pronto?«

Cristina hörte eine männliche Stimme und sah auf die Uhr. Erst halb sieben. Das musste die Questura sein. In diesem Augenblick klingelte auch ihr Handy. Sie nahm ab.

»Che diavolo …«

»Habe ich dich geweckt?«, fragte Bob süffisant. »Deine Kollegin ist jedenfalls schon auf, bei der habe ich es zuerst probiert, aber da ist …«

»… besetzt, ich weiß. Sie sitzt nämlich neben mir. Bob, was gibt's? Du rufst doch sicher nicht umsonst um diese Uhrzeit an?«

»Natürlich nicht. Ich habe mir eben ein paar Sachen angesehen, die wir gestern aus dem Haus mitgenommen haben. Einen Wandkalender, um genau zu sein. Und nun rate mal, mit wem Enzo Urbano gestern Nachmittag verabredet war?«

»Francesco Gasparotti«, sagte Cristina ins Blaue hinein.

»Stimmt.« Bob klang enttäuscht.

»Tatsächlich?« Cristina setzte sich kerzengerade auf.

»Schwarz auf weiß. 17 Uhr Francesco Gasparotti. Sonst keine weiteren Einträge.«

»Grazie, caro.« Cristina beendete das Gespräch und sah zu Patrizia hin, die ebenfalls aufgelegt hatte.

»Und?«

»Lorenzo Tucci hat sich gemeldet. Angeblich hat er nach dem Besuch bei seiner Großmutter noch einen Freund in Siracusa besucht. Bis gestern Mittag. Er behauptet, noch auf Sizilien zu sein. Heute Nachmittag kommt er zu uns auf die Questura.«

»Das heißt, er hat für gestern Nacht ein Alibi?«

»Wenn es stimmt, was er sagt. Das bleibt zu prüfen. Und bei dir? Wer war dran?« Cristina erzählte von dem Wandkalender. »Siehst du«, schloss sie. »Wenn man nur selber positiv denkt, geht es oft von ganz alleine weiter. So, und jetzt machen wir uns auf den Weg zu Francesco Gasparotti.«

Eine halbe Stunde später klingelte Cristina an einem von Graffitikünstlern bemalten Haus im Vicolo degli Amalfitani, einer Straße, die ans alte Zentrum angrenzte. Es rührte sich nichts. Patrizia klingelte erneut, diesmal länger. Ein Fenster im zweiten Stock wurde geöffnet.

»Wer ist da?« Die Stimme klang müde. Patrizia winkte, und Francesco Gasparotti betätigte den Türöffner. Als sie oben ankamen, staunte Patrizia. Die Wohnung sah weitaus moderner und gepflegter aus, als sie erwartet hatte.

»Die hat mir mein Vater vererbt«, sagte Gasparotti, als hätte er ihre Gedanken erraten. »Geld war keines da, aber wenigstens habe ich diese Wohnung und zahle keine Miete. Einen Kaffee?«

Patrizia winkte ab. »Nein, danke. Signor Gasparotti, wir sind hier, weil Sie gestern Nachmittag eine Verabredung mit Enzo Urbano hatten, vielleicht wieder zum Lernen?« Francesco Gasparotti sah sie überrascht an. »Ja, wieso? Hat Enzo Ihnen das erzählt? Worum geht es?«

»Wie lange waren Sie mit Ihrem Freund zusammen?«

»Gar nicht.«

»Gar nicht?«

»Nein. Er hat den Termin abgesagt. Aber ich wüsste jetzt wirklich gerne, warum Sie mich das fragen.«

»Enzo Urbano wurde gestern Nacht tot aufgefunden.«

Francesco Gasparotti sah die Kommissarinnen entgeistert an. Es war schwer zu entscheiden, ob er wirklich überrascht oder nur ein guter Schauspieler war.

»Tot? Sie meinen ermordet? Wie? … Ich meine …«

»Signor Gasparotti, gibt es für Ihre Aussage irgendwelche Beweise? Mit wem haben Sie den gestrigen Abend verbracht, sagen wir, zwischen sechs Uhr und Mitternacht?«

Im Gesicht des Musikstudenten zeichnete sich Ärger ab. »Sie glauben doch nicht im Ernst, dass ich meinen Freund umbringe! Erst verdächtigen Sie mich, diese Amedeo und meinen Professor getötet zu haben, und jetzt das. Aber für die ersten beiden Morde habe ich ja ein Alibi …«

»Das Enzo Urbano Ihnen gegeben hat. Möglicherweise ganz spontan. Aber vielleicht hat er es sich ja nochmal anders überlegt und wollte nicht mehr für Sie lügen?«

Francesco Gasparotti sah Patrizia ausdruckslos an. Dann ging er zu einem Festnetztelefon und machte sich an einem kleinen Gerät zu schaffen.

»Ich besitze kein Handy. Dummes Spielzeug. Brauche ich nicht. Dafür habe ich das hier.« Er drückte auf einen Knopf, und der Anrufbeantworter sprang an.

325

»Sonntag, 8. Juli, 14 Uhr 12. Eine Nachricht:

Salve, Franci. Du, tut mir leid, aber ich muss dir leider absagen. Du weißt schon, der Typ, der nächste Woche kommen sollte, um die Taste in meinem Klavier zu richten«, eine kleine Pause, in der man ein Grinsen auf Enzo Urbanos Gesicht erahnen konnte, »also, das blöde D, das immer so hängt. Jedenfalls kann der Typ nächste Woche nicht mehr. Deshalb will er es heute Nachmittag machen. Ich habe zugesagt, damit ich es weghab. Ich hoffe, das ist okay für dich. Aber wenn du magst, können wir uns danach ja noch auf ein Bier treffen. Sag Bescheid. Ciao.«

Patrizia nickte. »Wissen Sie, wer dieser Mann war, der die Taste reparieren sollte?«

Gasparotti schüttelte den Kopf. »Nein. Sie haben die Nachricht ja gehört. Kein Name ...«

»Gibt es im Konservatorium Studenten, die solche Arbeiten erledigen?«

»Schon, das schwarze Brett ist voll davon. Aber Enzo hat ja an der Universität Salerno studiert und nicht bei uns.«

»Hm. Und Sie? Haben Sie sich am Abend noch mit ihm getroffen?«

»Nein. Im Fernsehen kam ein Spielfilm, den ich sehen wollte. Ich habe zurückgerufen und ihm Bescheid gesagt.«

»Kann jemand bezeugen, dass Sie den ganzen Abend hier waren?«

Gasparotti zuckte mit den Schultern. »Fragen Sie meine Nachbarn. Vielleicht haben die mich am Fenster gesehen oder den Fernseher gehört.« Patrizia seufzte innerlich.

»Das werden wir tun«, meinte Cristina. »Außerdem müssen wir Sie bitten, sich zu unserer Verfügung zu halten.« Sie sah Patrizia an, doch die hatte auch keine Fragen mehr. Da schien Francesco Gasparotti noch etwas einzufallen: »Ich weiß wirklich nicht, wer sein Klavier reparieren sollte. Aber vielleicht ist es ja derselbe, von dem er mir mal die Nummer gegeben hat. Für alle Fälle. Macht alles Mögliche. Reparaturen, vielleicht sogar Stimmen, ich weiß nicht mehr. Ich hatte nie Bedarf. Es kann sein, dass ich den Zettel noch irgendwo habe. Aber ich müsste ihn suchen, und ich kann nichts versprechen.«

»Tun Sie das«, sagte Patrizia schnell. »Es könnte uns entscheidend weiterbringen. Hier ist meine Karte. Bitte rufen Sie sofort an, falls Sie die Nummer finden.«

Francesco nickte. »Kein Problem. Wird gemacht. Aber wie gesagt. Versprechen kann ich nichts. Das Ganze ist schon länger her.«

»Ich glaube ihm nicht«, meinte Cristina, als sie kurz darauf durch die Gassen der Altstadt auf die Questura zuliefen. »Oder erst, wenn rauskommt, dass er tatsächlich zur Tatzeit von Nachbarn zu Hause gesehen wurde. Dass er sich nicht doch noch mit Enzo Urbano getroffen hat, ist schließlich nur eine Behauptung. Was meinst du?«

»Ich weiß nicht. Was denkst du über den Typ, der die Taste reparieren sollte?«

»Auf jeden Fall eine Privatperson. Kein Reparaturdienst würde am Sonntag einen Angestellten schicken. Wenn wir Glück haben, finden wir selbst die Kontaktdaten in Enzo Urbanos Unterlagen.«

Patrizia nickte. Eine Privatperson. Jemand, der sich gut genug mit einem komplizierten Instrument auskannte, um es reparieren zu können. Aber konnte er es auch spielen? Und noch wichtiger ... War er in der Lage, eigene Musik zu erschaffen? ... Diese Musik ...?

*

»Hast du was gefunden?«, fragte Cristina, als sie sah, dass ihre Kollegin aufstand und zum Fenster ging. Doch Patrizia schüttelte den Kopf.

»Nichts. Keinerlei Einträge für Klavierreparatur, Klavierstimmer oder Sonstiges. Weiß der Himmel, woher die sich kannten.«

»... und seit wann.« Cristina nahm den Telefonhörer ab.

»Antonia? Ciao, irgendwelche Neuigkeiten, was die Nummer angeht? ... Schade. Habt ihr schon mit seinen Eltern gesprochen? ... Hm. Und das Klavier in Enzo Urbanos Wohnung? Habt ihr jemanden hingeschickt? ... Ah, bene ... also bis später.«

»Und?«

»Nichts. Seine Eltern sagen, dass das Klavier immer von einer Firma gewartet wurde, solange es noch bei ihnen zu Hause stand. Aber vor drei Jahren ist Enzo mitsamt Instrument in das Strandhaus gezogen. Ob es seitdem gestimmt wurde oder von wem, wissen sie nicht. Die Firma hat gestern niemanden geschickt und hatte auch für die nächste Zeit keinen Auftrag. Allerdings war Davide vorhin mit einem Spezialisten im Strandhaus. Das Klavier ist in einwandfreiem Zustand. Keine Taste hängt. Weder ein D noch sonst irgendwas.«

Patrizia lachte bitter. Dann hatte der Täter das Instrument also tatsächlich noch am Sonntagnachmittag repariert und höchstwahrscheinlich bei dieser Gelegenheit den Ersatzschlüssel an sich genommen. Wer zum Teufel tat sowas? Ein Klavier reparieren, nur um wenige Stunden später seinen Besitzer zu töten?

Patrizias Blick ging über die Piazza Amendola. Es war früher Nachmittag. In den Bars und Cafés entlang der Via Roma saßen noch vereinzelte Gäste beim Mittagessen. Andere hatten schon ein Bier oder einen Spritz vor sich. Ein Bild wie eine fremde Welt. Sie massierte ihr Gesicht und versuchte sich das Gefühl vom Morgen in Erinnerung zu rufen, die Energie und Tatkraft, die sie nach dem frühen Bad erfüllt hatten.

»Tutto bene?«, fragte Cristina.

Patrizia schüttelte den Kopf. »Wir haben irgendetwas übersehen … Etwas Wichtiges.«

Cristina schloss den Ordner vor sich. »Dein Bauchgefühl in allen Ehren. Aber was sollen wir denn übersehen haben? Wir haben doch alles nur Erdenkliche getan.«

»Keine Ahnung. Aber wenn ich es wüsste, wäre Enzo Urbano jetzt noch am Leben.«

»O Dio, Patrizia. Jetzt komm mal wieder runter! Und wenn du wirklich meinst, dass wir etwas anders hätten machen sollen, warum hast du das heute Morgen nicht während unserer Teamsitzung angesprochen? Zwei Stunden haben wir zusammengesessen, und du hast die ganze Zeit nichts anderes getan, als vor dich hin zu summen.«

»Das hast du gehört?«

»Ich saß neben dir.«

Patrizia zuckte mit den Schultern.

»Was war das überhaupt für eine Melodie? Die summst du schon seit Tagen. Irgendwas, was ich kennen sollte?«

»Keine Absicht. Es ist die Tonfolge, die der kleine Jacopo am Samstag hier bei uns auf dem Sofa gesummt hat. Das, was sein Großvater am Nachmittag vor seinem Tod noch eingeübt haben soll.«

»Und das ist jetzt dein Ohrwurm? Oje, ich hoffe wirklich, wir haben den Täter bald. Wenn sie wenigstens schön wäre …«

Patrizia nickte schwach. Nein, es war keine schöne Melodie. Es war …

Sie drehte sich langsam zu Cristina um. »Jetzt weiß ich, woran mich diese Tonfolge erinnert!«

»Tatsächlich? Ich habe selber gerade an unsere Madrigal-anfänge gedacht.«

»Unsinn, die haben wir doch alle gecheckt. Aber was, wenn es überhaupt keine Melodie ist?«

»Was soll es sonst sein?«

»Die Tonfolgen, die ein Klavierstimmer immer spielt, mehr-mals hintereinander, um die Intervalle zwischen den Tönen genau zu bestimmen. Zumindest hat der Mann das früher bei unserem Klavier so gemacht. Er spielte immer dieselben drei oder vier Töne. Wieder und wieder, und glich sie dabei mit dem Stimmknüppel an. Wenn er mit einer Tonfolge fertig war, ging er weiter zur nächsten. Verdammt, Cristina! Jetzt, wo ich es sage, bin ich mir sicher. Diese Tonfolge ist keine Melodie. Umberto La Rocca hatte am Nachmittag vor seinem Tod ei-nen Klavierstimmer im Haus!«

»Aber wir haben doch alle seine Unterlagen durchgesehen. Für den Tag vor seinem Tod hatte er keine Termine. Es sei denn, er hätte vergessen, ihn in seinen Kalender …« Sie stutzte und sah ihre Kollegin an.

»Ich weiß. Enzo Urbano hatte für den Nachmittag vor sei-nem Tod auch keine Verabredung mit dem Mann, der sein Kla-vier reparieren sollte. Wer immer das war, er hat den Termin am Sonntag kurzfristig vorverlegt.«

Cristina nickte. »Und Umberto La Rocca bekam einen An-ruf von einem Prepaid-Handy am Mittag vor seinem Tod.«

»Genau! Was, wenn da auch ein Termin vorverlegt wurde? War da nicht irgendwas in La Roccas Kalender ein paar Wo-chen später?«

Statt einer Antwort hob Cristina den Hörer ab. »Ciao, Lydia. Hör mal, ihr habt doch die Auswertung von La Roccas Kalen-der gemacht. War da nicht ein Termin mit jemandem dabei, der sein Klavier warten oder stimmen sollte? … Nein, nicht

am Nachmittag vor seinem Tod, das weiß ich ja. Irgendwann
später, in den Wochen danach. Ja, schau nach, o.k.«

Cristina legte auf. »Sie kommt mit dem Kalender her.«

Patrizia setzte sich, stand auf, setzte sich wieder. Minuten
vergingen.

»Verdammt, wo bleibt sie denn? Unsere Büros liegen etwa
dreißig Meter auseinan ...« Die Tür ging auf. Selten hatte Patrizia das Anklopfen weniger vermisst.

»Und ...?«

Lydia zeigte auf die aufgeschlagene Seite eines in Leder gebundenen Buches.

Martedí, 17 Luglio 2012

Klavierstimmer.

»Ich fass es nicht!«, rief Cristina. »Jetzt müssen wir nur noch
feststellen, ob Enzo Urbano von derselben Nummer angerufen wurde wie La Rocca. Lydia, habt ihr schon die Gesprächs-
aufstellung?«

Lydia lachte. »Kam vor einer Viertelstunde rein. Und woher
wusste ich wohl, dass ihr mich das fragen würdet?« Sie reichte
Cristina eine Liste. Eine der letzten Nummern war mit gelbem
Neonstift gekennzeichnet. Sie stimmte mit der des unbekannten Prepaid-Handys überein.

»Von wo aus wurde Urbano angerufen?«

»Der Täter war in der Funkzelle, die Ravello abdeckt.«

Patrizia schnaubte. Die Information überraschte sie nicht.
Der Täter hatte sich das Konzert angehört. Natürlich. Das
Madrigal und den Kanon. Seine Stücke. Und dann hatte er
die Vorbereitungen getroffen zur Komposition seines dritten
Werkes.

*

Patrizia sah auf die Uhr und versuchte auszurechnen, wie lange Francesco Gasparotti bis zur Questura brauchen würde, da klingelte das Telefon. Schnell nahm sie ab.

»Gabriella? Ach, du bist es.«

»Du klingst enttäuscht. Hast du jemand anderen erwartet?«

»Ich hatte auf Francesco Gasparotti gehofft. Er hat vorhin in der Zentrale angerufen und gefragt, ob ich noch im Haus bin. Er will uns etwas vorbeibringen. Ich nehme an, dass es sich um die Kontaktdaten des Mannes handelt, der bei Enzo Urbano das Klavier repariert hat.«

»Ja, Cristina hat mich informiert. Ihr geht mittlerweile davon aus, dass derselbe Mann auch La Roccas Klavierstimmer ist und der Stimmtermin des Professors ebenfalls vorverlegt wurde.«

»Genau. Nur dass wir weder bei Enzo Urbano noch bei La Rocca eine entsprechende Nummer oder einen Namen gefunden haben.«

»Warum hat Francesco Gasparotti seine Informationen nicht gleich telefonisch an euch weitergeleitet?«

»Weiß der Himmel, das frage ich mich auch. Wenn er wenigstens mich persönlich angerufen hätte.«

»Ruf ihn doch zurück.«

»Wie denn? Der Mann hat kein Handy, und zu Hause geht er nicht ran.«

»Dann ist er sicher auf dem Weg zu euch. Kann ja nicht mehr lange dauern.«

»Und du? Warum rufst du an?«

»Um euch zu sagen, dass wir mit der Obduktion fertig sind …« Einen Augenblick hörte Patrizia eine andere Stimme im Hintergrund, dann kam Gabriella zurück.

»Das war Enrico. Er macht Schluss und bringt euch gleich noch den Bericht vorbei.«

»Irgendwas Besonderes?«

»Durchaus. Wie wir schon vermutet hatten, sind alle Messer neu, aber ...«

»Das heißt, der Täter hat zum ersten Mal das rostige Messer aus dem Überfall nicht verwendet?«

»Wenn du mich nicht unterbrochen hättest, wüsstest du die Antwort schon«, lachte Gabriella.

»Scusa.«

»Also, alle Messer sind neu. Allerdings wurden die Stiche im Bauchraum zuerst mit dem uns schon bekannten rostigen Exemplar gesetzt. Danach hat der Täter dann die neuen Messer in die Unterleibswunden nachgesteckt.«

»O Dio. Wieso das denn? Um das Stichmuster zu sehen, muss er doch letztlich nur freien Blick auf die Wunden haben?«

»Genau das habe ich mir auch gesagt. Und die einzige Antwort, die mir darauf einfällt, ist die: Der Täter entwickelt seine Sprache weiter. Diesmal wollte er das Stichmuster durch die im Unterleib steckenden Messer unterstreichen.«

»Du meinst, er betont ihre Bedeutung, statt sie zu verstecken. Fast so, als spräche er jetzt ganz offen zu uns.«

»Ja, in gewisser Weise.«

Patrizia überlegte einen Augenblick. »Und dann die Sache mit dem rostigen Messer. Für die eigentlich wichtigen Stiche benutzt er dasselbe wie immer. Aber er will es nicht am Tatort zurücklassen.«

»Das spricht für die persönliche Bedeutung, die diese Waffe für ihn hat.«

»Ja, das sehe ich auch so. Und in gewisser Weise bestätigt es unsere Rekonstruktion der Zusammenhänge. Das Messer kam durch Zufall zu ihm, als er es nach dem beobachteten Überfall in Neapel an sich nahm. Wenn wir davon ausgehen,

333

dass es in dieser Nacht bei ihm zu einer Art Schlüsselerlebnis kam, dann sieht er in dem Messer wahrscheinlich einen Garant für das Gelingen seiner Taten ...« Sie unterbrach sich, als sie Stimmen vor ihrer Tür hörte. Am anderen Ende der Leitung führte Gabriella ihren Gedankengang fort.

»Du hast recht. Wahrscheinlich glaubt er, das Messer sei durch einen Wink des Schicksals zu ihm gekommen. Er betrachtet es als einen Talisman ...« Die Stimmen vor Patrizias Büro waren verstummt.

»Du, Gabriella. Ich sollte jetzt Schluss machen. Es könnte sein, dass Francesco Gasparotti da ist.«

»Kein Problem. Viel Glück.« Sie verabschiedeten sich, und Patrizia legte auf. Plötzlich war sie nervös. Würde er ihnen einen Namen nennen oder nur eine Nummer? Was, wenn sie nur noch wenige Schritte von der Identität des Mörders trennten?

Schwungvoll öffnete sie die Tür und stutzte. Draußen stand, die Hand zum Anklopfen erhoben, Lorenzo Tucci.

»Commissaria Vespa!« Jedwede Arroganz war aus seiner Stimme gewichen. Patrizia antwortete nicht sofort.

»Sie erwarten mich doch, oder nicht?«

»Ja natürlich. Kommen Sie doch rein. Ich dachte nur, es wäre jemand anders.«

»Francesco Gasparotti.«

Patrizia sah ihn erstaunt an. »Woher wissen Sie das?«

»Ich habe ihn eben noch auf dem Gang getroffen. Ich dachte, er wäre gerade bei Ihnen gewesen.«

Patrizias Gedanken überschlugen sich. »Hat er Ihnen etwas gesagt oder gegeben?«

»Mir? Nein. Wir haben überhaupt nicht miteinander gesprochen. Er hatte es ziemlich eilig zu gehen.« Wieder klopfte es, und sofort ging die Tür auf.

»Enrico?«

Der Rechtsmediziner hielt einen Pappordner hoch. »Der Abschlussbericht.«

»Grazie. Tut mir leid, ich habe im Augenblick nicht viel Zeit.«

»Kein Problem. Bis morgen.«

»Ja klar, bis morgen.« Er ging.

Patrizia eilte zum Fenster und sah auf die Piazza Amendola und die angrenzende Via Roma hinaus, doch Francesco Gasparotti war nirgends zu sehen. *Verdammt!*

Sie griff zum Handy und informierte die Pforte. Lorenzo Tucci stand seelenruhig an der Tür und wartete. Die Aufregung um den Besuch seines Kommilitonen schien ihn wenig zu berühren. Erst als Patrizia fertig telefoniert hatte, brachte er sich ihr in Erinnerung.

»Commissaria Vespa. Können wir jetzt? Dass Sie mich suchen mussten, tut mir leid …«

*

Als Lorenzo Tucci zwanzig Minuten später Patrizias Büro verließ, trat Cristina ein.

»Du, wir sollen bei Bob vorbeikommen, er hat was für uns.«

Patrizia verdrehte die Augen. Sie musste raus aus diesem Taubenschlag! Cristina hatte ihren Gesichtsausdruck bemerkt. »Stimmt was nicht? Du guckst so komisch?«

»Allerdings. Es ist wegen …«

»Du, erzähl es mir in fünf Minuten. Ich muss nur schnell meine Schwiegermutter anrufen. Chiara wurde im Schwimmkurs untergetaucht und will abgeholt werden.«

»Ist gut. Wir sehen uns bei Bob.« Cristina ging, und Patrizia lehnte sich an den Schreibtisch. Bilder, Gesichter und Ereig-

335

nisse drängten sich vor ihrem inneren Auge. Francesco Gasparotti, Lorenzo Tucci, Enzo Urbano, blutüberströmt auf seinem Fernsehtisch. Sie fühlte sich schwindelig. Erst jetzt fiel ihr auf, dass sie seit dem Orangensaft am frühen Morgen weder etwas gegessen noch getrunken hatte. Jetzt war es schon fast halb acht. Sie ging auf die Toilette und ließ sich kaltes Wasser über das Gesicht laufen. Dann zog sie aus dem Automaten im Flur eine Flasche Mineralwasser und ein Tramezzino, das sie im Stehen aß. Dem Etikett nach handelte es sich um Prosciutto mit Pilzen, aber es schmeckte nach öliger Mayonnaise. Während sie noch kaute, kam Gabriella Molinari ihr auf dem Korridor entgegen.

»War Enrico schon bei dir?«

»Ja, schon längst. Warum?«

Gabriella seufzte. »Nichts. Es ist ihm nur vorhin beim Weggehen eine Stromrechnung aus der Tasche gefallen.« Einen Moment lang betrachtete sie den weißen Umschlag in ihrer Hand, dann ließ sie ihn in die Handtasche gleiten.

»Weißt du was? Ich bring sie ihm einfach vorbei. Ein Spaziergang kann nicht schaden nach einem Tag wie heute. Aber was ist mit dir? Du siehst so käsig aus? Habt ihr die Informationen von diesem Gasparotti?«

»Das ist es ja gerade. Er war vorhin offenbar hier und ist dann wieder gegangen, ohne mit mir gesprochen zu haben. Lorenzo Tucci kam vorbei und hat ihn gesehen. Natürlich habe ich jemanden zu seiner Wohnung geschickt, aber da ist er nicht. Wieso zum Teufel hat der Kerl auch kein Handy? Dieses Puristengequassel vom simplen Leben und was man angeblich alles nicht braucht!«

»Patrizia!« Gabriella legte ihr die Hand auf den Arm. »Du isst jetzt dieses … unbeschreiblich … leckere Ding da fertig. Ich bringe Enrico die Rechnung, und danach klingele ich auf dem

Weg nochmal bei Francesco Gasparotti. Nur um zu sehen, ob er in der Zwischenzeit wieder zu Hause ist.«

Patrizia nickte. »Gut. Bob wollte mich noch sprechen, und danach gehe ich zu Di Leva. Wir müssen diesen Kerl auftreiben. So schnell wie möglich.« Sie trennten sich.

Auf ihrem Weg durch die enge Via Mercanti war Gabriella nachdenklich. Trotz des voranschreitenden Abends war es noch immer heiß, und sie war müde, aber Patrizias Nervosität hatte auf sie abgefärbt. Es fiel ihr schwer loszulassen.

Zwanzig Minuten später sah sie an einer weinroten Hausfassade hoch. Es war eines der wenigen modernen Wohnhäuser am Rande der Altstadt. Keine schlechte Lage. Zentral und trotzdem in Autobahnnähe. Was er wohl für die Wohnung bezahlte?

Sie wollte gerade die Klingelschilder studieren, als eine ältere Dame kam, das Haustor öffnete und es ihr aufhielt. Das Treppenhaus war gepflegt. Sie folgte der Dame die Stufen hinauf und las dabei die Namen an den Wohnungstüren. Im dritten Stock wurde sie fündig. Die Dame war an der gegenüberliegenden Wohnung stehengeblieben und suchte umständlich in ihrer Handtasche nach dem Schlüssel. *Donata Fusco* stand auf ihrem Namensschild. Gabriella drückte auf den Klingelknopf. Aus den Augenwinkeln konnte sie sehen, dass Signora Fusco sie beobachtete.

»Sind Sie seine Mutter?«, fragte sie schließlich. Gabriella drehte sich um.

»Seine Mutter? Nein …«

»Wie schade«, meinte Signora Fusco. »Er ist ein so aufmerksamer junger Mann, aber sehr allein. Sein Vater ist ja schon vor einer Weile gestorben. Dies ist seine Wohnung. Er war ein sehr netter Herr und gebildet, ganz wie der Sohn. Nur ein wenig schwermütig war er. Ach ja, die Männer, wenn sie keine Frauen haben! Und die Mutter … die habe ich nie gesehen. Wahrscheinlich lebten sie getrennt. Das ist ja heute modern! Aber jetzt dachte ich eben, dass Sie vielleicht …« Gabriella nickte zerstreut und drückte noch einmal auf den Klingelknopf. Wieder rührte sich nichts.

»Er ist nicht zu Hause«, kommentierte Signora Fusco. Gabriella stellte mit Erleichterung fest, dass sie ihren Wohnungsschlüssel gefunden hatte. Doch die alte Dame war nicht zu bremsen. »Er ist oft nicht zu Hause. Immer bei der Arbeit. Sehen tue ich ihn fast gar nicht mehr. Hören dagegen schon. Auch mittags oder spätabends. Aber ich beschwere mich nie.«

Gabriella nickte nur und wandte sich dem Treppenabgang zu. »Niemand hier im Haus beschwert sich«, fuhr Signora Fusco unbeirrt fort, »denn der junge Herr spielt ja so schön. Wissen Sie, er hat das studiert …«

Gabriella blieb stehen.

*

»Auch der Ersatzschlüssel von Enzo Urbano wurde mit dem gleichen Desinfektionsmittel abgewischt. Damit bestätigt sich unsere Theorie endgültig«, sagte Cristina, als sie aus dem Schatten der Questura hinaus auf die sonnige Piazza Amendola traten.

»Ja, die Vorgehensweise des Täters ist klar. Und auch seine Motivation. Aber komm, lass uns schneller gehen.«

»Mach dir keinen Kopf. Jetzt, wo die Fahndung anläuft, werden wir Francesco Gasparotti sicher bald finden. Weit kann er ja nicht sein. Immerhin war er vorhin noch auf der Questura.«

Patrizia nickte. »Ich frage mich nur, was hier gespielt wird. Warum ruft er an, um sicherzustellen, dass wir da sind, kommt vorbei, und dann nimmt er urplötzlich die Beine in die Hand und verschwindet?«

»Vielleicht hatte er einfach einen Termin vergessen, der ihm in der Questura wieder eingefallen ist.«

»Hm. Vielleicht. Aber irgendwie habe ich ein ungutes Gefühl.«

Schnellen Schrittes legten sie den Rest des Weges zurück. An der Ecke des Vicolo degli Amalfitani trafen sie auf Marco.

»Und? Ist er aufgetaucht?«

Marco schüttelte den Kopf. »Nein. Haben wir die Erlaubnis reinzugehen?«

»Haben wir!«

Patrizia klingelte bei einer der anderen Parteien im Haus. Es summte, und die Haustür sprang auf. Immer zwei Stufen auf einmal nehmend erreichten sie den zweiten Stock. Keiner sprach.

An der Wohnungstür angekommen machte Cristina einen letzten Versuch. »Pronto, Signor Gasparotti?« Sie drückte den Klingelknopf und klopfte mehrfach mit der Faust an die Tür. Dann schüttelte sie den Kopf in Richtung Patrizia, die einen Dietrich aus der Tasche holte und sich an die Arbeit machte. Es dauerte nicht lange, und sie standen im Flur. In der Wohnung war es still. Sie teilten sich auf.

»Aus dem Schrank wurden alle möglichen Kleider rausgeworfen!«, rief Patrizia aus dem Schlafzimmer. »Sie liegen auf dem Bett. Außerdem stehen zwei leere Reisetaschen auf dem Boden.«

»Es fehlen Zahnbürste und Zahnpasta«, kam Marcos Stimme aus dem Bad. Kurz darauf standen sie alle bei Cristina im Wohnzimmer. »Hier sieht es noch am besten aus«, meinte die. »Nur ein paar offene Schubladen. Glaubt ihr, jemand war hier und hat etwas gesucht?«

Marco zuckte mit den Schultern. »Möglich. Andererseits fehlen die Zahnbürste und die Zahnpasta. Dazu höchstwahrscheinlich Kleider. Für mich sieht das eher nach etwas anderem aus.«

»Du glaubst, er hat sich abgesetzt?«

Marco nickte. »Offensichtlich. Er hat sich eine Tasche geschnappt, ein paar Sachen reingeworfen und ist weg.«

»Aber warum?« Cristina sah ihre Kollegen an. »Könnte das ein Schuldeingeständnis sein?«

Patrizia ließ sich mit der Antwort Zeit. Schließlich murmelte sie: »Aber wenn er der Täter ist, warum kommt er dann erst noch in die Questura?« Sie sah Cristina an. »Das ergibt doch keinen Sinn, oder?«

»Vielleicht wollte er gestehen. Und dann hat er es sich anders überlegt.«

»Möglich. Und trotzdem glaube ich es nicht.«

»Was dann?«

»Denk doch. Er will uns die Kontaktdaten dieses Mannes geben, den Enzo ihm irgendwann mal empfohlen hat. Und vielleicht nicht nur eine Nummer, sondern sogar den Namen. Wenn das der Mann ist, den wir suchen, war er dabei, uns den Mörder auf dem Silbertablett zu präsentieren.«

»Du meinst, er war sich dessen bewusst und hat es plötzlich mit der Angst bekommen? Angst vor dem Täter?«

Patrizia nickte. »Ich halte das zumindest für möglich.«

Cristina sah sich noch einmal in der Wohnung um. »Nach einem Kampf oder Handgemenge sieht es jedenfalls nicht aus. Wenn unsere Theorie stimmt, hat er es wahrscheinlich geschafft, das Haus zu verlassen. Aber wo will er hin?«

»Cristina, sprich du mit Lydia und Antonia. Er wird irgendwo Unterschlupf suchen. Wir brauchen alle Namen, bis hin zum letzten Schulfreund oder Großcousin. Ich rufe die Spurensicherung.« Sie zog ihr Handy aus der Tasche und wählte eine Nummer.

*

Gabriella Molinari war die Treppe hinuntergegangen, langsam, die Hand fest am Geländer. Ihr Kopf fühlte sich leicht an, und ihre Beine drohten einzuknicken. In der schattigen Kühle des Treppenhauses hatte sie gewartet, bis Donata Fusco ihre Wohnungstür geöffnet und wieder geschlossen hatte. Dann griff sie zum Handy. Das Besetztzeichen erklang. Sie wählte eine zweite Nummer. Auch Cristina telefonierte. Sie ließ das Telefon in ihre Tasche gleiten.

Wie still es im Treppenhaus war. Sie hörte auf ihren Atem und fragte sich, was sie eigentlich noch hier machte, denn darüber, was nun zu tun war, bestand kein Zweifel. Sie musste zurück in die Questura, dazu von unterwegs die Zentrale anrufen und Verstärkung anfordern.

Dennoch blieb sie im Treppenhaus stehen. Als ihre Beine wieder fest auf dem Boden standen, stieg sie erneut die Stufen hinauf. An der Wohnungstür angekommen entnahm sie ihrem Geldbeutel eine Karte. Patrizia hatte ihr einmal im Spaß gezeigt, wie man bestimmte Türen damit öffnete. Es war erstaunlich einfach.

Einen Augenblick noch horchte sie in sich hinein. Hatte sie Angst? Vielleicht. Sollte sie sich auf dem Absatz umdrehen und sehen, dass sie hier wegkam? Ganz sicher. Doch dann kam Wut in ihr auf. Über den Betrug. Das, was er war und das, was er hätte sein sollen. Wut über sich selbst.

Es klickte, und die Tür gab nach. Sie trat ein. Im Flur hing ein altmodischer Spiegel mit Ablage, darauf Hüte und Schirmmützen, wie sie ältere Männer trugen. Auf dem Tischchen davor mehrere Haarbänder aus Gummi. Sie ging ans andere

Ende des Flurs. Die Tür mit Glaseinsatz war nur angelehnt. Sie gab ihr einen sanften Schubs. Lautlos schwang sie zurück und gab den Blick frei.

Sie schloss die Augen. Ein Klagelaut entfuhr ihrer Kehle. Leise und ungewollt. Dann zwang sie sich erneut hinzusehen. In der Mitte des dämmrigen Raumes standen vier lebensgroße Schaufensterpuppen. Zwei Frauen und zwei Männer. Drei von ihnen waren elegant und aufwendig im Stil des 17. Jahrhunderts gekleidet, die vierte war nackt. Vor ihnen standen Blätter auf Notenständern. Über die Gesichter der drei gekleideten Puppen waren Masken gezogen. Gabriella spürte eine Träne die Wange hinunterlaufen. Er hatte die Gesichter seiner Opfer fotografiert, vergrößert und daraus Masken für die Puppen gemacht. Es war ein Chor aus Toten, der für ihn sang … Für ihn ganz allein.

Und sie wusste auch, was.

Gabriella empfand Übelkeit. Trotzdem zwang sie sich, auf die Puppen zuzugehen, deren vom Todeskampf verzerrte Gesichter sie anstarrten. Alessandra Amedeo, Umberto La Rocca und Enzo Urbano. Sie trat zu einem der Notenständer.

Vier Mal sündige ich …

Vier Stimmen bitten …

Vergib!

Sie wandte sich ab. Es war der Kanon.

»Il Perdono«.

Die Opfer baten für ihren Mörder um Vergebung. Nur der vierte Notenständer vor der nackten Puppe war noch leer. Er gehörte der vierten Stimme, die noch zu schreiben war und für die ein weiterer Mensch sterben sollte.

Sie sah sich im Raum um. Altmodische Möbel wie auch im Flur, aber alles gepflegt und sauber. Ein Klavier. Sie hätte gerne gelacht, doch es kam kein Laut. Dann fiel ihr Blick auf die Stereoanlage. Ganz offenbar neu und teuer. Ihr Display leuchtete im fahler werdenden Licht. Sie war an. Gabriella ging zu ihr und drückte den orange aufleuchtenden Knopf des CD-Laufwerks. Es rauschte, dann ertönte Applaus. Wieder revoltierte ihr Magen bei dem Gedanken, dass auch ihre Hände irgendwo in dieser Menge klatschten. Stille folgte, dann der Kanon. Die Aufnahme war schlecht, dennoch konnte man deutlich eine Stimme vernehmen. Sie war allein. Es war das erste Konzert nach dem Tod der Kritikerin. Eine Aufführung, die er angeblich gar nicht besucht hatte. Alles gelogen. War er deshalb beim zweiten Konzert so aufgebracht gewesen? Sie hatte es für Schuldbewusstsein gehalten. Seinetwegen waren Patrizia und Cristina zu spät gekommen. Er dagegen hatte seinem verlegten Smartphone nachgetrauert. Der verpassten Chance, das Konzert aufzuzeichnen.

Die Stimme kam zum Ende des Kanons, und Gabriella fragte sich, was er sich vorstellte, wenn er die Aufnahme hörte. Glaubte er tatsächlich, dass Eleonora Salazar für *ihn* sang? War er tatsächlich so krank? So eitel?

Plötzlich stutzte sie. Ein fremdes Geräusch mischte sich unter die Klänge. Es kam in regelmäßigen Abständen. Oder war es doch ein Teil der Aufnahme? Sie stoppte die Wiedergabe. Das Geräusch blieb.

Tick.

Tack.

Gabriella wurde kalt.

*

Es klingelte lange, dann sprang der Anrufbeantworter an.

»Verdammte Scheiße!« Patrizia sah zu Cristina, doch die sprach in ihr Handy.

Sie wählte erneut und ließ es klingeln. Endlich wurde abgehoben.

»Bob? Dem Himmel sei Dank, warum bist du nicht gleich rangegangen? Wir brauchen ganz dringend die KTU in Francesco Gasparottis Wohnung. Wie es scheint ...«

»Patrizia!«

»... hat er Panik bekommen und ist weg. Möglicherweise kennt er den Namen des Mörders, wir müssen ihn dringend ...«

»Patrizia! Shut up!!«

»Was? Bob, hörst du mir zu?«

»Ja, aber jetzt lässt du mich mal reden. Ich habe nämlich vor ein paar Stunden eine E-Mail bekommen, die ich leider erst jetzt gesehen habe, und wer weiß, vielleicht seid ihr schon bald nicht mehr auf diesen Gasparotti angewiesen.«

Patrizia schwieg verblüfft, und Bob fuhr fort: »Du erinnerst dich an den schlecht abgedruckten Stempel auf dem Empfehlungsschreiben für die Nationalbibliothek in Neapel? Und daran, dass die lesbaren Buchstaben zu keinem der Fakultätsstempel passten, die ich bisher hatte?« Patrizia hatte noch nicht geantwortet, da redete Bob auch schon weiter. Ganz entgegen seiner üblichen Art hatte er es eilig, zum Punkt zu kommen.

»Gut. Jedenfalls hatte ich daraufhin noch einmal alle Institute einzeln angeschrieben und gebeten, auch ältere Stempel, oder was immer sie sonst noch haben, zusammenzusuchen und mir deren Abdrücke zu fotografieren.« Zum ersten Mal machte er eine kleine Pause und holte Luft.

»Und?«, fragte Patrizia fast lautlos.

»Nach und nach kamen zusätzliche Bilder rein. Aber es war nie etwas Passendes dabei ... bis jetzt. Es handelt sich um einen Stempel, der nicht für reguläre Verwaltungszwecke verwendet wird, sondern nur auf Urkunden oder Abschlussdiplomen. Einen Sonderstempel, wenn du so willst.«

»Von der Naturwissenschaftlichen Fakultät, so wie das Papier?« Patrizia wurde heiß.

»So ähnlich. Der Stempel trägt ein Motto: ›Mortui vivos docent‹. Die Buchstabenkombination passt exakt ...«

»Mortui vivos docent? Den Spruch kenne ich, nur woher?«

»Die Toten lehren die Lebenden ... Sprichst du mit Gabriella?«, fragte Cristina, die ihr Gespräch beendet hatte und neben ihr stand.

»Die Rechtsmedizin!«, rief Patrizia. »Natürlich. Das Motto steht in großen Buchstaben über dem Eingang zur rechtsmedizinischen Abteilung.«

»Wie immer wäre es schneller gegangen, wenn du mich hättest ausreden lassen«, meinte Bob trocken, aber Patrizia war bereits einen Schritt weiter.

»Mensch, Bob, was soll das heißen? Suchen wir etwa einen Rechtsmediziner?«

»Ich habe meinen Teil der Arbeit getan«, meinte Bob. »Wer den Stempel benutzt hat, um das Empfehlungsschreiben echt aussehen zu lassen, kann ich dir wirklich nicht sagen.« Sie beendeten das Gespräch, und Patrizia berichtete Cristina und Marco mit knappen Worten. Einen Augenblick sagte niemand etwas.

Dann wandte sich Patrizia an Marco. »Hatten wir je bei unseren Recherchen einen Rechtsmediziner auf dem Schirm?« Marco schüttelte den Kopf.

»Und der Vater von Domenico De Falco?«

»Chirurg«, antwortete Cristina prompt.

Patrizia starrte ins Leere. »Dann muss jemand Fachfremdes an diesen Stempel gekommen sein. Wer sagt uns, dass er auch von einem Rechtsmediziner benutzt wurde?«

»Und wer sagt uns, dass nicht ...?«

Patrizia sah Cristina erstaunt an.

»Patrizia …«, sagte die leise. »Weißt du, wer von uns am Morgen nach La Roccas Tod als Erster am Tatort war?«

»Keine Ahnung.« Patrizias Magen krampfte sich zusammen. Hilfesuchend sah sie zu Marco, doch der schüttelte erneut den Kopf.

Cristina griff zu ihrem Handy. »Ich rufe Emilia La Rocca an. Sie sprach nur von einem Kollegen, aber sicherlich kann sie uns sagen …« Sie führte den Satz nicht zu Ende, denn in diesem Augenblick wurde abgenommen.

»Buonasera, Signora La Rocca. Commissaria D'Avossa hier. Wir haben nur eine kurze Frage an Sie.«

Eine Pause entstand, als hätte Cristina Mühe, die nötigen Worte zu finden. Dann sagte sie: »Es geht um den Morgen, als Sie Ihren Vater fanden. Sie sagten, Sie hätten Jacopo zum Auto gebracht, und kurz darauf kam einer unserer Kollegen. Wissen Sie zufällig, wer das war? Ich meine der, der als Allererstes kam?«

Die letzten Worte hatte Cristina sehr langsam und deutlich ausgesprochen. Dann drückte sie auf den Lautsprecherknopf ihres Smartphones und hielt das Gerät vor sich hin. Marco und Patrizia näherten sich ihm wie an unsichtbaren Schnüren gezogen. Doch zunächst kam keine Antwort.

»Signora La Rocca?«, fragte Cristina. Vom anderen Ende war ein Räuspern zu hören.

»Ja, ich bin noch da, tut mir leid. Ich überlege nur gerade.« Wieder entstand eine kurze Pause, dann sagte La Roccas Tochter: »An den Namen erinnere ich mich nicht mehr. Aber er hatte etwas Besonderes. Ich glaube, er war spanisch. Auf jeden Fall weiß ich noch, dass es ein Mann war, ein Rechtsmediziner.« Sie erhielt keine Reaktion. »Hallo? Sind Sie noch dran? Warum wollen Sie das wissen?«

Cristina murmelte eine Entschuldigung und beendete das

Gespräch. Mehrere Sekunden sprach keiner ein Wort. Schließlich sagte Cristina: »Das Päckchen. Die ganze Zeit haben wir uns gefragt, wer es gebracht haben könnte. Dabei hing La Roccas Ersatzschlüssel zu dem Zeitpunkt schon wieder an seinem Platz.«

Marco trat einen Schritt zurück. In seinen Augen stand Fassungslosigkeit. »Enrico? ... Warum?« Doch er bekam keine Antwort.

Patrizia sah Cristina an. Mehrere Sekunden hielten sie den Blick, dann flüsterte Patrizia: »Die Rechnung ... Gabriella.«

Sie riss Cristina das Handy aus der Hand.

*

Wurde das Ticken lauter? Nein, das bildete sie sich ein. Nur dass es tickte, das war Realität. Entgegen besserem Wissen hatte sie sich Zutritt zur Wohnung verschafft. Jetzt saß sie in der Falle.

Einen Augenblick stand Gabriella wie erstarrt. Angst schnürte ihr die Kehle zu, während das Metronom die Sekunden heruntertickte. Unerbittlich und mit tödlicher Präzision. Dann endlich wandte sie sich um. Sie wusste nicht, was sie erwartet hatte. Irgendetwas oder irgendjemand ... Ihn. Doch da war nichts. Der Raum hinter ihr war leer. Nur das Ticken schien ihn auszufüllen.

Zögerlich setzte sie sich in Bewegung. Sie hielt auf den Flur zu, und je näher sie ihm kam, desto lauter wurde das Geräusch. Als sie ihn erreichte, sah sie als Erstes die geschlossene Wohnungstür. Hatte sie sie hinter sich zugemacht? Die letzten Schritte bis zur Tür rannte sie beinahe.

Sie war abgeschlossen.

Sekundenlang rüttelte sie in hilfloser Wut an der Klinke. Dann ließ sie die Hand sinken. Erneut liefen Tränen über ihre

Wangen. Und erst jetzt, in der Stille des Schocks, fiel ihr auf, dass das Ticken ganz aus der Nähe kam.

Neben ihr führte eine Tür vom Flur ab. Sie war nur angelehnt. Sekundenlang verharrte sie vor ihr. Dann hob sie langsam den Arm. Eine leichte Berührung reichte, und sie schwang auf.

Im Zimmer war es düster. Im letzten von draußen hereinfallenden Licht erkannte sie ein breites Bett, bezogen und gemacht. Ein Schrank, zwei Bilder an den Wänden. Und auf dem Nachttisch das Metronom.

Tick.

Tack.

Gabriellas Atem ging stoßweise. Sie hatte einen Menschen erwartet. Enrico ...

Stattdessen war sie allein. Allein mit diesem furchtbaren Ding, dessen hartes Metallgesicht sie anstarrte, sein Fühler ausschwingend, unerbittlich, erbarmungslos.

Was hatte es Alessandra Amedeo sagen wollen? Umberto La Rocca? Was sagte es ihr? Jetzt, in diesem Augenblick? Sie versuchte zu denken, einen Entschluss zu fassen. Sie musste hier raus ... aber wie?

Gabriella fuhr zusammen, als ein neuer Ton die Stille durchbrach. Erst war sie orientierungslos, dann erkannte sie ihn.

Das Telefon!

Leben kam in sie. Sie griff in ihre Handtasche, ertastete Taschentücher, Schlüssel, einen Umschlag. Dann hielt sie das Handy vor sich. Das Display leuchtete im dunklen Flur.

Patrizia!

Sie wollte abnehmen, da spürte sie eine Hand auf der Schulter.

*

348

Auf dem Lungomare Richtung Torrione war viel Verkehr. Doch die rote Klara war klein und wendig, und das Blaulicht tat sein Übriges. Geschickt schlängelte sich Patrizia zwischen den fahrenden Autos hindurch und überfuhr zwei rote Ampeln. Vor Enricos Haus im Vorort Torrione bremste sie hart ab.

Als sie in das Mehrfamilienhaus eintraten, sah Patrizia aus den Augenwinkeln, wie ein weiterer Polizeiwagen hinter ihnen parkte. An der Wohnungstür angekommen trommelte sie mit der Faust gegen die Tür, während Cristina die Waffe im Anschlag hielt.

»Polizei! Gabriella? Bist du da? Enrico! Es ist aus!! Mach auf und komm mit erhobenen Händen heraus!« Im Inneren rührte sich nichts. Patrizia warf Cristina einen Blick zu.

Die hob den Daumen. »Bereit …«

Patrizia warf einen abschätzenden Blick auf die Tür und versetzte ihr einen kräftigen Tritt. Mit einem lauten Knall gab sie nach und schlug gegen die Wand.

Nichts rührte sich. Patrizia nickte den zwei Uniformierten zu, die ebenfalls den Treppenabsatz erreicht hatten. Gemeinsam betraten sie die Wohnung. Minuten später hatten sie Gewissheit. Sie war leer.

Cristina ließ die Waffe sinken. »Vielleicht war er gar nicht hier, als Gabriella zu ihm kam? Wer weiß, möglicherweise ist sie eben jetzt auf dem Weg zu ihrer eigenen Wohnung?«

Sie sah Patrizia an, die auf die wenigen unausgepackten Umzugskartons starrte, dann zu ihrem Handy griff und auf die Wahlwiederholung tippte.

»Ausgeschaltet! Verdammt, ich werde noch wahnsinnig. Was ist hier los?«

Einen Augenblick sahen sie sich ratlos an, dann murmelte Patrizia: »Was, wenn gar nichts los ist … Zumindest nicht in dieser Wohnung?«

»Was meinst du?«

»Du warst nicht dabei, als ich vorhin mit Gabriella gesprochen habe. Warte mal … Sie sagte, sie würde Enrico die Rechnung bringen und danach nochmal bei Francesco Gasparotti vorbeigehen.«

»Vorbeigehen? Aber wir sind im Stadtteil Torrione, und Gasparottis Wohnung liegt in der Altstadt, also in entgegengesetzter Richtung. Das macht keinen Sinn!«

»Eben …« Patrizia stöhnte auf. »Nur, dass mir das vorhin in der Hektik nicht aufgefallen ist. Sie sprach von einer Rechnung. Ich ging automatisch davon aus, dass sie für seine Wohnung wäre.«

»Aber wenn sie das nicht ist, wofür dann? Es sei denn …«

»Genau. Es sei denn, es gibt noch eine andere …« Patrizia wählte eine Nummer und sprach. Doch kurz darauf legte sie wieder auf. »Ich habe den Assistenten aus der Rechtsmedizin angerufen. Er wusste nicht, welche Adresse auf dem Umschlag stand.«

»Ich habe trotzdem die Spurensicherung herbestellt«, meinte Cristina. »Aber was machen wir jetzt?«

»Wir fahren zurück in die Questura.«

Sie ließen die beiden Uniformierten vor Ort und machten sich auf den Weg. Während der Fahrt telefonierte Patrizia mit Antonia.

»Die Fahndung nach Enrico läuft. Aber bisher haben wir noch nichts«, erklärte die.

»Ist gut. Hör zu, kannst du rausfinden, ob noch eine zweite Wohnung auf ihn angemeldet ist? Möglicherweise irgendwo in der Altstadt?«

»Klar. Ich mach mich sofort dran.«

Patrizia trat erneut aufs Gas. Als sie in der Questura ankamen, hatte Antonia ihre Recherche gerade beendet.

»Nichts.«

»Wie nichts?«, fragte Patrizia entgeistert.

»Es gibt in ganz Salerno und Umgebung kein Haus und keine Wohnung, die auf einen Ramires angemeldet ist. Weder einen Enrico noch sonst wie.«

Patrizia hieb mit der Faust auf den Tisch. »Das kann nicht sein. Es ist unmöglich!« Sie ließ sich auf ihren Sessel fallen. »Verdammte Scheiße … Was jetzt?«

»Moment mal«, unterbrach Antonia den Wutausbruch. »Du sagtest, es wäre eine Rechnung. Sie ist nicht für die Wohnung in Torrione, okay. Und eine andere auf seinen Namen gibt es nicht. Aber vielleicht zahlt er ja Strom oder Ähnliches für eine Wohnung, die nicht ihm gehört? Meine Großmutter lebt auch in ihrem eigenen Haus, aber die Rechnungen laufen auf meinen Vater. Wisst ihr, was für eine es war?«

Patrizia schüttelte den Kopf, und Antonia setzte sich wieder an den Computer. »Dann müssen wir alles kontrollieren. Strom, Wasser, Abfall.«

Antonia und Lydia teilten sich auf. Die Minuten vergingen. Cristina lief zwischen Fenster und Schreibtisch hin und her. Patrizia kaute auf ihrer Lippe.

Plötzlich rief Lydia: »Strom!«

»Und Wasser«, ergänzte Antonia. »Für eine Wohnung in der Via Madonna del Monte.«

»Ich fass es nicht!«, rief Cristina. »Das ist tatsächlich am Rand der Altstadt und ganz in der Nähe von Francesco Gasparotti und Umberto La Rocca. Warum zum Teufel ist Gabriella das eigentlich nicht aufgefallen? Wusste sie nicht, dass Enrico offiziell in Torrione wohnt? Wir haben doch letzten Samstag darüber gesprochen, weil wir ihn bei sich zu Hause für das Konzert abholen mussten.«

»Da war Gabriella auf dem Geburtstag ihres Vaters in

Rom«, murmelte Patrizia. »Lydia, kannst du sehen, wer in diesem Haus in der Via Madonna del Monte gemeldet ist? Für irgendwen muss er die Rechnungen ja bezahlen.«

Lydia machte sich wortlos an die Arbeit. Patrizia und Cristina stellten sich hinter sie.

»Hier, der erste Name.«

Patrizia beugte sich vor. »Carlo Narcisi. Sagt mir nichts.«

Antonia nahm den Namen trotzdem auf und ließ ihn durch den Computer laufen.

»Der nächste!«, rief Lydia. »Maria Napoli.« Patrizia setzte sich wieder. Sie hatte das Gefühl, die Lesung der Lottozahlen zu hören.

»Rodolfo Galdo.«

Bei jeder Ziehung hatte ihre Mutter früher ihren Zettel konsultiert, jede einzelne Zahl mitverfolgt und ihn danach meist wortlos in den Abfalleimer geworfen.

»Giorgio Abbate.«

Plötzlich vermisste Patrizia diese Momente.

»Federico De Falco.«

Sie sprang auf. »Eleonora Salazars erster Mann, der leibliche Vater von Domenico De Falco! Aber der ist doch vor zwei Jahren gestorben? Wurde die Wohnung nie abgemeldet oder auf einen anderen Namen umgeschrieben?«

Lydia schüttelte den Kopf. »Offenbar nicht.«

»Geht das denn?«

»Nein, aber viele Angehörige lassen erstmal einfach alles weiterlaufen, und bis das Einwohnermeldeamt die Gemeinde darauf aufmerksam macht, dass keine offizielle Erbfolge angetreten wurde, kann es dauern. Bei meiner Tante waren es über zwei Jahre.«

»Hm.« Patrizia starrte auf den Computerbildschirm. »Die Frage ist weniger, warum die Wohnung noch unter dem alten

Namen registriert ist, sondern vielmehr, was Enrico Ramires mit Federico De Falco zu tun hat.« Sie blickte zu Cristina hinüber, die bitter lächelte.

»Kannst du es dir nicht denken?«

Einen Augenblick sahen sie sich an. Dann flüsterte Patrizia: »Das Foto in Domenico De Falcos Wohnung.«

Ihre Kollegin nickte. »Genau. Der kleine Junge auf dem Arm seiner Mutter kurz vor ihrem Unfalltod. Federico De Falcos Neffe.«

*

Eine halbe Stunde später standen Patrizia und Cristina vor dem Haus in der Via Madonna del Monte. Bei ihrer Ankunft hatten sie die Tür offen vorgefunden. Die Wohnung selbst war dunkel und leer. Nur auf dem Nachttisch im Schlafzimmer hatte ein Metronom getickt. Und diesmal wusste Patrizia, was es ihnen sagen sollte.

Ich habe sie. Sie ist bei mir.

Während sie auf die Spurensicherung warteten, rief Patrizia Eleonora Salazar an, erreichte aber nur deren Mailbox. Sie hinterließ eine Nachricht und bat Leo in der Questura, das Handy orten zu lassen. Kaum hatte sie geendet, machte sie einen weiteren Anruf. Als sie wieder auflegte, waren im Treppenhaus Stimmen zu hören. Die KTU.

»Saverio Salazar ist zu Hause«, sagte Patrizia knapp. »Los geht's.«

Sie brachen auf. Auf dem Weg in den Vicolo S. Antonio sprachen beide kein Wort. Saverio Salazar erwartete sie bereits. Schweigend hörte er sich die Erläuterungen an. Nur ab und zu schüttelte er ungläubig den Kopf und sah verstört auf die durchsichtige Plastiktüte, die Patrizia mitgebracht hatte. In ihr lag das Metronom aus Enricos Wohnung.

»Signor Salazar«, sagte Patrizia schließlich. »Die Frage ist nicht, ob Enrico Ramires die Taten begangen hat, denn das ist sicher. Aber wir hoffen, dass Sie uns helfen können, mehr über seine Motivation zu erfahren. Sie kannten ihn damals, als Jungen. Was können Sie uns über ihn sagen?«

Saverio Salazar nickte langsam. Dann rieb er sich mehrfach mit den Händen über die Wangen, als müsse er einen hartnäckigen Fleck entfernen. Sein Gesicht rötete sich. Schließlich setzte er an.

»Enrico ... Was soll ich sagen? Er war der Sohn von Valentina De Falco und Rocco Ramires. Sie hatten auf Sizilien einen Bootsverleih und eine Tauchschule. Als Enrico zwei war, kamen sie ums Leben, und der Junge kam hierher, nach Salerno, zu seinem Onkel. Dann lernte De Falco Eleonora kennen. Sie war viel jünger als er, und Enrico ... vielleicht war es der frühe Verlust der Mutter. Er hing an ihr auf eine fast morbide Weise, auch dann noch, als er ins Jugendalter kam. Dass er mittlerweile in Domenico eine Art Bruder hatte, machte das Ganze nur noch schlimmer. Ich erinnere mich, dass er eifersüchtig war. Domenico war ja Eleonoras leiblicher Sohn, er dagegen nur De Falcos Neffe. Ich denke, er war sich dessen immer bewusst. Auch seinetwegen zögerte Eleonora die Trennung von Federico De Falco hinaus. Und dann hat er uns eines Tages erwischt ... mich und Eleonora.«

»Federico De Falco ...«

»Nein, Enrico. Die Schule war früher aus als sonst. Es war ihr Geburtstag. Eine absurde Szene. Er hatte ein Geschenk für sie. Ein Metronom. Ich weiß noch, dass es tickte, als er ins Schlafzimmer kam. Stand einfach nur da und glotzte uns an wie ein kleiner Irrer.«

Er machte eine Pause und sah auf das braune Gerät in der Tüte.

»Ein Wittner 811M, Mahagonigehäuse.« Er lachte bitter. »Ist es das etwa? Dieses Ding von damals?«

»Möglicherweise.«

»Ich fass es nicht.« Salazar schnaubte. Dann fuhr er fort. »Als er uns erwischte, dachte ich zuerst, es wäre die Lösung unseres Problems. Und tatsächlich ging die Trennung von De Falco plötzlich sehr schnell. Wir zogen zusammen. Domenico kam zu uns, aber Enrico natürlich nicht. Er war ja nicht Eleonoras Sohn, sondern De Falcos Neffe, also blieb er bei ihm. Er war schon dreizehn. Deshalb war es unerwartet, was sich danach abspielte. Er benahm sich unmöglich, prügelte sich in der Schule, musste die Klasse wiederholen. Das ging eine ganze Weile so. Ich dachte, es würde nie aufhören.«

»Daher der völlige Bruch …«

»Ja, genau. Anfangs war Domenico an den Wochenenden noch dort, und ein paar Mal kam Enrico zu uns, aber es wurde nur schlimmer. Da beschlossen wir, den Kontakt vorläufig abzubrechen. Zum Wohl der Jungen. Das heißt, vor allem zum Wohl Enricos. Er sollte Zeit haben, darüber hinwegzukommen.«

»Und dabei blieb es dann.«

Saverio Salazar nickte nur.

»Hat Signor De Falco nie in Betracht gezogen, von hier wegzuziehen und dem Jungen Abstand zu verschaffen?«

Salazar verzog das Gesicht. »Wie oft habe ich ihn regelrecht darum bekniet. Vor allem in der Zeit, in der Enrico immer wieder vor unserem Haus auftauchte oder Eleonora an anderen Orten auflauerte. Aber De Falco wollte nicht. Er hatte eine Chefarztstelle am Krankenhaus hier in Salerno, und vielleicht war es auch seine persönliche Rache. Auf dem Rücken des Kindes natürlich … Aber irgendwann ging es Enrico dann wohl besser.«

»Und warum sind Sie nicht weggegangen?«

»Eleonora war eine Dozentenstelle am Konservatorium angeboten worden. Sie stand am Anfang einer echten Karriere, war im Begriff, die Gruppe Kontrapunkt zu gründen. Wir konnten doch nicht einfach unser Leben aufgeben, nur weil dieser penetrante kleine Kerl meine Frau nicht gehen lassen wollte. Schließlich war er doch nur De Falcos Neffe!«

Patrizia nickte. Nur De Falcos Neffe. Das war es wohl gewesen. Enrico hatte sein erstes Leben verloren, als seine Eltern starben, sein Ersatzleben, als die neue Mutter den Onkel verließ. Er selbst war letztlich immer nur eines gewesen: De Falcos Neffe. Wo er so viel mehr hatte sein wollen.

»Eine Frage noch, Signor Salazar. Enrico Ramires spielt Klavier und ist offenbar musikalisch begabt. War das damals schon so?«

Saverio Salazar lachte auf. »Musikalisch begabt? Allerdings. Eine wirklich verkehrte Welt, wenn Sie so wollen. Der Sohn eines Bootsverleihers und Tauchers, der Neffe eines Chirurgen. Und trotzdem spielte er so gut. Eleonora förderte ihn, und er wurde besser und besser. Ihr eigener Sohn dagegen, ich meine Domenico, war musikalisch gesehen eine Enttäuschung. Aber dann kam ja unser Sandro.«

Patrizia fing Cristinas Blick auf und wusste genau, was er besagte: Sandro, der musikalische Ersatz des kleinen Enrico und praktischerweise Eleonora Salazars eigener Sohn. Patrizia hätte den Gedanken gerne laut ausgesprochen, verkniff es sich aber.

Salazar hatte sich zurückgelehnt. Die anfängliche Spannung war von ihm abgefallen. Schließlich sagte er: »Das Letzte, was ich von Enrico hörte, war, dass er an der Universität in Neapel Kurse in Musikwissenschaft belegt hat, allerdings ohne Abschluss. Ich weiß das, weil Eleonora es von einem Kollegen zugetragen bekam. Aber das ist viele Jahre her. Was er danach machte, wusste keiner von uns. Wir haben nie mehr etwas von ihm gehört und auch nicht nachgefragt. Ich für meinen Teil war froh, dass die Episode hinter uns lag. Ich meine, die ewigen Dramen um ...« Er brach ab, als er den zynischen Ausdruck auf Patrizias Gesicht bemerkte.

»Um De Falcos Neffen?«, schlug sie vor.

»Ja, um De Falcos Neffen.«

Saverio Salazar sah die beiden Kommissarinnen trotzig an. Ein unangenehmes Schweigen entstand, das erst durch Patrizias Handy unterbrochen wurde. Es war Leo aus der Questura. Sie hatten Eleonora Salazars Handy orten lassen, und eine Streife hatte die Musikerin angehalten.

*

»Sie war bei einer Probe mit ihrer Gruppe auf dem Castello in Gesualdo und hatte das Handy auf stumm geschaltet«, erklärte Patrizia, als sie kurz darauf in Richtung Questura liefen.

»In Gesualdo? Ausgerechnet da? Wieso das denn?«

»Das können wir sie gleich selber fragen. Als die Streife sie anhielt, war sie schon wieder auf dem Weg hierher. In spätestens einer Viertelstunde ist sie auf der Questura.«

Patrizia beschleunigte ihren Schritt. Wie schon am Nachmittag überkam sie ein leichtes Schwindelgefühl. Sie war erschöpft, aber voller Adrenalin. Minuten später erreichten sie die Questura. Sie mussten nicht lange warten. Ein Uniformierter begleitete Eleonora Salazar in Patrizias Büro. Im Gesicht der Sängerin zeichnete sich Verunsicherung ab. Unter ihren Augen lagen dunkle Ringe. Patrizia bat sie, Platz zu nehmen.

»Sie wissen, worum es geht?«

Die Musikerin nickte, ohne die Kommissarinnen anzusehen. »Kann ich vielleicht einen Kaffee haben? Es ist schon so spät.«

Wortlos verließ Cristina den Raum. Kurz darauf stellte sie einen dampfenden Plastikbecher vor der Sängerin ab.

»Danke.«

»Sie proben in Gesualdo?«, fragte Patrizia unvermittelt. »Warum dort?«

»Auf dem Castello in Gesualdo finden diese Woche mehrere Konzerte statt.« Eleonora Salazar zog ein zerknittertes Programmheft aus der Tasche und reichte es Patrizia. »Klassik, Jazz und ein Madrigalkonzert. Unser Auftritt ist morgen Abend.«

»Sie wissen, warum Sie hier sind?«, fragte Patrizia anstelle eines Kommentars. Die Sängerin nickte.

»Ihr Mann sagte uns, dass Enrico an der Universität von Neapel Musik studiert hätte. Dieses Studium ist aber nirgends aktenkundig.«

Eleonora Salazar nickte erneut. »Es war nicht offiziell. Soweit ich weiß, war er in Biologie eingeschrieben. Die Kurse an der Musikwissenschaftlichen Fakultät belegte er nur nebenbei. Ein dortiger Kollege erzählte mir irgendwann davon. Enrico hatte mich ihm gegenüber erwähnt, als er ihn fragte, warum er sich nur für Alte Musik interessierte. Etwa ein Jahr später traf ich den Kollegen erneut auf einer Konferenz, und er erzählte mir, dass Enrico nicht mehr käme.«

»Wann war das?«

»Ich weiß nicht mehr. Es ist Jahre her.«

»Hat es Sie denn damals nicht überrascht, dass er so lange nach der Trennung noch an der Musik festhielt?«

Eleonora Salazar zögerte einen Augenblick. Dann sagte sie: »Nein, eigentlich nicht, denn er hatte ja Talent. Überrascht war ich höchstens, dass er sich immer noch mit der Madrigalmusik beschäftigte. Als Jugendlicher war er völlig fixiert darauf, aber das lag wohl an mir. Er wollte alles machen und können, was ich tat. Sogar Gesangsunterricht hat er genommen, und Gesualdo war sein großes Idol. Aber ich habe mir nicht viel dabei gedacht. Carlo Gesualdo ist ja durchaus eine Figur, die einen Jungen faszinieren kann.«

»Er kann singen?«, fragte Cristina erstaunt.

Eleonora Salazar wiegte abschätzig den Kopf. »Na ja. Ein professioneller Sänger wäre nicht aus ihm geworden. Aber er hatte keine schlechte Stimme.«

»Wissen Sie, warum er aufhörte, die Kurse in der Musikwissenschaft zu besuchen?«

»Mein Kollege wusste es selber nicht. Aber er meinte, Enrico wäre mit sich selbst unzufrieden gewesen. Er fand sich offenbar zu mittelmäßig.« Sie lachte kurz. »Mich hat das nicht gewundert. Er war schon immer sehr verbissen, was seine eigene Leistung anging. Ich erinnere mich an ein Schulkonzert. Da war er vielleicht elf oder zwölf. Er machte einen Fehler und wusste, dass man in so einem Fall einfach weiterspielen muss. Aber er brach ab und drosch vor Wut auf die Tasten ein, dass es nur so krachte. Der Musiklehrer kam zu ihm und wollte ihn beruhigen, aber er machte so eine Geste. Ich sehe es heute noch vor mir. Sie besagte: Bleib mir vom Leib! Dann fing er wieder an zu spielen und brachte das Stück ganz fehlerfrei durch.«

»Professoressa Salazar, wir haben heute herausgefunden, dass die Wohnung Ihres Ex-Manns Federico De Falco noch immer auf seinen Namen weiterläuft. Wussten Sie davon?«

»Meinen Sie die Wohnung in der Via Madonna del Monte?«

»Genau.«

»Ich hatte keine Ahnung. Ganz im Ernst, ich wusste in den letzten zehn Jahren nicht mal, ob Federico überhaupt noch dort wohnte, geschweige denn, was mit der Wohnung passiert ist. Selbst von seinem Tod habe ich nur aus der Zeitung erfahren. Unser Sohn Domenico wäre ja eigentlich erbberechtigt gewesen, aber wir haben genug Geld. Domenico hatte es nicht nötig, sich einen Anwalt zu nehmen, nur um vielleicht einen Pflichtteil herauszuschlagen.«

Patrizia nickte und dachte sich ihren Teil. Sie nahm an, dass Eleonora Salazar schlichtweg keine Lust gehabt hatte, bei dieser Gelegenheit ihrem ehemaligen Stiefsohn gegenübertreten zu müssen, aber das tat jetzt nichts zur Sache.

Sie lehnte sich nach vorne und sah die Musikerin eindringlich an. »Professoressa Salazar. Wie Sie ja schon wissen, hat Enrico eine Geisel. Sie sagten unseren Kollegen vorhin, dass Sie nicht wüssten, wo er sich aufhalten könnte. Aber was können Sie uns sonst sagen? Was meinen Sie, wie bewegt er sich fort? Er besitzt ja kein Auto.«

Die Sängerin zog die Augenbrauen hoch. »Kein Auto? Das sieht ihm ähnlich. Es würde mich nicht wundern, wenn es wegen des Unfalltods seiner Eltern wäre, selbst nach all diesen Jahren, und obwohl er damals noch so klein war. Enrico war nie gut darin, mit etwas abzuschließen.« Sie zögerte einen Augenblick und dachte nach. »Aber vielleicht gibt es ja noch dieses Boot?«

»Er hat ein Boot?« Patrizia sah Cristina an, aber die hob die Schultern.

»Nein, nicht er, sondern sein Onkel … also, mein Ex-Mann. Obwohl – eigentlich war es ja mal meins. Zu einem meiner Geburtstage schenkte Federico mir ein Boot. Ein sehr schönes. Sechseinhalb Meter lang mit Küchenzeile und Schlafgelegenheit. Er taufte es sogar auf meinen Namen.«

»Eleonora?«

»Ja, fast. Mein Ex-Mann war ein Fan von Edgar Allan Poe.

Er nannte das Boot ›Lenore‹, nach der Figur in Poes Gedicht ›The Raven‹.«

»›Der Rabe‹?« Patrizia kramte in ihrem Gedächtnis, doch es fiel ihr nichts ein, und Signora Salazar fuhr fort.

»Federico fand, die Anspielung auf das Gedicht mache den Namen interessanter.«

»Was passierte nach Ihrer Trennung mit dem Boot?«

»Mitgenommen habe ich es jedenfalls nicht. Ich selbst hatte ja nicht mal den Bootsführerschein. Außerdem hatte ich ohnehin immer das Gefühl, dass er es vor allem wegen Enrico gekauft hatte und das Geschenk an mich nur ein Vorwand war.«

»Warum das?«

»Die beiden waren sehr oft auf dem Wasser, auch ohne mich. Und Enricos Eltern waren beide ganz verrückt nach Booten gewesen. Ich glaube, dass mein Ex-Mann versucht hat, dem Jungen seine verstorbenen Eltern durch das Boot ein bisschen näherzubringen.«

»Konnte Enrico mit dem Boot umgehen?«

»Ja, sehr gut. Einen Bootsführerschein hatte er bei der Trennung aber noch nicht. Er war ja erst dreizehn. Was später aus dem Boot wurde, weiß ich nicht.«

Patrizia nickte. Wahrscheinlich lag Eleonora Salazar mit ihrer Vermutung nicht einmal falsch. Zu dieser Annahme passte, dass Enrico auch tauchen gelernt hatte. Möglicherweise ein weiterer Versuch des Onkels, den Jungen an die verstorbenen Eltern zu erinnern. Sie hörte Cristinas Stimme.

»Wo lag dieses Boot damals?«

»Sie meinen tatsächlich, es könnte noch existieren? Dann wäre es jetzt schon recht alt. Aber warum nicht? Federico hielt seine Sachen immer alle gut in Schuss.« Sie dachte nach. »Ja, wo lag es? Erst an der Molo Massuccio, später dann an der

Molo Manfredi. Vom zweiten Liegeplatz weiß ich sogar noch die Nummer. Es war die III.«

Kapitel 14

Dienstag, 10. Juli, 2012

Als Eleonora Salazar die Questura verließ, war es bereits nach Mitternacht.

»Ich überprüfe das Registro Navale«, sagte Patrizia. »Dann werden wir gleich wissen, ob das Boot noch existiert.«

Cristina schüttelte den Kopf. »Spar dir die Mühe. Hast du nicht gehört, was sie gesagt hat? Das Boot war unter sieben Meter lang. Solche Boote werden nicht registriert. Du kaufst eins, mietest einen Liegeplatz, und nur das Büro, das die Plätze verwaltet, weiß, dass du ein Boot besitzt und wo es liegt.«

»Ich hatte keine Ahnung, dass du dich so gut damit auskennst.«

»Maurizios Vater hatte mal eines.« Sie griff zum Telefonhörer. »Ich informiere jetzt die Küstenwache an der Molo Manfredi, und dann fahren wir selbst hin und sehen uns den Liegeplatz III an.«

Wenige Minuten später parkte Cristina ihren Skooter am Eingang des Bootshafens. Die Molo Manfredi wirkte verlassen. Hohe geschwungene Lampen tauchten den Platz vor dem Gebäude der Küstenwache in orangefarbenes Licht und blendeten den schwarzen Himmel aus. Im Büro der Guardia Costiera brannte Licht. Als sie näher kamen, trat einer der wachhabenden Uniformierten heraus. Er war klein und rundlich und hatte sie bereits erwartet.

»Buona sera. Carlo Ricci. Sie sind Vespa und D'Avossa.« Es war nicht als Frage formuliert, und Cristina nickte nur.

»Wir suchen ein Boot namens ›Lenore‹.«

»Wie?«

Der Mann hatte den englisch ausgesprochenen Namen offenbar nicht verstanden. Cristina buchstabierte ihn mit italienischer Betonung.

»L-e-n-o-r-e.«

»Ach so«, meinte die Wache. »Lenore. Warum sagen Sie das nicht gleich? Keine Ahnung. Hier gibt es Hunderte von Booten.«

»Wo ist Liegeplatz Nummer iii?«

»Da ganz hinten.« Der Mann setzte sich in Bewegung, und sie folgten ihm.

»Haben Sie schon den Verwalter der Liegeplätze angerufen?«, fragte Cristina.

»Signor Ursone? Wir haben es versucht, aber er geht nicht ran. Es ist ja auch schon nach Mitternacht.« Patrizia warf Carlo Ricci einen giftigen Blick zu. »Probieren Sie es nochmal.« Der Mann drückte die Wahlwiederholung seines Handys. Diesmal wurde abgenommen, und er reichte Patrizia das Telefon.

»Pronto, Signor Ursone? Commissaria Vespa, Salerno. Wir suchen nach einem Boot namens Lenore, das möglicherweise an der Molo Manfredi liegt.« Vorsichtshalber buchstabierte sie den Namen.

»Lenore? Nein … Nicht, dass ich jedes Boot beim Namen kenne, aber ich glaube nicht, dass wir so eins haben.«

»Aber vielleicht lag es mal da?«

»Ich verwalte die Plätze seit fast fünfzehn Jahren, und an diesen Namen erinnere ich mich nicht.«

»Gut, dann überprüfen Sie bitte, ob ein Boot auf den Namen Federico De Falco, Enrico Ramires oder Eleonora Salazar registriert ist, egal wie es heißt.«

»De Falco? Der Name kommt mir bekannt vor, aber aus dem Gedächtnis heraus kann ich Ihnen das jetzt nicht sicher …«

Patrizia rollte mit den Augen. »Sollen Sie auch nicht. Ist Ihr PC hier im Büro an der Molo Manfredi?«

»Nein, ich habe einen Laptop, den ich abends mit nach Hause nehme. Ich …« Der Verwalter brach ab, und Patrizia konnte im Hintergrund Stimmen hören.

»Hallo?«, fragte sie gereizt.

»Scusi. Ich bin gerade auf einem Fest in Nocera. Also, wegen dem Laptop … Es würde schon eine halbe Stunde dauern, bis ich an den Computer komme.«

»Dann machen Sie das.«

»Wie?«

»Signor Ursone! Lassen Sie alles stehen und liegen und fahren Sie nach Hause.«

Patrizia wiederholte die Namen, unter denen das Boot registriert sein konnte, und legte auf. Dann folgten sie Carlo Ricci über die schwimmenden Holzplanken. Ein weitverzweigtes Netzwerk, das immer weiter aufs Wasser führte. Das schwarze Meer glitzerte im Licht der Lampen, die die Stege in regelmäßigen Abständen säumten. Der Weg kam Patrizia endlos vor. Mehrfach waren sie schon abgebogen. Auf beiden Seiten lagen Schiffe dicht an dicht. Kleine Boote aus Holz wechselten sich ab mit schnittigen Sportbooten. Auch größere Jachten und Segler waren dabei. Sie glänzten weiß im Licht der künstlichen Beleuchtung, und das Wasser gluckste unter den schaukelnden Bewegungen ihrer rundlichen Körper. Ab und zu hörte man das Knirschen von Holz, das sanfte Ziehen und Nachgeben der Takelagen, eine Welle, die an eine Bordwand schlug. Es roch nach Fisch, Salz, Öl und Gummi.

»Dort vorne ist es«, hörte sie Carlo Ricci sagen. Er zeigte auf eine Reihe von Liegeplätzen. Kurz dahinter endete der schwimmende Steg. Patrizia spähte in die angegebene Rich-

365

tung. Einen freien Platz gab es nicht. Sie liefen weiter, und kurz darauf kam die gesuchte Nummer in Sicht.

»»Nevermore««, sagte Cristina. »Kannst du es sehen? Das Boot auf III heißt ›Nevermore‹.«

Enttäuscht standen sie vor ihm. Das Boot unterschied sich in nichts von den meisten anderen. Weiß, gepflegt, sportlich. Eleonora Salazars Beschreibung traf darauf zu wie auf unzählige andere, an denen sie eben vorbeigekommen waren. Patrizia ließ den Blick schweifen. *Lenore … Wahrscheinlich gibt es dich schon lange nicht mehr.*

Sie sah Cristina an, doch die wusste auch nicht weiter. Ihr Begleiter, Carlo Ricci, trat von einem Bein aufs andere. Er hatte müde Augen. Wahrscheinlich hatten sie ihn aus einem Nickerchen hochgeschreckt.

Unschlüssig sah sich Patrizia um. Masten wiegten sich sanft in der Nachtluft. Ein paar Möwen kreischten. In nicht allzu großer Entfernung konnte man die schwarze Silhouette der Steilküste erahnen. Weiße und orangefarbene Lichtpunkte flackerten und verrieten, wo Straßen und Siedlungen sich am Berg festklammerten. Der Punkt, an dem das Meer in den Horizont überging, war nicht auszumachen.

Schließlich zuckte sie mit den Schultern. »Lass uns zum Büro der Küstenwache zurückgehen und auf Ursones Anruf warten.«

Cristina nickte.

Am Eingang der Guardia Costiera erwartete sie Davide mit zwei uniformierten Kollegen.

»Und?«

»Bisher nichts«, meinte Patrizia. »Wir warten noch auf Meldung vom Verwalter der Liegeplätze. Er sagte, der Name Federico De Falco käme ihm bekannt vor. Wahrscheinlich hat sich Enricos Onkel irgendwann ein neues Boot zugelegt. Und während wir hier rumstehen, ist Gabriella irgendwo da draußen ...« Sie machte eine heftige Bewegung mit der Hand. »Das Warten macht mich noch krank.« Unwillkürlich sah sie auf die Uhr. Eine halbe Stunde war schon fast vorbei.

»Und Liegeplatz Nummer III?«

»Was? Ach so. Ein anderes Boot. ›Nevermore‹.«

Davide sah sie ungläubig an. »›Nevermore‹?«

»Ja. Wie die Leute ihre Boote eben nennen.«

»Trifft die Beschreibung der Salazar darauf zu?«

»Wie auf hundert andere ...«

»Dann ist es das Boot, das wir suchen.«

»Was?« Patrizia und Cristina hatten gleichzeitig gesprochen. Carlo Ricci, der etwas abseits eine Zigarette rauchte, sah neugierig zu ihnen hin.

»Lenore ... die Frau aus dem Gedicht. Klingelt's bei euch nicht?«

»›Der Rabe‹ von Edgar Allan Poe? Ja, so weit sind wir auch schon. Aber gelesen habe ich es nicht ... du etwa?

»Aber sicher, ich habe fast alles von ihm gelesen. Grusel pur.«

»Und was hat das mit ›Nevermore‹ zu tun?«

»In dem Gedicht geht es um einen jungen Mann, der seine Liebste verloren hat, aber er hofft, eines Tages über sie hinwegzukommen. Da besucht ihn ein sprechender Rabe. Der Mann stellt ihm Fragen, auf die der Rabe immer nur mit einem Wort antwortet ...«

»›Nevermore‹ ...«

»Genau. So begreift er, dass sein Leid ihn nie mehr verlassen wird. Nimmermehr, versteht ihr?«

Patrizia nickte wortlos.

Nimmermehr ... »Nevermore«.

Federico De Falco hatte das Boot umbenannt, nachdem sei-

367

ne Frau ihn verlassen hatte. Vielleicht aus Trauer oder sogar Ironie. Oder war es Enrico gewesen?

Sie sah Cristina an. Wie auf ein Zeichen rannten sie los. Davide, Carlo Ricci und die uniformierten Kollegen folgten ihnen im Laufschritt. Der schwimmende Steg bewegte sich heftig, Wasser schlug mit scharfen, kurzen Klatschern an die Plastiktanks. Doch schon kurz darauf blieben sie an einer Kreuzung stehen. Sie wussten nicht weiter. Patrizia bedeutete dem hinter ihnen laufenden Ricci, schneller zu machen. Er keuchte. Sein Bauch bewegte sich im Takt zu den schwimmenden Planken, die mit jedem seiner schweren Schritte gefährlich tief einsanken.

»Rechts ... rechts rum«, hörte Patrizia ihn schnaufen, noch bevor er sie erreicht hatte. Sie wandten sich in die angegebene Richtung.

Plötzlich durchschnitt ein Motorengeräusch die Stille. Abrupt blieben sie stehen. Ein Motor war angelassen worden. Patrizia sah in die Richtung, in der die ›Nevermore‹ lag. Mehrere Boote schaukelten leicht im stärker werdenden Wellengang. Einen Augenblick stand Patrizia wie versteinert. Dann spurtete sie los, Cristina, Davide und die Kollegen auf den Fersen. Das ungleichmäßige Auftreten ihrer Füße ließ den Steg gefährlich schaukeln, doch Patrizia hatte nur Augen für das Boot, das etwa fünfzig Meter vor ihnen aus dem Liegeplatz geglitten war und auf das Ende der Mole zusteuerte. Sein Motor brummte gleichmäßig. Dann erreichte es das offene Wasser.

»Enrico, nein!«

Der Ruf hatte sich ganz von selbst gelöst. Ob die schwarze Gestalt an Deck ihn gehört hatte, war nicht zu sagen, denn in diesem Augenblick nahm das Boot Fahrt auf und preschte davon. Zurück blieben nur scharfe, harte Wellen, die in kurzen Abständen klatschend gegen die Unterseite der Planken schlugen.

★

»Wohin hat er Gabriella gebracht? Oder glaubt ihr, sie könnte schon …«

Patrizia sah Cristina an, dann Lydia, Antonia, Simona und Davide, die allesamt in ihrem Büro in der Questura versammelt waren.

»Tot sein? Komm schon, Patrizia, das dürfen wir nicht einmal denken«, sagte Cristina bestimmt. »In der Wohnung gab es keine offensichtlichen Kampfspuren. Ich bin mir sicher, dass Gabriella noch lebt.«

Die anderen nickten zustimmend, doch Patrizia konnte sich nicht beruhigen. »Aber wie hat er sie aus der Wohnung gebracht? Es ist kein Wagen auf Enrico oder seinen Onkel angemeldet. Und er kann sie ja unmöglich zu Fuß durch die halbe Stadt geführt haben. Es muss nach neun gewesen sein. Da sind viele Menschen unterwegs. Außerdem hatte er nicht mehr als eine halbe Stunde Vorsprung vor uns.«

»Ich weiß.« Cristina schüttelte ratlos mit dem Kopf. »Aber wir haben schon die meisten Betreiber von Autovermietungen in der Umgebung aus dem Bett geklingelt. Und bei denen wurde heute Abend kein Auto gemietet.«

»Wie auch!«, rief Patrizia genervt. »Enrico konnte nicht wissen, dass Gabriella ihm die Rechnung nachtragen würde. Im Gegenteil, er wusste wahrscheinlich nicht mal, dass er sie verloren hatte. Und als Gabriella plötzlich in seiner Wohnung stand, musste er improvisieren. Wie hätte er da noch ein Auto mieten sollen?«

»Ja«, meinte Cristina bitter. »Und jetzt wissen wir auch, warum seine angebliche Wohnung in Torrione praktisch leer war.

Er hat sie erst nach dem Mord an der Amedeo in aller Eile angemietet, falls mal ein Kollege zu ihm kommen sollte, was dann ja auch passiert ist.« .

Patrizia nickte. »Klar. Er musste um jeden Preis verhindern, dass seine Verwandtschaft mit De Falco rauskommt.« Sie lachte kurz auf. »Deshalb hatte er praktisch keine Möbel. Er hat nie dort gewohnt.«

»Natürlich nicht. Schließlich hatte er ja schon eine Wohnung komplett mit Klavier und einem wachsenden Chor von Toten. Ich …« Das Telefon klingelte.

Patrizia nahm ab. »Pronto? Ciao, Bob, was gibt's?« Aufmerksam hörte Patrizia zu. Dann wandte sie sich an die anderen.

»Das Nachbarhaus von Federico De Falco hat ein Untergeschoss mit privaten Tiefgaragen. Es sieht so aus, als hätte Federico De Falco eine davon gemietet. Der Mietvertrag läuft immer noch, aber die Garage ist leer. Trotzdem glaubt Bob, dass sie nicht nur als Abstellraum verwendet wurde, sondern dass bis vor Kurzem noch ein Auto darin stand.«

Ohne den Kommentar ihrer Kollegen abzuwarten, griff Patrizia zu ihrem Handy, wählte eine Nummer und stellte die Freisprechfunktion an. Es klingelte einmal, zweimal, dann wurde abgenommen.

»Professoressa Salazar, Vespa hier.«

»Ja, das dachte ich mir.« Eleonora Salazars Stimme klang müde, aber wach. Offenbar hatte sie nicht geschlafen.

»Hören Sie. Auf Ihren Mann oder Enrico Ramires ist kein Auto angemeldet, trotzdem wurde vor sechzehn Jahren eine Garage in einem Nachbarhaus angemietet. Wissen Sie etwas davon?«

»Von einer Garage? Nein, das war nach meiner Zeit. Als wir noch verheiratet waren, stand das Auto immer auf der Straße.«

»Was könnte in der Garage gestanden haben?«

»Um Himmels willen, Commissaria, woher soll ich das wissen? Ich habe meinen damaligen Mann schon vor seinem Tod zwanzig Jahre weder gesehen noch gesprochen.«

»Gut, danke ...«

»Warten Sie ...«

Patrizia, die das Gespräch schon hatte beenden wollen, hielt inne.

»Wann sagten Sie, wurde diese Garage gemietet?«

»Vor sechzehn Jahren.«

Eleonora Salazar schien nachzudenken. »Also, das ist jetzt eine wilde Hypothese, aber Federico war während unserer Ehe eng mit einem anderen Chirurgen aus dem Krankenhaus befreundet. Er hatte keine Familie, und die beiden haben sich oft getroffen. Manchmal war er auch zum Essen bei uns. Sein Name war Nico Abbate, und er hatte ein Faible für alte Autos. Er besaß einen Alfa Romeo aus den Sechzigern.« Eleonora Salazar machte eine kurze Pause. »Keine Ahnung, ob das sein kann. Aber Nico könnte Federico das Auto überlassen haben. Er ist nämlich irgendwann vor Jahren gestorben. Ich hatte nach der Scheidung keinen Kontakt mehr zu ihm und weiß es nur, weil es in der Zeitung stand. Aber wann das genau war, kann ich nicht mehr sagen.«

Patrizia hatte mitgeschrieben. Sie erbat sich eine genaue Beschreibung des Fahrzeugs und verabschiedete sich. Antonia hatte den Namen des Chirurgen bereits in den PC eingegeben. Kurz darauf drehte sie sich triumphierend zu den anderen um. »Ich denke, wir können die Fahndung nach dem Fahrzeug rausgeben. Dieser Abbate ist tatsächlich vor sechzehn Jahren gestorben. Allerdings wurde das Auto damals nur abgemeldet. Auf Federico De Falco lief es nie. Vielleicht fuhr er einfach nicht damit?«

»Kann sein«, meinte Patrizia. »Aber wenn das tatsächlich der

Wagen ist, der in De Falcos Garage stand, dann muss er fahrtüchtig sein. Sonst wäre er jetzt nicht weg.«

Davide nickte. »Ich rufe die Kollegen an, die wir an der Molo Manfredi zurückgelassen haben. Sie sollen überprüfen, ob das Auto dort irgendwo steht.« Er griff zum Handy.

Zwanzig Minuten später erhielt er einen Rückruf.

»Fehlanzeige«, sagte er, als er geendet hatte. »Das Auto ist weder auf dem Gelände der Molo Manfredi noch in unmittelbarer Nähe. Wahrscheinlich hat er es weiter weg geparkt.«

»Weiter weg?«, rief Patrizia. »Wir waren uns doch einig, dass er unmöglich hier in der Stadt mit Gabriella durch die Straßen laufen konnte. Und dann erst die Molo Manfredi … Da hätte er sie an der Küstenwache vorbei zu seinem Boot bringen müssen. Das ist doch viel zu riskant. Die Kollegen hätten ihn bestimmt gesehen.«

Cristina nickte. »Haben sie aber nicht. Ich gebe Patrizia recht. Ich glaube auch nicht, dass er einfach mit Gabriella auf die Molo Manfredi und zu seinem Boot spaziert ist.«

»Aber was dann?«, fragte Davide.

Einen Augenblick schwiegen alle, dann sagte Simona: »Ich hätte da eine Idee. Nicht ganz unkompliziert, aber unter den Umständen vielleicht die einzige Lösung. Wie wär's damit? Enrico überrascht Gabriella in seiner Wohnung. Er betäubt sie oder setzt sie fest, holt das Auto aus der Garage des Nachbarhauses und fährt los. Allerdings will er nicht mit dem Auto fliehen. Kein Wunder … Das Ding hat entweder gar keine oder in der Eile von einem anderen Wagen abgeschraubte Kennzeichen. Außerdem ist es ein Oldtimer. Damit kommt er nicht weit. Deshalb braucht er sein Boot. Aber wie kommt er dahin? Er hat Gabriella dabei und kann sich nicht mit ihr zeigen. Also bringt er sie an einen anderen Ort. Wahrscheinlich einen ziemlich isolierten, denn er wird sie kaum irgendwo zurücklassen, wo er von vielen Menschen beobachtet werden kann. Danach macht er sich allein auf den Weg zur Molo Manfredi.«

Patrizia nickte. »Ja, das könnte hinhauen. Außerdem hatte er seinen Taucheranzug an, als er vorhin mit dem Boot wegfuhr. Das passt zu der Annahme, dass er nicht zu Fuß zur Molo Manfredi gekommen ist. Er hat Gabriella irgendwo zurückgelassen und ist von dort aus zu seinem Boot getaucht.«

»So weit, so gut«, resümierte Cristina. »Was wir suchen, ist demnach ein ausreichend isolierter Ort in der Nähe des Hafens. Vorschläge irgendwer?«

»Ein einsamer Ort in der Nähe der Molo Manfredi?« Patrizia zog die Augenbrauen hoch. »Da gibt es nicht viele. Höchstens den Anfang der Amalfiküste. Irgendwo bei Vietri.« Sie lachte bitter. »Merkt ihr was? Wir hangeln uns hier von einer Spekulation zur nächsten. Jetzt schlage ich sogar schon einen Ort vor, an dem Gabriella sein könnte, dabei wissen wir nicht mal, ob sie noch …« Sie stützte den Kopf in die Hände.

»Schluss jetzt«, fuhr Cristina sie an. »Mit Blick auf unsere Fakten ist das das wahrscheinlichste Szenario. Lasst uns also einfach mal davon ausgehen, dass es so abgelaufen ist. Enrico hat das Boot. Und jetzt weiter. Was tut er als Nächstes?«

Davide lächelte schwach. »Was schon? Er fährt dorthin, wo er Gabriella zurückgelassen hat. Möglicherweise in der Nähe von Vietri. Und dann holt er sie an Bord.«

»Was uns wieder zur Ausgangsfrage zurückbringt.« Patrizia nahm den Kopf aus den Händen. »Nämlich, wohin er mit ihr will.«

»Wir müssen darauf vertrauen, dass die Küstenwache sie findet«, meinte Davide schließlich. »Vom Verwalter der Liegeplätze haben wir ja mittlerweile sämtliche Daten. Unsere Kollegen auf dem Wasser suchen weiträumig …«

Patrizia schnaubte. »Klar. Trotzdem kann er längst überall sein.« Die anderen nickten schweigend. Sie alle teilten den gleichen Gedanken. »Überall« war ein gutes Stichwort. Während sie hier saßen und versuchten, seine Pläne nachzuvollziehen, konnte Enrico schon sehr weit weg sein … oder aber noch ganz nah. Die Costiera war voller versteckter Buchten und Höhlen. Ähnlich sah es auf den Inseln Capri, Ischia oder Procida aus. Wenn er sich gut auskannte, konnte er tagelang mit ihnen Katz und Maus spielen. Aber wollte er das überhaupt? Was war sein Plan und vor allem, welche Rolle spielte Gabriella dabei?

*

Keiner fuhr in dieser Nacht nach Hause. Mehr schlecht als recht verbrachten sie die Stunden vor den Computern. Im Morgengrauen fand man Enricos Auto. Kurz vor Vietri sul Mare stand der kleine Alfa Romeo Giulietta SS ohne Nummernschilder in der Garage eines Rohbaus. Patrizia und Cristina durchkämmten zusammen mit der KTU das Gelände und grenzten die Stelle ein, von der aus Enrico mit aller Wahrscheinlichkeit zur Molo Manfredi getaucht war.

Das war alles. Von Enrico und Gabriella fehlte jede Spur.

Seither saßen sie stumm in Patrizias Büro zusammen. Nur Pietro Di Leva stand alle paar Minuten auf, lief von einer Seite des Raumes zur anderen und setzte sich wieder. Niemand hielt ihn davon ab. Sie warteten auf den erlösenden Anruf der Küstenwache.

Patrizia war heiß, als hätte sie Fieber. Immer wieder verließ sie ihr Büro, um sich das Gesicht nass zu spritzen und kaltes Wasser über die Handgelenke laufen zu lassen. Die Stunden zogen sich hin. Zweimal klingelte das Telefon. Bob hielt sie über die Arbeit in Enricos Wohnungen auf dem Laufenden. Doch es war nichts dabei, was ihnen weiterhelfen konnte.

Erst gegen Mittag erhielten sie den entscheidenden Hinweis. Als das Telefon klingelte, sah Patrizia sofort, dass es sich nicht um Bobs Nummer handelte. Sie riss den Hörer hoch. Das musste die Küstenwache sein ...

Entsprechend groß war die Enttäuschung, als sich statt der Guardia Costiera die Polizeistation in Amalfi meldete. Das Gespräch dauerte nicht lange.

»Eine Witwe in Amalfi vermisst ihren Wagen«, sagte Patrizia, als sie geendet hatte. »Der Kollege meinte, es könnte uns vielleicht interessieren.«

»Und? Tut es das?«, fragte Cristina.

»Wenn ich das wüsste. Allerdings ist die Rate an Autodiebstählen an der Costiera sonst eher gering. Es ist also schon ein ziemlich seltsamer Zufall.«

Pietro Di Leva schüttelte den Kopf. »Ist es, zugegeben. Aber wir können doch nicht allen Ernstes in Erwägung ziehen, dass dieser Ramires erst unter erheblichem Risiko sein Boot holt, nur um es dann kurz darauf irgendwo liegenzulassen, ein Auto zu stehlen und damit zu flüchten.«

Davide nickte. »Das stimmt. Eine Flucht auf dem Seeweg ist viel schneller und effektiver. Er hat ein Boot. Wieso also einen Autodiebstahl riskieren und in einem gestohlenen Wagen über Land fahren? Enrico ist doch nicht dumm!«

Di Leva nickte, und auch die anderen stimmten ihm zu.

Patrizia seufzte. »Nach dem Wagen wird bereits gefahndet, aber ihr habt recht. Jemand, der wegwill und ein Boot hat, wird kaum ...«

Sie wurde von Cristina unterbrochen. »Wartet mal ... Was ist denn, wenn er gar nicht wegwill? Oder zumindest *noch* nicht?«

»Was sollte er denn sonst wollen?«, fragte Di Leva gereizt.

Doch Cristina ließ sich nicht beirren. »Ich weiß nicht, aber lasst uns doch mal annehmen, dass er tatsächlich das Auto gestohlen hat. Klar, wie eine zielstrebige Flucht hört sich das nicht an, aber könnte es nicht trotzdem eine logische Erklärung dafür geben?«

Nachdenkliches Schweigen folgte.

Schließlich sagte Simona: »Cristina könnte recht haben. Da ist nämlich noch etwas anderes, was wenig Sinn ergibt, und das ist Gabriella.« Sie sah in lauter fragende Gesichter. »Denkt doch mal. Wir gehen davon aus, dass sie noch lebt und dass Enrico sie bei sich hat, auch wenn wir darüber keine Gewissheit haben. Aber wenn es stimmt, warum tut er das? Eine Geisel ist doch immer nur dann eine Lebensversicherung, wenn der Täter eine unmittelbare Konfrontation mit der Polizei fürchten muss und seinen Fluchtweg gefährdet sieht. Aber Enrico hat ein Boot und könnte längst sonst wo sein. Wozu also Gabriella mitschleppen, die ihm im weiteren Verlauf nur hinderlich sein kann?«

»O Dio«, stöhnte Antonia. »Da ist eine Möglichkeit schlimmer als die andere. Entweder Gabriella lebt nicht mehr …«, sie warf einen flüchtigen Blick auf Patrizia, »… aber das glaube ich einfach nicht. Nummer zwei: Er hat sie irgendwo zurückgelassen. Gefesselt, geknebelt, möglicherweise verletzt und an einem Ort, an dem wir sie nur schwer finden werden. Und dann diese letzte Möglichkeit: Er hat sie weiterhin bei sich, weil er noch irgendetwas anderes vorhat, was auch immer.«

»Ein ›was auch immer‹ gibt es nicht in so einem Fall.« Patrizia trommelte mit ihrem Bleistift auf den Tisch. »Sollte er tatsächlich mit einem gestohlenen Auto unterwegs sein, hat er eine starke Motivation. Eine so starke, dass er dafür selbst das Risiko einer Festnahme in Kauf nimmt. Was also könnte er vorhaben? Bedenkt, dass es wahrscheinlich etwas ist, was er heute noch erledigen kann. Alles andere wäre unrealistisch.«

Einen Augenblick herrschte wieder nachdenkliches Schweigen, dann sagte Simona leise: »Ich weiß es.«

Sie hatte den Satz so beiläufig ausgesprochen, dass mehrere Sekunden vergingen, bevor jemand darauf reagierte. Patrizia zog als Erste die Augenbrauen hoch.

»Was hast du gesagt? Du weißt es?«

»Ich glaube schon. Denkt doch mal. Ein Ort, den er heute noch erreichen kann, und zwar nur mit dem Auto, sonst hätte er ja das Boot genommen. Und dann muss dieser Ort noch eine besondere Bedeutung für ihn haben.«

»Gesualdo«, flüsterte Patrizia. »Eleonora Salazars Konzert heute Abend auf dem Castello von Gesualdo.«

Keiner sprach.

Dann rief Pietro Di Leva: »So ein heilloser Unfug! Er kann sich doch vorstellen, dass wir diese Möglichkeit voraussehen. Dazu die Menschenmenge. Das ist ein viel zu großes Risiko. Und überhaupt ... warum sollte er dahin fahren? Was will er dort? Seine ehemalige Stiefmutter Eleonora Salazar töten? Rache nehmen dafür, dass sie ihn vor über zwanzig Jahren verlassen hat?« Er schüttelte den Kopf.

»Ich habe da auch so meine Zweifel«, meinte Davide. »Sie hat ja nicht mal ein neues Stück von ihm, das sie heute Abend aufführen könnte.«

»Vielleicht will er ja deshalb dorthin, um es ihr zu geben?«, schlug Lydia vor.

»Das könnte er einfacher haben. Rein mit der Partitur in einen Umschlag und ab auf die Post«, erwiderte Davide.

»Alle eure Argumente sind richtig«, sagte Patrizia plötzlich. »Ich denke auch nicht, dass er vorhat, ihr ein neues Stück zukommen zu lassen, und erst recht nicht, dass er sie töten will. Er liebt sie. Nichts ist eindeutiger. Aber gerade deshalb glaube ich, dass Simona recht hat. Er hat den Wagen gestohlen, weil er nach Gesualdo will. Nicht um ihr zu schaden oder ihr etwas zu geben. Er will sie einfach noch einmal sehen.« Sie machte eine Pause. »Nur das.«

Cristina nickte. »Da ist was dran. Es würde zu der kranken Liebe passen, die er für sie empfindet. Und er weiß, dass wir ihm auf den Fersen sind. Sollte ihm die Flucht gelingen, wird er sie sehr lange nicht mehr sehen. Vielleicht nie mehr. Das Konzert heute könnte seine letzte Chance sein, gerade weil es eine öffentliche Veranstaltung ist. Viele Menschen. Selbst mit massivem Polizeiaufgebot nur schwer zu kontrollieren. Vielleicht spekuliert er darauf, in der Masse unterzugehen? Ihr privat hier in Salerno nachzustellen wäre viel zu gefährlich, denn er kann sich sicher sein, dass wir sie nicht aus den Augen lassen werden.«

Pietro Di Leva holte einmal tief Luft, dann stand er von seinem Sessel auf und ging zum Telefon.

»Ich rufe die Questura in Avellino an. Die Veranstaltung muss abgesagt werden, egal wie kurzfristig das ist.« Er sah auf die Uhr und fluchte. »Schon drei. Na, die werden sich freuen.«

»Halt!«, fuhr Patrizia ihm dazwischen. »Ich weiß, dass das die naheliegendste Lösung wäre, aber dieses Konzert heute Abend ist auch unsere einzige Chance. Wenn wir es absagen, wissen wir überhaupt nicht mehr, wo wir ihn suchen sollen, denn was er dann als Nächstes tut, steht in den Sternen.«

»Patrizia hat recht«, sagte Simona. Ihre Stimme klang bestimmt. »Außerdem müssen wir an Gabriellas Leben denken. Wenn Enrico tatsächlich ein solches Risiko auf sich nimmt, um Eleonora Salazar noch einmal zu sehen, kann das nur bedeuten, dass es ihm über alle Maßen wichtig ist. So wichtig, dass er alles dafür in Kauf nimmt. Wenn wir ihm diese Chance nehmen, könnte er überreagieren, und ihr wisst, was ich damit meine, oder?«

Patrizia nickte. »Ja. Falls er es bisher noch nicht getan hat, könnte er spätestens jetzt seine Wut auf uns an Gabriella auslassen.«

Pietro Di Leva lehnte sich stöhnend an Patrizias Schreibtisch. »Ich bitte um Vorschläge.«

»Questore«, sagte Patrizia. »Ich weiß, dass wir uns schon beim letzten Konzert in Ravello erhofft hatten, dem Täter näher zu kommen. Aber da wussten wir auch noch nicht, wen wir suchen. Diesmal ist das anders. Ich schlage deshalb vor, das Konzert stattfinden zu lassen. Gemeinsam mit den Kollegen aus Avellino müsste es uns gelingen, das Gelände zu sichern.«

Pietro Di Leva überdachte den Plan. »Bene«, meinte er schließlich. »Ich kann nicht sagen, dass mich die Sache hundertprozentig überzeugt, aber ich sehe auch keine vielversprechenden Alternativen. Trotzdem möchte ich, dass nichts unversucht bleibt, Ramires schon vor heute Abend zu finden. Ich will alles erdenkliche Personal von hier bis Avellino auf den Beinen. Straßensperren an jeder Ecke. Dazu Hubschrauber. Wir jagen ihn mit allem, was wir haben.«

Patrizia nickte. Natürlich hatte Di Leva recht. Doch insgeheim machte sie sich nichts vor.

Er ist längst dort.

*

Kurz darauf saßen Patrizia und Cristina im Auto. Bis nach Gesualdo war es eine gute Stunde. Patrizia fuhr schnell. Erst als sie hinter Avellino von der Autobahn abfuhren, bremste der schlechte Zustand der lokalen Landstraßen ihr Tempo.

»Von wann ist dieser Straßenbelag? Aus den sechziger Jahren?«, fluchte Patrizia, als die rote Klara eben wieder in ein Schlagloch gefallen war.

»Aus den Sechzigern? Wenn du mich fragst, hat hier noch

Mussolini selbst geteert.« Patrizia deutete ein Lächeln an, dann schwiegen sie wieder. Die Gegend um sie herum war schön. Grünes, hügeliges Weideland, Obstplantagen, Olivenhaine, Wein, dazwischen verschlafene Ortschaften. Einige kleinere Wasserläufe wurden von Pappeln gesäumt. Doch Patrizia hatte keinen Sinn für die Landschaft.

In weniger als der erwarteten Zeit tauchte Gesualdo vor ihnen auf. Der kleine Ort lag auf einem steil aus der umliegenden Ebene herausragenden Hügel, auf seiner Spitze das schon von Weitem erkennbare Castello.

»Ein idyllischer Anblick.« Cristina schien ihre Gedanken zu erraten. »Und wir kommen hierher, um diesen Frieden zu stören.«

»Nein, nicht wir. Enrico! Ähnlich wie damals Gesualdo.«

Cristina wandte ihr den Kopf zu. »Wie meinst du das?«

»Ich meine, dass Enrico hierherkommt, mit Blut an den Händen und all seinen kranken Ideen, wie damals Carlo Gesualdo, der sich nach dem Mord an seiner Frau und ihrem Liebhaber in sein Castello hier flüchtete.«

»Tatsächlich eine seltsame Parallele.«

»Ja.«

Patrizia konzentrierte sich wieder auf die Straße. Wie erwartet passierten sie mehrere Straßensperren. Die Uniformierten wiesen ihnen den Weg und teilten der Polizeidienststelle im Rathaus ihre Ankunft mit. Dort angekommen besprachen sie die Sicherheitsvorkehrungen in Gesualdo und Umgebung.

»Haben Sie einen Plan des Castellos?«, fragte Cristina schließlich.

»Ja natürlich.« Der Polizist entfaltete eine große Karte und breitete sie vor den Kommissarinnen aus.

»Er ist ganz neu. Die Stadt hat das Castello den letzten Besitzern erst vor einigen Jahren abgekauft und von Grund auf sanieren lassen.«

Patrizia hörte mit halbem Ohr zu, während sie den Plan studierte. »Ich möchte mir selber ein Bild vor Ort machen, bevor das Konzert losgeht. Dürfen wir die Karte mitnehmen?«

»Ja natürlich.«

Das Rathaus, in dem die Polizeidienststelle untergebracht war, lag direkt unterhalb der Burg, die auf einem steinernen Fundament über der Stadt thronte. Im Gegensatz zum Castello di Arechi in Salerno war dieses Gebäude mehrfach umgebaut worden. Nur die um einen Hof angelegte viereckige Struktur und die runden Wehrtürme an den Ecken erinnerten noch an seine ursprüngliche Funktion. Das Mauerwerk war glatt verputzt in freundlichem Beige, der steile Zugang zum Vorplatz von Platanen gesäumt. Um das Castello wimmelte es von Menschen, die Bars an der Piazza Neviera waren gut besucht. Die Burg selbst war noch nicht für das Publikum geöffnet.

An einem mächtigen Torbogen aus Naturstein zeigten Patrizia und Cristina den dort postierten Uniformierten ihre Ausweise und traten ein. Im Inneren war es vergleichsweise kühl. Ein Raum reihte sich an den anderen. In einem kleinen Zimmer mit bemalter Decke blieben sie stehen. Laut Plan war dies Gesualdos Musikzimmer gewesen.

»Was denkst du?«, fragte Cristina in die Stille hinein.

»Dass ich mir mit jeder Minute sicherer bin, dass Enrico hier sein wird. Carlo Gesualdo, dieses Castello. Sie sind das, was ihn nach Jahren der Trennung als Einziges noch mit Eleonora Salazar verbindet. Er wird sie hier sehen wollen. Auf Gesualdos Burg. Nur wie?«

»Von Weitem, nehme ich an.«

»Das glaube ich auch. Er muss längst wissen, dass wir hier

sind und er keine Chance hat, sich ihr zu nähern.« Sie gingen weiter.

Patrizia öffnete ein hohes Fenster. Dahinter befand sich ein Balkon. Sie traten hinaus und standen auf einem der Rundtürme. Durch steinerne Bogen sahen sie auf die Stadt. Das Abendlicht verlieh den pastellfarbenen Häusern einen melancholischen Ausdruck. Lange Schatten fielen auf die Kopfsteinpflaster, die Schindeln der Dächer leuchteten dunkelrot, dahinter eine weite, hügelige Landschaft. Schattierungen tiefen Grüns unter einem Himmel, dessen Farbe die strahlende Offenheit des Nachmittags verloren hatte und sich in wässrig schwimmende Tinte verwandelte. Doch Patrizia konnte die Schönheit der Landschaft nicht beeindrucken.

Schließlich sagte Cristina: »Patrizia, lass uns in die Kapelle gehen, in der das Konzert stattfinden soll.«

Sie machten sich auf den Weg zur Kapelle der Burg, die im Vergleich zum Rest des Castellos von eher roher Schönheit war. Die Restaurierungen hatten das raue Mauerwerk der ursprünglich romanischen Kirche freigelegt. Durch die kleinen Bogenfenster der Apsis drang nur noch wenig Licht. Große Kerzen brannten an mehreren Stellen des Raumes und in einem schmiedeeisernen Leuchter an der Decke. Es war ein romantischer, aber auch ein spiritueller Ort, der gut zu den alten Musikstücken passte und den Stimmen der Sänger eine optimale Akustik bot.

»Zu dieser Kapelle gibt es nur einen Zugang, direkt vom Burggebäude, und der ist relativ eng.«

»Ich weiß, was du meinst. Hier wird er sich nicht reintrauen. Er wird versuchen, sie beim Hinein- oder Hinausgehen zu sehen.«

»Wir haben an allen erdenklichen Stellen Leute in Zivil. Es müsste mit dem Teufel zugehen, wenn wir ihn hier verpassen.«

»Es sei denn, er lässt sich von der Polizeipräsenz abhalten und überlegt es sich doch nochmal anders.«

»Wird er nicht.«

Cristina nickte. Im nächsten Moment hörten sie Stimmen, Lachen, Schritte.

»Sie haben das Tor geöffnet.« Patrizia sah auf die Uhr. Viertel vor acht. So, wie es mit den Kollegen vereinbart worden war. Sie spürte einen Anflug von Nervosität. Die ersten Zuhörer betraten die Kapelle und nahmen Platz. Patrizia und Cristina bezogen ihre Stellung. Innerhalb weniger Minuten hatte sich der Raum gefüllt, doch die Stimmung im Kirchenschiff war seltsam angespannt. Die Gäste sprachen leise miteinander. Offenbar gab die Polizeipräsenz Anlass zu Spekulationen.

Und noch etwas fiel auf. Kaum waren die Plätze belegt, da erklang das Signal zum Beginn des Konzerts. Im Publikum wurde getuschelt. Dass eine Veranstaltung pünktlich anfing, war sonst eher eine Seltenheit.

Kurz darauf betraten die Sänger mit ernsten Gesichtern die Bühne. Eleonora Salazar lächelte knapp, und Patrizia sah, dass ihre Augen unauffällig das Publikum absuchten. Zweifelsohne war sie nervös. Als ihr Blick sie streifte, hob Patrizia die Hand in einer, wie sie hoffte, beruhigenden Geste. Dann knisterte es in ihrem Ohrenstöpsel, und sie nickte Cristina zu, die die Nachricht ebenfalls empfangen hatte. Alle waren bereit.

Das Konzert begann. Die Stimmen schwebten in dem alten hallenartigen Mauerwerk, und nach dem ersten Madrigal löste sich die Anspannung im Gesicht der Sänger. Ein Stück nach dem anderen wurde angestimmt … und verklang.

Patrizias Nervosität nahm zu. Unentwegt sah sie auf das Programm. War Enrico hier? Würden sie die Zeit haben, ihn zu finden?

Dann kamen die Sänger zum Ende. Die neu komponierten

Stücke waren als Zugabe vorgesehen, für den Fall, dass der Täter bis dahin noch nicht entdeckt worden war. Patrizia ballte die Faust um das Programmpapier. Ihre Fingernägel gruben sich in die Handflächen. In immer kürzeren Abständen kamen die Nachrichten der Kollegen, dass alles ruhig war.

Cristina fasste sie am Arm, beugte sich zu ihr und wisperte: »Was, wenn er das Auto in Amalfi doch nicht gestohlen hat und noch immer mit dem Boot unterwegs ist? ... Mit Gabriella?«

»Dann werden wir ihn trotzdem finden«, flüsterte Patrizia zurück. »Die Suche auf See wurde ja nicht abgebrochen. Aber jetzt aufgepasst. Hier kommen die neuen Madrigale.«

Die Augenblicke des Mordes an Gesualdos Frau und ihrem Liebhaber wehten in flüchtigen Stimmen durch jenen Raum, in dem Gesualdo selbst unzählige Male um Vergebung gefleht haben mochte. Zorn kam in Patrizia hoch. Was taten sie hier eigentlich? Ließen Gesualdos Gräueltaten besingen in seinem eigenen Schloss. Mit Stücken, die mit dem Blut von Menschen geschrieben worden waren. Wo war Enrico? *Komm raus, wenn du dich traust!*

Die neuen Madrigale waren verklungen. Eine kurze Pause folgte. Drei der Sänger verließen die Bühne. Nur Eleonora Salazar und Giovanna Rinaldi blieben zurück. Patrizia wusste, was folgen würde: »Il Perdono«. Die beiden Stimmen des Kanons. Es war das letzte Stück des Abends.

Sie wusste nicht, was sie empfinden sollte. Erleichterung, dass die Veranstaltung ohne Störung über die Bühne gegangen war, oder Zorn und Enttäuschung darüber, dass sie Enrico nicht hatten festsetzen können? Bei dem Gedanken an nicht enden wollende Stunden des Wartens auf Fahndungsergebnisse und der Sorge um Gabriella schnürte es Patrizia die Kehle zu.

Der Kanon setzte ein. Erst eine Stimme, dann die zweite. Patrizia kannte seine Worte längst auswendig.

»Vier Stimmen bitten: Vergib!«

Wenn überhaupt, so waren es die einzig passenden Worte hier, in dieser Kapelle, in der Carlo Gesualdo um Absolution gebetet hatte. Es war …

Sie erstarrte im selben Augenblick, in dem sich Cristinas Hand um ihren Arm krampfte. In den Kanon war, leise und tastend, eine Männerstimme eingefallen, fern und doch nicht fern, als käme sie aus den Tiefen der Fundamente selbst. Zart, ein wenig hallend, folgte sie den ersten wie ein leises Echo. Weich und traurig. Körperlos und durchsichtig. Nicht mehr als ein Nachgedanke der Stimmen auf der Bühne. Sie schien unwirklich und war doch so richtig. Eine natürliche Folge der anderen, von ihnen geführt, sie führend. Hatten sie sie deshalb erst nach mehreren Takten bemerkt?

Die Zuhörer wandten die Köpfe. Einige standen auf, doch niemand sprach. Auch die Stimmen der Sängerinnen klangen unsicher, dann brach Giovanna Rinaldi ab. Ihre Hand fuhr zum Mund.

Zum Nachdenken blieb keine Zeit. Patrizia trat aus ihrem Winkel und bedeutete den Sängerinnen weiterzumachen. Ihr Mund formte die Worte, die sie am liebsten herausgerufen hätte: »Nicht aufhören. Singt, per l'amor di Dio, singt!«

Aus den Augenwinkeln sah sie, wie Cristina das Publikum mit ebenso stillen Gesten zur Ruhe ermahnte. Sekunden vergingen, dann hob Giovanna Rinaldi wieder an, und während sich die drei Stimmen einander näherten, wieder entfernten, sich umspielten und miteinander verschlangen, verließen Patrizia und Cristina die Kapelle. Auf den Gängen trafen sie Kollegen. Nur mithilfe von Zeichen teilten sie sich auf.

»Die Stimme kam von unten«, flüsterte Cristina kaum hörbar. Patrizia nickte. Ihre Kollegin hatte recht. Die Stimme hatte etwas Hohles gehabt. So, als käme sie aus einem Gewölbe.

»Die Vorratsräume! Da runter!«

Sie hasteten durch mehrere Gänge Richtung Keller. Obwohl sie versuchten, leise aufzutreten, hallten ihre Schritte in den alten Gemäuern. Mit der Entfernung von der Kapelle verschob sich auch das Verhältnis der Stimmen. Die Männerstimme wurde klarer, entschiedener, während die der Frauen sich entfernten und an Substanz verloren. Doch plötzlich nahm ihre Präsenz noch einmal zu.

»Bleib stehen …«

Patrizia fasste Cristina am Arm. Regungslos warteten sie auf das letzte Wort des Kanons, auf dem sich alle drei Stimmen vereinten: »Vergib!«

Sie lauschten. Doch da war nichts mehr. Völlige Stille. Der Kanon war zu Ende.

»Singt weiter«, flüsterte Patrizia, »verdammt nochmal, singt weiter.« Da setzte die erste Stimme erneut ein. Die zweite folgte. Angestrengt lauschten sie auf die Melodie.

Komm schon … Komm schon. Sing! Fall ein …

Doch die dritte Stimme blieb aus.

Patrizia und Cristina hasteten weiter, bis sie die erste Vorratskammer erreichten. Nichts. Die zweite. Auch nichts. Der dritte Raum war eine Sackgasse.

»Wo, verdammt …« Patrizia leuchtete den Raum mit der Taschenlampe aus. Durch ein vergittertes Fenster fiel ein Stück Nachthimmel auf den Steinboden.

»Hier, das ist der Raum mit der Gittertür, den wir vorhin schon gesehen haben.« Cristina rüttelte an den dünnen Eisenstäben. Dahinter sah man ein steinbruchartiges Gewölbe.

Patrizia zerrte den Grundriss der Burg aus der Tasche und

entfaltete ihn auf dem Boden. »Da! Ein einzelner, großer Raum. Ein Steinbruch unter dem Castello. Hier wurde das Baumaterial für die Burg direkt aus dem Hügel abgebaut. Aber von hier aus geht es nicht weiter.«

Sie leuchtete den Raum aus. »Leer, so wie vorhin auch. Komm, lass uns gehen. Er muss woanders gewesen sein.« Sie drehte sich um.

»Warte!« Cristina hielt sie zurück. »Dahinten ist eine Ecke, um die man nicht herum sehen kann.«

Patrizia richtete ihre Taschenlampe aus. »Stimmt. Aber was soll's. Das Gitter ist zu.« Sie rüttelte noch einmal an der Tür und sah auf den Plan. »Er wäre hier nicht reingekommen …« Sie brach ab, als Cristina zum Tritt ausholte und die Gittertür scheppernd aufflog. Bevor Patrizia reagieren konnte, war Cristina schon eingetreten.

»Ich glaub es nicht! Komm her!«

Patrizia beeilte sich. In der Ecke des Raumes, die man von außen nicht einsehen konnte, befand sich eine Öffnung von höchstens einem Meter Durchmesser in der Wand. Patrizia sah auf ihren Plan. Dann schüttelte sie den Kopf. »Laut Karte ist da nichts. Außerdem ist die Öffnung viel zu klein. Glaub mir, da wurde nur ein bisschen was rausgebrochen, eine Art blinder Gang.«

Doch Cristina beachtete sie nicht. Sie streckte die Hand mit dem Handy aus, dessen Taschenlampe die Öffnung von allen Seiten ausleuchtete. Dann ließ sie sich nieder und verschwand auf allen vieren in dem Gang.

Patrizia bückte sich und sah ihr nach. Tatsächlich. Der Tunnel war tiefer, als sie auf den ersten Blick gedacht hatte. Ein paar Sekunden sah sie Cristina noch vor sich, dann machte der Gang eine scharfe Biegung, und plötzlich war ihre Kollegin außer Sichtweite.

»Cristina? … Cristina! Was ist los? Alles in Ordnung?« Patrizias Stimme klang panisch.

»Hier wird der Tunnel größer. Komm schnell. Ich glaube, hier geht es weiter!«

Patrizia zögerte einen Augenblick. Sie war nicht klaustrophobisch. Trotzdem musste sie sich überwinden. Mit dem leuchtenden Handy in einer Hand kroch sie hinein.

Tatsächlich. Es war, wie Cristina gesagt hatte. Nach wenigen Metern machte der Gang eine Biegung, danach öffnete er sich und wurde zu einem kleinen Tunnel. Sein Ende war nicht zu sehen. Abgesehen vom Licht ihrer Handylampen war es stockdunkel.

»Die Luft ist gut«, meinte Patrizia.

Cristina nickte. »Lass es uns versuchen.«

Sie schlichen vorwärts. Es ging bergab. Steine spritzten unter ihnen weg und rollten hallend abwärts. Patrizia war, als schlössen sich die Wände mit jedem Schritt ein wenig enger um sie.

»Die Luft ist immer noch gut«, bemerkte Cristina, als hätte sie ihre Gedanken erraten. »Wenn nicht sogar besser.« Sie hatte recht. Patrizia glaubte sogar, einen leichten Luftzug zu verspüren.

»Halt!«

»Was?«

»Hörst du nicht?«

Patrizia lauschte. Tatsächlich. Es klang wie ein leises Stöhnen, begleitet von schabenden Geräuschen. Noch immer geduckt hasteten sie vorwärts … und blieben wie angewurzelt stehen. Im Schein der Taschenlampe lag ein Mensch. Gekrümmt, schmutzig, gefesselt und geknebelt.

»Gabriella!«

Sie stürzten auf sie zu, und Cristina löste den Knebel. Gabriella spuckte aus. Ihr Gesicht war schmutzverschmiert, ihre schulterlangen Haare wirr und strähnig. Doch aus ihren Augen leuchtete dieselbe konzentrierte Intelligenz, die sie von ihr gewohnt waren. Und noch etwas anderes: Wut.

»Er ist da raus. Es ist nicht mehr weit. Der Tunnel ist bald zu Ende.« Cristina hatte Gabriellas Fesseln gelöst, und sie rieb sich die schmerzenden Handgelenke, während Patrizia an ihren Füßen arbeitete.

»Auf, worauf wartet ihr noch? Schnappt ihn euch! Wir sind mit einem Wagen hergekommen, den er hier irgendwo in der Gegend gestohlen und gegen das Auto aus Amalfi ausgetauscht hat. Von dem wisst ihr ja wahrscheinlich schon.«

»Farbe? Nummernschild?«

»Schwarz. Aber das Kennzeichen weiß ich nicht. Ich habe das Auto nur von der Seite gesehen. Ein Fiat vielleicht, aber sicher bin ich mir nicht.«

»Wo ist sein Boot?« Patrizia fasste Gabriella am Arm.

»Sein was?«

»Nachdem er dich aus seiner Wohnung weggebracht hat, ist er zu seinem Boot getaucht und hat es geholt.«

»Ich weiß nicht. Er hat mich an einer Stelle nicht weit von der Molo Manfredi zurückgelassen und ist losgetaucht. Danach war er etwa zwei Stunden weg. Als er zurückkehrte, kam er zu Fuß. Er hat mich dann zu einem Auto gebracht, das an der Küstenstraße geparkt war. Nicht mehr der erste Wagen, dieser Oldtimer, sondern ein anderes. Es muss jemandem gehören, der in Amalfi lebt, denn auf dem Armaturenbrett klebten Bildchen vom Dom und dem heiligen Matteo.«

Patrizia sah sie besorgt an. »Tutto bene? Bist du in Ordnung?«

»Mir geht es gut … wirklich. Macht, dass ihr wegkommt.«

Patrizia strich ihr kurz mit der Hand übers Haar. »Wir haben dich wieder. Alles andere ist zweitrangig.«

»Ist es nicht.«

Patrizia nickte und setzte sich in Bewegung. Cristina war schon außer Sichtweite. Als sie sie einholte, war der Tunnel zu Ende. Sie richteten sich auf. Ihre Körper schmerzten. Im Licht der Taschenlampe konnten sie erkennen, dass sie sich unterhalb des Dorfes befanden. Um sie herum Gestrüpp und ein halb überwucherter Weg, der etwas weiter unterhalb an einer Straße endete. Von einem Auto oder Enrico war weit und breit nichts zu sehen. Cristina starrte mehrere Sekunden auf ihr Handy. Dann endlich hatte sie wieder Netz. Sie gab die Position des namenlosen Ortes so gut wie möglich an die Kollegen weiter. Ebenso die Informationen, die Gabriella ihnen im Tunnel gegeben hatte. Dann warteten sie auf Davide, der sie abholen sollte.

Keine zehn Minuten später war er da, gefolgt von einem Krankenwagen. Während sich die Sanitäter um Gabriella kümmerten, übernahm Patrizia das Steuer des Wagens. »Auf nach Amalfi.«

Davide fragte nicht. Was sie über den Ablauf der Dinge am Vorabend wussten, ließ nur einen Schluss zu: Enricos Boot musste irgendwo an der Felsküste um Amalfi herum versteckt liegen. Und zwar so gut versteckt, dass die Küstenwache es bislang nicht gefunden hatte.

Auf dem Weg zurück nach Salerno dachten sie nur eins: Sie mussten das Boot finden.

Bevor Enrico es erreichte.

Kapitel 15

MITTWOCH, 11. JULI 2012

Die Fahrt zurück nach Salerno legten sie in fast völligem Stillschweigen zurück. Ab und zu krächzte es aus dem Funkgerät. Wenn man in Betracht zog, wie überstürzt und improvisiert Enrico seit seiner Flucht hatte handeln müssen, konnte man nur staunen, wie perfekt bisher alles für ihn gelaufen war. Den in Amalfi gestohlenen Wagen hatte er kurz vor Gesualdo gegen einen schwarzen Fiat ausgetauscht. Der Besitzer hatte den Diebstahl erst bemerkt, als er im Laufe des Abends eine der wiederholt durchgegebenen Radionachrichten gehört hatte, in denen die Einwohner in der Provinz Avellino auf die Gefahr eines möglichen Autodiebstahls hingewiesen wurden. Der erste Wagen war keine fünfzig Meter weiter in einem Wäldchen gefunden worden.

Die Nachricht, dass das Fluchtauto identifiziert worden war, erreichte sie kurz vor Salerno. Zunächst kommentierte sie keiner von ihnen. Erst nach ein paar Minuten sagte Patrizia: »Das reicht nicht.«

Was sie damit meinte, war klar. Auch Cristina und Davide hatten ihre Berechnungen angestellt. Enricos Vorsprung eingerechnet war er höchstwahrscheinlich schon in Salerno angekommen, als die Fahrzeuginformationen des gestohlenen Fiats bekanntgegeben worden waren.

Patrizia sollte recht behalten. Sie hatten die Stadtgrenze kaum passiert, da meldete ein Funkspruch, dass der Fiat kurz hinter Amalfi gefunden worden war.

Auf der kurvigen Küstenstraße der Costiera fuhr Patrizia mit gefährlichem Tempo. Cristina, die vorne auf dem Beifahrersitz saß, stützte sich mehrfach mit beiden Händen am Handschuhfach ab.

In Rekordzeit erreichten sie den von den Kollegen angegebenen Ort. Er war bereits abgesperrt. Als sie ausstiegen, wies ein uniformierter Polizist wortlos mit der Hand auf die ausgetretenen Stufen, die steil nach unten führten, und reichte ihnen zwei starke Taschenlampen. Von der Straße bis hinunter zum Meer waren es etwa siebzig Meter Luftlinie. Cristina war die Erste, die nach unten stieg. Mit der Lampe leuchtete sie den Pfad aus. Es musste ein alter Weg zum Meer hinunter sein. An manchen Stellen waren Steine aus den Stufen herausgebrochen, an anderen wucherten Ginster und Hundsrosen über den Pfad. Je weiter sie sich von der Straße und den dort parkenden Autos mit ihren Scheinwerfern entfernten, desto dunkler wurde es. Außerhalb der Lichtkegel ihrer Taschenlampen war der steile Abhang eine einzige schwarze Fläche. Nur das Meer unter ihnen glitzerte silbern im Licht des Halbmonds, und in der Ferne zeichneten winzige Lichtpunkte den Umriss des Golfs von Salerno nach. Die Nacht war sternenklar, und die Luft duftete stark nach Thymian.

Patrizia wählte ihre Schritte mit Bedacht. Es kam ihr vor, als würden sie ins Nichts steigen. Der Eindruck wurde dadurch verstärkt, dass sie nicht ausmachen konnte, wo die Stufen endeten. Nur der langsam näher kommende Silberspiegel des Meeres lieferte einen Hinweis darauf, dass sie sich tatsächlich vorwärtsbewegten.

Dann, endlich, war der Pfad zu Ende, und sie standen an einem kleinen Strand, der von einer hohen Kalksteinhöhle überspannt wurde. Mehrere Uniformierte waren bereits vor

Ort, und die Lichtstreifen ihrer Taschenlampen tanzten auf den erodierten Wänden der riesigen Wölbung.

»Als wir hier ankamen, war nichts zu sehen«, meinte einer von ihnen, der sich Patrizia als ein Kollege aus Amalfi vorstellte. »Auf die Spurensicherung warten wir noch.« Patrizia sah sich um, dann richtete sie den Blick auf die freie Fläche des Meeres vor ihr und schüttelte den Kopf.

»Was ist?«, fragte Cristina.

»Dieser Ort ergibt keinen Sinn. Nicht, wenn wir nach einem Versteck für sein Boot suchen. Denk doch mal nach. Die Höhle ist nicht tief. Sie wölbt sich über den kleinen Strand, aber nicht übers Wasser und hat eine so weite Öffnung, dass man sie schon fast nicht mehr als Höhle bezeichnen kann.«

Cristina nickte. »Stimmt. Wenn sein Boot hier gelegen hätte, wäre es der Küstenwache ein Leichtes gewesen, es zu finden. Ein Versteck ist es jedenfalls nicht, nicht mal annähernd.«

»Eben. Was also wollte er an diesem Strand? Wenn er hier runtergelaufen ist, wie wir annehmen, muss er mit einem Boot weggefahren sein. Oder hat die Küstenwache etwa geschlafen und das Boot doch übersehen?«

Cristina schüttelte den Kopf. »An diesem Ort musste er damit rechnen, dass sie das Boot in seiner Abwesenheit finden. Das hätte er nicht riskiert.« Sie wandte sich erneut den Kalksteinwänden zu und leuchtete sie systematisch ab. Patrizia tat es ihr gleich. Mehrere Minuten arbeiteten sie schweigend. Dann rief Cristina: »Ich hab was!«

Patrizia kam zu ihr. Cristina stand vor einem Kalksteinausläufer, der sich an einer Seite der Wölbung wie eine Plattform ins Meer hineinzog. Patrizia betrachtete die Felsformation, an der sich kleine Wellen brachen. Dort, wo sie am flachsten war, spülte das schwarze Wasser über den Stein hinweg und hinterließ bei seinem Rückzug kleine Pools, die im Mondlicht glitzerten. Trotzdem fiel Patrizia nichts Besonderes auf.

»Ich weiß nicht ... Was meinst du?«

»Patrizia, was ist los mit dir? Schau doch ... da unten.« Sie leuchtete auf das Wasser, das unter dem einfallenden Licht in Dutzenden Türkis- und Grüntönen schimmerte. Dann sah es auch Patrizia. Einige Meter weiter befand sich unter der Wasseroberfläche ein Loch in der Kalksteinmasse.

»Wenn das nicht nur eine kleine Aushöhlung im Stein ist, sondern ein Durchgang, der unter Wasser auf die andere Seite führt, könnte dort noch einmal eine Höhle sein, die wir von hier aus nicht sehen und die von oben nicht zugänglich ist.«

Noch bevor Patrizia antworten konnte, hatte Cristina Schuhe, Bluse und Hose abgestreift. Dann watete sie, die wasserdichte Lampe in der Hand, ins Meer und tauchte unter. Das zuvor dunkle Wasser leuchtete schlagartig von innen heraus auf, und der helle Kreis glitt im Rhythmus ihrer Schwimmzüge vorwärts, während sie sich der Öffnung näherte.

Dann hatte sie die kleine Höhle erreicht. Ihre freie linke Hand griff nach dem Rand der Öffnung und zog den Rest des Körpers näher heran. Dann verschwanden die Hand mit der Taschenlampe, ihr Kopf und nach und nach der Rest des Körpers. Je weniger von Cristina zu sehen war, desto düsterer wurde das Wasser hinter ihr, bis schließlich nur noch ein schwacher Schein die Stelle andeutete, an der sie in der Öffnung verschwunden war. Patrizia wurde unbehaglich zumute. Was, wenn es sich bei dem Durchgang um eine Sackgasse handelte? Wenn er zu eng war, um sich an seinem Ende umzudrehen? Lief Cristina Gefahr, in dem Tunnel steckenzubleiben?

Rasch zog sich auch Patrizia aus. Das Wasser war warm, die winzigen Strandkiesel pressten sich in ihre Fußsohlen. Doch noch bevor sie untertauchen konnte, hörte sie Cristinas Stimme von der anderen Seite der Felsformation.

»Ich bin da! Komm her und sieh dir das an!«

Patrizia beeilte sich. Zum zweiten Mal innerhalb weniger Stunden zwängte sie sich durch einen engen, steinigen Durchgang, nur dass er sich dieses Mal unter Wasser befand. Es war beklemmend. Trotz oder vielleicht sogar wegen der spiegelnden Flächen der Felswände, die das Licht ihrer Taschenlampe durch das Wasser reflektierten. Patrizia versuchte, das Gehirn auszuschalten und sich auf das zu konzentrieren, was Cristina gerufen hatte: »Ich bin da!«

Und sie würde auch ankommen.

Es dauerte nicht lange. Nur wenige Meter, dann erreichte sie die andere Seite. Zu ihrem Erstaunen stand Cristina nicht auf einem Strand, sondern schwamm vor ihr im Wasser.

»Hier gibt es keinen Strand. Und das Wasser ist viel tiefer. Schau mal, da vorne geht es in eine Höhle rein.«

Sie hatte recht. Einige Meter hinter Cristina öffnete sich eine weitere, wesentlich kleinere Höhle, in der das Meer mit glucksenden Lauten verschwand. Ihr Eingang war völlig schwarz. Patrizia richtete die Taschenlampe darauf und schwamm los. In der Ferne war ein Brummen zu hören.

»Die Küstenwache kommt!«, rief Cristina noch, dann hatten sie die Öffnung erreicht. Zusammen schwammen sie hinein, doch nach wenigen Metern hielten sie inne. Es war ein unwirklicher Ort. Dort, wo sie mit ihren Taschenlampen schwammen, leuchtete das Wasser in durchsichtigem Türkis. Ein Miteinander von Licht und Wasser, das von den rauen Kalksteinformationen der Decke aufgefangen und zurückgeworfen wurde. Jenseits ihrer Lichtkegel breiteten sich Wasser und Fels in Abstufungen von Grau und Schwarz vor ihnen aus. Trotzdem war es möglich, bis zum Ende der Höhle zu sehen. Sie war gerade so groß, dass ein Sportboot in vorsichtigem Manöver in sie einfahren konnte.

»Das Boot lag hier.«

Cristina nickte. »Ein idealer Platz.«

»Fragt sich nur, warum die Küstenwache diese Höhle nicht untersucht hat?«

»Weißt du, wie viele von diesen Dingern es an der Costiera gibt?«, fragte Cristina. »Viele von ihnen sind nur vom Meer aus zugänglich und noch überhaupt nicht erforscht.«

»Eines muss man Enrico lassen: Er kennt sich aus.« Patrizia drehte sich um und schwamm zurück.

»Was erwartest du? Er ist hier aufgewachsen und war mit seinem Onkel von klein auf mit dem Boot unterwegs.«

Cristina hatte sie eingeholt. Als sie den Eingang zur Höhle passierten, sahen sie in geringer Entfernung das Boot der Küstenwache im Wasser liegen. Patrizia machte den Kollegen ein Zeichen, und sie schwammen auf das Boot zu. Einer der Uniformierten half ihnen an Bord. Sie berichteten von der Höhle.

»Er dürfte einen Vorsprung von zwanzig Minuten haben, vielleicht einer halben Stunde.« Patrizia war außer Atem. Eine Polizistin reichte ihnen Handtücher. »Wir wissen schon, dass er keine Geisel mehr hat. Irgendwelche Hinweise darauf, wo er jetzt hinwill?«

Patrizia schüttelte den Kopf. »Er hat keine Familie. Und in jedem Fall wird er nicht so dumm sein, bei einem Bekannten unterzutauchen.«

»Dann wird er wohl versuchen, sich nach Nordafrika abzusetzen. Wir werden alle Kollegen informieren.«

»Ja, vermutlich versucht er es auf dem kürzesten Weg.«

Die Polizistin schüttelte den Kopf. »Nein, das ist unwahrscheinlich. Er hat nur ein kleines Boot. Er wird wohl zunächst an der Küste entlang Richtung Sizilien fahren. Weit genug draußen, um nicht sofort gesehen zu werden, nah genug an Land, um nicht aufs offene Meer zu kommen. So ist er schneller. Wenn er sich auskennt, wird er wissen, wo er sich, falls nötig, tagsüber verstecken kann.«

»Er kennt sich aus«, sagte Cristina knapp. Das Boot war mittlerweile angefahren und nahm Fahrt auf.

»Dann hoffen wir mal das Beste«, sagte die Polizistin. »Unser Vorteil ist, dass wir, falls wir richtigliegen, schneller sind als er. Das Problem ist, dass die Richtung unserer Suche auf Spekulationen beruht.«

Patrizia nickte. »Ich weiß, aber was bleibt uns anderes übrig?«

Sie setzte sich zu Cristina an den Bug. Die T-Shirts und kurzen Hosen, die man ihnen gegeben hatte, waren ihnen zu groß und flatterten im Fahrtwind. Niemand sprach. Der starke Motor und das platzende Geräusch, wenn das Boot nach einer stärkeren Welle wieder auf dem Wasser aufschlug, waren das Einzige, was sie hörten.

Dann knackte im Inneren des Schiffes das Funkgerät. Worte wurden gewechselt, die sie nicht verstanden. Patrizia war eben aufgestanden, um sich zu erkundigen, als ihnen ein Kollege entgegenkam.

»Ein Fischer hat ein Boot gesehen, auf das die Beschreibung passt. Es fährt in die Richtung, die wir vermutet hatten. Ich habe die kalabrischen Kollegen informiert. Sie kommen uns von unten entgegen. Wenn wir Glück haben, werden wir ihn in Kürze stellen.« Der Kollege reichte ihnen schusssichere Westen und Waffen.

Patrizia hatte Mühe, ihre Aufregung zu verbergen. Angestrengt spähte sie ins Dunkel jenseits des starken Suchscheinwerfers.

Dann war es plötzlich da. Ein Sportboot. Keine hundert Meter vor ihnen. Fast zeitgleich sah sie die Scheinwerfer zweier weiterer Schiffe aus der Gegenrichtung auf das Boot zukommen. Es mussten die Kollegen aus Kalabrien sein.

Cristina stand neben ihr. »Ob er es ist?«

»Er muss es sein.«

Der Motor des Sportboots wurde gedrosselt. Ihr Abstand verringerte sich schnell. Im Scheinwerferlicht zeichneten sich die Konturen immer deutlicher ab, der weiße Bootskörper reflektierte das starke Licht. Mit kleinen schwappenden Lauten schaukelte das Boot auf den Wellen. Sein Motor war jetzt ausgeschaltet.

Die drei Schiffe ordneten sich strahlenförmig um das Boot herum an.

»Wo zum Teufel ist er?«, flüsterte Cristina. Patrizia schüttelte wortlos den Kopf. Das Boot wirkte verlassen.

Ein Kollege in ihrem Rücken forderte Enrico auf, sich mit erhobenen Händen zu zeigen. Sie warteten. Endlose Sekunden vergingen. Noch einmal sprach der Mann ins Megafon. Dann eine Bewegung. Patrizia hielt den Atem an, als eine schlanke Gestalt auf dem Boot sichtbar wurde. Sie stand sehr aufrecht, dennoch waren ihre Züge nicht zu erkennen. Erst nach einigen Sekunden wurde Patrizia klar, warum. Sie trug einen schwarzen Neoprenanzug mit Kopfteil und Maske, die nur Mund und Kinn frei ließen. *Der Taucher!*

Die Gestalt hob beide Arme.

»Er ergibt sich. Er weiß, dass es aus ist«, flüsterte Cristina, während der Kollege Enrico über das Megafon ankündigte, dass sich ihr Schiff jetzt langsam nähern und Polizisten zu ihm an Bord kommen würden.

»Was ist das?«, rief Patrizia plötzlich. »Was macht er da?«

Gebannt starrten sie auf Enrico, der sich mit noch immer erhobenen Armen umdrehte und auf den Rand des Bootes setzte. Erst jetzt konnte man die Sauerstoffflasche erkennen, die er, an einer Weste befestigt, auf dem Rücken trug.

Plötzlich ging alles sehr schnell. Enrico ließ sich nach hinten fallen und glitt rücklings ins Wasser.

»Taucher! Wir brauchen Taucher!«, schrie Patrizia, und tatsächlich konnte sie sehen, wie zwei Kollegen sich mit Gerätschaften zu schaffen machten. Doch sie waren noch nicht ganz bereit.

Patrizia fuhr sich durchs Haar und hob dann die Hände vor den Mund. Sekundenlang verharrte sie regungslos, dann ging sie auf die Bordwand zu, während sie sich mit beiden Händen die schwere Weste vom Oberkörper riss.

»Patrizia ... o Dio, bleib hier! Bist du von allen guten Geistern verlassen?« Cristinas Stimme überschlug sich. Sie rannte auf ihre Kollegin zu, doch ihre Hand griff ins Leere. Mit einem Kopfsprung war Patrizia im schwarzen Wasser verschwunden.

Ihr erster Gedanke war Kälte. Hier, in einiger Entfernung zum Festland, war das Wasser empfindlich kühl. Es hatte nichts Leichtes mehr, sondern umgab den Körper wie kaltes Blei. Nur seine Oberfläche wurde noch durch die über sie hinweggehenden Scheinwerfer erleuchtet, Tausende von Blasen wirbelten nach ihrem Sprung Richtung Oberfläche. Sie sah nach unten. Nichts als Dunkelheit. Schreie erreichten sie von der Oberfläche wie dumpfes Klopfen, verzerrt und unverständlich. Sie zwang sich vorwärts, bis das Schwarz sie umschloss. Erst als es völlig dunkel wurde, kam der heilsame Schock. Was zum Teufel machte sie hier? Wo wollte sie hin?

Sie war im Begriff, sich umzudrehen, als ein starker Lichtstrahl sie erfasste. Mit einem Schlag blitzte das Wasser auf, und sie sah ihre rudernden Arme in der leuchtenden Flüssigkeit wie in Zeitlupe. Sie blinzelte in den hellen Punkt ... und erschrak. Schräg unter ihr stand der Taucher regungslos im

Wasser. Sie suchte seine Augen hinter der Maske und fand sie. Schemenhaft zwar, dennoch hielten sie ihren Blick. Einen Augenblick war ihr, als bliebe die Zeit stehen. Eine unerwartete Leere breitete sich in ihr aus, während sie auf das durch Maske und Atemregler entstellte Gesicht starrte. Sekunden vergingen.

Dann hob der Taucher langsam den Arm, seine Hand bewegte sich. Patrizia verstand nicht. Verzweifelt suchte sie Zugang zu Gedanken und Worten, doch ihr Kopf blieb leer. Sie sah, wie sich die Hände des Tauchers an seiner Brust zu schaffen machten. Und diesmal wusste sie, was er tat: Er wollte die Sauerstoffflasche abmachen. Hektisch versuchte sie ein paar Züge, doch die Tiefe leistete Widerstand, sie kam nicht vorwärts. Jetzt hatte Enrico die Weste gelöst. Einen Augenblick hielt er die Flasche vor sich in den Händen, und noch einmal trafen sich ihre Blicke, dann stieß er sie von sich.

Langsam schwebte die Flasche Patrizia entgegen. Riemen und Schlauch bewegten sich in der Strömung nach allen Seiten. Ein Meer von Luftblasen entstieg dem Atemregler, und das starke Licht kam ihr entgegen. *Natürlich ... die Unterwasserlampe ist an der Weste angebracht!*

Es war der erste vollständige Satz, den sie zu denken vermochte. Angestrengt versuchte sie, an dem immer stärker blendenden Lichtstrahl vorbeizusehen, der wie das Auge eines vielarmigen Tieres auf sie zuschwebte. Und dort, in der dunkler werdenden Tiefe, sah sie noch einmal die Konturen des Tauchers. Erstaunlich schnell glitten sie ins Schwarz hinab, bis sie sich endgültig mit ihm vereinten.

Plötzlich spürte Patrizia ein Prickeln auf dem Körper. Luftblasen umspielten sie. Hunderte von ihnen hefteten sich an ihre Haut, in allen Farben glitzernd, zerplatzten, zogen weiter. Wie in Zeitlupe schwebte die Sauerstoffflasche an ihr vorbei. Die Blasen tanzten, wirbelten umeinander und trieben der Oberfläche entgegen. *An die Luft!*

Panisch griff Patrizia nach den Riemen, doch sie waren schon außer Reichweite. Planlos ruderte sie mit den Armen. Da fühlte sie eine Hand auf ihrem Arm. Eine andere drückte ihr einen Atemregler in den Mund. Sie atmete zu heftig, spuckte aus, schluckte Wasser. Die Arme zogen sie nach oben. Kurz darauf durchbrach sie die Oberfläche. Sie spie Wasser, hustete, holte Luft, würgte, atmete aufs Neue.

»Er ist nach unten«, keuchte sie, als sie Minuten später triefend und aufgelöst auf den Schiffsplanken hockte. »Nach unten, ohne Sauerstoffflasche. Ich glaube, er hatte einen Gewichtsgürtel um die Hüften. Sind die Kollegen runter? Haben sie ihn schon?«

Cristina, die neben ihr saß, antwortete nicht. Stattdessen legte sie ihr den Arm um die Schultern und drückte Patrizias Gesicht gegen ihre Brust.

»Schsch«, flüsterte sie. »Es ist vorbei. Wie auch immer es ausgeht. Es ist vorbei.«

*

Patrizia hatte recht gehabt. Enrico hatte einen Gürtel mit schweren Gewichten getragen, die ihm geholfen hatten, schnell abzusinken. Als die Taucher der Küstenwache Stunden später seinen Körper fanden, war er längst tot.

Dann ging die Sonne auf. Patrizia und Cristina saßen am Bug des Polizeiboots auf dem Weg zurück nach Salerno. Die Stadt schimmerte weiß in ihrem Bett aus dunkelgrünen Bergen. Keiner sprach. Sie waren zu erschöpft, um zu denken. Erst als sie von Bord gingen und festen Boden unter den Füßen hatten, standen die nächtlichen Ereignisse wieder klar vor ihnen.

Auf dem Polizeiparkplatz vor der Questura stand Patrizias Wagen. Ein Kollege hatte ihn noch in der Nacht von Amalfi zurückgefahren. Sie stiegen ein. Zehn Minuten später hielt Patrizia vor Cristinas Haus. Doch Cristina blieb sitzen.

»Ich fass es einfach nicht, dass der Mörder unter uns war. Die ganze Zeit.« Patrizia nickte, und Cristina fuhr fort: »Wir haben ihm fast jeden Tag gegenübergesessen. Er hat an unseren Diskussionen teilgenommen und war über jede Hypothese, über jeden Schritt informiert.«

Patrizia antwortete nicht. Ihr fehlten die Worte. Doch Cristina hatte das Bedürfnis, sich Luft zu machen. »Und als Emilia La Rocca uns sagte, dass die Haustür ihres Vaters am Morgen seines Auffindens abgeschlossen war, sind wir nicht eine Sekunde auf die Idee gekommen, dass der erste Kollege vor Ort den Schlüssel zurückgebracht haben könnte. Ich meine, Patrizia, ... musste Enzo Urbano sterben, weil wir Kollegen grundsätzlich nicht verdächtigen?«

Patrizia zuckte mit den Schultern. »Vielleicht. Andererseits wurde ausgerechnet an dem Morgen das Päckchen ...«

In diesem Moment ging die Haustür des Mehrfamilienhauses auf. Cristinas Schwiegermutter trat mit Chicca und Chiara auf den Gehsteig. Cristina öffnete die Autotür und breitete die Arme aus.

»Mamma!«

Die beiden Mädchen flogen auf sie zu. Cristina ging in die Hocke und schlang die Arme um ihre Töchter. So verharrten sie mehrere Sekunden lang. Auch Patrizia war aus dem Auto ausgestiegen und nickte Cristinas Schwiegermutter zu, die sie halb lächelnd, halb kopfschüttelnd musterte. Sie trugen immer noch die viel zu großen kurzen Hosen und weißen T-Shirts der Küstenwache. Cristina war wieder aufgestanden, sah auf die Uhr und wandte sich an ihre Schwiegermutter.

»Ich bringe die beiden zur Schule und in den Kindergarten. Nur einen Augenblick. Ich ziehe mich schnell um.« Sie zwinkerte Patrizia zu. »Bis später!«

Dann verschwand sie im Haus. Patrizia setzte sich wieder ins Auto und lehnte den Kopf zurück. Noch vor wenigen Tagen hätte sie in einem solchen Augenblick einen Anflug von Wehmut empfunden und Cristina um das Leben beneidet, in das sie jederzeit zurückkehren konnte.

Doch jetzt nicht mehr.

Sie steckte den Schlüssel in die Zündung. Der Minimarkt in ihrer Straße hatte jeden Morgen frische Brötchen, Ricotta und Mozzarella, und Giannis Praxis öffnete nicht vor neun.

Sie fuhr an.

Kapitel 16

Der Juli war so heiß geblieben, wie er angefangen hatte. Dennoch musste die Freizeit noch warten, denn die Aufarbeitung des komplexen Falls erforderte Zeit. Doch ein paar Wochen später war es geschafft.

An einem Freitagmorgen saßen Patrizia und Cristina bei einem Spritz in der noch leeren Bar Santa Teresa am Strand hinter der Questura. Seit dem Vorabend hatten sie offiziell Urlaub. Die Koffer waren bereits gepackt.

»Malta«, meinte Patrizia. »Da war ich auch noch nie. Wann fliegt ihr morgen?«

»Gegen elf. Maurizios Bruder fährt uns zum Flughafen.«

»Zu dumm, dass ich selber auch weg bin, sonst hätte ich das gemacht.«

»Zu dumm? Ich hör wohl nicht recht. Sei froh, dass du was Besseres zu tun hast!« Sie grinste. »Endlich mal …«

Patrizia grinste zurück. Cristina hatte recht. Sie freute sich auf die Tage mit Gianni im Cilento. Nur noch ein paar Stunden …

»Ich glaube, ich hatte Urlaub selten so nötig«, sagte Cristina. »Nicht nur, weil die ganzen letzten Wochen so nervenaufreibend waren. Ich meine, das auch … Aber vor allem fällt es mir schwer loszulassen. Dabei geht es nicht mal um die Fakten. Wir kennen Enricos Motivation, seine Vorgehensweise … alles klar. Es ist mehr, dass ich nicht aufhören kann, nach Fehlern und Nachlässigkeiten bei uns zu suchen. Jede Nacht

404

gehen mir die Ereignisse wieder im Kopf herum. Manchmal stundenlang. Dann mache ich uns Vorwürfe. Drei Tote und Gabriella in Enricos Gewalt. Nicht auszudenken, was ihr hätte passieren können.«

Patrizia nickte ernst. »Mir geht es ja ähnlich. Trotzdem … Wir haben den Fall x-mal durchgespielt, und selbst unser Questore kam zu dem Schluss, dass wir uns letztlich nichts vorzuwerfen haben. Als Gegner in den eigenen Reihen war Enrico wie ein Schatten.«

»Allerdings. Er war einer von uns. Es gab keinen Grund, ihm besondere Aufmerksamkeit zu schenken.«

»Klar, zumal wir schon seit Monaten wussten, dass er kommen würde. Noch lange vor dem ersten Überfall in Neapel. Dass er die Stelle bei uns bekommen hat, hing nicht mit seinen späteren Taten zusammen.«

»Aber für ihn war es natürlich ein einzigartiger Zufall. Ausgerechnet in dem Team mitzuarbeiten, das seine Verbrechen aufklären musste! Und natürlich hat er seine interne Position genutzt, um unsere Ermittlungen zu behindern.«

»Ja … Was meinst du? Hat das Faxgerät tatsächlich versagt, als Roberto vom Raub die medizinischen Gutachten der Überfälle in die Rechtsmedizin geschickt hat?«

»Das hast du mich schon hundert Mal gefragt. Was weiß ich? Möglich ist es natürlich. Immerhin hat das Gerät ja öfter mal verrücktgespielt. Aber vielleicht auch nicht.«

»Also, wenn du mich fragst, hat er die gefaxten Berichte gesehen und an sich genommen, damit wir nicht sofort den Zusammenhang zwischen den verschiedenen Fällen erkennen und möglichst viel Zeit verlieren. Laut Gabriella war er morgens meistens der Erste in der Rechtsmedizin.«

»Wie auch immer. Fragen können wir ihn jedenfalls nicht mehr, und dass wir die Dokumente nicht unter seinen Sachen gefunden haben, heißt auch nichts. Eine Antwort werden wir also nicht mehr bekommen.«

»Hm.« Patrizia trank einen Schluck von ihrem Spritz. »Aber wenigstens hat sich das Rätsel um Francesco Gasparotti geklärt.«

Cristina lachte. »Francesco Gasparotti … ja, mit einem Zelt nach Sardinien geflüchtet. Auch eine Art von Urlaub!«

Patrizia fiel in ihr Lachen ein. »Trotzdem, eigentlich dürften wir uns gar nicht über ihn lustig machen. Im Konservatorium ist er eine Art Underdog, und dann schlittert er auch noch ungewollt in eine Mordermittlung rein und kommt in Lebensgefahr.«

»Zumindest was das Päckchen in La Roccas Wohnung angeht, war der Ärger aber auch ein bisschen hausgemacht, oder nicht? Jetzt zum Schluss konnte er plötzlich zugeben, dass er das Ding bei La Rocca abgegeben hat. Warum nicht gleich?«

»Das weißt du doch. Es war ihm peinlich, weil es ja eigentlich Lorenzo Tucci anvertraut worden war. Er hat es nur genommen, um Tucci eins auszuwischen. Und so wie der ihn immer behandelt hat, kann ich ihm das nicht mal übelnehmen. Dazu kam dann noch die Angst, in den Mordfall reingezogen zu werden.«

»Jaja. Angst, immer ein entscheidender Faktor. Angst und Zufall, um genau zu sein.«

Patrizia nickte langsam. »Ja, und der hat uns dieses Mal wirklich übel mitgespielt. Wenn Francesco das Päckchen nicht genau an dem Morgen abgegeben hätte, an dem La Rocca gefunden wurde, hätten wir vielleicht doch mehr darauf geachtet, wer von uns als Erster am Tatort war.«

Cristina nickte. »Kann sein. Und dann dieser andere, fast noch größere Zufall. Francesco findet den Zettel mit Enricos Namen und Nummer, den Enzo Urbano ihm gegeben hatte.

Er bringt ihn dir vorbei, und in dem Moment, als er vor deiner Bürotür steht, kommt Enrico um die Ecke, um dir die Berichte aus der Rechtsmedizin zu bringen.«

»Na ja, so ein richtiger Zufall war das aber eigentlich nicht. Ich hatte kurz davor mit Gabriella telefoniert und ihr gesagt, dass ich auf Francesco Gasparotti warte, der mir entscheidende Informationen bringen wollte, und im Hintergrund konnte ich Enrico hören. Er muss das Gespräch mitangehört haben und hat die Unterlagen als Vorwand benutzt, um Francesco Gasparotti abzufangen. Erinnerst du dich, was der gesagt hat? Enrico kam sofort auf ihn zu. Er wusste schon, warum er dort war.«

»Ja, und er hatte noch seinen Kittel mit dem Namensschild an, obwohl er doch eigentlich schon auf dem Weg nach Hause war.«

»Dieser Irre. Er musste Gasparotti nicht mal explizit bedrohen. Er hat sich als unser Kollege vorgestellt, sich den Zettel geben lassen, ihn in winzige Stücke zerrissen und lächelnd auf sein Namensschild gezeigt. Da war Gasparotti alles klar. Auch, dass sein Leben in Gefahr war.«

»Im Grunde hätte er ja nur zu dir reinkommen und dir alles erzählen müssen.«

»Natürlich! Dann wäre uns und vor allem Gabriella einiges erspart geblieben, und Enrico säße jetzt in Haft.«

»Na ja, es war eben eine Kurzschlussreaktion. Er wusste nicht mehr, wem er noch trauen konnte, und ob wir nicht alle unter einer Decke stecken oder den Kollegen zumindest zu schützen versuchen.«

»Also ab mit dem Zelt nach Sardinien.«

Sie lachten beide, und Cristina schnappte sich die letzten Chips aus der Schale. »Maurizio, Chips, Spritz und Strand, das wird in den nächsten zwei Wochen mein Leben sein … ach ja, und dann noch ein ganz kleines bisschen nörgelnde und streitende Kinder, ölige Sonnencreme und nervige Strandnachbarn, die die ganze Zeit über ihre Handys Musik auf YouTube hören. Und trotzdem kann ich es kaum abwarten.«

Patrizia sah auf die Uhr. »Apropos Zeit. Bei uns geht es ja schon heute los, und ich muss noch den Abschlussbericht ausdrucken.«

»Na, dann nichts wie weg.«

Sie standen auf, bezahlten und gingen zu Cristinas Skooter. Sie umarmten sich kurz, dann setzte Cristina Sonnenbrille und Helm auf.

»Und wenn wir beide wieder zurück sind, fahren wir mal zum Baden nach Vettica.«

»Vettica?«

»Ja, gleich hinter Amalfi. Da gibt es einen wunderschönen Strand.«

»Amalfi ... Wird uns das nicht wieder an den Fall erinnern?«

»Genau deshalb machen wir es ja. Denn Salerno und die Amalfiküste ... das ist unser Revier. Und das lassen wir uns von niemandem verderben.«

Patrizia lächelte. »Du hast recht. Einen schönen Urlaub wünsche ich euch.«

»Euch auch.« Cristina ließ den Motor an, warf Patrizia noch eine Kusshand zu und fädelte sich in den Verkehr auf dem Lungomare ein.

Patrizia winkte ihr kurz nach, dann überquerte sie die Straße und ging in die Questura.

Eine halbe Stunde später war der Bericht ausgedruckt und steckte in Pietro Di Levas Fach. Die Fahrt nach Hause dauerte nicht lange. Die Straßen waren leer. Man konnte sehen, dass viele schon im Urlaub waren. In Ogliara parkte Patrizia vor ih rem weißen Eisentor und klingelte bei Gianni. Sie verstauten das Zelt und die Rucksäcke.

Dann ging es los. Als sie Salerno hinter sich gelassen hatten, spürte Patrizia, wie sie sich entspannte. Sie betrachtete die vorbeiziehende Landschaft. Melonen- und Artischockenfelder wurden abgelöst von leichten Hügeln mit Olivenbäumen, so weit das Auge reichte. Ab und zu passierten sie Farmland mit großen Herden schwarzer Büffel.

Das Hecheln auf dem Rücksitz wurde lauter, und Patrizia kurbelte das Fenster hinunter, so weit es ging.

»Leona, stell das Atmen ein!«

Gianni lachte. Die Schäferhündin saß auf der Rückbank und heizte den Innenraum mit ihrem heißen Atem. Ihr Kopf berührte beinahe die Decke. Gegen Mittag erreichten sie Agropoli.

Von hier aus ging es zu Fuß über Wanderwege an der Küste entlang. Der starke Duft von Pinienwäldern hing in der Luft. Trotz der Hitze war die Luft klar, die Farben setzten sich intensiv voneinander ab. Beige und rot leuchteten die Sandsteinfelsen in der Sonne, das Meer war dunkelblau. Eichen, Pinien und Zypressen säumten den Weg.

Nach längerem Fußmarsch folgten sie einem bewaldeten Pfad zum Meer hinunter. Mehrmals stieß Patrizia beim Laufen an knorrige Baumwurzeln, die sich über den Weg wanden. Ihre Schuhe waren mit rötlichem Staub bedeckt. Doch schon bald öffnete sich der Wald, und sie traten auf einen kleinen Strand. Weit und breit war kein Mensch zu sehen. An einer ebenen Stelle schlugen sie ihr Zelt auf den feinen weißen Kieseln auf. Patrizia zog sich die verschwitzten Sachen aus und kühlte ihre Füße im glasklaren Wasser.

»Was machst du da eigentlich?«, fragte sie Gianni, der etwas in einem Beutel verstaut hatte und sich mit ihm zwischen mehreren großen Steinen ins Wasser vorarbeitete.

409

»Das wirst du schon sehen … Bist du so weit?«

Mit langsamen Zügen schwammen sie zu einer winzigen Felseninsel. Die algenbewachsenen Steinbrocken waren glitschig. Zweimal rutschte Patrizia ab, bevor sie eine Art Plattform erreichten. Gianni öffnete den Beutel, den er die ganze Zeit in einer Hand gehalten hatte.

»Zwei Flaschen Bier? Du bist verrückt!« Patrizia lachte und nahm ihm die Flaschen ab. Dann suchte sie nach einem flachen Kiesel. Wenige Sekunden später waren sie offen.

»Da siehst du mal, wie wir uns ergänzen«, grinste Gianni. »Den Öffner hatte ich nämlich vergessen.« Patrizia lachte. Genüsslich tranken sie das kalte Bier.

»Dio, wie heiß die Steine sind. Man kann fast nicht sitzen!« Patrizia stellte ihre Flasche ab und sprang erneut ins Wasser, um sich abzukühlen, bevor sie wieder auf den Fels kletterte. So verbrachten sie eine Stunde. Schließlich schwammen sie zurück und schliefen neben dem Zelt im Schatten der Pinien.

Als es am Abend kühler wurde, machten sie ein Feuer und brieten die Seebarsche, die sie in Agropoli gekauft hatten. Dazu aßen sie Weißbrot mit Olivenöl und tranken Weißwein aus Campingbechern. Leona bekam einen Hamburger zu ihrem Trockenfutter. Als die Sonne unterging, legten sie sich auf die noch immer warmen Steine am Strand.

»Was hältst du von einem letzten Bad?«

»Hmm …«, brummte Patrizia.

Gianni zog sie hoch. »Komm schon, keine Müdigkeit vortäuschen.«

Vorsichtig tasteten sie sich zwischen den großen, von der Brandung gerundeten Steinen vorwärts. Auf manchen wuchsen weiche moosige Algen. Nach und nach wurde das Wasser tiefer. Patrizia ließ sich hineingleiten und berührte es mit den Lippen. Es schmeckte nach Salz und Hitze, aber auch nach

Dämmerung und der bevorstehenden Nacht. Gianni war ein Stück vor ihr.

»Jetzt!«

Er tauchte unter, und Patrizia tat es ihm gleich. Ihre Ohren füllten sich mit dem sachten Rauschen des Meeres. Millionen winziger Strandkiesel bewegten sich im Rhythmus der Brandung. Schwerelos glitten sie durch das grüne Zwielicht, dunkler jetzt und eindringlicher nach der untergehenden Sonne. Es war die Stunde, in der das Meer sich seine Geheimnisse zurückeroberte. Schlanke dunkle Algen antworteten mit ruckartigen Zuckungen auf jede ihrer Bewegungen. Feinster Sand wirbelte auf, und zwischen den Steinen blitzten die Körper winziger Fische im letzten Licht. Es war ein Tanz, der alles und jeden miteinbezog. Keine Bewegung blieb ohne Antwort. Alles war mit allem verbunden.

Sie wandte sich Gianni zu, der unter Wasser verharrte und seine Arme ausgestreckt hielt. Seine Handflächen waren offen, seine Hände gespreizt. Patrizia legte eine Fingerkuppe nach der anderen an seine, bis alle zehn sich berührten. Und während ihre Körper sich aufeinander zubewegten, schlossen sich ihre Hände.

Zuletzt

Diese Geschichte ist frei erfunden. Keine der in ihr vorkommenden Personen existiert wirklich. Auch manche Fakten oder tatsächlichen Umstände wurden stellenweise der erzählerischen Freiheit untergeordnet. Dazu gehören unter anderem die folgenden:

Zwar gibt es die im Roman genannten Corona-Handschriften, sowohl in Neapel als auch in vielen anderen Bibliotheken weltweit. Die Datierung des Wasserzeichens, welches tatsächlich in einer der genannten Handschriften vorhanden ist, wurde allerdings den Bedürfnissen der Geschichte angepasst, und auch den Online-Katalog für Handschriften in der Nationalbibliothek Neapel gibt es (leider noch) nicht. Dass er dringend benötigt und immer wieder gefordert wird, es aber an den nötigen Geldern fehlt, steht auf einem anderen Blatt. Dies trifft ebenso zu auf präzise und moderne Beschreibungen der lateinischen und italienischen Handschriften, wie sie im Roman bereits existieren.

Ich bedanke mich an dieser Stelle bei der Vizedirektorin der Nationalbibliothek Neapel, Dottoressa Mariolina Rascaglia, sowie dem Team der Handschriftenabteilung, die mir einen Nachmittag lang alle nur erdenklichen Corona-Handschriften zur Ansicht vorgelegt haben.

Das Castello in Gesualdo konnte ich dank der sachkundigen Führung von Dottore Rocco Savino korrekt beschreiben. Auch den Steinbruch im Fundament der Burg gibt es tatsächlich. Der Tunnel, welcher ihn mit der Außenwelt verbindet, ist allerdings heute verschüttet. Wohin er ursprünglich führte, ist unbekannt. Die Kapelle des Castellos, in der im Roman ein Konzert stattfindet, ist noch nicht vollständig restauriert und wäre für eine solche Veranstaltung außerdem zu klein.

Die Dozenten des Conservatorio di Musica in Salerno spielen im Buch eine zentrale Rolle. Dennoch finden weder sie selbst noch die von ihnen vertretenen Ansichten eine Entsprechung bei tatsächlichen Lehrkräften des Konservatoriums in Salerno. Ein Gesualdo-Forschungsprojekt gibt es ebenfalls nicht.

Das Gleiche gilt für den beschriebenen Madrigal-Zyklus auf dem jährlich stattfindenden Internationalen Musikfestival von Ravello. Sollte es tatsächlich eine musikalische Gruppe mit dem Namen Kontrapunkt geben, so ist dies Zufall.

Fakten zum Lebenslauf und Werk des Komponisten Carlo Gesualdo wurden den Büchern des amerikanischen Gesualdo-Forschers Glenn Watkins entnommen (»The Gesualdo Hex, Music, Myth and Memory« sowie »Gesualdo, The Man and His Music«). Eventuelle Fehler in der Darstellung liegen allein in meiner Verantwortung. Von den Protagonisten geäußerte Meinungen und Ansichten zur Figur Gesualdos oder seiner Musik sind ihre Privatsache und erheben keinen Anspruch auf wissenschaftliche Korrektheit.

Und jetzt zum wichtigsten Teil dieses Nachworts. Es gibt viele Menschen, denen ich für ihre Hilfe auf dem langen Weg der Entstehung dieses Buches von Herzen danken möchte.

Allen voran Almuth Andreae vom Goldmann Verlag, die das Projekt von Anfang an konstruktiv und mit Enthusiasmus begleitet hat und mich mit der Nase auf alles stößt, was ich selber am liebsten nicht sehen würde. Außerdem Ele Zigldrum für das wertvolle Endlektorat. Es hat den Wald überall dort gelichtet, wo man ihn sonst vor Bäumen nicht mehr gesehen hätte.

Ganz herzlich danke ich auch Uwe Neumahr von der Agence Hoffman, der mir die Person des Musikprinzen Gesualdo wie einen Floh ins Ohr gesetzt hat. Ohne ihn gäbe es diese Geschichte nicht.

Und obwohl Handlung und Personen frei erfunden sind, gibt es doch immer auch Dinge, bei denen fachlicher Rat nötig ist. Ich danke dem Juristen Orazio Abbamonte für die Beratung in Fragen des italienischen Rechts sowie dem Rechtsmediziner Umberto Ferbo für seine Hilfe bei der korrekten Beschreibung blutiger Tatsachen, mit denen ich zum Glück keine eigenen Erfahrungen habe.

Meiner Mutter, Gabriele Kurasch-Macharzina, sowie Carolin Hülshoff, Manuela Thurner und Simone Wagner danke ich für das Probelesen und die vielen klugen und wertvollen Hinweise.

Großer Dank gebührt außerdem meinem buchverrückten Lebensgefährten Giancarlo Abbamonte für seine tägliche Unterstützung und den unerschütterlichen Glauben an meine Geschichten.

Unsere Leseempfehlung

320 Seiten
Auch als E-Book
erhältlich

In der drückenden Schwüle eines August-Nachmittags erfährt der Reporter Luca Santangelo von der Ermordung seiner Ex-Freundin Laura. Schockiert macht er sich daran, die Hintergründe des Verbrechens herauszufinden. Zumal Lauras neuer Geliebter in den Fall verwickelt zu sein scheint: Manfredi Guarnieri, Baron von Montevago, der als Teil der sizilianischen feinen Gesellschaft und ihrer Vetternwirtschaft für all das steht, was Luca an seiner Heimat verabscheut. Die Spur führt in ein dichtes Geflecht von Betrügereien, Eifersucht und Gier – und tief in die faszinierende Vergangenheit der Insel, zu einem lang vergessenen Mord in den Olivenhainen eines adeligen Gutes ...

www.goldmann-verlag.de
www.facebook.com/goldmannverlag